南京大学中国新文学研究中心
Center for Research of Chinese New Literature of Nanjing University

从『五四』再出发

教育部人文社会科学
重点研究基地
南京大学中国新文学
研究中心学术文库

主　编　丁　帆
执行主编　王彬彬
张光芒

丁　帆　著

南京大学出版社

目　录

马克思主义批判哲学与文学批评读札

马克思主义的哲学就是批判的哲学。这个口号似乎在52年前就十分流行，而经过这40年来的变迁，人们在摒弃了阶级斗争这一政治与社会学怪圈理论的时候，连同马克思主义哲学的这一基本原理也一起忘却了，这似乎有点殃及池鱼的味道，倒是对爱德华·沃第尔·萨义德的知识分子必须坚持从独立的角度担当对社会批判职责的理论津津乐道，殊不知，这样的理论，正滥觞于马克思主义的批判哲学。

当今世界无奇不有，当下中国哲学界的理论创新也是层出不穷，各种奇谈怪论更是异彩纷呈：我们见过批判批判哲学的理论，却是第一次领教了批判哲学思维完全是一种“技术”层面的理论，这种完全脱离哲学本体的方法论创新，无疑是消解了作为批判哲学对推动历史的巨大作用，将马克思主义的批判哲学技术化和庸俗化了的后果，就是把思想停留在“物质”的阐释层面，是对哲学“精神”的扬弃。

我并不想从哲学层面去奢谈马克思主义批判哲学的原理和运用方法，我只想就马克思主义批判哲学对当下中国的文学批评和文学创作的指导意义进行一些梳理，在对马克思主义批判哲学的零星阅读中寻觅思想的火花，以求从中获得某种意义和方法的启迪，遂以随笔的形式予以记录，庶几能够为当下中国的文学批评寻觅到一味良方妙药。

一

毋庸置疑，人类社会的进步是依靠批判哲学作支撑的，文学批判功能的丧失，就意味着文学机能的衰退。虽然这是一个常识性的命题，却是我们的文学史无法逾越的障碍。回眸社会主义国家百年文学史的经验教训，我们可以看到这样一幅幅图景：在苏联，没有“解冻文学”的兴起，就不会有文学的复苏；在中国，没有“伤痕文学”的勃兴，就不会有拨正航向、推动社会进步的改革开放四十年的伟大成就，让中国成为世界强国，让中国文学逐渐融入世界文学的潮流之中而获得一席之地。批判哲学作为一个社会学、政治学的武器，显然是不可或缺的人文社会科学方法，而在文学创作和文学批评领域里，一旦缺少了批判哲学的元素，文学的天空就会充满着轻曼的浮云而变得虚空缥缈。

从当前中国的文学形势来看，我们面临着的仍然是两个向度的批判哲学悖论：首先，就是马克思所提出的对资本社会的批判，具体到文学界，即商品文化漫漶浸润现象的泛滥已成潮流。从20世纪90年代开始的资本对文学每一个毛孔的渗透所造成的商业化现象，在20年的积累过程中已然成为一种常态的惯性，这种渗透有时是有形的，有时是无形的，但却是不争的事实。但是，商品文化的侵袭往往是不以人们的意志为转移的，它是与多种主流意识形态媾和在一起，从无意识层面对人的大脑进行悄无声息的清洗的。其次，就是马克思所指出的，文学应该反映“历史必然性”的批判向度在这个时代已然逐渐消逝。在现实生活题材作品中看不到“历史必然性”的走向，而在历史题材作品中也看不到“历史必然性”的脉络，历史被无情地遮蔽也已经成为一种作家消解生活的常态，而文学批评者在历史的语境失语，也就成为顺其自然的闭目塞听现象。

鉴于上述两个向度批判的缺失，窃以为，即使是在今天，使用马克思主义的批判哲学对其进行学术性和学理性的厘定，甚至是较大的外科手术，仍然是十分必要的，同时也应该是十分有效的措施。

其实，我们只要解决了批判哲学对历史进步的推动作用，就不会有任何政治上的疑虑了，因为，按照马克思主义的基本原理来看："历史同认识一样，永远不会在人类的一种完美的理想状态中结束；完美的社会、完美的'国家'是只有在幻想中才能存在的东西；相反，依次更替的历史状态都只是人类社会由低级到高级的无穷发展进程中的暂时阶段。每一个阶段都是必然的，因此，对它所发生的那个时代和那些条件来说，都有它存在的理由；但是对它自己内部逐渐发展起来的新的、更高的条件来说，它就变成过时的和没有存在的理由了；它不得不让位于更高的阶段，而这个更高的阶段也同样是要走向衰落和灭亡。"[①]马克思主义基本原理就是靠着批判哲学而取得历史不断进步的思想武器，舍弃了这个基本点，我们就会在歌舞升平的一味咏唱的"颂歌"当中走向"衰落和灭亡"。唯有清醒的批判哲学才能使我们不断取得历史的进步。所以，窃以为，我们首先要破解的思想误区就是那种一谈批判哲学就认为是政治上的禁忌，恰恰相反，批判哲学不是要"棒杀"文学的繁荣，而是帮助文学清洗自身的病菌，以期获得更好的发展空间。而最可怕的却是温情的"捧杀"，在一片颂歌声中，文学必定会死在路上。

正如马克思所言："辩证法，在其合理形态上，引起资产阶级及其夸夸其谈的代言人的恼怒和恐怖，因为辩证法在对现存事物的肯定的理解中同时包含对现存事物的否定的理解，即对现存事物的必然灭亡的理解；辩证法对每一种既成的形式都是从不断的运动中，因而也是从它的暂时性方面去理解；辩证法不崇拜任何东西，按其本质来说，它是批判的和革命的。"[②]从批判哲学这个意

---

① 恩格斯：《路德维希·费尔巴哈和德国古典哲学的终结》(1886年)，《马克思恩格斯选集》第四卷，人民出版社1995年版，第216—217页。

② 马克思：《〈资本论〉第一卷，第二版跋》(1873年)，《马克思恩格斯选集》第二卷，人民出版社1995年版，第112页。

义上来理解我们的所谓“不断革命”，或许是有其合理性的，但是，其前提就是建立在否定性的辩证逻辑之上，打破“崇拜”，将一切事物都看成“暂时的”历史“中间物”，让其在不断批判的辩证逻辑运动中，去推动历史的前行。唯如此，我们的事业才有进步的可能，我们的文学才有立于世界之林的机缘。从这个意义上来说，马克思主义哲学中的辩证法也是与其批判哲学紧紧相连、不可分割的两个义项。

回眸共和国文学发展的历史，我们可以清晰地看到，在不断地“收”和“放”的运动中，文学的衰落与繁荣往往是伴随着政治运动的起伏而游走的，也成了一种规律，正如马克思所说：“一切发展，不管其内容如何，都可以看作一系列不同的发展阶段，它们以一个否定另一个的方式彼此联系着。”[①]从文学史发生的客观事实上来看，我们的文学运动历来就是在不断否定的过程中前进的。当批判哲学占主导地位的时候，文学创作和文学批评无疑是取得长足进步的时代；当批判哲学被消解的时刻，文学创作和文学批评无疑就是进入冰冻的时期。唯此，我们不难看出马克思主义的批判哲学对文学史进程起着的至关重要的作用了。

从另一个角度来考察，马克思主义批判哲学也是连接人伦道德的有机线索，如何从非人性的教条主义的理论中挣脱出来，正是我们辨别哪种批判哲学是有益的，哪种批判是有害的试金石。由此，我们可以从老一代革命文学理论家的思维逻辑构造的嬗变当中看出正确的批判哲学的魅力所在，也足可以窥见批判与反批判自始至终都是在马克思预设的关乎人的本质的命题中进行的原因，换言之，那就是“道德化的批判和批判的道德化”是萦绕盘桓在我们头上充斥着吊诡意味的悖论。一生打着批判哲学革命旗号的周扬直到晚年对自己有害批判哲学的反省，正是其批判哲学思想回归到了人道主义立场上来的结果。一声道歉，一个思想的大转弯，既是对马克思主义批判哲学基本原理的回

① 马克思：《道德化的批判和批判化的道德》(1847 年)，《马克思恩格斯选集》第四卷，人民出版社 1957 年版，第 329 页。

归，又是对文学人性基本价值判断的皈依。

窃以为，一切批判哲学的运行，都是围绕着一个宗旨，那就是建立以"人"为本质特征的认识论基础上的文学本质："在认识到人是全部人类活动和全部人类关系的本质、基础之后，唯有'批判'才能够发明出新的范畴来，并像它正在做的那样，重新把人本身变成某种范畴，变成一系列范畴的原则。当然，这样'批判'就走上了唯一的生路，但这条路仍然处在惊惶不安和遭受迫害的神学的非人性的控制之下。历史什么事情也没有做，它'并不拥有任何无穷尽的丰富性'，它并'没有在任何战斗中作战'！创造这一切、拥有这一切并为这一切而斗争的，不是'历史'，而正是人，现实的、活生生的人。'历史'并不是把人当作达到自己目的的工具来利用的某种特殊的人格。历史不过是追求着自己目的的人的活动而已。"①文学反映的是人和人性的本质方面的东西，其真善美的艺术追求，就是人性在不断完善自我的道路上前进的过程，人性的道德就是艺术的道德，它同样是在不断地扬弃中得到发展和进化的。回顾我们几十年来的创作，一俟我们将大写的"人"作为第一描写对象，作为创作者的第一需求，我们的文学必定是繁荣期，反之，那必然就是衰落期；同样，在文学批评领域内，我们一旦离开了大写的"人"去分析文学思潮、文学现象和文学作品，一切都成为凌空虚蹈的伪批评，预示着文学批评的堕落期的到来。如何让"批判""走上了唯一的生路"，这就是当下文学批评无可选择的有效途径，"但这条路仍然处在惊惶不安和遭受迫害的神学的非人性的控制之下"。这也仍然不是空穴来风、危言耸听的幻觉。"现实的、活生生的人"是否能够沿着马克思主义批判哲学的道路走下去呢？这同样也是一个哈姆雷特式的世纪之问。

最后，我要强调的是：一切否定批判哲学的理论都是背弃了认识世界合理性前提的伪逻辑，对批判的批判显然是对马克思主义基本原理的歪曲："难道

---

① 马克思、恩格斯：《神圣家族》(1845 年)，《马克思恩格斯全集》第二卷，人民出版社 1979 年版，第 118—119 页。

批判的批判以为，只要它从历史运动中排除掉人对自然界的理论关系和实践关系，排除掉自然科学和工业，它就能达到即使是才开始的对历史现实的认识吗？难道批判的批判以为，它不去认识某一历史时期的工业和生活本身的直接的生产方式，它就能真正地认识这个历史时期吗？诚然，唯灵论的神学的批判的批判仅仅知道（至少它在自己的想象中知道）历史上的政治、文学和神学方面的重大事件。正像批判的批判把思维和感觉、灵魂和肉体、自身和世界分开一样，它也把历史同自然科学和工业分开，认为历史的发源地不在尘世的粗糙的物质生产中，而是在天上的云雾中。”[①]马克思主义的批判哲学之所以还有其强大的生命力，就是因为其批判的核心理论是推动一切历史前进的“火车头”！我的理解就是：一切历史，包括文学，就不可能离开人对自然（这个自然当然囊括物质文明的发展）的不断深入的认识，在工业化的过程中要把人对世界的认知提高到一个新的层面，我们绝不可以将人对世界的认知停留在旧有的、僵化的教条主义的思维框架之中，而躲在僵硬的理论躯壳里，向飞速发展的现代文明进程发出濒死的哀号。正因为“批判的批判把思维和感觉、灵魂和肉体、自身和世界分开”，割裂了人的“灵与肉”的关系，在“唯灵论”的魔圈里徘徊，所以才是最忌讳批判哲学的幽灵。

也就是说，马克思主义的批判哲学从某种意义上来说，它也是建立在人性和人道主义不断发展基础上的哲学，它是为大写的“人”而准备的思想武器，起码它是最适用于文学批评领域的逻辑理论。

二

或许是我们对这种马克思主义批判哲学的文学批评是不习惯的，因为它往往会被文学史上历次政治运动中的负面影响所左右，我们习惯的就是为文

---

① 马克思、恩格斯：《神圣家族》（1845 年），《马克思恩格斯全集》第二卷，人民出版社 1979 年版，第 191 页。

学唱赞歌，尤其是在歌舞升平的年代里，在遍地颂歌的旋律之中，一俟有了不和谐的批判声音，我们就会觉得刺耳，如果像马克思所持有的那样尖锐和直接批判态度，恐怕就会招致非议和打击。而马克思早就预言："批判没有必要表明自己对这一对象的态度，因为它已经清算了这一对象。批判已经不再是目的本身，而只是一种手段。它的主要情感是愤怒，主要工作是揭露。"[①]也许，"清算"、"批判"的理性加上"愤怒"、"揭露"的感性而构成的马克思主义的批评方法还不适应于我们的文学批评氛围，七十年来的文学批评轨迹从来就不以此为座右铭，只有在20世纪六七十年代，一切人文学科都是以"大批判"为主导，为阶级斗争和路线斗争纲举目张时，这种批判哲学才被发挥到极致，以致后来成为被人们所诟病的批评方法。然而，我们切不可因为这种批判哲学的方法被某种专制权力利用过，就弃之如敝屣，而丧失了最有活力的批评方法。因为我们的某些文学批评的主流意识形态一直以为自己是掌握了马克思主义真理的，恰恰相反，他们自认为的真理往往是与马克思主义的批判哲学背道而驰的："'人类理性不创造真理'，真理蕴藏在绝对的永恒理性的深处。它只能发现真理。但是直到现在它所发现的真理是不完备的，不充足的，因而是矛盾的。"[②]正是因为有人把某一种理论当作"永恒的真理"，而不是在"永恒理性的深处"去不断发现随着时空变化而发展着的"真理"，所以才把真理庸俗化和专制化了，以至于在文学批评的领域内消弭了尖锐的批评风格。我们提倡马克思主义的批判哲学，其归根结底就是要坚持"永恒的理性"，唯有此，我们才能不断发现真理，修正真理。

我们重返马克思主义的批判哲学，就是要去除那些到处都可以见到的隔靴搔痒式的温情主义文学批评，用马克思主义批判哲学的犀利而绝不留一丝

---

① 马克思：《〈黑格尔法哲学批判〉导言》(1843年)，《马克思恩格斯选集》第一卷，人民出版社1972年版，第4页。

② 马克思：《政治经济学的形而上学》(1847年)，《马克思恩格斯选集》第一卷，人民出版社1972年版，第115页。

温情的批评取而代之:“资产阶级在它已经取得了统治的地方把一切封建的、宗法的和田园诗般的关系都破坏了。它无情地斩断了把人们束缚于天然生长的形形色色的封建羁绊,它使人和人之间除了赤裸裸的利害关系,除了冷酷无情的‘现金交易’,就再也没有任何别的联系了。它把宗教虔诚、骑士热忱、小市民伤感这些情感的神圣发作,淹没在利己主义打算的冰水之中。总而言之,它用公开的、无耻的、直接的、露骨的剥削代替了由宗教幻想和政治幻想掩盖着的剥削。”①马克思主义的批判哲学从来就不是那种遮遮掩掩、浮皮蹭痒的批评,而是一针见血地痛陈资本主义社会的文化弊病,由此而生发出来的剩余价值理论,至今对资本主义制度本质的认识仍有借鉴和指导意义,虽然其中的阶级斗争理论尚需进行一定程度的修正。但是,严厉抨击“把人的尊严变成了交换价值,用一种没有良心的贸易自由代替了无数特许的和自力挣得的自由”成为马克思批判哲学的主旨,对于“用公开的、无耻的、直接的、露骨的剥削代替了由宗教幻想和政治幻想掩盖着的剥削”现象的揭露,无疑也是值得我们警惕的问题。

同时,马克思主义从来就不避讳自身人道主义的理念建构,它始终是将“人的尊严”放在高于一切的地位。更需注意的是,马克思批评的犀利尖刻的文风,体现出的是一个持有批判哲学态度的批评者应有的措辞和文风。这种文风没有丝毫的遮掩和扭捏作态,它们是“匕首和投枪”,处处命中要害,没有任何的拐弯抹角之处:“在我们这个时代,每一种事物好像都包含有自己的反面。我们看到,机器具有减少人类劳动和使劳动更有成效的神奇力量,然而却引起了饥饿和过度的疲劳。财富的新源泉,由于某种奇怪的、不可思议的魔力而变成贫困的源泉。技术的胜利,似乎是以道德的败坏为代价换来的。随着

---

① 马克思、恩格斯:《共产党宣言》(1848年),《马克思恩格斯选集》第一卷,人民出版社1995年版,第274—275页。

人类愈益控制自然,个人却似乎愈益成为别人的奴隶或自身的卑劣行为的奴隶。"[①]成为"别人的奴隶"这是我们文学批评的常态,而成为"自身的卑劣行为的奴隶"的现象虽然普遍存在,然而,这种习焉不察的行为却不被人们提及和批判。

也许有人会认为这种毫不留情的严厉批评已经过时了,但是仔细厘定,这种封建主义和资本主义残留的病毒仍然在我们社会的肌体中存在,只是被另一种社会矛盾掩盖着,不被一般的经济学家和社会学家所注意,而我们的文学家们也没有从社会的感性层面充分地体味到它们存在着的巨大潜能,我们不能即时性地发现现世所需要的真理,也就无法运用马克思主义的批判哲学去有效地创造新的真理。正如马克思在《黑格尔法哲学批判·导言》里所说的那样:"真理的彼岸世界消逝以后,历史的任务就是确立此岸世界的真理。人的自我异化的神圣形象被揭穿以后,揭露具有非神圣形象的自我异化,就成了为历史服务的哲学的迫切任务。于是,对天国的批判变成对尘世的批判,对宗教的批判变成对法的批判,对神学的批判变成对政治的批判。"所有的这些批判的义项,不仅没有在我们的人文社会科学领域里充分地展开,当然也没有在我们的文学批评领域得以充分的利用,所以我认为这是一件十分可惜的事情。

而更重要的是,我们现在的文学批评缺少的就是那种一针见血的批评文风,一个被温情主义所包围的文学批评王国,且又缺乏批判功能的主体性,你能指望它创造出什么像样的文学批评来吗?

三

马克思主义对社会本质的批判至今都是放之四海而皆准的真理,虽然社

---

① 马克思:《在〈人民报〉创刊纪念会上的演说》(1856年),《马克思恩格斯选集》第一卷,人民出版社1995年版,第775页。

会的发展已经告诉我们其中的某些局部理论已经不再适用了，但是其大部分理论还保有旺盛的生命力，比如它对社会体制始终保持距离的批判态度，对推进社会的进步发展所起到的无可估量的巨大作用，仍然是马克思之后的许许多多哲学家秉持的哲学批判姿态，马克思的名言是照耀着过去黑暗王国的火炬，今天仍然是一个人文知识分子应该持有的社会批判哲学立场的指南："你们赞美大自然令人赏心悦目的千姿百态和无穷无尽的丰富宝藏，你们并不要求玫瑰花散发出和紫罗兰一样的芳香，但你们为什么却要求世界上最丰富的东西——精神只能有一种存在形式呢？我是一个幽默的人，可是法律却命令我用严肃的笔调。我是一个豪放不羁的人，可是法律却指定我用谦逊的风格。一片灰色就是这种自由所许可的唯一色彩。每一滴露水在太阳的照耀下都闪现着无穷无尽的色彩。但是精神的太阳，无论它照耀着多少个体，无论它照耀什么事物，却只准产生一种色彩，就是官方的色彩！精神的最主要形式是欢乐、光明，但你们却要使阴暗成为精神的唯一合适的表现；精神只准穿着黑色的衣服，可是花丛中却没有一枝黑色的花朵。精神的实质始终就是真理本身，而你们要把什么东西变成精神的实质呢？"[①]马克思这一段精彩绝伦的说辞，充满着学理化与文学化的激情，它无疑就是我们文学批评的最高准绳。这里需要说明的是，马克思所针对的是腐朽的官方旧制度，言辞激烈是理所当然的，然而，如何针对我国文化中的弊端，尤其是一个特殊的文学领域中的种种疾病，马克思没有给出答案，但是，我认为，这种毫不留情的批判哲学的阐释方法与态度仍然是适用的，只要批判者并不是以颠覆政权为目的，善意的批评往往采用的是最严厉的批判态度，这样反而能够达到批判的预期效果，切不可用狭隘阴暗的心理去对批判者进行构陷，尤其是政治上的构陷。总之，"灰色"是有益的色彩，而让"每一滴露水在太阳的照耀下都闪现着无穷无尽的色彩"，才是马克思主义批判哲学所要抵达的目的地。

---

① 马克思：《评普鲁士最近的书报检查令》(1843年)，《马克思恩格斯全集》第一卷，人民出版社1979年版，第111页。

毋庸讳言，当下我们的文学批评究竟是一种什么样的“精神实质”呢？对照马克思所说的当时德国的情形，我们应该有所反思：“在德国，对真正的人道主义来说，没有比唯灵论即思辨唯心主义更危险的敌人了。它用‘自我意识’即‘精神’代替现实的个体的人，并且同福音传播者一道教诲说：‘精神创造众生，肉体则软弱无能。’显而易见，这种超脱肉体的精神只是在自己的想象中才具有精神力量。鲍威尔的批判中为我们所驳斥的东西，正是以漫画的形式再现出来的思辨。我们认为这种思辨是基督教德意志原则的最完备的表现，这种原则的最终目的就是要通过变‘批判’本身为某种超经验的力量的办法使自己得以确立。”[①]且不论马克思、恩格斯在《神圣家族，或对批判的批判所做的批判——驳布鲁诺·鲍威尔及其伙伴》里对鲍威尔的批判有多少理性逻辑的合理性，因为鲍威尔高扬人的主体性，强化人是“自我意识”的理论与马克思主义的人道主义精髓是并行不悖的理论建树。人民创造历史与消极的“群氓”本来就是一枚镍币的两面。鲍威尔在《文学总汇报》里的许多观点是值得我们反思的。但是在这里，马克思和恩格斯是以无神论者的名义宣判了那种“通过变‘批判’”而达到篡改真正的人道主义的思辨唯心主义“唯灵论”之目的的险恶用心。而在当下的中国文学批评界，难道没有这种唯心主义现象的出现？马克思和恩格斯是站在唯物主义辩证法的立场上去抨击鲍威尔的“唯灵论”的，去“救世主”心态也是马克思主义批判哲学的重要理论元素。

其实，马克思主义的理论是最适用于我们当下的文学批评的武器：“共产主义是私有财产即人的自我异化的积极的扬弃，因而是通过人并且为了人而对人的本质的真正占有；因此，它是人向自身、向社会的（即人的）人的复归，这种复归是完全的、自觉的而且保存了以往发展的全部财富的。这种共产主义，作为完成了的自然主义，等于人道主义，而作为完成了的人道主义，等于自然主义，它是人和自然界之间、人和人之间的矛盾的真正解决，是存在和本质、对

① 马克思、恩格斯：《神圣家族·序言》（1845 年），《马克思恩格斯全集》第二卷，人民出版社 1979 年版，第 7 页。

象化和自我确证、自由和必然、个体和类之间的斗争的真正解决。”①我们且不论马克思所设计的共产主义理想社会在其实践过程中所遇到的他当时无法预见的种种问题，但是，其共产主义＝完成了的自然主义＝人道主义的等式，正是我们文学创作和文学批评的最高法则，文学并不等同于现实生活，它可以折射大千世界的现实生活，但是，它在某种程度上却又是理想世界的构造，离开了这种理想主义的情怀，文学就会变成僵化死板的社会学陈述报告。所以，它必须是二次重构后“完成了的自然主义”，是“人道主义”原则下在异化了的人之后的“人的复归”！因此，我们在理解马克思主义批判哲学的过程中，也须充分认识到马克思主义哲学的终极目标则是人道主义这一本质特征和原则。

总之，作为一个政治预言家，马克思和恩格斯对那种尚处于萌芽状态的革命进行的预测应该对我们今天的社会变革也是有借鉴意义的，当然，对法国大革命和英美的“光荣革命”优劣的评判，也许经过历史的检验，会得出并不相同的答案来。但是，作为文学批评者来说，我们似乎更感兴趣的是马克思主义在批判哲学中显示出来的那种人道主义的理念：“当革命的风暴横扫整个法国的时候，英国正在进行一场比较平静，但是并不因此就显得缺乏力量的变革。蒸汽和新的机器把工场手工业变成了现代的大工业，从而把资产阶级社会的整个基础革命化了。……新的生产方式还处在上升时期的最初阶段；它还是正常的、在当时条件下唯一可能的生产方式。但是就在那时，它已经产生了明显的社会弊病：无家可归的人挤在大城市的贫民窟里；一切传统的血缘关系、宗法从属关系、家庭关系都解体了；劳动时间特别是女工和童工的劳动时间延长到可怕的程度；突然被抛到全新的环境中（从乡村转到城市，从农业转到工业，从稳定的生活条件转到天天都在变化的、毫无保障的生活条件）的劳动阶级大

① 马克思、恩格斯：《1844年经济学哲学手稿》，《马克思恩格斯全集》第四十二卷，人民出版社1979年版，第120页。

批地堕落了。”[①]恩格斯一眼就看出了资本世界给社会带来的灾难，当然无论哪种革命都会导致同样的后果，但是，从人道主义的立场上去控诉这种“革命”的后果，就有了人道主义的普泛价值意义了，生产方式无疑是进步的，但是，它所产生的社会弊病却是最让人关注的焦点问题：“无家可归的人挤在大城市的贫民窟里”的景象；女工、童工和劳动时间的延长；血缘关系、宗法关系和家庭关系的解体。这些情景也正在中国的“底层文学”中再现。因此由先进的生产力带来的“污秽和血”，却是历史进化过程中不可避免的现象，这就是恩格斯所说的那句名言：“恶是人类历史进步的杠杆。”然而，一切革命的目的都是为了最后消灭等级制度，虽然这是一个漫长的历史过程，也许，许多革命导师对这一漫长的历史过程估计不足，但是，一个国家、一个民族、一个社会，以及任何一个政府，都是需要将克服这种社会的弊病作为社会进步的努力目标。而我们的文学创作和文学批评就在为实现这个目标的过程中扮演着重要的角色，这就是为什么恩格斯在《致玛·哈克奈斯》中对巴尔扎克的评价如此之高：“围绕着这幅中心图画，他汇集了法国社会的全部历史，我从这里，甚至在经济细节方面（诸如革命以后动产和不动产的重新分配）所学到的东西，也要比从当时所有职业的史学家、经济学家和统计学家那里学到的全部东西还要多。不错，巴尔扎克在政治上是一个正统派；他的伟大作品是对上流社会无可阻挡的崩溃的一曲无尽的挽歌；他对注定要灭亡的那个阶级寄予了全部的同情。”无疑，人道主义的现实主义创作方法是可以克服作家世界观和阶级立场不足与偏见的良方，而就是这个十分简单的道理，在我们的文学批评领域内也是一种艰难的命题。

更值得玩味的是，恩格斯对于“劳动阶级大批地堕落”是有远见的，但是，他却没有看到法国大革命后的工人阶级在步入 20 世纪时的同样堕落，他在

① 恩格斯：《反杜林论》(1876—1878 年)，《马克思恩格斯选集》第三卷，人民出版社 1995 年版，第 611 页。

《致玛·哈克奈斯》时最后关切的是英国工人阶级的堕落:“为了替您辩护,我必须承认,在文明世界里,任何地方的工人群众都不像伦敦东头的工人群众那样不积极地反抗,那样消极地屈服于命运,那样迟钝。”为什么会产生如此令人失望的结果呢?其答案是一道难解的世界性的社会学悖论。但是,文学能够将它呈示表现出来,则已经是一件十分了不起的事情了,也许,这样鲜活的历史档案尚需后人在不断地多次阐释中,让其在多次曝光显影的效果里获得复苏。反观我们今天的文学创作和文学批评,在我们的文学长廊中,有这样的艺术形象矗立其间吗?

呼唤批判哲学的文学批评,也许是拯救我们文学复兴的重要元素之一吧。

原载于《华夏文化论坛》2018 年第 1 期

中国当代文艺批评生态及批评观念与方法考释

马克思主义文艺批评的精髓是怀疑与批判的精神。如果没有这种批判意识，马克思主义就不可能发扬光大，但就是这样的人文社会科学常识，在我们今天的批评界却成为一个难以解决的问题。这是时代批评的悲哀，也是几代批评家的悲哀。谁来打捞具有批判精神的文艺批评呢？这或许是批评界面临的最大危机。也正是由于这种危机的存在，我们这一代研究者才负有重新建构文化与文艺批评话语体系的责任。除去种种外在因素，我以为这一状况与所谓“后现代批评”在20世纪90年代以后进入国内理论界有很大关系。正如卡林内斯库所言：

> 詹姆逊的思想和著述风格要松散得多，而且可以说它表明当代西方马克思主义正经历的严重理智问题。晚近马克思主义最明显地丧失了的，是它早先所具有的方法论完整性，以及使它能从其他各种社会思想模式中被辨认出来的内在历史主义逻辑。今日马克思主义批评家似乎乐于甚至是急于采纳任何碰巧在理论上时髦的方法或“反方法”（从形式主义到结构主义到后结构主义的最高深形式），却不考虑这种兼收并蓄可能会导致马克思主义参照系的爆裂，而他们却自称代表了马克思主义。[①]

---

① ［美］马泰·卡林内斯库：《现代性的五副面孔》，顾爱彬、李瑞华译，译林出版社2015年版，第320—321页。

因此，“后现代批评”对中国“学院派”批评家的巨大影响，对文化与文艺批评向正常轨道回归是一次严重的干扰。笔者只想针对文化和文艺批评领域中存在的弊端进行论述，并针对批评界缺乏基本常识与规范的许多症状做出评判与纠正，以期引起批评界的注意。同时，笔者也不得不对文艺批评做出一些必要的考释和梳理。如果我们连文艺批评的本质特征都搞不清楚，那么中国当下的文艺批评就将永远陷入“盲人骑瞎马”和“盲人摸象”的泥淖之中，徘徊于濒死的境地。

一、批评词义考释与批评现状

文艺批评在中国古来有之，然而其在今天的理论模式却是从西方引进的。它的内涵与外延在西方历经了几千年的变化与发展，形成了许多思潮和流派，但在中国学界的运用与借鉴中，它的意涵却发生了本质性的漂移和改变。尤其是这半个多世纪以来，虽然我们像“过电影”那样跨越了从封建到现代、再到后现代的历史过程，但我们的文艺批评始终都没有走出“颂歌”与“战歌”模式的怪圈。[①] 即便是当下充满着铜臭味儿的商业化文艺批评，也正是利用了“颂歌”的批评模式，肆意将交易的利润无限扩大，导致了全社会对文艺批评的不屑。

查阅了高等教育出版社的《英语学习与交际大词典》，笔者发现“批评”和“评论”是在同一个词条下的，试看其中三个词条：

critic 批评者，吹毛求疵者（文学、艺术或音乐作品等的批评家、评论家）。

critical ① 吹毛求疵的，批评的，评论性的；② 善于评论的，从事评

---

① 参见丁帆、王世城：《十七年文学：“人”与“自我”的失落》，河南大学出版社 1999 年版，第 45—83 页。

论工作的；③ 附有异文校勘材料的；④ 危机的、危急的、决定性的、关键的；⑤ 达到临界状态的。

criticism ① 批评、指责、非难，批评意见，指责的话；② (某评论家的)作品评论，评论文章。[①]

我们由此可以看出所谓批评是涵盖一切评论的，而评论也包含着批评的职责。而中国的批评与评论却不知从什么时候开始分道扬镳了。

雷蒙·威廉士在考察“criticism”一词的演变过程时谈道：

Criticism 已经变成一个难解的字，因为虽然其普遍通用的意涵是“挑剔”(fault-finding)，然而它有一个潜在“判断”的意涵，以及一个与文学、艺术有关且非常令人困惑的特别意涵……这个英文字在十七世纪初期形成，是从十六世纪中叶的 critic(批评家、批评者)与 critical(批评的)衍生而来……Criticism 这个字早期普遍通用的意涵就是“挑剔”：“处在批评的焦点(marks of criticism)……众矢之的。”Criticism 这个字也被用作对文学的评论，尤其是从十七世纪末期以来，被用来当成“评断”文学或文章。最有趣的是，这个普遍意涵——亦即“挑剔”，或者至少是“负面的评论”——持续沿用，终成主流。[②]

或许，我们可以从威廉士的论述中看到其中蕴涵的马克思主义批判精神。如果这样的溯源还不足以说明批评的本义，那么我们就只能追溯到它的源头——古罗马文艺批评。“古罗马文艺批评是从公元前 2 世纪中期后随着文

① 邱述德主编：《英语学习与交际大词典》，高等教育出版社 2007 年版，第 430 页。

② [英] 雷蒙·威廉士：《关键词：文化与社会的词汇》，刘建基译，台湾巨流有限公司 2004 年版，第 75 页。

学发展的高涨而兴起的。”[①]它的缘起是围绕着罗马文化是否应该吸收希腊文化的意识形态斗争而展开的：“这时的文艺批评关心的主要是与吸收希腊文学成就和在此基础上发展民族文学相关的一些实际问题，如关于希腊文学作品的利用、文体概念、写作手法和技巧、诗歌问题、文学语言问题等。这时的文艺批评主要散见于诗人、作家的各种类型的著作中，因此我们可以说第一批罗马诗人、作家同时也是第一批文艺批评家。”[②]这里起码给我们三点启示：首先，文艺批评应该争论问题，而不是吹捧式的评论，它区别于鉴赏性质的歌功颂德；其次，它涉及意识形态领域，也就是说，政治领域的问题是可以争论的，就像我国战国时期的“百家争鸣”；最后，也是中国当代文艺批评沦落的关键问题之一，就是西方的许多批评家同时也是以作家的身份参与批评，因而他们总是能在创作实践中取得优先发言权，获得足够的资格进行批评。检视中国这六十余年来的文艺批评“家”们，又有几个同时是创作者呢？当然，我们不能排斥有独到见地的大理论家参与文艺批评，但绝不能够容忍那种连作品都没有读懂就指手画脚的批评家大行其道。

诚然，我们不能忽略“罗马文法批评”的存在：“古代存在过三个不同的批评术语，这就是语文家(philologos)、批评家(critikos)和文法家(grammatikos)……关于批评家，亚里士多德曾在《论动物的结构》中说：‘我们认为，只有受过全面教育的人才有能力批评各种事物。’后来‘批评家’用来指对文艺作品进行分析的学者。在附于柏拉图名下的一篇佚名作者的对话录《阿克西奥科斯》(公元前4世纪末)中，‘批评家’系指学校里的高级文学教师，与低级文学教师grammatikos(文法家)相对。塞克斯图斯·恩皮里库斯(公元3世纪后期)曾经根据克拉特斯的看法，对批评家和文法家作过如下界定：‘批评家应该精通于各门属于精神起源的科学，而文法家则仅仅需要知道词语解释、音韵理论

---

① 王焕生：《古罗马文艺批评史纲》，译林出版社1998年版，第24页。

② 王焕生：《古罗马文艺批评史纲》，译林出版社1998年版，第26页。

等。’”[①]笔者之所以引用这段话，与下文分析中国当代文艺批评的现状有关。而这里笔者要强调以下几点：首先，应该清楚西方文艺批评史自古以来就将“批评家”和“文法家”区别开来。“批评家”必须具有较高的文化素养，“精通于各门属于精神起源的科学”，具有广博的人文知识积累。这一点也恰恰是中国当代批评家无法企及的。因此才会出现一些连最起码的文史知识都不知道，却也能够横行于文艺批评界的“怪胎”。反观我们几十年来的所谓“评论”，恐怕也就至多属于“文法家”的层次。其次，“批评家”担当的是审视与评判的职责，只有这样才能在文艺批评中居高临下地指出作品的优劣与高下。他们的批评文章只有在充分发挥批判的功能后，才能达到文学艺术的审美高级阶段，其中暗含的“审判”意识应该成为文艺批评的自觉。而“文法家”担当的职责则是在作品鉴赏层面的“评论”。作为大众阅读的引领者，“文法家”只是作品的解读者而非批判者。这就划清了“批评”与“评论”的界限，两者所承担的对文学艺术阐释的职责与功能不尽相同。而我们的评论家恰恰混淆了这两者的区别，浑浑噩噩地进行当代文艺批评。说到底，我们只有作为“文法家”的评论者，而鲜有真正具有批判自觉的“批评家”。正是缺少了批判的风骨，我们的文艺批评才会让那些三流乃至十流的作品流布于市、妖言惑众。

我们不能忽略的问题是批评家素养的升华，即从一般性的讽刺指谬的“批评家”上升到有自觉批判意识的文艺“批评家”，这需要大量的人文知识储备，还要具有历史哲学的识见和不畏强权的批判勇气。以伟大的批评家琉善为例：

> 琉善虽然是一个修辞学家，并且在其早年受到第二期诡辩派的影响，但他终于能以批判的态度克服诡辩派的各种弊端，成为当时一位最杰出的讽刺作家。他的讽刺矛头指向正在瓦解的古代希腊罗马社会的各种思

① 王焕生：《古罗马文艺批评史纲》，译林出版社 1998 年版，第 81—82 页。

> 想意识形态,包括哲学、宗教、修辞学和文学等。正像他严厉批评他生活时代的各种哲学流派和宗教迷信一样,他也严厉批评他生活时代的历史著述和文学创作,在这些批评中表现出他的文艺观点……他反对虚假的、美化真实的写作,肯定真实的、非虚伪的文学,号召作家(包括历史学家和其他方面的作家)深入地观察生活。他认为:"作家最好写他亲自见到、观察过的东西。"他认为作家的思想应该有如镜子,真实地反映出所接受的东西,不歪曲、不美化、不改变原貌……他认为,作为一个历史学家,首先要能够独立思考,不趋炎附势,对任何人都无所畏惧,这样才能胜任历史著述的首要任务——如实地叙述事件……史家作史应该能千古流传,而不要追求同时代人的一时赞赏;不应用一些传说取悦于人们,而应给后代留下对事件的真实叙述。他认为这就是历史学家应遵循的原则。与这种原则相适应,历史的叙述风格应该平易流畅,文笔简洁,不雕饰,不浮夸。[①]

这里需要说明的是,在琉善生活的年代,文体的分类还不很严格,他所说的"历史"包括一切叙述和议论的文体。也许很多文艺理论家会认为这种古老文艺学见解已经过时了,但正是这个朴实的文艺学理论在检验几千年来的世界文学史,尤其是中国文学史的过程中,焕发出强大的生命力。当我们一直相信文艺创作应比生活更高、更集中、更伟大时,我们却背离了生活的本质,离真实的生活更加遥远了。笔者一直以为作家只能对历史进行真实的摹写,绝对没有篡改和美化历史的权力。像《大秦帝国》这样为封建帝王歌功颂德的作品,非但在文法技巧和艺术造诣层面上乏善可陈,而且对历史唯物主义进行肆意的践踏和亵渎,却得到了许多"评论家"的高度评价。这不仅表明那些评论家的修养和审美水平出了问题,更可悲的恐怕是他们并不知道批评的最高阶段是既有艺术感悟的灵性,又兼备历史批判的责任,而绝不是政治投机。反观当代

① 王焕生:《古罗马文艺批评史纲》,译林出版社 1998 年版,第 313—314 页。

文艺批评的历史，我们的批评家哪一次不是踏着雕饰和浮夸的节奏在前行呢？那种能独立思考的批评少之又少，即便有，也往往马上就被投机的文艺批评家剿杀殆尽了。文艺批评一旦失去了“独立之精神，自由之思想”，批评的本质就被阉割了。所谓不歪曲历史，往往不止于作家对历史的刻画，更在于批评家的理性分析和深度的哲学批判阐释。

雷蒙·威廉士在谈到“censure”一词的涵义时提道：

> Censure(责备、严厉批评)。当 criticism 的最普遍的意涵朝向“censure”解释时，其专门特别的意涵却是指向 Taste(品味、鉴赏力)，cultivation(教化)、culture(文化)与 discrimination(识别力)是一个意义分歧的字，它具有正面的“良好的或有见识的判断”之意涵……问题的症结不仅是在于“批评”(criticism)与“挑剔”(fault-finding)两者之间的关系，而且是在于“批评”与“权威式的”(authoritative)评论两者之间存在着更基本的相关性：二者皆被视为普遍的、自然的过程。作为表示社会的或专业的普遍化过程的一个词汇，criticism 是带有意识形态的……将 criticism 提升到“判断”的意涵……在复杂而活跃的关系与整个情境、脉络里，这种反应——不管它是正面或负面的——是一个明确的实践(practice)。①

回眸六十多年来的中国当代文艺批评史，我们的批评始终停滞在对作家、作品进行鉴赏的层面。这不仅是因为大部分批评家的理论基础和人文修养先天不足，更重要的是因为我们的批评家根本就没有意识到批评与评论是两个不同层次的文学活动。前者是融形上与形下为一炉的哲思，而后者却只是一种文法阐释和欣赏活动。也就是说，当“批评”上升到“判断”(即“批判”)的层面时，

---

① [英]雷蒙·威廉士：《关键词：文化与社会的词汇》，刘建基译，台湾巨流有限公司 2004 年版，第 75—77 页。

其批判精神就起着主导作用了。这就是雷蒙·威廉士所说的"带有意识形态的"哲学批判式的文艺批评。

文艺批评当然可以赞颂,西塞罗就声称"文学称赞是对德行的最高奖赏"。王焕生指出,西塞罗认为"对一个杰出人物的颂扬实际上也是对一个民族的颂扬,对一个民族的颂扬可以激励人们为荣誉而奋斗。因此,国家应该尊重诗人,重视文学。西塞罗的上述看法反映了当时罗马社会文学观念的变化……从上面的举例可以看出,罗马上层社会人士也正极力利用文学的这种功能,为自己树碑立传,以求扬名后世"[①]。我们不反对为国家、民族以及英雄歌功颂德,但它只能是批评观念与方法的一种,而且这只是"文法家"的工作范畴。我们千万不能将其当作文艺评论的唯一标准和衡量评论家水平高低的尺度。一个批评家如果像鲁迅批评的"京派"和"海派"文人那样被"官家"或"商家"豢养,他就不可能有独立的精神和自由的思想,同时也就放弃了批评的尊严。六十多年来,我们给作家的待遇让全世界羡慕和瞩目,它在体制层面上就规定了作家和艺术家享有至高的荣誉和权力。在这一体制下,我们不得不承认只有"歌德派"才能获取更大利益。反躬自问,包括笔者在内的绝大多数所谓批评家,有谁敢于直面惨淡的人生和鲜血淋漓的现实发出良知的呐喊呢?几十年来由文艺这个政治风云的晴雨表记录下来的痛苦经历,已然将奴性植入了作家和艺术家的血脉,从而使作品丧失了生命的活力。这种精神萎缩同时传导给文艺评论界,使其失去了批判的立场。

其实,不为意识形态操控不仅是作家的品格,而且也应该是批评家的品格。奥威尔曾这样评价法朗士和马克·吐温:

> 跟马克·吐温相比,那位法国人(指阿纳托尔·法朗士)不仅更博学、更文明、更有审美趣味,而且也更有勇气。他敢于攻击自己所不相信的事

① 王焕生:《古罗马文艺批评史纲》,译林出版社1998年版,第93页。

> 物;他从没像马克·吐温那样,总是躲在"公众人物"那可亲的面具后面,甘心做一个特许的弄臣。他不惧怕得罪教会,在重大的争议中——比如,在德雷福斯案件中——敢于站在少数人一边。反观马克·吐温,则从来没有攻击过社会确定的信仰,生怕惹上麻烦(《什么是人》这个短篇也许是个例外)。他也一直未能摆脱"成功与美德是一回事"这一典型的美国式观念。①

是的,中国的作家和艺术家像马克·吐温这样"甘心做一个特许的弄臣"的人太多了,却很难见到法朗士那样敢于说"不"的批评家。

奥威尔作为欧洲20世纪最伟大的批评家之一,他的批评充满着文化批判的意识和知识分子的责任感,他的犀利之处是敢于进行近乎刻薄的批评。他这样评价自己不喜欢的作品:"我所提到的这些书,都是所谓的'逃避'文学。它们在人们的记忆中形成了愉快的区域和安详的角落,都跟现实生活委实没有多大关系。"②这样敢于"吹毛求疵"的批评家在中国非常罕见,我们看到的更多是那种躲在意识形态皮袍下的唱诗者,连"公众人物"的面具都不敢戴的发言人,他们早就把批判的武器扔进了历史的垃圾堆。

奥威尔一贯秉持现实主义的文艺观,他告诉我们:作家的技巧再好、再时尚、再先锋,如果不能忠实于现实,那么其作品就不会在文学史上留下痕迹。反观文艺界在"十七年"时期兴盛起来的"战歌"批评模式,其理论基础是"以阶级斗争为纲"的政治规训。这样的批评模式一旦蔓延开来,就不仅仅是文学艺术的一场灾难,而是一场文化的劫难。这类"批评"一度成为某些批评家捞取政治资本的手段,成为"棍棒"的代名词,致使批评界至今仍规避使用这个词。虽然改革开放以来不断对"批评"进行正名,试图将"批评"从政治中剥离出来,但我们应该看到,一俟政治文化生态有所变化,这种变文艺批评为政治大批判

① [美]乔治·奥威尔:《政治与文学》,李存捧译,译林出版社2011年版,第199—200页。
② [美]乔治·奥威尔:《政治与文学》,李存捧译,译林出版社2011年版,第262页。

的模式立马就会死灰复燃，许多靠此腾达的“批评家”无须变脸就可以鸣锣开张、粉墨登场了。

我们需要的是正常的批评，指陈和批判文艺作品中林林总总的思想缺陷和艺术失误。只要不是人身攻击，亮出批判的利剑，大刀阔斧地驰骋在文学艺术的殿堂上，用学术和学理的手术刀来摘除文艺肌体上的毒瘤，保持批判者的本色，唯此才能使批评正常化。当然，批评需要激情，需要引发争鸣，但前提却是需要杜绝“大批判”式的批评文风，使批评回到正确的学术与学理的轨道上来。

不过，在中国的文艺界，一个更加温和的批评术语——评论——开始频繁出现。这三十年来，“评论”甚至已经基本替代了哲学层面的“批评”。于是，文艺界充斥着对一切作品的褒扬。这种风气一俟遇到适合的生存环境，便会产生巨大的能量，严重危害文艺批评的声誉。20 世纪 90 年代以降，由于消费文化的侵入，阿谀奉承的“评论”开始大行其道，捧杀了作家，捧杀了作品，最终捧杀了中国的文学艺术。看一看艺术品市场的怪现象：假的说成真的、丑的说成美的、恶的说成善的，黑白颠倒、指鹿为马的现象比比皆是，这难道不是艺术评论家的功劳？而文学评论家也可以不看原作，只读内容简介，就可以写出一大篇评论文章的现象，早已不足为怪了。“评论”失去了“批评”的锋芒，毫无批判精神可言，跪倒在拜金主义的裙下。没有非难、没有指责、没有吹毛求疵，文艺就没有危机感。当文艺批评成为作家、作品的吹鼓手和抬轿夫，成为金钱的奴仆，死亡的就不仅仅是批评本身，它与文艺作品一起走进了坟墓。

我们倡导正常的文艺批评，但最难的还不是面对强权与文艺的堕落敢于说“不”，而是能够面对自己的朋友和亲人的创作也能够保持批判的姿态。别林斯基临死前对自己培养起来的作家果戈理的严厉批判是批评的伟大典范。果戈理在 1847 年出版了一本鼓吹恢复农奴制和沙皇统治的小册子，这让别林斯基极为愤怒，并使其在生命的最后阶段奋笔疾书，痛斥果戈理背叛了良知与真理。别林斯基为何如此激动、如此愤慨？就是因为一个批评家的良知和职责让他不得不对自己昔日的朋友发出怒吼。他不能在人民的痛苦和文学的真理面前闭上自己的眼睛。我为中国批评家放弃批评的道德与良知感到悲哀。今天,阿谀奉承的"评论"已经覆盖了大地,却难觅追求真理与良知的"批评"的踪影,这就是中国文艺批评生态的真实现状。

由此我联想到的是,如今中国的批评恐怕更缺乏的是那种对自己同党、同派、同宗、同门、同志、同仁的批评。"党同伐异"易,"挞伐同党"难! 从某种意义上说,当下的"圈子"文艺也是阻碍正常的文艺批评的重要因素之一。殊不知,文艺批评的本质与精魂就在于它永远忠实于对思想和艺术的独特阐释,它的天平永远倾斜在艺术的真理一端,而不受任何亲情和友情的干扰。

如果再不恢复文艺批评的批判功能,我们就丧失了批评之魂。当然,我们不需要"狼嚎"式的"战歌"批评,也不要"莺啼"式的"颂歌"批评,我们需要的是那种建立在科学知识体系上的批评和评论。不做蜷缩在某种指挥棒下的吠者,亦不为带有宗教色彩、放弃怀疑批判精神的批评张目,这应该是批评家遵循的批评法则。

自20世纪90年代以降,批评家们纷纷抹去了观念的棱角和思想的锋芒,自觉或不自觉地完成了"华丽的转身"。他们或成为某种意识形态的"传声筒",或成为消费文化的谋利"掮客",唯独失去了"独立之精神,自由之思想"的批评风骨。其实,批评家都知道一个常识:如果没有怀疑与批判的精神做导向,没有犀利和独到的批判精神做基础,文艺批评是毫无意义的。当20世纪90年代人们都在高声呼吁"人文精神"的时候,我们恰恰丢失了人文学科的灵魂。这是一个"丧魂落魄"的时代,只有极少数人还在苦苦寻觅那条人文学科的"黄金通道"——在没有批判的年代里寻找批判的武器。"破"是手段,"立"才是根本,试图重建一个有序的批评话语体系,寻觅一种倾向于真理而不屈从于话语权力、追求正义而不臣服于规训的勇气,成为21世纪一代学人的批评之梦。

我们今天的批评要为将来的文艺批评留下历史的底片。当文艺批评抽掉了批判的内涵，变成了一味吹捧的“评论”，就意味着这个时代的批评死了，而文化也就死了！这其实是一个简单的常识，但要让人们理解它却十分艰难。因此，我们有必要将它的意涵延展到人类文化的价值底线上来，把人性的诉求和文化的进步作为批评的本义，批判一切阻碍人类文化进步的不合理现象，为建构一个理想的文艺批评体系而努力。不要以为文坛上的“评论”十分热闹，殊不知，它恰恰是一个时代的文化失去活力的表征。所以，重拾马克思主义的批判精神才是文艺批评的首要任务。要知道，一个社会的进步应该依靠不断洗涤其身上的文化污垢，不断疗治其自身的文化疾病才能健康地成长。

二、“学院派”的“批判理论”与“现代批评”的出路

随着“法兰克福学派”的兴起，“批判理论”成为西方现代批评的重要武器，其领袖人物阿多诺、霍克海姆以及本雅明等在马克思主义理论的基础上建立了“政治美学”：

> 在阿多诺最具挑战性的论点里，他针对当代社会的矛盾，提出了缜密的论证分析，虽然就此而言受惠于马克思主义，但他关注的不是有组织之劳工阶级传统的能动性，而是现代文学与音乐（贝克特、荀白克）里强烈的形式困难和自主性，以寻求反对资本主义的对抗性感受（sensibility）。他和学派里的其他成员认为文化工业会破坏政治意识，并且威胁要吸纳最不妥协的“真正”艺术以外的一切事物。①

这种决绝的“批判”意识和姿态几乎成为西方批评最重要的理论武器。“批判理论”通过批判社会来提升美学的自我觉醒，对霸权意识形态和媒体操控进行

① ［英］彼得·布鲁克：《文化理论词汇》，王志泓、李根芳译，台湾巨流图书有限公司2004年版，第77页。

严厉的批判。这一理论在20世纪80年代登陆中国，逐渐为学界所推崇。到了90年代，“伊格尔顿(Terry Eagleton)指出，批判与批评不同。后者指涉的是位于文本或事件之外的中立有利立场，批判则是在研究对象内部采取位置，试图引出矛盾倾向，并突显其有效特质”。如果这一解释尚不够清晰的话，那么，约翰逊(Richard Johnson)表述得就更加明确了：“我所说的批判是最全面的意思：不只是批评，甚至也不是争论，而是一种程序，藉此可以同时理解其他传统的可能性和禁制。批判牵涉了窃取比较有用的成分，抛弃其余部分。从这个观点来看，文化研究是个过程，是生产有用知识的炼金术。”①从中我们不难看出大陆“学院派”学者纷纷由文学批评转向文化批评的缘由。然而这种理论的盛行往往又成为一把批评的双刃剑，利弊都十分明显：对西方“批判理论”的吸纳，一方面使我们能够对西方后现代社会进行有效的批判；另一方面却让我们对中国社会自身的文化弊端视而不见。在批评实践中，“学院派”批评家大量使用空洞理论，并在文章中植入后现代理论家们佶屈聱牙、囫囵吞枣的名词。这些批评家的工作不过是像堂吉诃德那样与风车作战，但却被许多人看作“横移”西方现代和后现代文化理论的硕果。殊不知，这种“横移”是皇帝的新装，只是没有学者愿意去揭穿事实的真相。因为“学院派”批评家，包括我本人在内，谁也不愿意承认自己对时尚的西方理论一窍不通。于是，运用这些西方新理论去评论中国作品的“新批评家”就雨后春笋般出现了，这些“遗传基因”甚至明显地体现在某些“80后”批评家身上。

从20世纪80年代后期开始，中国的文艺批评似乎进入了一个“黄金时代”。在虚假繁荣的背后，“学院派”批评家开始对作家、作品进行西方批判理论名词的轰炸。这类解读往往很容易被并不懂西方批判理论的中国作家所接受，因为在飞速发展的中国社会，作家的心灵深处有着世纪末的文化恐惧，一旦有批评家搬弄西方批判理论为中国作家的作品镀上一层“先锋”、“新潮”或

---

① [英]彼得·布鲁克：《文化理论词汇》，王志泓、李根芳译，台湾巨流图书有限公司2004年版，第78页。

“实验”的金箔，作家就欣然接受了这份理论的馈赠，参与了这场“批评术语革命”的狂欢。其实在中国的读者群中，即便是能够解剖“先锋”作品“全尸”的“学院派”批评家也没有领会作家真正在表现什么。况且这种解读基本上都是停留在“歌德”的层面，很少出现有批判力度的哲理批评。

“学院派”为何会在21世纪突然从文艺批评转向了文化批评呢？追根溯源：一是对文艺创作的失望；二是认为广阔的文化批评更适应“学院派”的学术路径；三是因为批判资本主义的文化没有政治风险。有学者指出：

> 文化评论是18世纪资本主义、都市生活的产物，也是印刷文化(print culture)兴盛时期的产物。由于市场原则与专业倾向，文化批评家在地位上开始具备独立自主性，而且在媒体、公共舆论的批评与理性论述空间里，拓展对话、辩论及多元思考的余地，将当下的文化生态及其现象当做批评的对象，让读者或听众一起感知或了解切身的文化问题，进而设想其对策或解决之道。从18世纪起，小说就对内在价值、家庭生活、情感伦理、虚拟人物及其共同背景的理解等现代文化现象的向度，以具体写实的语言与再现的方式提出种种形塑组构(configuration)与重新解读(refiguration)的可能性……虽然18世纪以来，大众媒体如何操作新闻事件、艺术展览、影像再现，以及“自然”如何日渐荡然无存而成为“工业革命”祭坛上的献祭，都是批评家重点批评的对象，都是现代主义的“文化批评”，仍有另一个层面，力图采取救赎式的美学政治，以诗去取代已在后资本主义社会中销声匿迹的宗教——以这种角度进行的“文化批评”，由浪漫主义到新批评，都是某种形式的现代主义“文化批评”。①

而反观中国近二三十年来的文化批评，虽然它在文艺批评界刮起了一股借鉴

① 廖炳惠编著：《关键词200——文学与批评研究的通用词汇编》，江苏教育出版社2006年版，第49—51页。

消费文化理论的批评旋风，但这股旋风并没有对中国文化资本市场做出宏观的理论把握，也没有对文学艺术作品中的“内在价值、家庭生活、情感伦理、虚拟人物”的“形塑组构”进行鞭辟入里的剖析，而是用被“误读”的后现代理论做挡箭牌，去遮掩其批评的空洞和解读的紊乱。这样的批评与美国文化批评有何关联呢？他们失去的正是对工业革命的种种弊端进行深刻批判的批评本质。

肇始于第一次世界大战期间的“新批评”是西方形式主义文论的重要一支。这一理论以美国批评家兰塞姆于1941年出版的《新批评》为标志，定义了“现代批评”、“本体论批评”、“反讽批评”、“张力诗学”、“结构批评”、“分析批评”、“语境批评”、“本文批评”、“客观主义理论”以及“诗歌语义学评论”等一系列批评概念，大大丰富了批评的内涵与外延。值得注意的是，美国“新批评”理论进入中国理论界、批评界和文学史界，改变了中国文学理论、批评观念和文学史观的格局。因此不对“新批评”做出客观的分析，我们就不能从根本上厘清中国当代文艺批评史上这场具有革命性意义的变化。我们不能只在技术层面上吸纳“新批评”理论，而缺乏对其人文主义批判意识的认识。

无疑，韦勒克在中国学术界的影响不逊于西方任何一位当代文学理论家，他那本与奥斯汀·沃伦合著的《文学理论》几乎成为文学系师生人手一本的文学理论教科书。正如有学者指出的：“该书十分强调以‘新批评’为代表的艺术形式分析的美学意义和价值，通过对文学性质、功用、文学理论、文学批评、文学史及总体文学、比较文学、民族文学等各方面的定义和研究，力图廓清文学方法存在的问题。通过大量的资料准备，作者讨论了文学与诸多相邻学科，如传记学、心理学、社会学、哲学的关系，最后建构起自己的一套理论。”[①]为什么韦勒克的文学理论在20世纪90年代后对中国文学界和学术界有如此大的影响呢？尤其是书中“文学理论、文学批评和文学史”三元合一的批评观念与方

① 王治河主编：《后现代主义辞典》，中央编译出版社2004年版，第666—667页。

法，就像灯塔似的引导着中国现当代文学研究。因为他的观点和方法不仅适合欧美文学界，似乎更加适合当代中国的治学语境。这样的理论既注重中国传统义理考据的方法，又旁及人文学科的各个领域，同时也没有通常西方文学理论的枯燥艰涩。更重要的是，其理论的阐释恰恰与这些年中国社会文化结构高度吻合，其对美国资本主义文化发展中的许多弊端的阐释，恰恰成为中国当下文化的一面镜子。可惜的是，我们的文学批评真正吸纳其精华者甚少。

对中国理论界和批评界来说，韦勒克最为精彩的理论无疑是文学理论、文学批评和文学史三元合一的批评体系。这是提升一个批评家（也是理论家和文学史家）修养的不可或缺的方法。正像韦勒克和沃伦所说的：“文学理论不包括文学批评或文学史，文学批评中没有文学理论和文学史，或者文学史里欠缺文学理论与文学批评，这些都是难以想象的。”[①]这段话可谓点到了中国文艺理论界的“死穴”。由于学科分工过细，中国文学研究界的这三个领域成为老死不相往来的独立机构，使得本应该更博学的治学者变成流水线上工匠式的操作工人，在“学院派”的冠冕下做着精致的作坊式的工作。这种学术生态严重阻碍了中国文艺理论的创新和发展。

中国的文艺批评往往呈现出以下两种模式：首先，“学院派”批评家会从文学史的角度，大量引征文献资料，“吊书袋”成了他们评论文章的主体结构。殊不知，这恰恰背离了文艺批评对于文本应有的独特阐释，使得评论文章被大量引经据典的注释所湮没。我并不反对运用各类古典文献来分析当下的文艺创作，但面对当下文艺作品中那些古人无法遭遇的生活经验，这种“吊书袋”式的批评只能是阉割当代作品中对现实生活的鲜活感受。当然，我并不反对借鉴古人的文学艺术经验，但是面对日新月异的文明、文化和文学的变化，对现实问题做出新的解读才是批评的价值所在。我们只有用自己独特的判断来完成批评在当下的工作，才能真正担负起批评家独立思考的批评职责，才有可能使

① ［美］勒内·韦勒克、奥斯汀·沃伦：《文学理论》，刘象愚、邢培明、陈圣生、李哲明译，生活·读书·新知三联书店 1984 年版，第 32 页。

批评起死回生。其次，是那些非“学院派”批评家的评论模式。虽然这类批评家对作家、作品有着较为敏锐的感悟，但是他们的文学评论往往缺乏理论的支撑以及文学史的整体意识，甚至缺乏起码的人文常识。这使得其批评往往停滞在平面化的分析和对作品自说自话的误读中。这些评论家虽有一些才情，却难以将平面化的评论提升到深刻的形而上的哲学批评的层面。

此外，针对文学批评和文学史的重构，“新批评”理论中作家、作品应具有历史穿透力的看法也击中了中国评论家的命门：“不过，作家的‘创作意图’就是文学史的主要课题这样一种观念，看来是十分错误的。一件艺术作品的意义决不仅仅止于、也不等同于其创作意图；作为体现种种价值的系统，一件艺术品有它独特的生命。一件艺术品的全部意义，是不能仅仅以其作者和作者的同时代人的看法来界定的。它是一个积累过程的结果，亦即历代的无数读者对此作品批评过程的结果。”[①]按照作家的“创作意图”去按图索骥的批评观念与方法，已经成为中国很多评论家的惯性思维。尽管近二十年来这种情况有所改善，但多数评论家还是习惯首先去揣摩作家写某个情节和细节时的意图。他们不知道批评的“独特的生命”是在批评家的“二次创造”中获得的，对同时代的“大”理论家的看法却很在意。即便那些“大”理论家对文艺评论并不在行，也会有很多的评论家为其批评进行趋之若鹜的“深度阐释”。批评家总是生活在先验的理论之中，这不能不说是中国当代批评弱化的深层次原因。此外，很多批评家不知道作家的“创作意图”其实也是根据某种先验意识形成的。即使他们了解到这一点，也会把它视为“深化意图”的理由和资本。因为这些评论家和作家在共同建构着一种只适用于当下的评论和作品，而文艺作品的恒久生命力则被忽视了。回眸几十年来的中国当代文学史，那些一度被评论家捧红的文艺作品会有一大批被逐出历史的教科书。

不难看出，几十年来之所以“颂歌”流行，皆因中国文艺批评界形成的根深

① ［美］勒内·韦勒克、奥斯汀·沃伦：《文学理论》，刘象愚、邢培明、陈圣生、李哲明译，生活·读书·新知三联书店1984年版，第35页。

蒂固的陋习——评论家习惯于匍匐在作家，尤其是大作家的足下讨生活。仰人鼻息、仰视作品，已然成为一种评论的行规和潜规则。如果说得刻薄些，那就是当今的许多评论家是被孵在作家卵翼之下生活的雏鸡，是站在犀牛背上觅食的寄生鸟，是生活在一种体制囚笼中的金丝鸟。

在韦勒克和沃伦看来："历史派的学者不会满足于仅用我们这个时代的观点去评判一件艺术品，但是这种评判却是一般文学批评家的特权；一般的文学批评家都要根据今天的文学风格或文学运动的要求，来重新评估过去的作品。对历史派的学者来说，如果能从第三时代的观点——既不是他的时代的，也不是原作者的时代观点——去看待一件艺术品，或去纵观历来对这一作品的解释和批评，以此作为探求他的全部意义的途径，将是十分有益的。"①或许这种批评方法对欧美的历史派批评家来说，是一个并不艰难的选择，而对中国大陆的批评家来说，则是一种奢望。用"第三时代的观点"去看待一件艺术品，的确可以超越先验的意识形态羁绊，对文艺作品进行客观的评判，但这样的"特权"在中国是不会出现的。因此，克罗齐的著名论断"一切历史都是当代史"便成为许多批评家歪曲和"误读"文艺作品时最响亮的理论口号，也成为许多投机的文化评论家的理论资源。"新批评"的"第三时代的观点"理论为什么没有引起中国理论界足够的重视？其中的奥妙不难理解，因为我们的批评家从来就没有、也不需要文学史的自觉意识与前瞻意识。

中国的当代批评家从来就不要求文艺作品具有的永恒性，而"新批评"的理论则认为：

> 我们要研究某一艺术作品，就必须能够指出该作品在它自己那个时代的和以后历代的价值。一件艺术品既是"永恒的"（即永久保有某种特质），又是"历史的"（即经过有迹可循的发展过程）。相对主义把文学史降

---

① ［美］勒内·韦勒克、奥斯汀·沃伦：《文学理论》，刘象愚、邢培明、陈圣生、李哲明译，生活·读书·新知三联书店1984年版，第36页。

为一系列散乱的、不连续的残篇断简，而大部分的绝对主义论调，不是仅仅为了趋奉即将消逝的当代风尚，就是设定一些抽象的、非文学的理想（如新人文主义、马克思主义和新托马斯主义等批评流派的标准，不适合于历史有关文学的许多变化的观念）。“透视主义”的意思就是把诗，把其他类型的文学，看作一个整体，这个整体在不同时代都在发展着、变化着，可以互相比较，而且充满着各种可能性。文学不是一系列独特的、没有相通性的作品，也不是被某个时期（如浪漫主义时期和古典主义时期，蒲柏的时代和华兹华斯的时代）的观念所完全束缚的一长串作品。文学当然也不是一个均匀划一的、一成不变的“封闭体系”——这是早期古典主义的理想体系。绝对主义和相对主义二者都是错误的；但是，今天最大的慰藉，至少是在英美如此，是相对主义的流行，这种相对主义造成了价值的混乱，放弃了文学批评的职责。实际上，任何文学史都不会没有自己的选择原则，都要做某种分析和评价的工作。文学史家否认批评的重要性，而他们本身就是不自觉的批评家，并且往往是引证性的批评家，只接受传统的标准和评价。今天一般来说都是落伍的浪漫主义信徒，拒斥其他性质的艺术，尤其是拒斥现代文学。①

因为中国的批评家没有追求永恒的批评意识，所以他们看不到“不适合于历史有关文学的许多变化的观念”。趋奉“当代风尚”成了他们唯一的宗旨和目的。这种流行于英美的相对主义理论被韦氏诟病为“造成了价值混乱，放弃了文学批评的职责”，但是却被一些理论家引入中国后无限放大，成为“学院派”理论批评的滥觞，被这三十年来的文艺理论与文艺批评奉为圭臬。

在中国，研究现当代文学的人往往被研究古典文学的“学问家”鄙夷。这种陈旧的“学院派”论调虽然近年来有所改观，但仍然阴魂不散。殊不知，任何

① ［美］勒内·韦勒克、奥斯汀·沃伦：《文学理论》，刘象愚、邢培明、陈圣生、李哲明译，生活·读书·新知三联书店1984年版，第36—37页。

人的研究水平都不是取决于其研究对象,而是取决于他的研究能力和思想深度。韦勒克和沃伦曾指出,“现代文学之所以被排斥在严肃的研究范围之外,就是那种‘学者’态度的极坏的结果。‘现代’文学一语被学院派学者做了如此广泛的解释”,当然也有例外,“在学院派之中,也有少数坚毅的学者捍卫并研究当代文学”①。有趣的是,韦勒克对20世纪欧美理论界状况的论述,就好像在描述中国“学院派”研究者的病症。而我们是否要做他所说的那种少数捍卫并研究当代文学的学者呢?我们是否能够在研究当代作家和艺术家时用自己独特的喉咙发声呢?这才是问题的关键。

韦勒克和沃伦为现当代文学研究所做的辩护极为精彩,他们认为:

> 反对研究现存作家的人只有一个理由,即研究者无法预示现存作家毕生的著作,因为他的创作生涯尚未结束,而且他以后的著作可能为他早期的著作提出解释。可是,这一不利的因素,只限于尚在发展前进的现存作家;但是我们能够认识现存作家的环境、时代,有机会结识并讨论,或者至少可以与他们通讯,这些优越性大大压倒那一不利的因素。如果过去许多二流的、甚至十流的作家值得我们研究,那么与我们同时代的一流和二流的作家自然也值得研究。学院派人士不愿评估当代作家,通常是因为他们缺乏洞察力或胆怯的缘故。他们宣称要等待“时间的评判”,殊不知时间的评判不过也是其他批评家和读者——包括其他教授——的评判而已。②

也就是说,盖棺论定的研究方法不适用于研究当下的文艺创作,因为研究者的

① [美]勒内·韦勒克、奥斯汀·沃伦:《文学理论》,刘象愚、邢培明、陈圣生、李哲明译,生活·读书·新知三联书店1984年版,第37页。

② [美]勒内·韦勒克、奥斯汀·沃伦:《文学理论》,刘象愚、邢培明、陈圣生、李哲明译,生活·读书·新知三联书店1984年版,第37—38页。

理论和批评本身就是在创造历史,建构有意味的文学史。韦勒克、沃伦所说的那种研究古典文学“十流作家”的现象在中国就是“学院派”混饭吃的科研项目。对那些被文学史淘汰的作家、作品重新大张旗鼓地进行研究,是对文学史研究的亵渎。大量的学术垃圾就是由此产生的。

此外,今天中国的文艺界还有一种现象相当普遍,即作家对文学史一知半解以及艺术家对艺术史一无所知。由于中国许多作家、艺术家的文化修养有限,使得他们往往以无视文学史和艺术理论为骄傲,将批评家当作自己的“吹鼓手”和“擦鞋匠”。这一怪现状使得中国的文艺批评也形成了无视文艺发展史的弊病,因为对文艺发展史装聋作哑可以少读些书,这就自然把批评庸俗化和浅表化了。没有文艺发展史的自觉意识,对作家、作品的评论就不会深刻。正像韦勒克和沃伦所言:

> 反过来说,文学史对于文学批评也是极其重要的,因为文学批评必须超越单凭个人好恶的最主观的判断。一个批评家,倘若满足于无视所有文学史上的关系,便会常常发生判断的错误。他将会搞不清楚哪些作品是创新的,哪些是师承前人的;而且由于不了解历史上的情况,他将常常误解许多具体的文学艺术作品。批评家缺乏或全然不懂文学史知识,便很可能马马虎虎,瞎蒙乱猜,或者沾沾自喜于描述自己“在名著中的历险记”;一般说来,这种批评家会避免讨论较远古的作品,而心安理得地把他们交给考古学家和“语文学家”去研究。①

这真是一针见血地指出了当下批评家的通病。换言之,一个好的批评家必须具有丰富的文学史知识。只有以古今中外优秀的作家、作品为参照,批评家才能准确地判断一部作品的价值。而今天的中国有这样的批评家吗?

---

① [美]勒内·韦勒克、奥斯汀·沃伦:《文学理论》,刘象愚、邢培明、陈圣生、李哲明译,生活·读书·新知三联书店1984年版,第38页。

总之，我在这篇文章中梳理了目前中国文艺批评界出现的种种怪现状，并在理论上分析了造成这些现象的深层次原因。可以说，中国当下的文艺批评已经极度堕落，到了非整治不可的地步。因此，重建一个具有马克思主义批判精神的多元文艺批评体系是目前刻不容缓的时代诉求。

原载于《文艺研究》2015 年第 10 期

“革命的五四”与“启蒙的五四”之纠结

总的来说，五四运动的种种倾向几乎决定了以后几十年内中国的思想、社会和政治的发展方向。在这场思想的骚动中，开始形成的时刻的社会与民族意识一直延续了下来。

……在批判中国旧传统时，很少有改革者对它进行过公正的或同情的思考。

——周策纵：《五四运动史·结论：繁多的阐释与评价》

说实话，搞了一辈子的中国现代文学，读了大量的关于“五四新文化运动”的书籍，但是我始终没有搞清楚“五四究竟是什么”这个最基本也是最本质的问题，反而是越搞越糊涂了。

什么是“五四”？这是一个问题！毋庸置疑，百年来涉及这个命题的著述可谓汗牛充栋，众说纷纭，观点芜杂，让人在大量活着的和死去的史料堆里爬不出来，总觉得公说公有理婆说婆有理，甚至会把“五四事件”与“五四新文化运动”混为一谈。以致让一些政治家把这个时间的标志当作纪念日：1938 年 7 月 9 日国民党的“三青团”成立时，曾经提议把“五四”定为“青年节”；1944 年 4 月 16 日重庆国民政府又将它从政治层面下降到文艺层面，定为“文艺节”；1939 年 3 月中国共产党的中国青年联合会在延安成立时也提议把它作为“青年节”；1949 年 12 月，新成立的中华人民共和国又重新正式把“五四”定为“青年节”。可见，它在社会层面的政治意义是远远大于文化和文学意义的。

我们如果用那种简单的逻辑推理就会得出：没有《新青年》何来的“五四”？“五四”只不过是一个时间的标记，用梁漱溟先生的话来说就是：“现在年年还纪念的‘五四运动’，不过是新文化运动中间的一回事。‘五四’那一天的事，意义并不大，我们是用它来纪念新文化运动的。”[①]他的意思很明确，“五四事件”本身的政治意义并不大，大的就是“五四新文化运动”对中国社会和文化后来的一系列政治运动的发展导向起着的决定性作用，当然对文学的发展走向也是起了巨大作用的。

梁漱溟的话对吗？说对也对，说不对也没错。因为当时亲历这场运动的“五四先驱者们”在“五四事件”过后也是各有各的说法，有的甚至大相径庭，这就让一帮研究中国现代史的学者无所适从了，何况历经百年之后，面对着各种各样让人眼花缭乱、目迷五色的对“五四新文化运动”不同阐释，“五四”的面目就越加模糊起来，我本人也在这半个世纪（从小学政治教科书中第一次读到对这场“爱国主义运动”的阐述，及至上个世纪六十年代在我父亲的案头看到胡华的《中国革命史讲义》）以来，因读到各种各样有关“五四新文化运动”的论文与书籍后，就像老Q做了一场未庄梦那样，愈加对“五四”敬而远之了。实在想说几句话，也都是梦话而已。

陈独秀对“五四精神”的定义似乎应该是权威的说法吧，他在《五四运动的精神是什么——在中国公学第二次演讲会上的讲演》中说得很清楚：

> 如若有人问五四运动的精神是什么？大概的答词必然是爱国救国。我以为五四运动的发生，是受了日本和本国政府的两种压迫而成的，自然不能说不是爱国运动。但是我们的爱国运动，远史不必说，即以近代而论，前清末年，也曾发生过爱国运动，而且上海有爱国学社和爱国女学校。

① 梁漱溟：《蔡先生与中国》，《梁漱溟全集》第六卷，山东人民出版社2005年版，第75页。

十年前就有标榜爱国主义的运动。何以社会上对于五四运动无论是赞美、反对或不满足，都有一种新的和前者爱国运动不同的感想呢？他们所以感想不同的缘故，是五四运动的精神，的确比前者爱国运动有不同的地方。这不同的地方，就是五四运动特有的精神。这种精神就是（一）直接行动；（二）牺牲的精神。

直接行动，就是人民对于社会、国家的黑暗，由人民直接行动，加以制裁，不诉诸法律，不利用特殊势力，不依赖代表。因为法律是强权的护符，特殊势力是民权的仇敌，代议员是欺骗者，决不能代表公众的意见。清末革命的时候，人人都以为从此安宁了，不料袁世凯秉政，结果反而不好。袁世凯死的时候，人人又以为从此可以安宁了，不料现在的段祺瑞、徐世昌执政，国事更加不好。这个时候，中国人因为对于各方面的失望，大有坐以待毙的现象。自从德国大败、俄国革命以后，世界上的人思想多一变。于是，中国人也受了两个教训：一是无论南北，凡军阀都不应当存在；一是人民有直接行动的希望。五四运动遂应运而生。一般工商界所以信仰学生，所以对于五四运动有新的和前次爱国运动不同的感想，就是因为学生运动是直接行动，不是依赖特殊势力和代议员的卑劣运动呵！

中国人最大的病根，是人人都想用很小的努力牺牲，得很大的效果。这病不改，中国永远没有希望。社会上对于五四运动，与以前的爱国运动的感想不同，也是因为有无牺牲的精神的缘故。然而我以为五四运动的结果，还不甚好。为什么呢？因为牺牲小而结果大，不是一种好现象。在青年的精神上说起来，必定要牺牲大而结果小，才是好现象。此时学生牺牲的精神，若是不如去年，而希望的结果，却还要比去年的大，那更不是好的现象了。

以上这两种精神，就是五四运动重要的精神。我希望诸君努力发挥这两种精神，不但特殊势力和代议员不是好东西，就是工商界也不可依赖。不但工商界不可依赖，就是学界之中，都不可依赖。最后只有自己可靠，只好依赖自己。[1]

倘若我说陈独秀当年做这番演讲的时候还是一个“愤青”的话，我们可以原谅他在政治上的幼稚，他以为诸如法国大革命与俄国革命以流血的代价换来的才是真正的革命运动，唯有“牺牲精神”才能换来革命的胜利，其实，当年持这种想法的知识分子是很多的，他代表着许多“五四革命先驱者”的普遍观念，这就造成了“爱国主义和牺牲精神”才是这场运动本质的假象，殊不知，这才是遮蔽和阻遏“五四启蒙精神”向纵深发展的源头和本质，他让中国大多数的知识分子的思想观念导向了卢梭式的法国大革命的教义和苏俄“十月革命”的实践范例。虽然陈独秀在其晚年将此观念来了一个一百八十度的大颠覆，痛彻反思苏俄革命的弊病，对“五四运动”进行了一次彻底的反省，但为时已晚，“明日黄花”早已凋谢，历史认知的潮流已然成为不可阻挡之势了。历史告诉我们：革命运动无论“牺牲大”还是“牺牲小”与其结果并不是呈反比状态，而是看他的理念有无深入人心。

陈独秀的身份是非常特殊的：他 1915 年创办《青年杂志》（《新青年》），反对旧道德，张扬自由主义和民主思想，既是新文化启蒙运动的发动者与重要角色，又是“五四文学革命”的重要倡导者，与胡适等人一起，倡导白话文学；在 1919 年以学生游行为导火线的“五四”政治运动中，他也竟亲自上街散发传单，并因此被捕。1919 年“五四运动”以后，原先包括思想启蒙与文学革命在内的“五四”新文化阵营，发生了分离：陈独秀、李大钊投身政治，胡适退回书斋搞学问，鲁迅则陷入“荷戟独彷徨”的苦闷之中。他们其中任何一位来阐释“五四精神”，都会是有差别的。作为“五四”的全面参与者与领导者，陈独秀似乎是诠释“五四精神”的权威角色。然而，这篇演讲，陈独秀显然并没有试图对“五四运动”进行“全面”的阐述，他只是以一位政治家的身份，着眼于“五四革命文化

---

[1] 原载 1920 年 4 月 22 日《时报》。

运动”，阐释政治视野中的“五四精神”。因此，他强调的“五四精神”为：直接行动和牺牲精神。而他演讲的地点——中国公学——恰好是具有革命传统的学校。因此，演讲者的身份和听众对象，决定了这篇演讲是以“五四”青年学生走上街头、干预政治为楷模的宣传、鼓动的文章。这也是让“五四”从“文化革命”走向“革命文化”的滥觞因素之一，难怪林毓生们会将“五四新文化运动”与后来的“文化大革命”相联系，原因就在于他只看到了这场运动“左”倾的一面，而忽略了他潜藏在地下奔突的烈火——启蒙给一代又一代现代知识分子留下的新文化遗产，当然还有遍体鳞伤的躯体和灵魂。

“五四”是一个说不尽的话题，原因是“五四”是一场含义非常丰富的文化运动。学界普遍认为“五四”的含义应当包括以下三个方面：第一，反对传统道德、提倡民主与科学的新文化思想启蒙运动；第二，反对文言、提倡白话的文学革命；第三，反对帝国主义和专制腐败政治的“五四爱国民主运动”。这决定了“五四精神”注定不可能进行单一视角的归纳，而百年来恰恰忘却的总是最根本的首要任务，启蒙却往往成为纪念“五四运动”餐桌上的佐料。

新文化思想启蒙运动崇尚西方文艺复兴以来的人文主义价值，以进化论眼光肯定现代化，否定传统道德与价值观；而在“五四政治运动”中，爱国主义和反对帝国主义，又与“五四”启蒙理想在对待西方和中国文化的态度上相互冲突。可以说，不同时期、不同身份的人，往往根据自己的政治立场和阐释目的，就“五四”的某一方面含义进行了偏执性的强调。总之，百年来围绕着“启蒙的五四”与“革命的五四”之命题，谁也无法做出合乎逻辑的周延性判断。另一方面，似乎“启蒙与救亡”遮蔽了“五四新文化运动”的许多实质性的问题，让我们做了问题的“套中人”。

而胡适之先生作为“五四新文化运动”的发起人，他原本的“革命”目的何在呢？也是在“五四事件”发生的第二年他发表了演说，其内容与陈独秀的观点就有了一些不同了。1920 年 5 月 4 日，胡适参加了北京女子学界联合会召开的“五四纪念会”，并发表演说。当天的《晨报副刊》，胡适与蒋梦麟联名，发表了一篇《我们对于学生的希望》。此文肯定了青年学生运动的贡献，但他还是认为：“这种运动是非常的事，是变态的社会里不得已的事……故这种运动是暂时不得已的救急办法，却不可长期存在的。”显然，胡适是反对用“牺牲”换来的革命结果的，换言之，就是反对以革命的名义进行青年学生运动的。

而到了 1928 年的 5 月 4 日，胡适在光华大学发表了《五四运动纪念》演讲，其观点来了一个 180 度的大转弯，他又肯定了学生的“牺牲精神”，不再提倡钻进“故纸堆”里去了，其重要的一点就是胡适证明“五四运动”印证了一个历史公式。即：“凡在变态的社会与国家内，政治太腐败了，而无代表民意机关存在着；那末，干涉政治的责任，必定落在青年学生身上了。这是一个最正确的公式，古今中外，莫能例外。”当然，在胡适对自己的观念做出重大修改的时候，他没有忘记自己过去说过的话，于是就用辩证的方法予以圆场：“如果在常态的社会与国家内，国家政治，非常清明，且有各种代表民意的机关存在着；那末，青年学生，就无需干预政治了，政治的责任，就要落到一班中年人的身上去了。”“自从五四运动以来，中国的青年，对于社会和政治，总算不曾放弃责任，总是热热烈烈的与恶化的挣扎……青年人的牺牲，实在太大了！他们非独牺牲学业，牺牲精神，牺牲少年的幸福，连到牺牲他们自己的生命，一并牺牲在内了……”显然，胡适认为牺牲青年是一件迫不得已的事情，与毫不足惜“牺牲”的非人道观念是有区分的。

从胡适的观念转变，我们可以看出一个重要的问题症结来——在“启蒙与革命”的悖论当中，“五四”就成了一个在“启蒙”与“革命”之间来回奔跑跳跃的政治文化和精神文化的冠词，似乎这顶桂冠扣在任何言者的头上都很合适。但是，人们忽略的恰恰就是政治和社会的时间与空间的变化给人的思想观念带来的变化。随着时间和空间的变化，也随着各人的生活经历的变化，“五四先驱者”们的观念也在变化，我们如果将他们的思想看成一成不变的固态，就会犯经验主义的毛病。这一点在胡适 1935 年的《纪念五四》一文中得到了印证：“我们在这纪念五四的日子，不可不细细想想今日是否还是‘必有赖于思想的变化’。因为当年若没有思想的变化，决不会有‘五四运动’。”

直到1958年5月他读到了女作家苏雪林的一篇追念“五四”的“理性女神”的文章，在写信回复时说：“我同情你的看法，但我(觉得)五四本身含有不少的反理智成分，所以‘不少五四时代过来人’终不免走上了反理智的路上去，终不免被人牵着鼻子走。”恐怕一个67岁的成熟老人的思考才是最深刻的。

1960年，胡适应台北广播电台之邀，发表了一个长篇谈话《五四运动是青年爱国的运动》。其实这篇演讲标题似乎又回到老路上去了，其主旨却是针对犹如西方的文艺复兴运动的“五四启蒙运动”感慨而发：“五四运动也可以说害了我们的文艺复兴。什么原故呢？……因为我们从前作的思想运动，文学革命的运动，思想革新的运动，完全不注重政治，到了五四之后，大家看看，学生是一个力量，是个政治的力量，思想是政治的武器……所以从此之后，我们纯粹文学的、文化的、思想的一个文艺复兴运动就变质了，就走上政治一条路上……”“在我个人看起来谁功谁罪，很难定，很难定，这是我的结论。”我以为，这是胡适晚年对“五四”最为深邃的一次思考，那种试图把“五四新文化运动”安放在“启蒙运动”轨道上的梦想为什么会成为泡影？归根到底就是一句话：在中国，试图创造一个“纯粹文学的、文化的、思想的一个文艺复兴运动”可能性几乎为零，因为凡是运动最后总是要归于政治的。这就造成了不仅仅是“启蒙”的悲剧，同时也造成了“革命”的悲剧。历史无情地证明了这条规律，并且还将不断地证明。

我们往往把鲁迅作为“五四新文化运动”“革命阵营”的旗手来对抗“启蒙主义”领袖胡适的，其实，这就抹杀了他们在许多观念上的交错和重叠部分的共同性，值得反思的是，为什么百年来我们将“启蒙”与“革命”的界限给抹杀了，在这两个性质完全相异的名词之间画上了等号。

鲁迅先生说：“最可怕的情形，就是比较新的思想运动起来时，与社会无关，作为空谈，那是不要紧的，这也是专制时代所以能容知识阶级存在的缘故。因为痛哭流泪与实际是没有关系的，只是思想运动变成实际的社会运动时，那就危险了。往往反为旧势力所扑灭。中国现在也是如此,这现象,革新的人称之为‘反动’。我在文艺史上,却找到一个好名辞,就是 Renaissance,在意大利文艺复兴的意义,是把古时好的东西复活,将现存的坏的东西压倒,因为那时候思想太专制腐败了,在古时代确实有些比较好的;因此后来得到了社会上的信仰。现在中国顽固派的复古,把孔子礼教都拉出来了,但是他们拉出来的是好的么?如果是不好的,就是反动,倒退,以后恐怕是倒退的时代了。”①这些话与上述胡适的许多言论则是高度一致的,从中即可看出许多事情的端倪来,可怕的“反动,倒退”在中国百年历史的长河中流淌,让人陷入了无边的困顿之中,我反反复复揣摩这段话的含义,终于,我没有找到满意的答案,就像老 Q 那样在祠堂里睏过去了。

于是,我找来这段不知是“启蒙”还是“革命”的谶语,但仍然不能解惑:“说到中国的改革,第一著自然是扫荡废物,以造成一个使新生命得能诞生的机运。五四运动,本也是这机运的开端罢,可惜来摧折它的很不少。”②

于是,我再翻阅另外一些“五四先驱者”们的说法,选择几段来进行对比罢,抑或能在多角度的测量中找到一个较为有价值的坐标来,虽然也很枉然。不过,在对比之前,我还是援引一句余英时先生对“五四新文化运动”的评语:“或许,关于五四我们只能作出下面这个最安全的概括论断:五四必须通过它的多重面相性和多重方向性来获得理解。”③

我们在谈“五四运动”的时候,千万不能不把书生谈“五四”与政治家谈“五四”区别开来,也就是说,用学者的眼光和政治家的眼光来看“五四”,是能够读出不同的味道的,甚至是截然相反的两个“五四”来的。

“作为中华民国的缔造者之一,作为著名的政治领袖,孙中山支持‘五四’

---

① 《关于知识阶级》,《鲁迅全集》第八卷,人民文学出版社 2005 年版,第 227—228 页。

② 《〈出了象牙之塔〉后记》,《鲁迅全集》第十卷,人民文学出版社 2005 年版,第 270 页。

③ 余英时:《文艺运动乎?启蒙运动乎?——一个史学家对五四运动的反思》,《现代危机与思想人物》,生活·读书·新知三联书店 2005 年版,第 99 页。

学生运动，这对知识界的分化产生了重大影响，也把青年吸引到革命阵营。列宁十月革命的成功给他留下了深刻的印象，而西方国家对他要求的为重建国家计划提供财政支持的呼吁无动于衷，却承认每一届北洋政府，又使他十分的失望，因此他的思想就趋渐‘左倾’。”[①]也许这就是导致“五四”转向为政治起主导作用的重要因素之一罢。所以，考察“五四新文化运动”初始时的政治人物和文化人物的言论则是一件十分有趣，也是十分复杂的事情。

用中国共产党缔造者李大钊先生的定义来说：“此次‘五四运动’，系排斥‘大亚细亚主义’，即排斥侵略主义，非有深仇于日本人也。斯世有以强权压迫公理者，无论是日本人非日本人，吾人均应排斥之！故鄙意以为此番运动仅认为爱国运动，尚非恰当，实人类解放运动之一部分也。诸君本此进行，将来对于世界造福不浅，勉旃！”[②]在这里，作为中国最早的共产主义的信仰者，他并没有把“五四新文化运动”定性为“爱国主义”的运动，“仅认为爱国运动，尚非恰当”，而是“人类解放运动之一部分也”，请不要忘记其中的这一层深刻的涵义，所以，我又产生了遐想：他认为的仅定性为爱国主义“尚非恰当”，那么，其“人类解放运动”必定是指向“没有压迫、没有剥削”的“国际共产主义运动”，其时正是苏俄革命风起云涌之时，李大钊的暗示其实是不言自明的，也就是说，李大钊先生的眼光是更加辽远的，他的定性没有被纳入后来的教科书，似乎也是一种遗憾。

显然，与上述的中国共产党另一位创始人之一、“五四新文化运动”始作俑者陈独秀的“牺牲精神”观点相比较，他们的共同点就在于是站在彻头彻尾的“革命”立场上来说话的，至于陈独秀后来观点有所变化则是另一回事了，反正我从这里读到的是硝烟之气息。

---

① ［美］周策纵：《五四运动史：现代中国的知识革命》，陈永明、张静译，世界图书出版公司 2016 年版，第 243 页。

② 李大钊：《在国民杂志社成立周年纪念会上的演说》，1919 年 10 月 12 日。发表于《国民》杂志第 2 卷第 1 号，1919 年 11 月 1 日出版，未署名。此文摘自该刊的有关报道。

陈独秀后来又这样说过：“‘五四’运动时代不是孤立的，由辛亥革命而‘五四’运动，而‘五卅运动’、北伐战争，而抗日战争，是整个的民主革命运动时代之各个事变。在各个事变中，虽有参加社会势力广度之不同，运动要求的深度之不同，而民主革命的时代性，并没有根本的差别。所以‘五四’运动的缺点，乃参加运动的主力仅仅是些青年知识分子，而没有生产大众，并不能够说这一运动的时代性已经过去。”①从中，我们看到陈独秀先生似乎切中“五四新文化运动”的要害处就是知识分子没有“唤起民众”的弊端，算是最初揭示“五四新文化运动”启蒙失败原因的人之一。

所有这些，是导致“五四新文化运动”向着苏俄“十月革命”模式靠拢的动因所在，虽然陈独秀在晚年深刻反思了苏俄革命的种种弊端，但在当时确实是十分青睐这“十月革命”的鼓声的。所以周策纵先生描述当时知识分子的心态是“正当中国知识分子尝试着吸收西方思想界的自由和民主的传统时，却遭到了商业和殖民化的严酷现实，在这段关键的时期，苏维埃联邦向他们展示了诱人的魅力”。当然，这不仅是共产主义者的理想，也是“国父”孙中山先生的政治观念。毋庸置疑，激进主义的思潮往往就是革命的动力所在，而那种带有书生气的、纸上谈兵式的自由民主主义的“启蒙”理性考辨，往往会被激情的“革命”欲望和冲动所遮蔽掩盖。多少年后，当我们将英美“光荣革命”与法国大革命和俄国革命相比较的时候，也许会冷静下来看待一些问题，看到了血与火，乃至于污秽给人类和社会带来的创痛，我们才能客观地去重新审视历史，从这面镜子里看到现实和未来。

其实，当时的左派知识分子和自由主义知识分子都是围绕在杜威和罗素的“西化”理论上做文章，摸不清楚哪种政治模式适合中国的社会前途。杜威把“民治主义”分为政治民主、民权民主、社会民主和经济民主四类，这个观点受到了陈独秀的极大支持，“由于杜威观察了中国当时经济的情况，他更坚决

---

① 《“五四”运动的时代过去了吗?》,《陈独秀文集》第四卷，人民出版社 2013 年版，第 588 页。

地放弃马克思主义和传统的资本主义。据他的判断，因为中国工业落后，劳工问题和财富分配不均问题还不严重，因此，社会主义和马克思主义在中国没有立足之处”①。周策纵当然是不同意这种判断的，其实，后来毛泽东在1925年12月的《中国社会各阶级的分析》和1927年3月的《湖南农民运动考察报告》里就有了相反的论证。到了1930年代，中共的领导人瞿秋白为茅盾谋划长篇小说《子夜》时，也从政治和社会层面彻底否定了杜威的观点。“虽然那些即使倾向社会主义的知识分子也同意杜威对民主主义的某些诠释，但他们自身仍有明显的偏颇：例如对经济问题的特别注重”，只有陈独秀的“什么是政治？大家吃饭要紧”的理论是迎合杜威的。也许是杜威的观点比较明晰，其走资本主义的倾向昭然若揭，无论是国民党的左派，还是共产党的绝大多数左翼知识分子都不同意，也就是少数的“柿油党”会同意他的观点罢。倒是陈独秀的一句大实话“大家吃饭要紧”的理论在近半个世纪后才被重新接了过来，补足了杜威理论在中国没有实践意义的谬论。

而当时为什么无论左右派都对罗素的政治社会学如此感兴趣呢？因为罗素的观点有着充分的两面性，你说是辩证法也罢，你说是翻译出的大毛病也罢，他的理论受到知识界的欢迎是真：“罗素在中国的演讲甚至公开地明显支持共产主义的理想，并且承认苏俄布尔什维克经济措施的一些成就……如他们实现了经济上和政治上的平等。然后他下结论道：世界上所有的国家都应该协助苏维埃维持她的共产制度，他还说：‘此外，我认为世界上每一个文明国家都应该实验一下这种卓越的新主义。’”②

而在另一方面，罗素又开始自相矛盾地“反对苏俄共产主义的广泛措施；一些中国知识分子原来希望全盘采用苏俄的政策，他的反对使他们的想法打

---

① [美]周策纵：《五四运动史：现代中国的知识革命》，陈永明、张静译，世界图书出版公司2016年版，第227—228页。

② [美]周策纵：《五四运动史：现代中国的知识革命》，陈永明、张静译，世界图书出版公司2016年版，第232页注释①。

了折扣。另一方面，罗素强调增产的必要，他的观点引出了一个问题：中国是否有必要发展自己的民族资本主义制度?”这就是引发中国走不走资本主义道路大讨论的成因吧。

两位洋大人开出的药方虽然不同，却引起了当时中国智识阶级在这个焦点问题上的大分化，最后当然是左翼思潮占了上风，包括 1930 年代左翼文学的崛起，就标志着整个文化开始进入了大转折时期。《子夜》在不断修改中，用形象的语言和情境严肃而认真地回答了“中国不走资本主义道路”的命题，当然也包括不走“民族资本主义道路”，因为“自从来到人间，资本的每一个毛孔都是肮脏的和血淋淋的”，为此，中国社会付出了几十年的政治文化代价。

难怪许多党派的政治家和左右知识分子都热衷于他两面俱到的理论，进行了几乎并无实际意义的大讨论。

温和的自由主义派的“五四新文化运动先驱者”胡适之先生同样掉进了政治的陷阱里，显然，先生的慈善和仁义之心可鉴，他是害怕因“革命”流血的，但是他的话往往不被当时的知识分子所接受，包括那个“肩扛着黑暗的闸门”的鲁迅先生尽管也知道革命是会有“污秽和血”的，但是，在某种程度上他陷入了对“革命”迷狂的矛盾之中，一方面是掷出“匕首与投枪”“直面惨淡的人生”的勇气，另一方面却又主张采取避开锋芒的“壕堑战”。所以在大革命的动荡时期的激情往往压住的是“小资产阶级”自由主义者们畏首畏尾躲避鲜血淋漓现实的情调。

由此，胡适总结道：“这种运动是非常的事，是变态的社会里不得已的事。但是他又是很不经济的不幸事，因为是不得已，故他的发生是可以原谅的；因为是很不经济的不幸事，故这种运动是暂时不得已的救急办法，却不可长期存在的。”[①]由此，我想到的是，胡适先生是不想看见流血的“革命”的，但是，他似乎又是对“启蒙的五四”抱有一些希望的。流血是残忍的，尤其是青年学生的

---

① 《我们对于学生的希望》，《胡适文集》第十一卷，北京大学出版社 1998 年版，第 48 页。

血，可是要革命总会有牺牲，“死人的事是经常发生的”，“下定决心，不怕牺牲”才是革命必须付出的血的代价，任何革命都不能逃脱流血的悲剧发生，所以，笔者在“五四”八十周年纪念的时候曾经说过：革命只能允许付出一次血的代价，决不能付出第二次代价，更不能付出N次血的代价。办法只有一个，就是在第一次付出血的代价之后，就建立一个能够制止流血的制度和法律出来。

更加有趣的是，作为“改良主义”的失败者的梁启超对“五四事件”也表示了极大的关注，而他的态度就像周策纵说的那样：“梁启超的观点似乎是在胡适和陈独秀之间，而国民党领导人（笔者注：指孙中山）则对五四运动的政治潜能深感兴趣，因此吸引一些左派知识分子入党。”哈哈，作为一个末代的旧士子，其对“五四革命”的态度是深有意味的，“戊戌变法”最多就是想来一场“宫廷政变”吧，他的骑墙态度究竟是后悔没有流更多的血来完成那次被后人诟病的“假革命”呢，还是后悔一流血变法就破产了呢？即便是在菜市口，也不就付出了六个文人士子头颅吗？这是能容忍的呢，还是不能容忍的呢？我苦思不得其解。

总之，无论是“五四新文化运动”还是“五四事件”，似乎政治家的兴趣要比文化界的知识分子浓厚得多，“虽然五四运动在本质上是一场思想革命，然而也正因为新式知识分子对政治的兴趣不断提高，才会有这个运动”。①

作为“五四新文化运动”先驱者的教育家蔡元培先生的立场更是一种冷峻的观察角度，则显然与其他人不太一样，他一直以为：“原来五四运动也是社会的各方面酝酿出来的。政治太腐败，社会太龌龊，学生天良未泯，便忍耐不住了。蓄之已久，迸发以朝，于是乎有五四运动。”显然，这是肯定“五四事件”对推动整个“五四新文化运动”所起的积极意义。但是，他还进一步痛心疾首地说：“自‘五四’以后，学潮澎湃，日胜一日，罢课游行，成为司空见惯，不以为异。

① ［美］周策纵：《五四运动史：现代中国的知识革命》，陈永明、张静译，世界图书出版公司，第225页。

不知学人之长，惟知采人之短，以致江河日下，不可收拾，言之实堪痛心啊！”①显然，这又是对“五四运动”所造成的负面效应进行了无情的诟病。毫无疑问，作为一个提倡“教育救国”的先驱者，蔡元培一直是主张“启蒙”大众的，但是，没有“启蒙”的火种是万万不可的，而其火种就在于培养学生，而学生罢学，没有知识作为面向世界的基础，何以启蒙呢？他之所以将学生置于教育的首位，生怕学生以“牺牲”为祭品，就是不希望在“革命”的行动中输掉“启蒙”的老本。所以“保护学生”的传统便在历次“革命运动”中成为许多教育家义不容辞的职责，那么，我们看到许许多多的校长在革命运动中保护学生的本能，也就不足为奇了。

蔡元培在处理“启蒙”与“革命”的关系时的价值立场为什么与他人有异？上个世纪八十年代初的那场“启蒙与救亡的双重变奏”的学术呐喊震撼了许多学者，至今还时时萦绕在人们的耳畔。近年来，如果用“启蒙与革命的双重变奏”的学术观点重新审视“五四新文化运动”以降的文化思潮，显然是一种试图推进学术讨论的积极举措，这也与我近十几年来提倡知识分子的“二次启蒙”思路有相近之处，不过，我并非理论家，只能从“五四文学”大量的思潮、现象和作家作品阅读中获得的直觉体验，提出另一种思考“五四新文化运动”路径，冒着不揣简陋、贻笑大方的危险，博大家一辨，当一回舞台上的小丑，似乎要比阿Q强一些，因为小丑是梦醒之后无路可走的人，不像Q爷自以为是一个“有精神逃路”的人。

于是，我试图沿着世界近现代史的路径去寻找一个新的理论坐标，将其与中国的“启蒙与革命”进行叠印，找出其重叠和相异之处，抑或可以更加明晰地看出投影中的些许问题来。

好在这几十年来许多人都把目光集中在法国大革命和英美革命与启蒙的

---

① 《读书与救国——在杭州之江大学演说词》，《蔡元培全集》第五卷，中华书局1984年版，第123页。

关系上，给我提供了许多新的思考理路，但是，我发现，倘若不把俄国革命与启蒙的关系加入进来进行辨析与思考，我们是无法廓清"五四新文化运动"以来的许许多多中国问题，少了这个参照系而去奢谈西方的"光荣革命"和法国大革命与启蒙的关系，似乎仍然解释不了中国社会百年进程中的许多复杂的"启蒙与革命"的因果关系。

读了托克维尔的《旧制度与大革命》仍然没有找到解惑中国"启蒙与革命"的关系问题，又读了他的《论美国的民主》虽然能够影影绰绰地找到一些答案，却不能完全解释出"启蒙与革命"在中国百年历史中的双重悖论关系来。他留下过的名言虽然能够打动我的心灵，却解决不了百年的中国文化问题。比如他说，"历史是一个画廊，里面原作很少，复制品很多"。这是多么精彩的断语啊，我们也知道中国百年来的"启蒙与革命"的复制品很多，但是，他没有给出一个真品的样张来供人欣赏、参照和鉴别。也许，倘若他活到今天，就可能看见东方国家的复制品，尤其是"革命"的复制品。尽管他在《旧制度与大革命》中也说过这样的没有可行性的警句："假如将来有一天类似美国这样的民主共和制度在某一个国家建立起来，而这个国家原先有过一个独夫统治的政权，并根据习惯法和成文法实行过行政集权，那末，我敢说在这个新建的共和国里，其专横之令人难忍将超过在欧洲的任何君主国家。"

还有，就是他在《旧制度与大革命》中所说的那两段名言常常被人使用："对于一个坏政府来说，最危险的时刻通常就是它开始改革的时刻。""只要平等与专制结合在一起，心灵与精神的普遍水准便将永远不断地下降。"着实让我坠入云里雾里，难道那就是让路易十六走上断头台的缘由？是大革命的"丰硕成果"还是大革命的败笔呢？凡此种种，这些漂亮的语句虽然不断诱惑着我，但是，我始终不能从中截获到对照中国百年来"启蒙与革命"的解药。

于是，我就决定放弃在法国大革命与启蒙关系中找答案的念头，同时，也放弃了从英美"光荣革命"与启蒙的关系中寻找解惑的通道。

又于是，我大胆地认为，如果不将百年来中国"启蒙与革命"关系的进程和近乎镜子中的孪生兄弟的俄国“革命与启蒙”关系相对照，也许我们就永远走不出那个早已设定的理论怪圈，可能连“十月革命”的炮声都没有听清楚就去扯“启蒙与革命”的淡，我们还有什么资格去评判“五四新文化运动”呢?!

再于是，我对一直引导学界四十年的“救亡压倒启蒙”的观念也发生了怀疑，尽管我曾经对此论佩服得五体投地，尽管我对论者在阐释中国“革命”时的断语也十分赞同：“影响二十世纪中国命运和决定其整体面貌的最重要的事件就是革命。”当然这也是对“五四运动”性质的一种定性和定位。但是，我总觉得“救亡压倒启蒙”只是历史瞬间的暂时现象，它只能解释一个历史时段的表象问题，而归根结底却无法阐释一个长时段的百年中国许许多多理论和实践问题，尤其是后七十年来的许多现实问题，因为当“救亡”不再是“启蒙”悖论的对象时，“启蒙”的对立面仍然是回到了“革命”的位置上，也就是说，“革命”（“继续革命”）是相对永恒的，“救亡”则是短暂的，“救亡”消解了，但“革命”仍旧绵绵不绝，这就是中国百年来不变的铁律，也是印证充分论证“影响二十世纪中国命运和决定其整体面貌的最重要的事件就是革命”观点的有力论据。

所以，我就设置出了“两个五四”的命题，即“革命的五四”和“启蒙的五四”。这“两个五四”究竟谁压倒谁呢？沿着时序逻辑的线索来看，各个不同时期有着不同曲线形态，但是，谁占据了上风，谁占据了漫长的时间段，谁占据了统治地位，这是一部长长的论著也无法解决的历史和哲学难题，我只是提出一个十分不成熟，甚至荒谬的假想，能不能成立，也许并不是我这样功力浅薄的人所能阐释清楚的真问题和大问题。

所以，我认为我们是在认识百年“五四新文化运动”的本质问题上发生了偏差，进入了一个否定之否定的理论怪圈之中，当然，这也同时严重地影响了我们对“五四新文学”作家作品、思潮流派和文学现象的解析，产生出许多误读（这个词并非指西方文论中具有后现代意味的文本阐释）和误判，我希望在“五四”百年之后，我们的学术讨论能够进入一个“深水区”，让我们从一个多维度的时空里寻觅到更多的坐标点，以更加准确地定位和定性“五四新文化运动”，以及在这一背景下产生的“五四新文学运动”的种种现象。

我一直认为“五四新文化运动”的“启蒙”被不断的“革命”所打断、所困扰，最后走向溃败，其重要的原因就是知识分子在没有完成“自我启蒙”的境况下就匆匆披挂上阵，试图自上而下地去引导大众，在没有大量生力军(教育，尤其是高等教育基础和资源十分匮乏)作为“启蒙运动”的补给线的情况下，在“自我启蒙”意识尚十分淡漠的文化语境中，“启蒙运动”自然就变成了一场滑稽戏和闹剧。如今，高等教育已然普及，但是高等教育中的人文教育却是滑坡的，大学里行走着满园的“人文植物人”，你让“启蒙的五四”如何反思，你让蔡元培指望的新文化青年队伍情何以堪。

当然，尚有一个关键的问题不能解决，一切所谓的“革命”和“启蒙”都是虚幻的，那就是知识分子“自我启蒙”中难以逾越的障碍物，这一点似乎刻薄的鲁迅先生早就看出来了：“然而知识阶级将怎么样呢？还是在指挥刀下听令行动，还是发表倾向民众的思想呢？要是发表意见，就要想到什么就说什么。真的知识阶级是不顾利害的，如果想到种种利害，就是假的，冒充的知识阶级；只是假知识阶级的寿命倒比较长一点。像今天发表这个主张，明天发表那个意见的人，思想似乎天天在进步；只是真的知识阶级的进步，决不能如此快的。不过他们对于社会永远不会满意的，所感受的永远是痛苦，所看到的永远是缺点，他们预备着将来的牺牲，社会也因为有了他们而热闹，不过他们的本身——心身方面总是苦痛的；因为这也是旧式社会传下来的遗物。至于诸君，是与旧的不同，是二十世纪初叶青年，如在劳动大学一方读书，一方做工，这是新的境遇；或许可以造成新的局面，但是环境是老样子，着着逼人堕落，倘不与这老社会奋斗，还是要回到老路上去的。”[①]无疑，鲁迅的进化论的思想左右了他把希望寄托在青年身上，而对知识分子的严酷批判与省察也是毫不留情的，从这里，我们看到鲁迅对知识分子“永远是批判性”的定性和定位比萨义德的

① 这是鲁迅先生1927年10月25日在上海劳动大学的演讲，后题名为《关于知识阶级》最初发表在《劳大周刊》1927年11月第5期。

《知识分子》早了几十年，那么，为什么恰恰是在这一点上形成了我们研究鲁迅的“盲区”，当然，当今有的学者倒是阐释过这个问题，可惜却未能深入下去。这或许就是中国的“启蒙”（包括“革命”）不彻底或不能持续下去的原因吧。

毋庸置疑，“五四新文化运动”时期的言论自由应该归功于辛亥革命前后的宽松文化语境，然而，一俟这个语境消失，“五四新文化运动”就像被抽去了灵魂，不对，应该说是文化运动主体的知识阶级失去了思想的灵魂。他们只有痛苦，而没有牺牲精神。我常常在思考一个问题：为什么许多非知识阶级的群众可以有牺牲精神，成为烈士，有的小小年纪，有的还是女性。答案难道就是他们是有“精神逃路”的人吗？也许，在百年之中你可以挑出几个鲜见的知识分子作为例证来反驳我，可让我始终不解的是，即便是像瞿秋白这样优秀的知识分子为什么最后还是情不自禁地写下了《多余的话》？他并不是鲁迅笔下那个考虑自身利害关系的知识分子，他是敢于牺牲自家性命的革命领袖，却留下了千古难解的绝笔。我试图从许许多多的知识分子的面影中找到一个合理合情的答案来，最后还是不得不回到问题的原点上：“启蒙与革命”的双重矛盾，应该说是二难命题，造就了自“五四新文化运动”以来中国知识分子的文化性格和人格缺陷的“集体无意识”，一方面是“启蒙”意识唤起的一个知识分子的良知与担当精神，用人类进步的思想引导社会前行的责任感；另一方面却是面对鲜血淋漓“革命”的畏惧与疑虑，却又不得不一次又一次向往和臣服于“革命”权威下的苟且与无奈。

我苦苦思索了许多年的“二次启蒙”悖论的问题同样是可以在西方原始“启蒙”那里找到症结所在。最近在阅读新鲜出炉的英国人罗伊·波特的《启蒙运动》[①]里也找到了同样的问题：“因此，当最后我们要评价启蒙运动的成就时，如果还期待能够发现某一特定人群实施了一系列被称之为‘进步’的措施，那就大错特错了。与之相对，我们应当从以下方面进行评判：是否有许多

---

① ［英］罗伊·波特：《启蒙运动》，殷宏译，北京大学出版社2018年版。其实这本小书只是一部导读性的书籍，但是对我们认识启蒙运动却有纲领性的意义。

人——即便不是全体的人民大众——的思维习惯、情感类型和行为特征有所改变。考虑到这是一场旨在开启人民心智、改变人民思想、鼓励人民思考的运动,我们应该会预料到,其结果是多种多样的。”①无疑,西方各国的启蒙没有开启民智也是一个普遍存在的一个二难命题,所以“启蒙运动”光是一些思想家们躲在屋子里的乌托邦的空想,是毫无作用的,但是,主张把口号喊到大街上去的新闻记者型的实践者的行为,就有效了吗?这一点我们在鲁迅的小说和杂文里早已找到了“两间余一卒,荷戟独彷徨”的答案。

正如《启蒙运动》一书开头就写到的那样:“200多年前,德国哲学家伊曼努尔·康德写了一篇‘什么是启蒙’的论文。对康德来说,启蒙运动标志着人类的最终成年,也就是人类意识脱离了无知与错误的不成熟状态。他认为这一心智解放的过程在他的一生中都积极地进行着。知识——对自然的理解以及人类的自我认知——的进步会推动这一伟大的飞跃过程继续向前……我们现在所知道的18世纪的启蒙运动,由当时最主要的知识分子和宣传家们主张的一系列的‘进步的’和‘自由的’思想与观念,毫无疑问标志着人类进步过程中的一个关键阶段。历史学家有理由对出自过去发言人口中的这些口号提出质疑。无论如何,‘圣徒与罪人’的历史故事,讲述了高瞻远瞩的‘英雄们’杀死反动暴君和顽固分子以创造一个更美好未来的场景,现在看来是充满派系观念和偏见的。想要在启蒙运动中找到一个人类进步的完美方案是愚蠢的。认为启蒙运动提出了一系列问题留待历史学家去探索则更加合理。”②

因为我们头上没有“启蒙主义”的灿烂天空,因为我们在蒙昧的暗夜里没有指引方向的“启明星”。

其实,在浩如烟海的著述当中,我认为,周策纵先生的《五四运动史》是梳理得最简洁清楚的文本,作者在大量的史料钩沉中抓住了问题的要害,客观中

① [英]罗伊·波特:《启蒙运动》,殷宏译,北京大学出版社2018年版,第17页。

② [英]罗伊·波特:《启蒙运动》,殷宏译,北京大学出版社2018年版,既是连扉页在内的第3页,又是正文的第1页。

性地阐释了“五四”的其来龙去脉，并且将其与“五四文学”的关联性也说清楚了。当然，他的核心观点就是在大量的史料梳理中得出的结论：本是一场文化运动，缘何衍变成了政治运动，从旧党的梁启超到新党的国民党和共产党，从“民主主义、资本主义、社会主义和西化”，从孙中山到陈独秀、李大钊，再到胡适、蔡元培那一长串的“五四新文化运动”的当事人，以及当时杜威、罗素这样对“五四”知识分子影响极深的外国学者的革命思想，以及苏俄革命思想的渗透，凡此种种，不一而足。最后还是回到了问题的原点上：“希望将能呈现一幅充分的图像，以显示这曾撼动了中国根基，而 40 年后仍然余波激荡的 20 世纪的知识分子思想革命。”①如今百年过去了，我们似乎更要叩问中国知识分子的灵魂、根基如何？思想革命何为？

我们头顶上的灿烂星空在哪里呢？

我们能够寻觅到引路的“启明星”吗？

2018 年 7 月上旬草稿于南京仙林依云溪谷

11 月 7 日修改于南京—昆明 MU2735 航班上

原载于《关东学刊》2019 年第 2 期

---

① ［美］周策纵：《五四运动史：现代中国的知识革命》，陈永明、张静译，世界图书出版公司 2016 年版，第 15 页。

也谈“五四新文化运动”与“五四文学”的关系

“五四新文化运动”已经百年，在它光环笼罩下的“五四文学”也算是经过了许许多多的风雨洗礼，进入了百岁的庆典。我们究竟用什么样的态度去看待“五四新文化运动”旗下的“五四文学”思想潮流呢？这个问题虽然争论了很多年，对其“启蒙”与“革命”的主旨有着各种各样的不同说法，就我本人而言，就历经了许多次观念转变，直至后来自己的观念也逐渐模糊犹豫彷徨起来。当然不是鲁迅先生“两间余一卒，荷戟独彷徨”的那种深刻的焦虑，而是那种寻觅不到林中之路的沮丧。

陈独秀 1917 年 2 月 1 日发表于《新青年》第二期的《文学革命论》从来就是我们教科书的理论根据，但是经过百年实践后，我们再去看“文学革命”的实绩，也可能会读出“革命”的偏颇和“启蒙”的“双重变奏”来。遥想当年，独秀、胡适雄文勃发。惊涛拍岸，争论间，旧学灰飞烟灭。但如今，“文学革命”和“革命文学”给我们留下的是一笔什么样的文学遗产呢？

“今日庄严灿烂之欧洲，何自而来乎？曰，革命之赐也。欧语所谓革命者，为革故更新之义，与中土所谓朝代鼎革，绝不相类；故曰文艺复兴以来，政治界有革命，宗教界亦有革命，伦理道德亦有革命，文学艺术，亦莫不有革命，莫不因革命而新兴而进化。近代欧洲文明史，宜可谓之革命史。故曰，今日庄严灿烂之欧洲，乃革命之赐也。”无疑，欧洲的“文艺复兴运动”是“新文学启蒙”之楷模，显然，“五四”的先驱者们是将欧洲文学的繁荣归于几百年来的“启蒙运动”的，但是他们是把“启蒙运动”和“革命运动”画上了等号，“文学艺术，亦莫不有革命，莫不因革命而新兴而进化”的断语由“今日庄严灿烂之欧洲，乃革命之赐也”前提而来，这就不得不让人怀疑其“革命”的发动机对日后的文学造成的许多巨大负面影响了。殊不知，“启蒙”是以人、人性和人道主义为核心元素的思想运动，而“革命”是要付出“污秽和血”的代价的，而“继续革命”是要付出 N 次代价的。我们不能只看到痛快淋漓的激愤宣泄，却不见它给后来的文学带来的负面效应。

“文学革命之气运，酝酿已非一日，其首举义旗之急先锋，则为吾友胡适。余甘冒全国学究之敌，高张‘文化革命军’大旗，以为吾友之声援。旗上大书特书吾革命军三大主义：曰，推倒雕琢的阿谀的贵族文学，建设平易的抒情的国民文学；曰，推倒陈腐的铺张的古典文学，建设新鲜的立诚的写实文学；曰，推倒迂晦的艰涩的山林文学，建设明了的通俗的社会文学。”毋庸置疑，“三大主义”推倒“贵族文学”、“古典文学”和“山林文学”有其文学革命的现代性意义，但是它也同时暗含着文学历史虚无主义的反动性。作为向来就是少数人专利的传统的文学，它与现代文学的血缘关系不是说切割就可以切割掉的，它渗透于中国文学的血脉与骨髓之中，成了一种文化基因符码，是去不掉的，问题是如何加以改造。而“国民文学”、“写实文学”和“社会文学”在中国现代文学百年的实践中，虽有成就，但也呈现出了许许多多的弊端，单单一个“写实主义”的百年历史，就让文学在翻江倒海中不能自已，何况“国民文学”后来打上了阶级的烙印，“社会文学”成了“简单的传声筒”。如何清理文学在革命大纛下的种种弊端则也是文学观念史凸显的任务。

“欧洲文化，受赐于政治科学者固多，受赐于文学者亦不少。予爱卢梭、巴士特之法兰西，予尤爱虞哥、左喇之法兰西；予爱康德、赫克尔之德意志，予尤爱桂特郝、卜特曼之德意志；予爱倍根、达尔文之英吉利，予尤爱狄铿士、王尔德之英吉利。吾国文学豪杰之士，有自负为中国之虞哥、左喇、桂特郝、卜特曼、狄铿士、王尔德者乎？有不顾迂儒之毁誉，明目张胆以与十八妖魔宣战者乎？予愿拖四十二生之大炮，为之前驱。”独秀先生当年不乏少年意气，热爱“启蒙文学”，也酷爱“启蒙思想家”，但是，他把法国大革命的思想设计者卢梭（其雅各宾派首脑罗伯斯庇尔则是“前线总指挥”）与启蒙主义的思想先驱康德相提并论，甚至把科学主义思想家也纳入启蒙之内，混淆了“革命与启蒙”和“革命与科学”之间的界限；他把打着启蒙主义旗号的“革命者”和那些在“启蒙与革命”之间来回摇摆的文学家混为一谈，是一种概念的混乱。即便是法兰西伟大的作家雨果和左拉，也不能与卢梭的思想画等号。雨果的历史巨制《九三年》就是最好的证明。

1793年是法国大革命的恐怖时代，纷繁复杂的阶级斗争极为激烈，雨果的伟大之处就在于，作为一个文学家，他克服了自己在轰轰烈烈的大革命中的激情，抑制了对革命一致赞美的思潮，让作品回归到人性和人道主义的环抱之中。让共和国军队的年轻司令郭文升华在人道主义的美好理想里，就是作者克服世界观不足的作家良知所致。小说的高潮就在当朗特纳克看到三个小孩困于火海中的惨况时，人性使他回来解救孩子而自愿落入共和国军队手中。而郭文震惊于朗特纳克的人道主义精神，经过激烈的思想斗争，将他放走，自己承担全部责任。作为郭文童年时的老师，西姆尔丹视郭文如己出，他理解郭文放走朗特纳克的人道冲动，但国民公会的铁的纪律和他执行革命纪律的坚强意志战胜了私人感情。西姆尔丹最终下令处死郭文，在郭文人头落地的一刹那，他承受不住沉重的打击，举枪自尽。这是《九三年》不朽之处，也是这部巨著永远屹立于世界文学之巅的原因：只有当“革命”顺应于“启蒙”的核心内容的时候，文学家笔下的文字才能变成“活的文学”，才能打动千千万万的人心，这样的情节和细节的人性描写才是文学表达的最高境界。

虽然胡适和周作人们在设计中国新文学理论的时候已经注意到了“人的文学”的重要性，但是在后来的实践中却又有多少留驻呢？“现在我们可以叙述中国新文学运动的理论了。简单说来，我们的中心理论只有两个：一个是我们要建立一种‘活的文学’，一个是我们要建立一种‘人的文学’。前一个理论是文字工具的革新，后一种是文学内容的革新。中国新文学运动的一切理论都可以包括在这两个中心思想的里面。”(《〈中国新文学大系〉〈建设理论集〉导言》)检验中国百年文学史，“两个中心”任务，我们完成得如何呢？

即便是共产党的创始人之一的李大钊也是这样看待新文学的：“现在很多新文学作品中，合于我们这种要求的，固然也有，但是终占少数。一般最流行的文学中，实含有很多缺点。概括讲来，就是浅薄，没有真爱真美的质素。不过摭拾了几点新知新物，用白话文写出来，作者的心理中，还含着科举的、商贾的旧毒新毒，不知不觉的造出一种广告的文学。试把现在流行的新文学的大部分解剖来看，字里行间，映出许多恶劣心理的斑点，夹托在新思潮、新文艺的里边。……刻薄、狂傲、狭隘、夸躁，种种气氛充塞满幅。长此相嘘以气，必致中乾，种种运动，终于一空，适以为挑起反动的引子。此是今日文学界、思想界莫大的危机，吾辈应速为一大反省！”①当然李大钊不可能看到新文学在他身后的遭际——它脱离了先驱者们原先设计的轨迹，一发在“革命”的双重悖论中就不可收拾了。

在《南腔北调集·我怎么做起小说来》中，鲁迅谈到自己怎样做起小说来的时候说过：“这里我必得记念陈独秀先生，他是催促我做小说最着力的一个。”“说到‘为什么’做小说罢，我仍抱着十多年前的‘启蒙主义’，以为必须是‘为人生’，而且要改良这人生。”可见中国的现代小说之父也是对“启蒙主义”情有独钟的，也是对这一文化理念持之以恒的。可是他觉得自己往往是孤独的，在“两间余一卒，荷戟独彷徨”中了却了残生，看不到半点希望，我不知道这是否是“启蒙”的双重悖论悲剧？

显然，后来“文学研究会”的“为人生而艺术”的口号是来源于鲁迅所说的“启蒙主义”思潮，但诡异的是，这恰恰又是中国新文学从“文学革命”转向“革

① 发表于《星期日》周刊“社会问题号”，1920年1月4日出版，署名守常，文末标明“一九一九年十二月八日自北京寄”。

命文学”的滥觞，至于为什么会这样，又为什么会成为日后主导近一个世纪中国文学观念的方向，虽是一个难解的问题，但却是值得每一个从事文学工作的人深思的命题。

“中国文坛，本无新旧之分，但到了‘五四’运动那年，陈独秀在《新青年》上一声号炮，别树一帜，提倡文学革命，胡适之钱玄同刘半农等，在后摇旗呐喊。这时中国青年外感外侮的压迫，内受政治的刺激，失望与烦闷，为了要求光明的出路，各种新思潮，遂受青年热烈的拥护，使文学革命建了伟大的成功。从此之后，中国文坛新旧的界限，判若鸿沟；但旧文坛势力在社会上有悠久的历史，根深蒂固，一时不易动摇。”(《〈伪自由书〉后记》)我常常在想，鲁迅的这段话如果放在他死后的几十年“革命与启蒙”的语境当中去考察，究竟有多少是对的，有多少是错的，又有多少是不能兑现的呢？似乎正如鲁迅先生所预料的那样，“文学革命”并不能带来启蒙的胜利，而“革命文学”的指挥棒却是时时引导着我们，成为根深蒂固的潜意识。

我默默揣度，或许“革命文学”是革了“文学革命”的命了罢，换言之，就“革命”革了“启蒙”的命。

也许，茅盾的文学观可以代表那个大转折时期正统的“革命文学”的理念罢：“现在我们可以看看‘五四’产生了怎样的文艺作品。我们检查的结果，有一个印象是：是惨淡贫乏，这也是当然的。动摇且前途暗淡的中国新兴资产阶级的‘五四’当然不会像法国资产阶级那样产生了绚烂的三十年代的浪漫主义文学。”

……(省略号为引者注)

“‘五四’是中国新兴资产阶级企图阻止民众意识的资产阶级的‘文化运动’，‘五四’口号完全是资产阶级性，所以在无产阶级争取政权的现阶段，虽然同时仍须注力于铲除封建势力，但‘五四’在现今却只能发了反革命的作用。”①

① 《“五四”运动的检讨》，《文学导报》1931年3月5日第1卷第2期，转引自周扬序，《中国新文学大系1927—1937·第十一集·文学理论卷一》影印本。

这就使我不得不想起这个论断的前瞻性，它应该是中国最早对“五四文化”和“五四文学”定性的理论滥觞罢。

三十多年前，我在北京朝内大街166号的人民文学出版社二楼那间《茅盾全集》编辑部的屋子里参与编辑茅盾作品和编纂其论著的时候，就跳出了许多古怪的想法：茅盾在流亡日本归国后为什么会在“左翼文学”的归纳中对“启蒙主义”的新文学抱着那样偏执的态度；为什么这个“五四文学”的干将在“启蒙运动”的初始阶段表现出过那种大无畏的精神，却在“革命”的低潮时那样的悲观和绝望；一个共产主义运动的最早参与者也会在集权者蒋介石的“白色恐怖”的文化中“退却”与“投降”？他在大革命失败后，以及逃亡生涯中的作品引起了我极大的关注，这些作品虽然给我打开了另一扇认识茅盾的窗口，但是却始终解决不了我对他思想大转变的疑惑。1979年我在撰写一篇论茅盾小说的文章时，就认为茅盾最好的作品并不是《子夜》，而是由三个中篇组成的长篇小说《蚀》三部曲，还有就是收在《野蔷薇》里的五个短篇。茅盾自己说这是“一个矛盾的混合物”，但正是这个“矛盾的混合物”却最能够反映出“五四新文化运动”以后在“启蒙”与“革命”之间知识青年的情绪：《幻灭》、《动摇》、《追求》的醒目题目正是表达了在“启蒙与革命”双重失败后知识分子走投无路的“幻灭”情绪。有许多学者都纷纷指出这三个中篇题目的时序恰恰是倒置的，我以为正是这种有意的倒置，才更加能够体现出在“五四新文化运动”之后的中国知识分子第一次遭受的精神重创，以及生命遭到严重威胁时的思想状况。从这个角度来分析鲁迅先生《关于知识阶级》这篇文章，他的朋友和同道者茅盾的人格和其系列作品就是最好的实证材料与注脚。

因为鲁迅先生说：“最可怕的情形，就是比较新的思想运动起来时，与社会无关，作为空谈，那是不要紧的，这也是专制时代所以能容知识阶级存在的缘故。因为痛哭流泪与实际是没有关系的，只是思想运动变成实际的社会运动时，那就危险了。往往反为旧势力所扑灭。中国现在也是如此，这现象，革新的人称之为‘反动’。我在文艺史上，却找到一个好名辞，就是Renaissance，在意大利文艺复兴的意义，是把古时好的东西复活，将现存的坏的东西压倒，因为那时候思想太专制腐败了，在古时代确实有些比较好的；因此后来得到了社会上的信仰。现在中国顽固派的复古，把孔子礼教都拉出来了，但是他们拉出来的是好的么？如果是不好的，就是反动，倒退，以后恐怕是倒退的时代了。”（《关于知识阶级》）“文艺复兴”屡屡被不间断的新的“革命”所替代，这可能就是“启蒙”的宿命罢。

鲁迅曾经说过：“文艺是国民精神所发的火光，同时也是引导国民精神的前途的灯火。”（《坟・灯下漫笔》）但是，这“引导国民精神的前途的灯火”照耀下的文学到哪里去了呢？

2018 年 11 月 7 日—14 日于南京—昆明往返飞机上

原载于《文艺争鸣》2019 年第 1 期

从五四“人的文学”到“文学是人学”

——重读钱谷融先生的《论“文学是人学”》

1918年12月《新青年》刊登了周作人的《人的文学》，遂成为“五四文学革命”的大纛。这个以个性解放为目标的口号，充分肯定了人道主义，提出以“人道主义为本，对于人生诸问题，加以记录研究的文字，便谓之人的文学”，认为新文学即“人的文学”，应充分表现“灵肉一致”的人性。并主张“以真为主，以美即在其中”的文学观念，这就成为“五四”文学的重要标志，同时也是指导“为人生派”现实主义创作思潮的核心观念。其实，这样的创作观念和学术观念一直在中国百年文学史的进程中起着重要的引导作用，尽管历经多次政治思潮和社会思潮的冲击，但仍旧绽放出它经久不息的生命力。毫无疑问，钱谷融先生“人学”(亦即“人道主义”)的理论的提出，乃是五四“人的文学”的承传。

倘若在一个“百花齐放、百家争鸣”的时代语境中，我们接过这样一个“五四”的口号和创作思想是不足为奇的，然而，能够敢于在政治风潮的风口浪尖上仍然秉持这一真理的人，却是需要有足够的勇气的。在中国，作为一个学者，一生之中即便是有再多的著述，倘若没有建立自己的理论体系，则算不上理论家；但只要有一个理论观点让人记住，哪怕就是一句话让人过目不忘，也就十分难能可贵了。在这个理论爆炸、论著狂泻的时代，我们就像匆匆过客一样，刚刚登上历史舞台，还没有让人看清自己的面目，就拖着制造出来的垃圾走进了历史的坟场。

有人说钱谷融先生一生著述不多，能够剩下来的就是《论“文学是人学”》

和《〈雷雨〉人物谈》了。我个人以为,仅仅一篇《论“文学是人学”》就足以奠定钱先生在中国当代文学史上的地位了。谁能在那个风雨如磐的岁月里喊出真理的口号,谁就占据了文学史的制高点,谁就会让人们记取他的英名,因为我们的文学史书写是离不开那千头万绪的政治缠绕的,唯有用“真的猛士”的勇气,方才能够在险峻的时刻揭开真理的面纱,钱先生就是那个在历史的关键时刻,揭开真理面纱的学者。

钱先生拿到了解开文学创作之门的“总钥匙”,打开了探讨文学本质的大门,然而,难道 1949 年以后我们在苏联文艺理论指导下的新中国许许多多的理论家就没有拿到这把“总钥匙”吗?非也,他们许多人手中都有这一把“总钥匙”,可是谁也不敢去开这个文学之门而已。钱先生却重启了这扇被关闭的文学之门。就像那个可爱幼稚又敢于说出真话的儿童指出皇帝没有穿衣服那样,钱先生用他的童真喊出了常识性的真理,而我们所处的时代往往就是把常识当作创新的真理来追求的,它需要的是勇气和胆识,而非理论的创新,这是时代的悲哀,还是学术的悲哀呢?

诚如钱先生当年所言:“高尔基曾经作过这样的建议:把文学叫作‘人学’。我们在说明文学必须以人为描写的中心,必须创造出生动的典型形象时,也常常引用高尔基的这一意见。但我们的理解也就到此为止——只知道逗留在强调写人的重要一点上,再也不能向前多走一步。其实,这句话的含义是极为深广的。我们简直可以把它当作理解一切文学问题的一把总钥匙,谁要想深入文艺的堂奥,不管他是创作家也好,理论家也好,就非得掌握这把钥匙不可。理论家离开了这把钥匙,就无法解释文艺上的一系列的现象;创作家忘记了这把钥匙,就写不出激动人心的真正的艺术作品来。这句话也并不是高尔基一个人的新发明,过去许许多多的哲人、许许多多的文学大师都曾表示过类似的意见。而过去所有杰出的文学作品,也都充分证明着这一意见的正确。高尔基正是在大量地阅读了过去杰出的文学作品,并广泛地吸收了过去的哲人们、文学大师们关于文学的意见后,才能以这样明确简括的语句,说出了文学的根本特点的。"可见这样的真理并不是钱先生的新发现,也不是高尔基的"新发明",而是"吸收了过去的哲人们、文学大师们关于文学的意见后"的理论概括。问题是在中国文学思潮演变的关键时期,有谁能够站出来坚持真理呢?

纵观中华人民共和国近70年来的文学史,我们需要反思的问题恰恰就是我们的理论家和文学史家能不能在文学思潮的大风大浪中保有坚持真理的勇气和敢于讲真话的胆识。钱先生在那个关键时刻说出了真话,虽然日后受到了一些挫折,但是历史为他坚持真理的勇气做出了最公正的评断,这便是文学史的吊诡之处,同时也是其全部的意义所在。

用钱先生的话来说:"我这篇文章,就是想为高尔基的这一意见作一些必要的阐释;并根据这一意见,来观察目前文艺界所争论的一些问题。"在那个时代里,钱先生用这个观点来观察"文艺界所争论的一些问题"肯定是十分敏感的问题,它要回答的是文学的本质是什么的问题,在那个文学只能遵循一种模式的时代里,这显然就是一种不合时宜的时代杂音。如果说:"文艺的对象,文学的题材,应该是人,应该是时时在行动中的人,应该是处在各种各样复杂的社会关系中的人,这已经成了常识,无须再加说明了。但一般人往往把描写人仅仅看作文学的一种手段,一种工具;如季摩菲耶夫在《文学原理》中这样说:'人的描写是艺术家反映整体现实所使用的工具。'这就是说,艺术家的目的,艺术家的任务,是反映'整体现实',他之所以要描写人,不过是为了达到他要反映'整体现实'的目的,完成他要反映'整体现实'的任务罢了。这样,人在作品中,就只居于从属的地位,作家对人本身并无兴趣,他的笔下在描画着人,但心目中所想的,所注意的,却是所谓'整体现实',那么这个人又怎么能成为活生生的、有血有肉的、有着自己的真正的个性的人呢?"回眸20世纪50年代中期的文化与文学语境,我们的文学理论始终都是苏联的那一套僵化的工具论,所以文学工具论甚嚣尘上是不足为怪的,而"整体现实"就是压在作家头顶上的一座大山,它无时无刻不左右着创作思潮,让"大写的人"脱离"这一个"的独特表现,而朝着"整体现实"的无个性特征的"共性人"方向发展,意即一切按照预设的人物性格路线走向光辉的顶点——这就是后来发展成为“高大全”“三突出”创作模式的理论滥觞。文学史如果不吸取这样的历史教训，我们还得重新蹚进同一条河流。

钱谷融先生竟敢说出这样偏离中心话语的诳语来，也是当时政治环境所不能允许的：“所谓‘整体现实’，这又是何等空洞、何等抽象的一个概念！假使一个作家给自己规定的任务是‘反映整体的现实’，假使他是从这样一个抽象空洞的原则出发来进行创作的，那么，为了使他的人物能够适合这一原则，能够充分体现这一原则，他就只能使他的人物成为他心目中的现实现象的图解，他就只能抽去这个人物的思想感情，抽去这个人物的灵魂，把他写成一个十足的傀儡了。”诚然，这是在向戴着桂冠的伪现实主义创作方法进行挑战。但我始终不能理解的是，像钱先生这样一个一向温文尔雅的学者，竟也会出离愤怒了，用如此激烈的言辞来表达和阐释自己的文学主张。殊不知，钱先生只是按照文学艺术的本质和规律，说出了别人想说而不敢说的文学常识，而在那个不讲常识的年代里，重复常识往往比发现真理还要艰难，还要重要。文学史把钱先生的这篇文章留了下来，一切源于它再次强调和重复了文学艺术的真理。在一个无声的时代，发出了有效的声音，那无疑就是惊雷。

我们当然知道，在那个时代里文学要“反映现实生活”就是紧紧服务于政治的代名词，但是，究竟如何深刻地看待这个问题，却是无人敢于突破这道红线的，所以钱先生这样说则是一种另类的声音：“文学当然是能够，而且也是必须反映现实的。但我反对把反映现实当作文学的直接的、首要的任务；尤其反对把描写人仅仅当作反映现实的一种工具，一种手段。我认为这样来理解文学的任务，是把文学和一般社会科学等同起来了，是违反文学的性质、特点的。这样来对待人的描写，是决写不出真正的人来的，是会使作品流于概念化的。”能够说出反映现实不能成为首要任务，不能作为一种工具来使用，不能把它当成文学艺术唯一的标准已经是十分了不起的事情了。而这一切都是通向钱先生对文学的最高期待——反对概念化，反对庸俗社会学，让文学作品进入对

“这一个”文学塑造的美学境界。“假使作家所着眼的是所谓‘整体的现实’，或者像另一些人所说的是所谓‘生活的本质’、‘生活发展的规律’，而把人仅仅当作借以反映这些东西的一种工具的话，那么，他就再也写不出这样激动人心的作品来，再也收不到这样巨大的效果了。”对“整体现实”的破壁，就是对文学美学的回归，就是对“人的文学”的尊重和礼赞，“生活的本质”就是一切以人为本的艺术颤音，它建构在对“大写的人”的描摹之中。这样的理论是放之四海而皆准的普世文学真理，人类社会发展到任何时期都应该遵循的文学创作规律。

还有一点，就是对于当时文学阶级论的破解，钱先生的理论当然有其突破的地方：“我们从每一个具体的人身上，都可以看到时代、社会和阶级的烙印。这些烙印，是谁也无法给他除去的。曹雪芹难道是为了要反映封建社会的日趋崩溃的征兆，为了要反映官僚士大夫阶级的必然没落的命运而写《红楼梦》的吗？当然不是的。他是因为受到了对于贾宝玉、林黛玉等人的一种无法排解的、异常深厚复杂的感情的驱迫，才来写《红楼梦》的。但是我们通过这部作品所看到的，却决不是贾宝玉等人的个人生活史，而是当时的整个时代，整个社会。对于《哈姆雷特》、《堂吉诃德》、《奥勃洛莫夫》以及《阿Q正传》等，我们都可以这样说。”

无疑，钱先生是用辩证唯物主义“一分为二”的观点来解释这个现象的，也就是既承认了阶级性的客观存在，它是作品先天携带的文学基因；同时，它又是作家在塑造人物时的主观意识渗透的必然结果。用钱氏理论来说，就是“古往今来的一切伟大的诗人都把他一生的心血，交付给了他所创造的人物，他是通过他所创造的人物来为自己的祖国、为自己的人民服务的。……在文学领域内，既然一切都决定于怎样描写人、怎样对待人，那么，作家的对人的看法、作家的美学理想和人道主义精神，就是作家世界观中起决定作用的部分了”。这样看起来，钱先生的理论就十分圆满了。如今看来，如果文章到此打住，也就无话可说了。但是，紧接着的一个问题就让我们陷入了历史的沉思之中，那就是世界观和创作方法的悖论的关键问题。

如果钱先生仅仅是从学术争鸣的角度去与胡风文艺思想进行驳难，也是绝对符合“百花齐放、百家争鸣”学理性要求的。但是我们从中也多多少少窥见到了那个谁也不能完全摆脱的“统治思想”(马克思语)的印记。

但是，一俟将当时已经被打成“死老虎”的胡风反革命集团的胡风思想再次拉上历史的审判台，进行没有对手(实乃“倒地的敌手”)的批判，似乎意义不大。

钱先生的天真和伟大是并举的，文中居然也敢于不同意伟大的革命导师恩格斯理论，他认为自己是站在一个纯粹的学术层面来进行争鸣的。可是无情的政治运动却不是这么看的。如果说，这是一种学人“无意后注意”的一种本能冲动的话，那么，他对胡风文艺思想的批判似乎多少还带有些许时代批判思潮的印痕，但是，这一点点阅读时的直感并不能够掩盖我重新阅读这篇宏文时对钱先生坚持真理勇气的赞叹与敬佩。

钱先生也是用巴尔扎克和托尔斯泰为例，来引证自己的辩证法观点的正确性:“这两个人，就他们的阶级立场、政治理想来说，都是反动的。但是他们的作品，就其主要倾向来说，却是有利于人民的，却是起着进步的作用的。这应该怎样解释呢？过去，都是根据恩格斯对巴尔扎克的评论，认为是他们的先进的创作方法突破了他们的落后的世界观，把这种现象归结为现实主义的胜利。但是这种解释总不能十分令人信服。因为，这等于是说，创作方法和世界观是可以割裂的了;等于是说，一个作家对现实的理解明明是这样，但他却可以把它写成那样，而且还仍然可以是好作品，仍然可以收到影响人、教育人的效果。这即使就常识上来说，也是很难说得过去的。胡风集团就抓住了恩格斯的这一说法，极力宣扬他们的否定世界观对创作方法的决定作用的反动理论。另一些人则从作家的主观思想与作品的客观思想之间的矛盾来说明这一问题，但这仍然是说不通的。因为，作家的主观思想与作品的客观思想之间，尽管确乎存在着矛盾，但这种矛盾主要也只是深度和广度方面的互有差别，而绝不会是属于全然抵触的性质。因此又有一些人企图从这两位作家的世界观的本身找寻说明。他们引证了大量的材料，来证明这两个人的世界观内部原就存在着矛盾，其中既有反动的成分，也有进步的成分；并且断定，起主导作用的还是其进步的一面。于是得出结论说：他们的创作方法是和他们的世界观完全一致的。但这依然缺乏具体的分析。究竟在他们的世界观中有哪些是属于进步的因素？又有哪些是属于反动的因素？又是根据什么理由来断定他们的世界观主要是进步的呢？狭义的世界观主要是指哲学观点而言，按照我们一般的理解，是很难把巴尔扎克和托尔斯泰的哲学观点说作进步的观点的。”这个问题正是纠缠了我们60年的一个艰难命题，胡风的“创作方法大于世界观”和“主观战斗精神”的理论经过了多少理论家的甄别，已经还其合法的理论地位了，但是我们并不认为他的理论就是唯一正确的理论，我们至今仍然可以进行学术和学理上的辩论。就我本人而言，几十年来的教学和著文一直是遵循恩格斯的这一理论，并激赏胡风的这一理论的发现与强调，这当然只是我个人的理论选择而已，并不妨碍持钱先生这样相反观点的理论合理地存在。在林林总总的世界文学宝库中，像这样价值立场反动，而在人物塑造上超越了其本阶级和本党派价值立场的作家作品比比皆是，那也恰恰就是钱先生主张的作家在塑造自己心爱的人物形象时，无疑是突破了阶级性的困囿的，从某种意义上来说，钱胡二者的理论在本质上是殊途同归的，它们都是突破阶级论包围的具有同质意义的理论，不过钱先生更是用人道主义的价值观来破解这一阶级悖论的两难命题：

托尔斯泰对待人民的革命斗争一贯是采取反对的态度的，虽然后来在一九〇五年的革命中，也曾表示过某些赞同的意见，但这些意见在他的全部观点中所占的比重是很小的。然而，在《复活》中，他却把革命家们主要描写为一群勇敢、正直的，“为了人民而牺牲自己的特权、自由的生命”的人。甚至，他还违反了他一贯主张的“勿以暴力抗恶”的教义。同情并赞扬起革命者的暴力斗争手段来，认为这“不但不是罪恶，而且是光荣的行为”。为什么会这样的呢？因为，这时托尔斯泰所面对的，已经不是他自己的思想，不是什么抽象的原则、教条，不是政治主张或社会理想的问题了，而是一些具体的人的具体的行为。他看到这些革命者是“在损失自由、生命和一切人所宝贵的东西的危险中”才采取这样的暴力手段的；是在别人十分残忍地对待他们时，他们才“自然而然地采用别人用来对付他们的那同样的方法”的。一个真正的人道主义者能够对这些革命者的行动表示反对吗？在这里，又是表现出作为“暴虐与奴役的敌人，被迫害者的友人”的托尔斯泰的伟大的人道主义精神，战胜了他对革命所持的反动观点的。

巴尔扎克虽然出身平民，却钦慕着贵族，却要在他的姓氏前加一个“德”(de) 字。在政治上，他更是一个保皇党，他的同情是完全在贵族一方面的。然而，他在他的作品里，却以“最尖刻的讽刺”、“最毒辣的嘲弄”来对付他所同情的阶级；而带着“不可掩饰的赞赏”去描述他政治上的死敌。为什么会是这样的呢？那就是因为：伟大的人道主义者的巴尔扎克，决不能用别一种态度对待他笔下的人物。贵族，作为一个阶级来说，是他所同情的，寄以希望的；共和主义，作为一种政治主张来说，是他所仇恨的，坚决反对的。然而，他在他的作品里所描写的、所评论的，却既不是作为一个阶级的贵族，也不是作为一种政治主张的共和主义，而是一些具体的人和他的具体的行动。他就是根据这些人的具体的行动来确定对待他们的态度，给他们以一定的评价的。他嘲笑了应该嘲笑的人，赞扬了应该赞扬的人，而我们也因此喜爱他的作品，因此尊敬他为伟大的作家。

巴尔扎克和托尔斯泰两个人的例子，充分向我们证明：在文艺创作中，一切都是以具体的感性的形式出现的，一切都是以人来对待人，以心来接触心的。抽象空洞的信念，笼统一般的原则，在这里没有它们的用武之地。因此，在“人间喜剧”中，保皇党的巴尔扎克，天主教徒的巴尔扎克，就不得不让位于人道主义者的巴尔扎克。同样，在《战争与和平》中，在

《安娜·卡列尼娜》和《复活》中，清晰地呈现在我们眼前的也是充满了对被压迫者和被剥削者的同情的托尔斯泰，而那“基督教无政府主义者”的托尔斯泰，就只能留下一个淡淡的影子了。

我是不是过分推崇了人道主义，过高地估计了人道主义精神的作用呢？我以为，如果是就文艺而论，那么，人道主义精神的作用，恐怕还要远比我上面所说的大得多。

我之所以引述了这一大段钱先生的原文，就是生怕篡改和曲解了先生的本意，如果我理解得不错的话，钱先生敢于挑战恩格斯的定论，就是他手中握有对整个世界文学亘古不变的描写真理——人道主义原则在文学作品中是高于一切的核心元素。如果非得让我在恩格斯、胡风和钱先生两种观念之间进行选择的话，显然，用现实主义创作方法来克服世界观的不足，虽然也振聋发聩，但是就没有钱先生巧妙运用高尔基的理论，绕开了阶级论的障碍，直取伟大的人道主义精神为大纛来得更有普适性和说服力。用此来阐释一切有着阶级悖论的中外作家作品都是有效的，并且也充满着睿智。所以钱先生自信世界上的大作家都是千篇一律地遵循着这一条铁律的，无论他是什么流派的作家（因为除了现实主义作家作品外，大量的浪漫主义作家作品是不能够被排斥在世界优秀作家作品之外的），他不厌其烦地举出了许多著名作家，都是归拢在人道主义大旗之下的：“伟大的现实主义者巴尔扎克和狄更斯，是伟大的人道主义者。伟大的浪漫主义者拜伦与雨果也是伟大的人道主义者。我们并不是因为巴尔扎克和狄更斯是现实主义者，才喜欢他们、尊敬他们的。同样，我们之所以喜欢和尊敬拜伦、雨果，也并不是因为他们是浪漫主义者的缘故。这四个人之所以受我们的称颂，是因为他们在他们的作品里，对剥削阶级进行了严厉的抨击，对被压迫者表示了深厚的同情；是因为他们的作品渗透着尊敬人、关怀人的人道主义精神的缘故。”无须赘言，当钱先生把人道主义的伟大旗帜高高举起来的时候，他就不再顾忌其他的政治因素了。

钱先生紧接着对于自然主义和人道主义区别的分析，也是纠缠于自新文学以来的中国文学创作界的严重问题，早在“五四新文学”之初，茅盾就专门论述过这个问题，并为其正名过，但是自左翼文学崛起以后，尤其是1934年苏联作家协会在高尔基的倡导下提出了“社会主义现实主义”口号后，自然主义就更加招致诟病，成为日后共和国文学理论重点批判的对象，从今天的眼光来看，自然主义并不是洪水猛兽，不是一个绝对的坏东西，它在反映客观世界时的那种艺术震撼力，还是对文学描写有着很大冲击力的，比如左拉，你能说他不是一个伟大的作家吗？其实自然主义与现实主义并没有一条天然的鸿沟，它的中间物是“写实主义”，当年意大利的“新现实主义”电影浪潮把摄像机扛到大街上去，也是源于自然主义和写实主义。而在20世纪80年代中国文坛上兴起的“新写实小说”浪潮也是一例。但是，在那个特殊的语境当中，钱先生要与之划清界限也是可以理解的。不过，钱先生还是用自己的人道主义理论来压倒自然主义思潮的：“所以，假如一个自然主义者而同时又是个人道主义者的话，那么他的作品就很难成为严格的自然主义的作品，就必然要散发出浓厚的现实主义的气息来。反过来，假如一个服膺现实主义创作原则的人，而缺少人道主义的精神，他就只能成为一个自然主义者，而无法成为一个现实主义者。或者，当一个现实主义者在对待某一种人生现象，刻画某一个具体人物的时候，假如他的人道主义的热情忽然衰退下去了，那么，他的作品，也就不免要降低为自然主义的作品了。”“因此，关于自然主义与现实主义，我们可以这样说：在它们之间，横隔着一条人道主义的鸿沟，这就标明了两者的原则性的区别。但这条鸿沟也并不是不可逾越的，例如左拉与莫泊桑，就常常跨过了它。不过，我们也应该指出，假如左拉与莫泊桑，不接受自然主义的理论，没有受到实证主义哲学的有害影响，那他们的成就，一定要远较现在所达到为大。所以自然主义仍是我们所必须反对的。”任何一种理论的阐释都不可能是十全十美、无懈可击的，但是，能够在那个时代里阐释出无限的普遍真理就十分令人敬佩了。虽然从中我们可以清晰地看出那个理论思想大一统的时代留下的缺痕，然而，一种理论的建构当是一件多么艰难的事情啊，要绕过重重礁石险滩，你就要有限地应和时代的理论精神。在那场理论大辩论的热潮中，无论钱先生赞同的是何其芳还是李希凡，这都不重要，重要的是钱先生把他们的理论机智地统统装进了自己理论的壳中了。所以在“阶级性”、“个性”与“共性”的辩论中，钱先生的巧妙则是将它们归在了人道主义的论域当中，从而在文学的本质上否定了阶级性的主导地位，同时也巧妙地把人物的个性置于文学创作的首要位置。突出了“典型环境中的典型性格”，便也就提高了人道主义在文学创作中的核心地位：“文学作品中的典型人物，必须是一个在一定历史条件下的具体的、活生生的人，在阶级社会里，他必然要从属于一定的阶级，因而也就不能不带着他所属阶级的阶级性。这是不成问题的。譬如，阿 Q 是农民，就不能没有农民的特性；奥勃洛莫夫是地主，就不能没有地主的特性；福玛·高尔杰耶夫是商人，就不能没有商人的特性。但我们能不能就说，所有阿 Q 的特性，都是农民的共性；所有奥勃洛莫夫的特性，都是地主的共性；所有福玛·高尔杰耶夫的特性，都是商人的共性呢？把阿 Q 当作农民的阶级性的体现者，谁都要说是对农民的诬蔑。而把奥勃洛莫夫当作地主的阶级性的体现者，那更是对现实的严重歪曲，地主难道都像奥勃洛莫夫那样的善良仁慈吗？同样，商业资本家假如都像福玛·高尔杰耶夫那样的纯洁、真诚，那样的反对人压迫人、人剥削人，阶级斗争就真的可以熄灭了。阿 Q、奥勃洛莫夫、福玛·高尔杰耶夫，以及文学作品中的所有的典型，正像我们现实生活中的每一个人一样，他们身上，除了阶级的共性以外，难道就不能有他们各自所特有的个性吗？难道就不能有作为一个人所共有的人性吗？假如说，个性只是阶级性‘在特殊的时间和地点的条件下的具体表现’，那么，我们也可以说，阶级性只是人性‘在特殊的时间、地点和条件下的具体表现’。这样，不但否定了个性，就连阶级性也给否定掉了。”与生俱来的阶级性的论点和对泛化共性的回避，无疑是给人道主义的个性让路的。

用高尔基和车尔尼雪夫斯基做理论的挡箭牌，巧妙地运用饶舌的循环理论来破解当时理论的荒唐与尴尬局面，这才是钱先生对文学史的巨大贡献所在：“车尔尼雪夫斯基曾经十分明确地表达过这样的意思，他认为：艺术之所以别于历史，是在于历史讲的是人类的生活，而艺术讲的是人的生活。高尔基把文学叫作‘人学’，这个‘人’当然也并不是整个人类之人，或者某一整个阶级之‘人’，而是具体的、个别的人。记住文学是‘人学’，那么，我们在文艺方面所犯的许多错误，所招致的许多不健康的现象或者就都可以避免了。”其实，我想说的是，钱先生的“人学”内涵和外延未必是与高尔基的“人学”内涵和外延是一致的。因为高尔基从意大利回到苏联后，尤其是1934年以后在组建苏联作家协会时，所提出的一系列言论是有悖于人道主义“人学”的，可是钱先生却是地地道道的钱氏人道主义的“人学”。鉴于此，我们可以在文学史的长河中去进一步体味“人学”的本质意义。

从五四“人的文学”到“论文学是‘人学’”，我们跨越了多少时空，却始终摆脱不了这个永恒的话题，这是文学的幸还是不幸呢？好在我们还有像钱先生这样的学者在呐喊，所以我们才在不断彷徨中找到前行的脚印。

今天，钱先生也离我们远去了，他留下的“人学”遗产能否在这个时代里继承下去呢？

我以为继承其遗产的最好方式就是：只有大家像钱先生那样有勇气讲真话、讲实话，我们的文学理论才能在百家争鸣中走上正确的学术轨道。

谨以此文悼念刚刚逝去的钱谷融先生。先生的文化品格长存！先生的“人学”理论不朽！

2017年10月9日于仙林校区文学院办公室

10月10日终稿于依云溪谷瘦蠹斋

原载于《文艺争鸣》2017年第11期

重读鲁迅的乡土小说

——《中国乡土小说研究丛书》序言

“五四新文化运动”已经百年，在它光环笼罩下的“五四文学”也算是经过了许许多多的风雨洗礼，进入了百岁的庆典。我们究竟用什么样的态度去看待“五四新文化运动”旗下的“五四文学”思想潮流呢？这个问题虽然争论了很多年，对其“启蒙”与“革命”的主旨有着各种各样的说法，就我本人而言，就历经了许多次的观念转变，直至后来自己的观念也逐渐模糊犹豫彷徨起来。当然不是鲁迅先生“两间余一卒，荷戟独彷徨”的那种深刻的焦虑，而是那种寻觅不到林中之路的沮丧。

按照既正统又保险的说法，中国现代文学的起源是与“五四新文化运动”不可分割的，那么，中国现代文学已经走过了百年，以此类推的话，中国乡土小说也就是百年的历史。当然，我们并不完全这么机械地看待这个问题，因为就中国乡土小说的发生来看，它显然是早于“五四新文化运动”，而且白话通俗文学也在“五四”前就早已流行，将它们打入“另册”也是“五四”先驱者们过激的行为，其留下的遗患也是当初的先驱者们始料不及的。不过，为了适应某种学术研究生态的需要，我们对中国乡土小说发生期的断代保留着进一步考察和研究的设想，一切留待日后学术空间的拓展。

这套花费了七八年时间编撰成300余万字的皇皇五卷的《中国乡土小说研究丛书》，恰恰在“五四新文化运动”百年来临前一年杀青，也算是对“五四新文化运动”百年的一个隆重的纪念和交代吧。

“五四新文学”发轫于两类题材，这就是乡土小说和知识分子小说。毫无疑问，仅仅将鲁迅先生的《狂人日记》作为新文学白话文的开端，以此来证明这个带有模仿痕迹的作品具有现代性，显然是远远不够的，它和晚清以降的讽刺小说的根本区别就在于：同样是揭露黑暗，前者只是停滞在形而下的描写复制生活而已；后者却是注入了形而上的哲思。鲁迅小说的功绩就在于把小说的表达转换成为一种具有现代意识的新表现形式。窃以为，鲁迅的伟大，并不是局限于他用生动的白话语言创造出新的现代文体，这一点其实在“鸳蝴派”的通俗小说中已经做得炉火纯青了；鲁迅先生的贡献则是在思想层面的，作为一个对中国社会本质认识比一般知识分子更加深刻、视野亦更加开阔的思想者，鲁迅先生选择乡土小说为突破口，深刻剖析和抨击了中国社会的封建本质特征。我将他称作“中国乡土小说的精神之父”并非只认为他是中国乡土小说的开创者，而是将他看成中国现代文学中用思想来写作的第一人！因为他作品中反封建的主题思想一直流灌于中国文学的百年之中而经久不衰，这是任何作家都不可能抵达的思想境界，也是他的作品永不凋谢的现实意义。

我有时会用一种近乎愚蠢的思想和方法去归纳鲁迅先生的乡土小说作品，十分笨拙地提炼出一个似乎很不相干的“四部曲”来阐释：《狂人日记》、《药》、《阿Q正传》和《风波》是否具有思想和艺术的连贯性呢？是否恰恰构成一部鸿篇巨制的开端、发展、高潮和尾声的时间与空间的结构特征呢？

如果说《狂人日记》是“五四文学”进入现代时空的第一声炮响，是以一种全新的人文哲学意识进入小说创作的范例，显然，它的思想性是大于艺术性的，也就是说，鲁迅先生在此是用理性思维来构造乡土社会图景的，其背景图画是虚幻的、不清晰的，人物形象是模糊的，人物是沉浸在自我狂想的意念之中的。之所以有人将这部作品当作具有现代派风格的作品，正是由于它的思想性穿透了社会背景的图画，呈现出哲思的光芒，也正是具有模糊而不确定性的人物狂想，让人们看清楚了封建制度“吃人”的本质特征，作品的关键就在于把一个亘古不变的恒定封建社会放大到了一个让人惊恐无措的语境，是一剂让人梦醒的猛药。但是这剂猛药有用吗？答案就在《药》中！

《药》是进一步用猛药来唤醒民众的苦口良方吗？这恐怕是连作者自己都没有抱任何希望的幻想，从这篇作品中，我们看到的是一个彻头彻尾的悲观主义者的鲁迅。40 年前，我的老师曾华鹏先生给我们解析《药》的时候，特别强调作品结尾处的氛围，用他的学术观点来说，那种“安特莱夫式的阴冷”恰恰就是作品最点睛之笔，而并非那个“人血馒头”的像喻。多少年以后，我才悟出了老师的高明之处。显然，这篇作品既是用“人血馒头”来宣示主题内涵，又是用十分清晰的背景图画来展现衬托人物悲剧，理性思维和形象表达的高度融合，让它成为百年文学教科书式的作品典范：突出人吃人的社会本质，当然是题中之要义，而最后那一笔具象的风景、人物、坟茔、老树、昏鸦，构成的正是鲁迅先生在理性思维和形象思维两者之间的互补性的艺术选择，所以，那种简洁明快的白描中透露出来的“安特莱夫式的阴冷”就深深地印刻在我的脑海里了。

无疑，《阿 Q 正传》非但是中国百年乡土小说的巅峰之作，同时也是 20 世纪以来中国文学最难以逾越的作品。尽管在鲁迅先生的旗帜下聚集了一大批“乡土小说派”的作家，但是后来者难以望其项背，无人能够超越这样恢宏的力作，原因就是其思想的高度缺那么一点火候。这部作品犀利尖锐的思想性和人物形象的丰富性，以及艺术上的醇厚老辣，都是任何现当代文学作品无法超越的。阿 Q 成为一个世纪以来在中国各个时间和空间中“共鸣”和“共名”的人物形象，它的生命力是鲁迅先生的光荣，却是“老中国儿女”生存的不幸；它的思想穿透力和审美的耐读性成为“鲁迅风”的艺术光环，却成为中国小说，尤其是中国乡土小说艺术的悲剧。至此，鲁迅先生的乡土小说已经达到了“高潮”的境界。但是，“大团圆”的结局，似乎要比任何一国的国民性来得都更加惨烈，因为我们拥有的不只是“沉默的大多数”，还拥有更广大的喧闹的庸众，那些个“倒提着的鸭子”似的、嗜好看杀头的大多数“吃瓜的群众”塞满了中国百年的时间和空间，是他们成就了这部伟大的作品，让这部作品永恒，然而，这是中国的幸还是不幸呢?!

其实，阿Q也估计错了，他喊出的“二十年后又是一条好汉”的谶语，也是作者鲁迅先生对社会的误判，根本用不着20年的等待时间，因为阿Q们具有极强的繁殖能力和坚韧的毅力，他们繁殖的速度和密度是空前的，前赴后继，代代不绝的精神让地下有知的鲁迅先生都始料未及。从这点来说，毒舌的鲁迅虽“不惮用最坏的心理”去猜度国人的内心世界，却还是没有看到国民性的种种行状流布弥漫在百年中国各个时空的每一个角落里。

虽然，《阿Q正传》已经是鲁迅作品的“高潮”了，但是，这个永远都解析不尽的Q爷，给我们留下的是永无止境的思考的悲剧!

我时常在苦思冥想一个鲁迅先生创作的无解之谜，那就是，为什么鲁迅会中断声誉日渐盛隆的小说创作呢？我以为，在两大题材之中，知识分子小说除了《伤逝》是绝唱外，其他作品并不是此类题材的扛鼎之作，其书写的衰势似乎可以成为鲁迅变文学创作为杂文写作的内在理由，但是，其乡土小说的创作并未衰竭，像《祝福》那样的力作还不时地出现，他完全有理由继续创作下去的。诚然，鲁迅先生认为用“匕首与投枪”可以更加痛快淋漓地直抒胸臆，用“林中之响箭”更能直接抵达理性阐释的最佳境界。但我以为更深层的原因可能还是在于鲁迅先生已经早已预判到了中国的悲剧结局是无法改变的。

我为什么幻想把创作早于《阿Q正传》一年的《风波》作为鲁迅乡土小说创作的“尾声”呢？其理由就在于此。

其实《风波》正是鲁迅先生乡土小说创作的中兴期，这篇小说无论是在写人还是状物上都有独到之处，但是，最不能忽略的是小说所揭示出的对国民性无望的悲哀，我们在所有的教科书里都难以找到那种对鲁迅在此奏响“悲怆交响曲”时的心境描写：赵七爷法力无边的宗法势力主宰着这个古老的国度；同是劣根性毕现的“庸众”与“吃瓜的群众”虽表现形式不同，指向的则都是国民性的本质。七斤就是被赵七爷驯化了的羔羊，而七斤嫂却是一株生长在封建土壤里的罂粟，夫妻俩相反相成的互补性格，正是烘托出这个“死水”一般的社会已经拯救无望了，任何“城里的风波”都无法改变中国的命运！让鲁迅先生陷入极大悲哀的是张勋的复辟让他对中国的前途彻底地失去了信心。在这里，鲁迅先生是无力喊出“中国人失掉了自信心了吗”这样的诘问句的。九斤老太“一代不如一代”的咒语虽然是指向了对“国粹”的批判，也是小说主题的重要核心元素，但是，它更多的则是表现出了鲁迅先生对现实世界的悲哀失望的情绪，是这首“悲怆交响曲”主旋律的重要乐章，它表达出的悲哀旋律一直回响在中国的大地上，久久萦绕在我们的头顶上，遮蔽着人们仰望灿烂星空的视线。

我在这里絮絮叨叨地分析几部鲁迅的乡土小说作品，并不是想对这些作品进行重新梳理，而是想从源头上找出规律性的特征来：中国乡土小说从来就是沉浸在悲剧描写之中的艺术，唯有悲剧才能表达出这一题材作品的深刻性和现实性，这也是中国乡土小说为什么生生不息的缘由所在。

我们尊崇鲁迅先生是因为他用犀利的笔触刺中了中国几千年的封建制度的要害，然而，我们并不希望鲁迅作品（包括杂文在内的一切文体）永放光芒，只有鲁迅先生的作品失去了它的现实意义，褪去了它的光环，才证明我们的社会挣脱了封建主义的羁绊，走出了鲁迅先生诅咒的那种世界，也就无须他老人家的幽灵再肩起那“黑暗的闸门”了。

无疑，百年中国乡土小说批评与研究并没有受到应有的关注与研究，梳理中国乡土小说研究自身的百年发展历史，总结其经验得失，辨识其学术价值，推进其发展，正是我们“研究之研究”的目的所在。因为，倘若真正想弄清楚中国社会与政治的变迁，文学是“晴雨表”，而中国乡土小说则是这个“晴雨表”上最精密的刻度。百年来，中国社会是如何从农耕文明进入工业文明、后工业文明，以及如何走进现代文明的脚印都清清楚楚、形象鲜明地镌刻在这些乡土小说作品中了。

17 年前，我在《文学评论》上发表过一篇《“现代性”与“后现代性”同步渗透中的文学》，就是想阐释一个观念：中国的农耕文明形态虽然日渐式微，“现代”

和“后现代”文明随着中国城市化的进程不仅覆盖了中国的东南沿海，同时也覆盖了整个中原地区和西南地区，甚至也部分覆盖了西部地区。当广袤的农田上矗立起一排排高耸入云的大厦，水泥森林替换了原始植被的时候，我们不能忘记的是：农耕文明的意识形态仍然会在这些灯红酒绿的奢华城市间穿行，以飓风的速度穿越城市的繁华，它带来的正负两极效应，我们看得见吗？而且，资本主义尚无法解决的许许多多“现代”和“后现代”的问题，也同时叠加进了中国社会的地理版图中，形成了与西方社会和殖民地国家迥然不同的社会形态和文化形态，但是，我们的作家看到了这些东西了吗？他们有眼光、有能力去开垦这片世界上独一无二的文学创作的处女地吗？

他们如果不能，作为一个学者，我们的文学评论家和批评家能够洞若观火地指陈这一现象，为乡土作家指出一条切入文学深处的“哲学小路”吗？也许，像我们这样的批评家，即使已经体悟到了这一点，也无法像别林斯基那样去面对惨淡的人生和熟悉的作家。

于是，在重新梳理文学史时，我们能否担当起客观评价这些特殊的文学文本的责任呢？这是我的冀望，但是，在这部丛书中的著作书写中，显然还没有完全达到这样的要求和高度。这是让我们遗憾的事情。尽管我们可以强调种种不可抗拒的客观原因。

中国乡土小说研究之研究，首先要明确的是中国乡土小说研究的对象与范围，亦即要明确乡土小说之所指，从而确定“研究之研究”的对象与范围。20世纪最初的30年间，鲁迅和茅盾对“乡土文学”概念的界定和使用，产生持久而广泛的影响，“乡土文学”便成为批评界普遍使用的概念。而在40年代的解放区，“农民文学”取代了“乡土文学”概念，一统天下。再后来，在20世纪50年代，文学中仅使用“农村题材文学”、“农村题材小说”的概念。从这种概念内涵的变化中，我们可以看出文学史观和学术史观的分野。

中国乡土小说批评，最初是围绕鲁迅乡土小说进行的。从20世纪20年代到现在，乡土小说批评紧紧追随着中国乡土小说创作的时代脚步，在每个历史时期都出产大量的批评文章,从而成为中国乡土小说研究中文献最多、时代性最强的组成部分。但是,我们在梳理它的过程中,还是看到了许许多多的遗憾,也就是说,中国乡土小说百年的批评和评论,能够真正毫无愧色地站在文学史舞台上的并不是很多,留给我们的只是一声叹息。

中国乡土小说的历史研究,最早可以从胡适的《五十年来中国之文学》说起。胡适在这篇文学史论性的文章中肯定了鲁迅的短篇小说:"从四年前的《狂人日记》到最近的《阿Q正传》,虽然不多,差不多没有不好的。"虽然胡适的这番话没有从"乡土文学"的角度去进行考辨,但是,他的眼光和气度,让《阿Q正传》早早地进入了文学史的序列。从中,我们看到的是,专家学者的眼光与客观评判尺度对后来文学史的影响。

但是,我们需要反省的问题恰恰就在于以下几个方面:

首先,我们要解决的是史实问题。

整个文学史的构成既然把文学批评和文学评论作为一个不可或缺的部分,那么,如何看待既往留存下来的"经典"的批评和评论文本?我们必须尊重的是客观存在的历史,也就是说,不管你认为是正面的还是负面的,只要是在那个历史时期引起过反响的理论和批评都要纳入文学史的范畴之列,它是呈现历史样态的文本,从中我们才能拂去现实世界对它叠加上去的厚厚尘埃,看清楚历史的原貌。这一点是文学史家必须尊崇的治学品格,否则我们就无法真正地进入历史的隧道空间来考察。所以,我对那些为了主动"适应形势"而把许多有价值的文本打入"另册"的做法不屑一顾,而对于那种迫于无奈用"附录"来处理一些文本的编辑方式,只能报以苦恼的微笑,因为我们也常常遇到这样的常识性的问题,但这确实是无法解决的史学障碍问题。

一言以蔽之,百年文学史可以进入史料领域的材料很多,只有建立史料无禁区的学术制度,才是保证研究的前提和基础。

无疑,在我们编选这套丛书中的四卷之中,试图贯穿这样的史料原则,《中国乡土小说理论文选(1910—2010)》、《中国乡土小说作家作品研究文选

(1910—2010)》、《中国乡土小说历史研究文选(1910—2010)》和《中国乡土小说流派研究文选(1910—2010)》是尽力采取比较客观的史实态度,虽然,我们阈定的是狭隘的“乡土小说”的概念,排除了诸多的“农村题材”的概念和创作理论,但是,“农村题材”在某一个历史时期的理论恰恰又是对中国乡土小说理论的一种补充,以及对其自身概念和口号的一种理论反思。比如我们遴选了邵荃麟1962年的《在大连“农村题材短篇小说创作座谈会”上的讲话》,文中提出的许多问题被后人总结为“现实主义深化论”,这其中的变异问题至今仍然有着历史的现实意义。可惜赵树理提出的“中间人物论”却没有被收入,这也算是一个缺憾。而后面收入的浩然的两篇文章《寄农村读者》(1965年)和《学习典型化原则札记》(1975年),不仅是作者个人创作的心路历程,而且也是乡土小说在那个时段宝贵的史料,都是可以纳入中国乡土小说历史研究范畴之列的。

在这里需要检讨的是,由于七八年前制定体例方案时,连我自己都没有清晰地意识到这个问题的严重性,单单强调了乡土小说概念范畴的狭义性,导致了选编的偏狭,造成了一些遗珠之憾。

其次,史学研究者面临着的最大困境就是史识问题。

史识不仅仅是胆识,而且还得拥有较高的哲学思维和美学鉴赏的水平,只有具备了充分的人文素养的积累,你才有可能具有重新评价以往的作家作品的能力,才能获得对以往文学史家、理论家、批评家和评论家的言论进行重新评判的权力!所有这些条件,我们具备了吗?正是带着这样的疑问,我时常会侧目现存的文学史著作,同时在不断否定自己以往的文学史工作。我以为自己这么多年的工作,只是提出了一种假想,离真正撰史还差得很远很远。但是,我不能以强调外在的条件不成熟为挡箭牌,去遮蔽自己文史哲学养不足的可悲。

只有具备了史实和史识的两个基本条件,我们才有可能写出一部好的文学史著述来。无疑,我们现在还不具备这样的先天优势,所以,我们的工作只能是一种初始的工作，我们正在不断地补充着自己的人文素养，以求将来编出一部真正既有史实，又有史识的鸿篇巨制的中国乡土小说史来，也希望有一天中国能够出现一部真正属于有史实有史识有胆识的中国百年文学史来。

中国乡土小说研究史论和史料的工作总结只是一个休止符，我们期待下一部更有学术含量的著述的问世。

我不相信学术的春天是赐予的，春天在于自身的努力之中。

原载于《当代作家评论》2018 年第 6 期

文学制度与百年文学史

毋庸置疑，任何一个时代和任何一个国家都会有自己的文学制度，它是有效保障本国的文学运动按照自身规定的轨迹运行的基础，因此，文学与制度的关系应该是一种互动的循环关系，当然，它可以是良性的，也可以是恶性的，这就要看这个制度对文学的制约是否有利于其发展，所以，在很大程度上取决于制定文学制度者是如何操纵和驾驭这一庞大机器的。

美国批评家杰弗里·J.威廉斯在《文学制度》一书的"引言"中说："从各种意义上说，制度产生了我们所称的文学，文学问题与我们的制度实践和制度定位是密不可分的。'制度'(institution)一词内涵丰富，而且往往带有贬义。它与'官僚主义'(bureaucracy)、'规训'(discipline)和'职业化'(professionalization)同属一类词语。它指代的是当代大众社会与文化的规章与管理机构，与'自由'、'个性'或'独立'等词语正好处于相反的方向。从一个极端来说，它意味着危险的禁锢……更普遍的说法是，它设定了一些看似难以调和的国家或公务员官僚机构……我们置身其中，我们的所作所为受其管制。"[①]毫无疑问，这种管制是国家政权的需要，也是一种对文学意识形态的管控，我将其称为"有形的文学制度"，它是由国家的许多法规条例构成的，经由某一官方机构制定和修改成各种各样的规章与条例，用以规范文学的范畴，以及处理发生的各

① ［美］杰弗里·J.威廉斯编著：《文学制度》，李佳畅、穆雷译，南京大学出版社2014年版，第1—19页。

种文学事件，使文学按照预设的运行轨道前进。在一定程度上，它有着某种强制性的效应。

还有一种是“无形的文学制度”，正如杰弗里·J.威廉斯所言：“‘制度’还有一层更为模糊、抽象的含义，指的是一种惯例或传统。根据《牛津现代英语用法词典》所载，下午茶在英国文化中属于一种制度。婚姻、板球、伊顿公学亦然。而在美国文化中，我们可以说棒球是一种制度，哈佛也是一种制度，它比位于马萨诸塞州剑桥市的校园具有更深刻的象征意义。”[①]也就是说，一种文化形态就是一只无形之手，它所规范的“文学制度”虽然是隐形的，但是其影响也是巨大的，因为它所构成的约定俗成的潜在元素也是一种更强大的“文学制度”构成要件，我们之所以将这部分各种各样的文化形态称之为“无形的文学制度”，就是因为各个时代都有其自身不同的文化形态特点，大到文化思潮、现象，小至各种时尚，都是影响“无形的文学制度”的重要因素。

在我们百年文学制度史中，尤其是在20世纪后半叶以来的两岸文学制度史上，往往是以文学运动、文学思潮、社团流派，乃至于会议交流等形态呈现出来的，它们既与那些“无形的文学制度”有着血缘上的关联性，又与国家制定的出版、言论和组织等规章制度有着不可分离的联系，它们之间有时是同步合拍的互动关系，有时却是呈逆向运动的关系，梳理作用与反作用二者之间的历史关系，便是我们撰写这个制度史的初衷。因此，我们更加重视的是整理出百年来有关文学制度的史料。

基于这样一种看法，我们以为，在中国近百年的文学制度的建构和变迁史中，“有形的文学制度”和“无形的文学制度”在不同的时空当中所呈现出的形态是各不相同的，对其进行必要的厘清，是百年文学史不可或缺的一项重要任务。从时间的维度来看，百年文学制度史的变迁，随着党派与政权的更迭，1949年前后的文学制度史既有十分相同的“有形”和“无形”的形态特征，也有

---

① ［美］杰弗里·J.威廉斯编著：《文学制度》，李佳畅、穆雷译，南京大学出版社2014年版，第1—19页。

不同之处。从空间的角度来看，地域特征（不仅仅是两岸）主要是受制于那些“无形的文学制度”钳制，那些可以从发生学方法来考察的许多文学现象，却往往会改变“有形的文学制度”的走向。要厘清这些纷繁复杂、犬牙交错的文学制度的过程，除了阅读大量的史料外，更重要的就是必须建构一个纵向的史的体系和横向的空间比较体系，但是，这样的体系结构统摄起来的难度是较大的。

在决定做这样一件工作的时候，我们就抱定了一种客观中性的历史主义的治学态度，也无须用“春秋笔法”做过度阐释，只描述历史现象，不做过多评判。后来发现这种方法也是国外一些文学制度史治学者共同使用的方法：“我们必须采取更加直接的方式以一致立场来审视文学研究的制度影响力，不要将其视为短暂性的外来干扰，而要承认它对我们的工作具有本质性影响。与此相关，我们需要不偏不倚地看待人们对制度的控诉；制度并不是由任性的妖魔所创造出来的邪恶牢笼，而是人们的现代组织方式。毋庸置疑，我们当前的制度所传播开来的实践与该词的贬义用法相吻合，本书的许多章节都指出了制度的弊端，目的在于以更好的方式来重塑制度。布鲁斯·罗宾斯（Bruce Robbins）精明地建议，我们必须‘在断言制度化（institutionalization）一词时抛开惯有的刻薄讽刺，要区别对待具体的制度选择，而不是一股脑儿对其谴责（或颂扬）’。”①其实，我们也深知这种治史的方法很容易陷入一种观念的二律背反之中，当你在选择陈述一段史实时，选择 A 而忽略了 B，你就将自己的观念渗透到了你的描述中了，所以，我们必须采取的是尽力呈现双方不同观念的史料，让读者自行判断是非，让历史做出回答。

按照《文学制度》第一章撰写者文森特·B.里奇《构建理论框架：史学的解体》的说法：“建构当代理论史有五种方式。关注的焦点既可以是领军人物，或

① ［美］杰弗里·J.威廉斯编著：《文学制度》，李佳畅、穆雷译，南京大学出版社 2014 年版，第 1—19 页。

重要文本，或重大问题，也可以是重要的流派和运动，或其他杂类问题。”①

毫无疑问，构成文学制度的前提要件肯定是重要文本，没有文本当然也就不会产生与之相对应的许许多多围绕着文学制度而互动的其他要件，就此而言，我们依照历史发展的脉络来梳理每一个时段的文学制度史的时候，都会因每个历史时期文学制度的不同侧重点来勾勒它形成的重要元素。虽然它们在时段的划分上与文学史的脉络有很多的交合重叠，但是，我们论述的重心却是“有形文学制度”和“无形文学制度”是怎样建构起来，并支撑和支配着文学史的发展走向的。

中国自封建体制渐入现代性以来，无疑是走了一条十分坎坷的路径，我们认为，不管哪个历史时段发生的制度变化，都是有其内在因素的，于是，我们试图从其变化的内在肌理来切分时段，从而描述出他们发展的脉络。

19 世纪末与 20 世纪初的世界格局带来了中国的大变局，与之相应的中国文学制度便开始有了现代性的元素。清末拉开了中国社会转型的序幕，文学在其中扮演了至关重要的角色，当然，就现代文学制度而言，这一时期还只是新的文学制度的萌芽期。现代文学制度之所以于此时浮出水面，一方面得益于文学观念的转型，另一方面，更在于相关结构性要素的渐趋成熟并建构起一个相对完善的文学、文化运作系统。

无疑，北洋政府对建立文学制度是起着十分重要的作用的，而真正将其现代性的元素进行放大，甚至夸张的，还是新文化运动的勃起。“文学革命”最终完成了文学观念的转型，与此相应，文学制度的相关结构性要素也在民国成立之后得到了飞速发展，并形成了一个较前更趋复杂严密的体系。当然，民国的文学制度及至后来所带来的负面效应也是不可否认的。

抗战时期，中国版图上存在着多股政治势力，国土分裂成了多个碎片化的

---

① ［美］杰弗里·J.威廉斯编著：《文学制度》，李佳畅、穆雷译，南京大学出版社 2014 年版，第 1—19 页。

地理政治空间。以广义的国统区、解放区、沦陷区而论，每一政治空间的政治势力都在追求各自的文化领导权，都在推行各自的文化与文学政策。在这种众声喧哗的情势下，文学制度的有效性是发生在不同的时空之中的，当然，最有深刻影响的还是延安的文艺政策，它深刻地影响着以后几十年文学制度的建构。

在共和国的文学制度史中，之所以将“十七年”作为一个时段，就是因为这个时段的文学制度的建立，对以后几十年的文学运动和文学创作都有着至关重要的作用。最有特点的是，从此开始，文艺政策的制定与调整，文学机构的创建与改革，文学领导层的人事安排，几乎都通过会议来实施。在历次文代会和作代会之中，第一次文代会具有特殊的历史意义。在某种意义上，这次会议奠定了中国当代文学制度的基本框架。解放区文艺被确立为文学的正统，全国文联和全国文协宣告成立，来自解放区、国统区的作家们在不同的工作岗位上各安其位，创办了全国文联、全国文协的机关刊物《文艺报》和《人民文学》。在此基础上，各地区、各省市纷纷召开区域性的文代会，成立区域性的文学机构，创办地方性的文学刊物。第一次文代会是当代文学制度建设的奠基石。

文学制度发展演变至 60 年代中期，出现了一种极其奇特的现象。一方面，相对于中华人民共和国成立前的旧文学制度而言，“十七年”的文学制度在各个层面上业已发生巨大的变革，制度之变与体制之新已经令很多作家深感“力不从心”；而另一方面，相对于意识形态的要求而言，“十七年”文学制度则已经远远落后于时代，成为不得不革除的陈旧落后的体系。这种“新”与“旧”的巨大错位和反差，充分反映了文学制度史的时代复杂性及其独特规律。在这种强烈的“制度焦虑”的驱使下，不仅“十七年”文学制度成为“旧制度”，从衰落到崩溃，而且“新制度”建设也紧锣密鼓、大刀阔斧地开展起来。

经历了十年“文革”的浩劫，中国“十七年”间确立和完善的文学制度也被摧毁。几乎所有的文学建制都失去了应有的功能，文学的机构（包括出版传播、文学生产、文学评奖等）都因为高度的集权而趋于凝滞。因此，随着“文革”

的结束，文学制度面临着恢复和重建的迫切任务。在此重建过程中，文学的新的方向——为人民服务、为社会主义服务的“二为方向”得以最终确立。恢复和重建之后的文学制度，起到了党和国家文艺政策得以贯彻执行的重要保障作用。随着文艺政策的钟摆与起伏，文学制度也发生着微妙的变化。

无疑，上个世纪80年代是文学制度恢复、波动、起伏最活跃的年代，而1984年、1985年之交召开的中国作协第四次代表大会是又一次文学组织和体制的新的调整，这一组织化体系化的调整给此后一段时间里的文学创作、批评，乃至文学制度，都产生了一系列的重大影响。

重建文学制度，首先亟须恢复和重建的是文学机构——文联与作协。文联和作协最高层面的机构组织是中国文联和中国作协，各省市地区都恢复和建立了相应的组织建制，全国一体化的、具有隶属关系的各级文联与作协成为文学制度有力的执行机构。这两个层级化的组织机构是整个文学制度的核心。有了这个机构，所有的体制内外的作家就会以不同的级别而成为每一层级的文学干部，从而处于文学制度这一庞大机器中的齿轮与螺丝钉，使文学创作的动员与组织成为一种常态性的运作。

当然，80年代随着对“文革”及“十七年”期间的回顾、总结、反思的不断深入，文学创作中出现了突破原来既定的政治方向和范围、偶尔出现挑战禁忌或者溢出体制边界的某些倾向。一方面，文学媒体为这些作品提供了发表的平台，另一方面媒体也成为党进行文学性质的宣传、方向的引导、批评的展开的重要阵地。

20世纪90年代是个意味深长的年代。它尚未远去，但已经成为当代思想文化讨论中一个难以绕开的原点，许多问题可以溯源于此。无疑，消费文化的大潮席卷而来，这对中国的文学制度冲击是前所未有的新挑战，中国日益深入世界市场的竞争之中，知识生产和学术活动已经成为全球化过程的一个部分。“人文精神大讨论”骤然兴起，表明了人文知识分子共同感觉到了问题的压迫性，而它无法导向某种具体价值重建的结局，也拉开了一个认同困惑的时代帷幕。90 年代的人文知识分子面对的问题的复杂性超出了他们所熟悉的历史和知识范畴，许多意想不到的社会与文化的思潮，凸显出了让人措手不及的尖锐矛盾。文学在这次文化变异的激烈冲突与重组中被抛到了边缘，文学制度也在悄然发生着深刻的变化，大众文化、消费文化的兴起催发了文学制度的重构，自由写作者的出现和网络文学的出现，也给文学制度的重构提供了新的难题和挑战。

进入新世纪以来，文学制度的变化是呈悄然渐变状态的。在新世纪第一个十年中，中国大陆基本的格局是继续“中国特色的社会主义”文化制度的加强、完善和延伸，尽管出现了新的现象和特征，但并未出现一条明显的文化分界线。在上世纪末，公众文化领域和国家政策层面都涌动着一种“世纪末”的总结趋势，但就具体文化发展来看，一种文化裂变的嘉年华并未出现，各项政策法规和文化制度跟随经济变革平稳推进，文学生态环境未发生明显变更。但文学制度有了新的发展，在上世纪 90 年代文学制度的基础上，呈现出深化和复杂化特征。新世纪的文学机制正在悄然发生变化：随着文学网站和文学社区的构建，网络文学日益成为一种重要的文学形式，网络文学产业化的运行、监管制度的建立，对网络文学的稳健发展都具有必要性。随着影视业的发展，影视制作与作家之间形成了新的关系，影视改编将文学接受置入了一种新的格局之中，对当代文学生态产生着重要影响。民间刊物已经成为当代诗歌得以流传的重要形式，民刊官刊化、民刊对体制内文学制度不足的弥补，都成为值得关注的话题。在当前的文学评奖中，官方奖项评选和颁发过程亟待调整，民间奖项需要通过文学观念的调整获得更大的公信力。从文学激励角度来看，调整后的两者都将大大有助于文学创作质量和积极性的提高。

毋庸置疑，台港百年来的文学制度史与大陆文学制度史既有重叠之处，更有相异之处。上个世纪台湾文学制度受着殖民化和民国化延展的影响，直到 1987 年的解严之后，才发生了质的变化。而香港的文学制度却是在历经殖民化的过程中，在 1997 年才悄悄发生了变化。

在文学制度的研究当中，其间对于文学社会化过程的考察是必要的。由此，在不同的时空场域下来考察不同地域文学活动背后的无形之手——文学制度的运作，也必须贴近、还原适时的文学活动具体情况。日据时期台湾的文学制度具有自己的独特性，尽管在大的新文学传统范围里面，台湾文学传统与中国大陆文学传统相互呼应，但不可否认的是，由于地理位置的“孤悬”、文化受众的“多元”，日据时期的台湾文学在发展样貌上有着自己的地域特性。“文学制度”的概念引入，以及对文学制度在形成、发展全过程中诸方面特色的描述，乃至对文学制度诸多组成要素，如文学教育、文学社团、出版传媒等方面的勾勒，可以给予读者一个相较以往文学史作单线描述而言更加复杂、参差的立体文学生态景观，得以窥见在文学史复杂表象背后更具棱角，并影响着文学制度建构之另一面。

综上所述，我们在撰写这部制度史的过程中，尽力试图将文学史的发生与制度史的建构之间的关系勾连起来分析：外部结构是法律、规章、出版、会议、文件等大量的制度“软件系统”；而内部结构则是文学思潮、现象、社团、流派、作家、作品等“硬件系统”。只有在两者互动分析模式下，才能看清楚整个制度史发展走向的内在驱力。虽然我们做出了努力，但囿于种种原因，比如我们尚不能看到更多可以解密的文件资料，就会影响我们对某一个时段的文学制度做出更加准确的判断，所以我们只能做到这一步，尽管有遗珠之憾，但我们努力了。

原载于《当代作家评论》2016 年第 5 期

中国现代文学史的断代与当下文学的现状

一、对于中国现代文学史断代问题的思考

我在纪念辛亥革命100周年的前两年，就是2009年现代文学的年会上，做了一个主题发言，那个主题发言就是这个题目，实际上是想让我们的治史观念回到文学史知识的常识中去。中国现代文学研究，如果从20世纪40年代零散的研究开始，到现在已经将近80年了，80年来对中国现代文学的研究，始终没有解决的一个问题是什么？是断代的问题。我在2009年就想：这篇文章一定要趁辛亥革命100周年的时机发出来。因为研究民国文学这块，最早是张福贵他们，新世纪初就提出来了，但是那个时候不合时宜。我2009年在学会的年会上做了一个长篇的报告以后，赵学勇评点的时候就说，这个论题肯定在今后的10年当中会作为一个热点问题来研究。果然，现在已经8年了，8年来这方面的研究成果越来越多，乃至于两岸成立了民国文学研究学会。后来成稿的文章的题目是《新旧文学的分水岭——寻找被中国现代文学史遗忘和遮蔽了的七年(1912—1919)》，后来《新华文摘》进行了转载。

首先碰到的一个问题，就是近30年来我带博士生，看到的大量的论文，全部是这样的描述：当代文学统一标注“新中国成立以来”、“新中国成立以后”。我说你就不是一个客观的知识者，中国现代文学和当代文学是一体的，在这个

时段百年历史中有两个“建国”、两次“解放”，不是一个“建国”、一次“解放”。1912年建立的是中华民国，1949年建立的是中华人民共和国；“五四”时期人的解放是第一次解放，1949年的解放是工农的解放。你这里究竟是指哪一个“解放”？但是教育形成了我们集体的无意识，整个现代文学教育中这种集体无意识一直延续到现在，延续在你们身上，尽管我提出这样的观点，可能很少能改变现在文学研究现状之一二。但我的博士生写论文，我就规定一定要表述清楚是哪个时间段，这是最起码的历史常识。

现代文学，应该是新文学和旧文学的区别，是有新旧文学的区别的，也就是古典文学和现代文学的区别。从什么地方划分？我的依据是沿袭整个中国的政治史和社会发展史的规范。因为以往中国文学的断代都是按朝代更迭下来的，唐宋元明清，到了新文学为什么不从中华民国成立的时段来划分？而划分在1919年？这是为什么？在座的有没有思考过这个问题。这就是因为毛泽东在《新民主主义论》中提出了，“五四新文化运动”是无产阶级领导下的新文化运动，所以现代文学史一定从1919年开始。我有一篇文章用大量的论据来考证这么一个演变的过程，那篇文章发在《当代作家评论》上，考察这个过程，发现并不完全是无产阶级领导的。最近看到胡绳的集子里面有一个观点很使人吃惊，他说国民党的失败是由于在大陆没有实行资本主义，明明很多教科书上写的四大家族是代表大资产阶级利益的，但我们共产党的研究者、社科院院长研究出来的，是没走资本主义道路而导致失败的论点是惊人的。我觉得这是有道理的，为什么？蒋介石到了台湾以后，首先进行“土改”，到了蒋经国手上开始了资本主义的“补课”。

茅盾在写《子夜》的时候，很多的构思都是瞿秋白提供的，比如原来的题目叫“夕阳”，夕阳西下，后来改成“子夜”，为什么改成“子夜”？黎明会来到的，无产阶级崛起了，它有这么一个含义，是瞿秋白帮着改的，资本主义在中国是没有希望的。原来的《子夜》茅盾是试图描写一个失败了的民族资产阶级的悲剧英雄人物，如今这个影子还在作品中留下了痕迹，但是有些人物特征是被强加进去的，比如说瞿秋白说你这样不行，一定要写吴荪甫这个资产阶级的残暴本质特征，一方面在赵伯韬买办资产阶级的压迫下他破产了，另一方面是无产阶级工人要造反了，但是改变不了的是他资产阶级贪婪的本色，所以最后他设计了一个非常可笑的细节，这个细节我不知道你们看的时候注意没注意到，就是吴荪甫在证券市场失败以后，让他去强奸佣人吴妈，我说吴荪甫周围有那么多美女，他强奸吴妈干吗？他是阿Q吗？你不是把他写成阿Q了嘛。当时瞿秋白的理论就是，资产阶级的贪婪本质就要表现在这些地方。那么他的逻辑是什么？没有走上资本主义道路就是对的。

到今天为止，我统计了一下《中国现代文学史》，拼凑的抄的加起来，有1000多部，包括自用教材在其中。这些教材中的切分法，第一种是沿用老的，就是1919年到1949年属于现代文学30年，包括老钱他们的那部影响很大的《中国现代文学三十年》仍然是默认了这样一个断代方法。这样的断代它不仅仅是一个切分的问题，其实只要时段一变，它的整个理念就不一样了。

第二种就是切到1917年，1917年是以“文学革命”为发生点，这个好像比较贴切，但是我觉得这其中就暗含着对“拉普”的承认，对“拉普”的承认就是受十月革命的影响，就是“十月革命一声炮响给我们送来了马克思列宁主义”。这种32年的切法，我觉得也是不妥的。

第三种是以《新青年》杂志的诞生来划界，它夸大了一个杂志的作用，当然这个杂志有一个群体，但是“五四”思潮是一个意识形态和观念多元开放的思潮，这个思潮有欧洲的思潮，有俄国的思潮，还有日本的思潮。像鲁迅、郭沫若这一代人，他们吸收的都是日本文化思潮，日本的文化思潮又是“二次倒手”，是从欧洲“进口”到日本以后，又转换成日本的文化思潮，尤其是“新感觉派”最为突出。就是说在这个时段切分上，以《新青年》为开端，把它说成34年也是不妥当的。一个杂志，一群同仁，不能拿它作为划分断代的历史依据。

第四种比较少，就是以1900年划界，1900年是一种比较时髦的切割法，1900年的切割法主要是袭用勃兰兑斯按世纪切分的方法，虽然简明，但由于中国的特殊国情，不适宜那种分类史，用世纪切法是不合适的，按时序的朝代切法是比较客观的。

第五种就是再往前推，划至 1898 年，强调戊戌变法的现代性，把改良主义的历史作用提到一个现代性的高度来认识。当然也有它的道理，它的逻辑依据是没有晚清何来“五四”，晚清对政治体制的叩问和改良的实绩，虽然进了菜市口，这个改革失败了，但是值得肯定，然而作为新文学划分的依据，它没有文学的内在的学理性。

第六种是以 1892 年《海上花列传》发表为界，这是范伯群先生《中国通俗文学史》中所阐明的。在 10 年前苏州大学的 80 周年庆典上，我讲过这个问题，苏州大学有两个传统，一个是钱老的古典文学，另外一个是范伯群先生的通俗文学。现在的新文学史中，“五四新文化运动”把通俗文学打入了另册，这是不对的。最典型的，通俗文学的大家张恨水，他的艺术成就，他小说中的现代意识并不比我们所谓的很多严肃作家差很多。这种区分是不对的。所以说让通俗文学回到文学史当中去，成为一个有机的组成部分，应该是文学史不可忽视的一个问题。后来严家炎也附和这种分法了。但是，新文学切分在这里显然也很勉强。

第七种是以 1840 年的鸦片战争作为现代文学的起始。我觉得近代史还有近代文学是一个伪命题，我说古代就是古代，晚清也是清，民国的新政体才代表了现代性的元素。

第八种就是前两年严家炎先生提出的，他是以 1890 年在法国出版的第一部现代意义上的中长篇小说《黄衫客传奇》为界，那是一部翻译作品，而且是质量很低劣的作品，我觉得是入不了史的，把这个作为一个切分文学史的标志，我觉得是否过于牵强，虽然严先生是我最尊敬的前辈学者之一。

我认为 1912 年是一个不该被忘却的历史结点，要打破文学史对这个结点的偏见也是很艰难的，我们必须回到当初文学史发生的原点上来，所以我们就写了《中国新文学史》。这部文学史之所以叫新文学史，就是因为中国新文学史和旧文学史与唐宋元明清的文学史不一样，它的新文学的内涵包括很多，包括所谓的正统的严肃文学和通俗文学。我当时考虑的就是，我不能找很多人来写，就找了两三个我的博士生（当然这个博士生是老博士生）来写。我们几个人经过 5 次反复讨论，5 次修改才定稿。因为人多了反而不好，现在我们治文学史全部是大兵团作战，一下子二三十个人，一人分一章，比如分到我，我又叫博士生去写，博士生如果不负责的话，其中就会有很多硬伤，所以很多文学史被诟病就是这个原因。其次，文学史大兵团作战，语言风格和整体的结构以及构思的风格都不会一样，就是一盘散沙。我们几个人写了七八十万字，被教育部列为精品教材出版，这是中文教指委受教育部委托编写的包括古典文学、现代文学和文艺学几门主干课的新教材。

作为一个精品教材，我们应该写出自己的特色来，这本教材的特色就是以民国文学、共和国文学为切分线索，民国文学就是民国文学，共和国文学就是共和国文学，沿用了几十年的现代文学的称谓是一个模糊的概念，民国文学和现代文学是两码事。

我认为新文学从 1912 年开始的依据很简单，我写过一篇文章，其中提出了几点理由，现在我想要强调的是另外几点。

第一，中国现代文学史断代的标准，应该与整个文学史断代分期的逻辑理念相一致。古代文学的断代也有分歧，但是社科院董乃斌他们也是非常坚定地坚持要按朝代的更迭来断代，因为中国的文学是离不开政治社会环境的，它不可能作为一个完完全全被把玩的艺术品存在，每一件文学作品背后的历史背景和当时的人文背景，都是我们考察作家作品的重要依据，脱离了这个，你根本就不能懂得什么叫作品。

举个例子，“一夜看尽长安花”，长安夜间还有花？“长安花”是指长安繁华的街道上夜里到处是妓院，这个“花”和那个“花”，语意就不一样了。尤其是中国新文学，如果在 20 年代还有周作人写美文和小品文，纯艺术的这种，那么以后的时间段里这类作品就很快会被政治淹没。一直到 1949 年以后（其实 40

年代从延安文学开始跟政治贴得就更加紧密了），文学想和政治离婚都是绝对不可能的事情，你想剥离政治，让文学成为一件纯粹的艺术品，这个愿望是美好的，但是它能够实现吗？在文学作品中，你去掉了这些人性的、人文的内涵，你说它的艺术价值就会更高吗？这是整个文学的悖论。

第二，我认为整个现代文学、新文学从1912年开始有了一个法律与制度的保证，环境相对开放，才有了第一个“黄金年代”。这是因为整个新文学是围绕着所谓三民主义，也就是由“自由、平等、博爱”的核心价值理念而展开的。“五四”是人的文学，人的文学从哪来？人的文学就是由“自由、平等、博爱”发展而来。它笼罩着中国所谓现代文学的37年，同时也延伸到、继承到1949年的文学当中，当然它是一个逐渐变异的过程。

第三，我认为最重要一个的元素，就是1912年是中华民国的元年，它标志着一个资产阶级民主共和政体的诞生，帝制被推翻了，为文学的发展提供了一个言说的充分空间。虽然鲁迅在《风波》里阐释了“换汤不换药”的主题，但是由于体制、政体上改变了，皇帝被废除了，作品的叙述空间便无限扩张了。《临时约法》应该说是当时亚洲最先进的一部宪法。这部宪法中最核心的东西就是提倡言论自由、新闻出版自由，所以才有了巨大的言说空间，才有了创作的自由，你才可以随心所欲地去诟病一切不合理的社会现象，才确立了知识分子的批判精神，否则，你的主题构思从哪里来，又到哪里去呢？不在宪法允许的框架下给予保障的话，20年代的“人的文学”就不可能诞生，又何来中国现代文学的“黄金年代”。

概括它的历史意义主要有以下几点：

一是在政治上它不仅宣判了清王朝封建专制的死刑，而且以根本法的形式废除了中国延续了2000年的封建专制制度，确立了资产阶级民主共和国的政治体制，真正开始赋予了文学的现代性，与古代文学进行了本质上的切割。

二是在思想上它改变了人们的是非观念，使民主共和的观念深入人心，树立了“帝制自为非法，民主共和合法”的观念。这种观念在民国的确立，无疑是从“臣民”跨向“国民”的重要一步，至于后来一步步被消解，则是另一个话题。

三是在经济上确认资本主义生产关系为合法，在当时的历史条件下符合中国经济社会发展的趋势，客观上有利于中国民族资产阶级经济的发展和社会生产力水平的提高，这一点的确立，是历史的进步。胡绳后来讲，实际上国民党的失败（包括孙中山和蒋介石的政治失误）就是没有走上资本主义道路，走上的是专制主义的道路，孙中山提倡“三民主义”，但是还是有那种帝王的意识渗透在所谓的民主当中。

四是在文化上，《临时约法》颁布以后，资产阶级、小资产阶级知识分子利用《临时约法》的规定，集会、结社、言论、出版自由，纷纷组织党团和创办报刊，大量介绍西方资本主义国家的政治、经济、法律、文教情况，为新文化运动创造了条件。“五四新文化运动”就是由此而来的，否则何来的“五四”，没有这部宪法让你上街游行，对不起，请到菜市口去。言论自由了，结社自由了，所以才有这么多文学社团的出现，才有了《新青年》，否则的话哪来的《新青年》？

五是在外交上有了现代文明的理念，改变了许多奴性思想。《临时约法》强调，“中国是一个领土完整、主权独立、统一的多民族国家”，具有启发人民爱国主义的民族情感，防止帝国侵略的意义。这一条是历史学家总结的。我觉得研究历史的人，比如像我们这代学者，多少是受民族主义教育熏陶的，这个根深蒂固的无意识太强烈了。反思“五四新文化运动”，它是一个爱国、反帝、反封建的运动吗？你仔细去考察，这个文化运动是不是还有其他内涵呢？青春的“五四”，“五四”的青春，在于它对一切的批判和怀疑的态度，这就是它最大的特点。那么源头是什么？源头就是刚才我讲的，在文化上言论、出版、结社的自由，其中有很多历史背后隐藏的真相现在是无从考察的。民国史研究中心在我们南大，但民国史研究中心有很大程度上要服从政治的需要，那么你可以多提供一些被遮蔽的史料给我们，让我们认识一个真实的民国，以利于解析作家作品。

总之，在国际上，《临时约法》在亚洲现代史上占有重要的地位。在20世纪初的亚洲各国中，它是一部最民主、最有影响力的民权宪法，这部宪法拿出来，和西方的宪法宪章相比毫不逊色，但是国民党却并没有认真执行，比如对左翼和左翼文学的打压。

我讲的民国文学是指 1912 年到 1949 年大陆的民国文学，37 年，你们讲的现代文学不是民国文学，因为政治社会和文学现代性的起始时间的标识是不一样的。1949 年以后叫共和国文学。我还写过一篇文章《民国文学仍在继续》，继续在哪里？它不是在大陆，而是在台湾，台湾尽管蔡英文上台了，但是它还得继续用“中华民国”的纪年法。台湾还有一批学者，尤其是国民党这派的，他们仍然是赞同民国文学在台湾的说法的。文学应该是国族的，应该跳出党派之争。文学仍然在台湾延续。你如果不承认的话，那你不是宣扬“台独”吗？这是一个政治悖论，文学不应该受此约束。

文学不是党化的文学，文学是永远属于国族的，属于国家和民族的，任何一个国家的文学都是这样的。所以把它纳为党派，实际上是不对的。

二、新世纪文学的价值立场退却与乱象

下面我想讲“新世纪文学中价值立场的退却与乱象的形成”，当年我写这篇文章的时间是 2010 年的 7 月 12 日，在复旦大学和哈佛大学召开的新世纪 10 年的研讨会上我做的主题发言。我 11 日看世界杯最后的决赛，看到凌晨 3 点钟结束，结束以后我就罗列了一个 21 条的发言提纲，后来变成 23 条，最后发表时改成了现在的 22 条。当然作家不高兴，评论家不高兴，作家协会更不高兴，但是我觉得还是要讲自己的看法。

先谈创作，文学创作的“病症”和价值立场的多元及模糊。

第一条，我讲的是主流作家，在一线的许多主流作家，他们不可能成为世界性的大作家，就是因为他们对世界和事物的判断力在下降，这不仅是哲思能力的退化，还有就是审美能力的衰退。作家协会不断地提倡“下生活”，你面前

的生活难道就不是生活了吗？一定要下到基层去看？“生活无处不在”变成了“生活在别处”。大量的创作，哪怕我们一线作家刚出炉的新鲜长篇、中篇，我首先问有多少人给读者留下了思想的空间？当然也有受众面的问题，读者的问题也有，人家要作为“快餐”阅读，那么适应“快餐”阅读的作品的审美力也不行，这一点作家们却是心领神会的。

第二条，创作中的反智倾向越来越突出，作家自觉从知识分子写作变成职业化的写手，我一直讲有很多作家不是作家，他是写手。但是我跟很多作家接触，一流的作家也都哀叹："我们和网络写手差别太多了，你看现在作家富豪榜上排在前面的全是网络写手。”我以为虽然到了读图时代，网络作品有广大的读者群，但是能留在文学史上的是微乎其微的。你想要那么多的钱，你就做网络写手，你就不要又要名、又要利，又想进文学史，在这种诱惑下，大量的作家开始不承认自己是知识分子了。这和过去我们所提倡的作家要成为人类灵魂的工程师不一样了，其实作家们从 90 年代开始就已经精神“侏儒化”了，拒绝做社会良知的代言人，大量出现的是那种嬉皮士的现象。中国的一线作家、二线作家放弃了自己的作品中应该呈现出的对人性、对人、对人道主义的追求，呈现一个故事，但是对于这个故事的评判，对于作品中人物的评判，则失去了自己的价值判断。

第三条，放弃了重大题材，过分地注重“一地鸡毛”式的、琐碎的日常生活题材的写作。在这里我要提到 1988 年《钟山》杂志社邀请北京、上海和江苏三地的文学评论家在太湖召开的那一个太湖笔会，在那次笔会，我和《钟山》的主编徐兆淮(他是我在 80 年代、90 年代写作的合作者)策划了一个“新写实小说大联展”，联展的卷首语是我们两个人起草的。我没有想到我们作为“始作俑者”，后来的“新写实”会变成一场文学运动，我认为新写实主义出台的背景就是当时先锋派已经失去读者了，新潮小说失去了读者以后，我们要求回到现实的土地上来重新构建现实主义。我们主张的现实主义的作品是要有批判精神的现实主义，但与我们的预测恰恰相反。我当时的主张很明确，什么叫新写实？就是我们继承意大利的新现实主义电影的精神，把摄像机扛到大街上去，这个后来被张艺谋借鉴了，拍《菊豆》就是用这种方法。新现实主义电影就是把摄像机扛到大街上，拿路人、拿一般的人作为他的表现对象。我说那种毛茸茸的、有质感的生活，原生态的生活，那才是我们要追求的现实主义，而不是革命的现实主义，那些是伪现实主义。在这种情况下，包括方方、池莉、刘震云这一批作家成为我们主张的主流作家，尤其是方方的《风景》，我们把它作为典范，新写实主义小说是这么来的。新写实主义到后来发展成“一地鸡毛”式的现实主义，日常琐碎的现实主义，我觉得这不是我们所想要的新写实主义，因为它失去了批判的锋芒。

但那时也有表现批判力度的作品。1989 年我看了王安忆的小说《岗上的世纪》，关于这篇小说我有一篇评论文章，当时《文艺报》已经排版了，后来却开了“天窗”。我认为这部小说是中国真正女权主义的宣言书，比她的“三恋”(《荒山之恋》、《小城之恋》、《锦绣谷之恋》)写得好得多。作为批判性的新写实作品，王安忆写的是一个叫李小琴的女知识青年为了上调回城，她只能向生产队长杨绪国出卖肉体，在出卖肉体的过程中，那个男人的面目已经逐渐模糊了，而凸显的是主人翁李小琴性意识的觉醒，就是说女性主动，而政治上压迫她的人，反而在性的过程中成为一个性的被动工具。《岗上的世纪》最后的高潮部分很有冲击力，当时我看了很震惊，认为这是中国第一篇女权主义的代表作。后来我把这篇作品推荐给我的同事董健老师看，他说这种东西写得很美，我说如果我是电影导演，我把它拍成电影，李小琴在月光底下的片段写得很细致，那些青草，从她的十指的指缝间，从她的大腿缝中穿出来的细腻描写十分唯美，我说这个镜头非常美，要是我拍的话，女人的胴体间的小草钻出来，用高光镜头来表现，我觉得那是一个非常美的画面。这个作品里面就表现了强烈的批判意识，尽管王安忆后来讲她不是女权主义者，她不承认自己是女权主义者，我不管你是无意识的，还是有意识的，但是你表现出了强烈的文化批判意识。

而大量的作品，就是从形而上到形而下，或者只呈现出形而下。我二十几年前写过一篇文章提出，中国最好的小说它一定是作家从形而下到形而上，再到形而下的二度循环过程。如果你没有一个形而上的过程，就证明你是一个没有思想的作家。具象的、形象的描写是最能打动人的，在打动人的过程中，你没有一个形而上的思考是不行的。中国的作家在表现这样的理念时的描写就比较笨拙，从张贤亮的《男人的一半是女人》、《绿化树》开始，在他的《唯物论者启示录》系列中写到形而上的时候，作家直接跳出来说话，他只是借用了大青马，用大青马的语言来表述作者的价值评判。在直接表述中也对黄香久和马樱花的评判充满着轻蔑的男权意识，而中国的所谓女权主义批评家却没有一个发声的。我在一次女性文学讨论会上说，你们有资格来谈中国的女权主义吗？你们没有批判张贤亮的男权思想是你们的失位和失职。他借用主人公章永麟的口说，马樱花作为女人，是永远不可能理解和战胜男人的，他是把黄香久、马樱花们作为一个宣泄的工具而已，他借用大青马来表达他形而上的观念，这是一种拙劣的描写方法。包括贾平凹的《废都》，我认为他写得最好的是《废都》，是大时代中创作的大作品，反映出了人思想的裂变，尤其是知识分子的异化。但是当作者要去表达自己思想的时候，他却是借用了“老水牛”来表达，你们看庄之蝶（我始终认为他是与作者融为一体的）与“老水牛”的对话，我认为这个是败笔，用一个替代物来表达，虽然是间接的“曲笔”，但仍然不免笨拙。在贾平凹的作品中用狗用狼做观念表达替代物的描写不少，我不欣赏这一点。你就不能把它融入小说的情节、细节和人物的语言中去吗？那是你的描写技术不足的问题。

在重大题材上的表现上，我想举苏童的《河岸》为例子，作者本来是书写了一个少年阿 Q，但是在四分之一的时候戛然而止，突然转化为日常的、琐碎的、“一地鸡毛”式的日常生活，最重要的是把小说的发展的期待视野给消解了。我以为马克思对文艺作品最为精彩的只有一句话：作品要表现“历史的必然性”，也就是说，人物和故事可以有充分的偶然性，但是主题一定要有对一个时代“历史必然性”的揭示。这个话我至今认为是非常重要的，大作家应该反映大时代，大时代要表现什么？要表现历史的必然性，而历史巨大的必然性是在《废都》中表现了，虽然表现得比较粗糙，在艺术上还不尽如人意，但是整体来讲它表现了一种历史的必然性，在这一点上很多作家都是轻描淡写的。余华的《活着》写得很好，但是我认为这种悲剧本应该写得更加深刻，但十分遗憾的是，那些关于大饥荒年代、“文革”时期的历史生活本相却被淡化了，当然我们是可以谅解作家如此表达的苦衷的。

第四，作家创作时候画面感的增强。画面感增强了是一个优点，同时也是一个缺点。为什么？他画面感增强了，可能画面使你在读他的小说的时候，一下子就进入了具体的情境中，但是人物的矛盾冲突普遍弱化了，情节、故事性开始弱化了。为什么？无谓的画面感往往会切割故事情节的流畅性，作家在写作的时候考虑到怎么样变成电影，怎么样变成多少集的电视剧，画面感、跳跃的过程是他切割内容整体性的过程，这个切割的过程就是他对码洋的追求过程，一旦考虑影视的分镜头，作家的艺术表达必然受到戕害。现在作家都懂电影艺术手段和电视剧艺术手段，但是作为真正的一流作家，你追求的首先是作品的美学效应。刘震云是一个十分好的作家，但是他的小说《手机》是在电影之后重写的，现在大量的小说创作都是在电视剧之后，然后再改编成小说，这种本末倒置的现象出现以后，实际上是对小说艺术的一种践踏和亵渎，小说艺术不能完全商品化。

再举一个例子，我批评毕飞宇的《推拿》(我常常是拿好朋友的作品进行解剖，这样才是作家和批评家真正的友谊情感的体现)，他半夜给我打了很长时间的电话。我说写《推拿》你显然是考虑到怎么样拍成电影，对于人物内心的人性裂变和冲动，有些地方写得不够充分，而他最好的小说是什么？我觉得还是《哺乳期的女人》，还有《玉米》系列三部中篇，还有长篇《平原》，当年《平原》应该是评茅奖的，而不是后来的《推拿》，虽然《推拿》是炒得很火热。

第五，是打着生态写作的幌子，用动物中心主义来否定人类中心主义，这种是为法西斯主义张目，我一再批判《狼图腾》就是因为它挑战了人性的底线，倡扬狼性表面上提倡的是民族主义的情绪，实际上是阶级斗争的情绪，弱肉强食的这种反人类、反文明、反文化的理念，根本上是弘扬一种法西斯的精神。把这种理念作为商业炒作，又被企鹅出版社出口到欧美，我不知道欧洲人看了是什么感觉，我想那些都是商业炒作。我写了两篇文章来批判这部作品，且不讲它的语言粗糙，小说描写技术很拙劣，就其整个反文明、反人类的倾向都没有得到清理，还向全世界传播，这是小说的悲哀，是文学的悲哀，是文化的悲哀。你看商业团队、大企业都把《狼图腾》作为他们的团队精神，那就是日本法西斯民族性格的彰显。它变成了民粹主义和民族主义的翻版。提倡狼性，以自我为中心的、以民族主义为中心的狼性，这种现象我不知道是中国文学的耻辱，还是中国文学的光荣，现在将此作为创新的作品输入到欧美，这是一个典范的、成功的商业模式。

第六，浪漫主义创作方法的消失，批判现实主义传统方法的变异，取而代之的是平面化的写作，满足于快餐式的一次性消费，取消了文学的经典化。很多人嘲笑“二张”(张承志、张炜)，我说“二张”是最后的浪漫主义。当然张承志也有问题，他陷入了宗教的迷狂之中不能自拔，我觉得是对他文学的残害，虽然他其中有理想主义和浪漫主义的元素，但是和早期的《黑骏马》、《北方的河》那样的作品相比较，宗教的元素太多了。很多人谈起张炜的时候，就是耻笑他堂吉诃德的精神，不管怎么样，《你在高原》480 万字，在这个时代谁能看下来?如果说这个时代是一个 copy 的时代，诗性的、理想主义的、浪漫主义的文学元素已经离我们的作家，离我们现在的文学创作越来越远了，这是一个事实。

第七，作家构思的时间短了，但是作品的长度在无限延伸，“十年磨一剑”现在变成了“一年磨十剑”。这种现象普遍存在，一部长篇不是精雕细琢，而是像搭积木一样组装起来，你不要听有些作家胡说八道，说这个构思我在 20 年前就有了，一直没有动笔，经过 20 年的思考后，我今年就把它写出来了，那都是骗人的。所以商品化的时代对小说，尤其是长篇小说语言的张力、语言的凝聚的诗性之美消逝了，取而代之的是注水的语句。拉扯，无限地拉长，情节拉长、细节拉长，语言，一句话可以说清楚的，他一定要用五句话、十句话绕着说，作品是有长度了，但是添加剂太多了。这样的作品大量地存在，但是却没有人指出来，因为“皇帝的新衣”，只有像我们这种直率的傻“儿童”才能天真地说出它的真相。

第八，作家的创作“奔奖”的意图越来越明显了。就是“因奖施写”的目的十分明确。这几年评一个茅盾文学奖，简直是动员了全国各作协多少人力和钱财，实际上地下的运作成本要比地上的运作成本高得多。我参加过一次鲁奖，但是因为种种不合时宜的言行而被隐退了。我尤其对近些年来的诗歌鲁迅奖多有诟病，从“羊羔体”到“啸天体”，再到“忠秧体”，诗歌组的评委是有推卸不了的责任的，居然直意或曲意地维护这种非诗的文学现象，这是在大众面前撒谎，是在亵渎中国的诗歌，既糟蹋了现代诗，又亵渎了诗国的古典诗境。

因为时间关系，今天就讲到这里，谢谢大家！

（根据作者在华中科技大学的讲座录音整理）

原载于《文艺争鸣》2016 年第 6 期

亟待抢救的共和国文学史料

作为一个具有马克思主义唯物辩证法立场的现代研究学者，我们不能回避历史，因为马克思主义文艺观的核心元素就是历史的和美学的，规避了历史的元素，我们就偏离了马克思主义的本源，所以，敢于直面惨淡的历史，才能更好地推动历史的车轮前行！我想这个普通的历史常识应该是每一个学者所必须具备的研究识见吧。

常常使我感到惊讶的是，当我们面对许多博士生讲述这半个多世纪的许多历史事件的时候，他们会一脸茫然，甚至会提出让你哭笑不得的问题。于是，我深深地体会到我们的文学史展现出的是历史碎片，是断裂的社会史、政治史残片拼接起来的影像。这一切皆源自当代史料的匮乏，甚至于被遮蔽，这不仅仅是文学史料的问题，同样还涉及文学背景的政治社会的史料问题。作为一个文学史的研究学者，我们有责任去发掘和厘清这些史料，让教科书在历史的真相中呈现出她应有的面貌。

首先，我们需要打破的是一个史料认知的误区，即：当代文学无史料可言。

如果从第一次文代会算起，共和国文学已经走过了 67 个年头，她的诞生甚至比共和国的诞生还要早几个月，其中所经历过的风风雨雨是每一个代际作家都难以忘怀的，而我们所能够看到的却只是他们发表时的作品表层所呈现出来的显在的东西，而其创作背后所看不到的那些大量的文化历史背景的复杂性，以及个体内心潜藏着的巨大波动，却是难以知晓的，它往往有可能就被湮没在个人的日记和谈话之中。在这种情况下,寻找、发掘和抢救个人资料就成为当务之急。

而从大的方面来说,即使是关于文学制度中的许多政策也没有得到很规范的整理,除了大量文件的整理发掘外,更重要的是许多领导人(更是包括许多文化和文学的领导者)对文学的批示,以及他们的内部谈话都无法得以全面地查寻与确认。因此,我们所看到的文学史都是不完全的,或者说是不完整的。只有发现海面之下的巨大冰山,我们才有资格去治史;只有随着共和国文学的史料大量被发现,一部中国当代文学史才会有重写的可能性,或许这种重写是有着观念的颠覆性的。

那么,在目前的情况下,我们需要做哪些具有建设性的史料工作呢?

首先,从当代史料的搜集方法来看,我以为还是因循文学与政治的关系,按照时段,针对各个不同历史时期的特点进行有效的拉网式的清理,也就是分段清理。这样有利于集中一批断代文学史研究者和作家作品研究专家联合作战,形成一个相对集中的研究共同体,有利于互通有无、研究切磋、辨析真伪。

如果让我进行当代文献史料划段,我仍然坚持那种以中国大陆的政治风云变幻为依据的切分法,因为我们的文学与政治始终是血脉相连的,他们是连体婴儿。所以,从大的方面来说,近 70 年所经历的政治与文学运动是很多的,用周扬的话来说,就是“文学是政治的晴雨表”。

如果细分下来应该是:1949 年至 1966 年为第一时段。在这个时段中,历次的政治运动给作家指定的写作任务成为创作的主流,从工农兵题材(被写的客体)到工农兵作家的培养(写作主体的介入),其中应该能够抢救的史料是很多的,除了散佚在民间的史料和官方散落在民间的文件史料外(例如“打倒胡风反革命集团”和“大跃进”时期那些非正式出版的铅印本内部资料与中央文件),口述史料的建设应该尽快进行,当事人和有关联的人现在都年事已高,抢救时机刻不容缓,这些史料孤立起来看,虽然不可当作信史,但是,在互为参照和印证下加以客观地辨析,我们是可以寻觅到更接近历史真相的史实的。例如，赵树理在写《三里湾》时，已经感觉到了农业合作化的政治运动即将风行，也许我们可以在他当年出版的《下乡集》的手记中找到蛛丝马迹，但是我们如果能够找到赵树理当时在阅读文件时的体会文字、日记，或者哪怕是在文件上的只言片语式的旁批和眉批，也足以让我们窥见他在文学创作时复杂而又剧烈变化的心境。也可以看清楚作家为文学史中的乡土题材所提供的历史贡献和局限所在。当然，像柳青这样的作家也不例外。又如，翻开1949年的《人民文学》杂志，你可以看到丁玲、陈企霞批判白朗《战斗到明天》的文章，那时的编辑部与作者通信原件是否安在？这与丁玲日后批判路翎等人的做派有无变化，以及自己后来又被别人批判的思想轨迹的勾连，都有十分重要的史料意义，而我们绝不能偏听偏信作家回忆录和一些文学传记所提供的历史"真相"。我以为这种共和国文学史上"螳螂在前，黄雀在后"政治运动中的史料，对于认知一个个作家的心态变化是有很好的实证作用的，许多原始资料的发现，有时足以改变我们对一个作家，乃至一个流派和团体的历史评价。尤其是在1957年前后的"反右"斗争中的那些宝贵的历史资料（包括纸质的文字和原始的录音资料，以及后来录制的口述资料）都是研究一个作家心路历程的历史见证，同时也是我们重新回到文学历史现场而体验历史文化背景的最好教科书素材。包括在三年困难时期的许多珍贵的社会学的一手史料，也会成为我们认识那个时代的重要历史背景的参照物。许多作家歌颂"三面红旗"的作品，后来成为我们几十年语文教科书的典范文本，我们在修正文学史观念的时候是否要考虑到它们存在的合理性。在1960年代初期，阶级斗争日益尖锐的时刻，我们的作家在其创作的背后，还留下了哪些没有见过天日的文字？搜集这样的史料，不仅可以还原许多历史的原貌，还可以窥探到许多作家在那个时代痛苦而复杂的二律背反的内心世界。

无疑，1966年至1976年（窃以为其实这个时段应该延至1979年）的"文革"文学是共和国文学史上最重要的一个时期，而以往的文学史将她定性为"历史的空白期"，我以为这是一种历史虚无主义的观念。表面上来看，这一时期的文学创作十分稀少，能够入史的东西不多，但是，大量的“地下文学”的存在，让我们看见这段文学史中充满着反叛异数的地火，虽然只是短暂的十年，但是她能够给我们提供的文化意义上的史料（即使是非文学的史料），也足以让我们认清楚“十七年”文学和后几十年文学史的变化过程。作为一个历史的“中间物”，她在共和国文学史上的重要历史环链作用无疑是巨大的，这一段历史史料不清理出来，我们的共和国文学史就是断裂的、断片的。可惜的是，最为缺乏的文化和文学史料恰恰就在这个关键的历史环节上。作为人文科学的研究者，我们有责任有义务去发掘整理这段历史资料，但是由于种种原因，我们能够获得的第一手史料是极少的，但是，搜集整理第二手资料应该是一件并不太难的工作，我们且从这里起航吧。人们都说“文革”研究在国外，这一点我不完全苟同，你只能说到目前为止，国外的研究资料搜集得比我们多，而真正有深度的“文革”文学和“文革”文化的研究尚没有充分地展开。因为能够真正把握那个时代文化和文学命脉的研究学者还活在大陆，他们对那个时代的深刻认识，只有在条件成熟的情况下，才能凸显出其爆发性的研究当量来。况且，我坚信尚有大量散落和深藏在民间的史料有待于我们去发掘和搜寻，一俟见天日，许多具有深刻历史意义的东西就会为我们提供最丰富的研究资源。

1979 年直到今天的近四十年的共和国文学史的资料往往被人看作一个近在眼前的历史过程，无须再做文章，其实持这种观点的人也同样是陷入了另一种历史的盲区，殊不知，正是因为大量的文学史料被一轮一轮的社会经济的文化大潮席卷而去，当人们还没有看清楚一个浪头的真貌时，另一个浪头又迎头扑来，用 1980 年代后期的一句通俗的话语来描述，就是：现代性像狗一样撵着我们，连撒泡尿的工夫都没有。因此，一波一波的文学思潮、现象如电影镜头一样瞬息闪过，整天陷入口号、名词与概念的狂轰滥炸之中，让人连一点思考的空间都没有，重新整理这段史实，同时发掘许多被人们忽略的史料，仍然是刻不容缓的工作，因为，越是短距离的史料越容易发现、搜集和整理，千万不要让许多史料化为纸浆后成为历史的遗憾。

总之，随着共和国历史不断在延长，我们堆积下来的史料就越多，被遮蔽的东西也就愈加沉重，只有认清史料发掘的重要意义，我们才有可能真正读懂许多被历史沉淀下来的作品，我们才有治史的资本和资格。

原载于《文艺争鸣》2016 年第 8 期

《新华文摘》2016 年第 22 期

在文学的边缘处思想

在百年中国现代文学史上，文学试图摆脱思想的束缚，已经经历过了许多次文学思潮和文学流派的冲击和洗礼，让文学回到纯而又纯的技术操作层面，似乎成为某些“纯文学”作家炫耀文学技巧的大纛，用“纯美主义”来遮蔽多彩的社会与惨淡的人生，这让一般的写作者陡然产生出了许多敬畏之心，甚至面对波澜壮阔的社会图景和汹涌澎湃的人类苦难都视而不见，生怕被热烈的生活所感动，而在作品中流露出价值的理念来，被主张“纯美主义”的批评家和高蹈的技术派作家诟病和耻笑。

文学可不可以远离社会和思想，这是不是哈姆雷特之问，显然是一个伪问题。文学是可以作为一件把玩的艺术品而存活于世，但它绝不是文学的唯一，更不是文学的导向和主流。倘若一个国家和民族的文学仅仅就是限于这样一种所谓的“纯美”模式之中，它肯定是陷入了技术制约思想的艺术怪圈之中，那是一个文学的悲哀结局。

我十分激赏马克思和恩格斯对于社会“异化”和文学作品思想“倾向性”的经典性阐释：一、文学的意识形态性就是作家面对客观的现实世界必须做出明确的价值判断，它必须是审美性的，但是它又必须将其意识形态的“倾向性”植入文学作品之中；二、马克思在《致斐迪南·拉萨尔》中提倡“莎士比亚化”，就是要求作家揭示生活的本质，而生活的本质最重要的方面则是反映出客观世界里的生活与思想。虽然马克思也提到了审美意识形态中的个性化、情节的生动性和丰富性等问题，但更重要的问题则是客观地反映你所看到的真实世界的景象，这是一个作家创作的前提；三、为什么要提倡现实主义的艺术方法，尤其是批判现实主义的方法？对于一个能够对客观世界做出即时性反映的作家来说，这才是真正推动历史前进的“火车头”，也就是一个作家面对客观世界的欢乐与痛苦，是否能够从感性世界上升到理性世界，将其融入具体的描写之中，则是一个作家在“意识形态审美”过程中必须考虑的关键问题，当然，同时它也是衡量一个现实主义创作者思想和艺术高下的试金石；四、百年来的文学史始终在思想和艺术的悖论中盘桓而不能自拔，其纠结点就在于大量的作家作品陷入了这样一种悖论之中：思想性强的作品，其艺术性就弱化，而艺术性强的作品却思想性销蚀或模糊。其实这个问题马克思和恩格斯也做出过明确的答案，同样，在《致斐迪南·拉萨尔》中，马克思之所以推崇“莎士比亚化”，而批评了文学作品的“席勒化”，就是因为要遏制那种把文学作品“变成时代精神简单的传声筒”，这是现实主义或批判现实主义创作的原则性问题，它必须遵循的艺术审美原则是：将观点越隐蔽对作品越好！亦如恩格斯在《致敏娜·考茨基》中所说：“我认为倾向应该从场面和情节中自然而然地流露出来，而不应当把它指点出来。”这才是马克思主义的辩证法，作家对于世界的情感泄露和批判，并不是一种简单的呈现，而是通过多种的艺术手段来加以表现，比如采用比喻、反讽、变形、夸张、隐喻等艺术方法来折射作者思想表达的间接效果，这就是鲁迅所提倡的“曲笔”。

作家和批评家、评论家所采用的文学表达方式是不同的，前者是形象思维方法，后者却是采用抽象思维方法。所以，我以为作为一个批评家和评论家，无须隐瞒或遮蔽自己的观点，对于文学批评而言，就是：“观点越清晰明朗对于批评的对象来说就越好！”然而，我们的批评家和评论家能有几人秉持这样的批评风骨呢？

针对近些年来文学批评和文学评论愈来愈媚俗化的倾向，我一直在思考的问题就是：一、马克思主义批判哲学的评论观念究竟过时了没有；二、批评者是否需要保持其批评的独立性，他（她）可否与作家反其道而行之，“变成时代精神简单的传声筒”；三、一个持有知识分子“护照”的批评者应该用什么样的姿态来从事文学批评事业。

其一，毫无疑问，近四十年来，世界性的马克思主义理论研究不仅仅是一个政治和社会发展的话题，更是一个严肃的学术话题，马克思主义理论是在不断继承和发展中得以获得生命的，而作为文化和文学的批评者，更要继承的是其直言不讳的批判价值立场。2015 年我就在《文艺研究》上发表了《中国当代文艺批评生态及批评观念与方法考释》一文，开宗明义地表述过这样的意念：“马克思主义文艺批评的精髓是怀疑与批判的精神。如果没有这种批判意识，马克思主义就不可能发扬光大，但就是这样的人文社会科学常识，在我们今天的批评界却成为一个难以解决的问题。这是时代批评的悲哀，也是几代批评家的悲哀。谁来打捞具有批判精神的文艺批评呢？这或许是批评界面临的最大危机。也正是由于这种危机的存在，我们这一代研究者才负有重新建构文化与文艺批评话语体系的责任。”毋庸置疑，从当前中国的文学形势来看，我们面临着的仍然是两个向度的批判哲学悖论：首先，就是马克思所提出的对资本社会的批判，具体到文学界，即商品文化漫漶浸润现象的泛滥已成潮流。从 20 世纪 90 年代开始的资本对文学每一个毛孔的渗透所造成的堕落现象，在二十年的积累过程中已然成为一种常态的惯性，这种渗透有时是有形的，有时是无形的，但却是不争的事实。但是，商品文化的侵袭往往是不以人们的意志为转移的，它是与多种的主流意识形态媾和在一起，从无意识层面对人的大脑进行悄无声息的清洗的。其次，就是马克思所指出的文学应该反映“历史必然性”的批判向度在这个时代已然逐渐消逝。在现实生活题材作品中看不到“历史必然性”的走向，而在历史题材作品中也看不到“历史必然性”的脉络，历史被无情地遮蔽也已经成为一种作家消解生活的常态，而文学批评者也在历史的语境中失语，也就成为顺其自然的闭目塞听现象，如今我们看到的满是一种“传声筒”的声音。

鉴于上述两个向度批判的缺失，窃以为，即使是在今天，使用马克思主义的批判哲学对其进行学术性和学理性的厘定，甚至是较大的外科手术，仍然是十分必要的，同时也应该是十分有效的措施。

其二，既然马克思主义的文学批评和文学评论需要保持批判的张力，那么，就需要批评者持有独立批评者的权利，这个权利由谁来赋予呢？由于广大的批评者都认为这个权利是来自外力——那只无形之手，而我却以为它更来自批评家和评论家本人的内心——那个藏匿在灵魂深处的恐惧。毫无疑问，我们在历次的文化运动的拷问中，丧失了一个批评者应有的独立价值判断的立场，不是没有思想，而是不敢思想，或是闻风而动地思想，处在一个失魂落魄的境遇中，所以，我们不敢正视马克思主义的批判哲学原理，放弃了怀疑的批判精神。

作为一个批评家和评论家，面对纷繁复杂的大千世界，可否与作家反映世界的方法反其道而行之，直接成为“时代精神的传声筒”呢？我个人认为答案是不具有唯一性的，质言之，我并不反对持有这种批评方法的批评家和评论家的存在，他们有作为“传声筒”的权利和义务，但是，这不能成为其他批评家和评论家持有独立个性的批评和评论，否则就会形成文化和文学批评严重的失衡状态，一个没有独立与个性批评的时代是一个悲哀的时代，“传声筒”越多，对文学批评就越发不利，如果我们连古人的“百花齐放、百家争鸣”的文化批评态度都没有，文学批评就毫无希望。

我们重返马克思主义的批判哲学，就是要去除那些到处都可以见到的“传声筒”式的评论和隔靴搔痒式的温情主义文学批评，用独立而犀利的马克思主义批判哲学精神取代“传声筒”效应，弘扬绝不留一丝温情的批评。

文化批评，尤其是文学批评一定是需要独立性的，关键就在于我们能否破除自己心中的那道魔咒。

其三，倘若我们需要坚持马克思主义批判哲学的文艺学方法，那么，我们就必须完成一个批评者面对世界和面对文学的人性洗礼。一个持有知识分子

“护照”的批评者应该用什么样的姿态来从事文学批评事业，这个诘问才是我们这个时代文化和文学真正的“哈姆雷特之问”。

谈这个问题之前，我认为需要说明的是，在当下中国的知识界存在着一个严重的背离现象：知识分子的贵族化与媚俗化并存于同一时空之中。这就造成了持有两种不同“护照”的知识分子，前者就是约翰·凯里所批判的脱离“大众”的精神贵族，如果将他们比喻为拿“蓝色派司”（设若蓝色象征着浪漫）的引导者的话，那么后者就是持有“红色派司”的知识分子。这个现象并不奇怪，但是，如果不从这个表面现象看到事物的本质，那就是我们对于这个世界的文化盲视。

我一直是以人、人性和人道主义这三块人类发展的人文基石作为我认知解读中国文化和文学的坐标，失却了这样的坐标，无论你是哪一种类型的知识分子，都是偏离了你的职责和义务的伪知识分子——没有良知的批评者应该是没有资格进入批评行业的。

诚然，在中国百年文学史的长河中，我们也不缺乏有理想、有担当、有思想的独立批评家和评论家，但是，在种种制约下，那些批评家应有的品格就与他们的社会良心和自由心灵渐行渐远了。也许中国不乏在艺术表现层面十分优秀的作家和有思想的批评家，但他们对一己之外的事物毫不关心，唯利是图，这些失去了一个知识分子底线的作家和批评家是永远成不了真正的作家和批评家的，其关键就在于他们没有是非标准，缺少人文情怀，他们更没有对社会与世事的批判能力和勇气。回眸历次文学运动中许多批评家和评论家的种种行状，你能窥视到许多浮游在历史显微镜下的软体细菌，却寻觅不到一丝脊椎动物的痕迹。所以那些扬言作家要和知识分子划清界限的鼓吹者，俨然是与多年来鄙视知识分子良知观念紧紧相联系的。俄罗斯“白银时代文学”为我们提供的不仅仅是那些异彩纷呈、数量巨大的文学文本，更重要的是它为我们展示了一个国家与民族文学批判精神的强大感召力和自觉的生命力，这些都是因为他们有别林斯基这样一流的伟大批评家掌握着文学发展的航向。亦如以赛亚·伯林总结了别林斯基的批评个性的几点要素那样：追求崇高的真理；为人民的利益而介入文学的社会批评；坚守道德本质的文学和批评；将美学融入人性的文学批评之中。所有这些，都体现出了别林斯基在本质上仍然是一个理想主义的批评家。如果没有这样人性化的理想主义作为一个批评家的思想支撑，我们的文学批评和文学评论是没有希望的。

我们的作家需要直面惨淡的人生吗？

我们需要秉持马克思主义的批判哲学精神去对当下的文学进行批评与评论吗？

我们需要高举别林斯基的批评火炬去照耀我们前行的文学之路吗？！

无疑，我想在这有限的文字里为读者诸君提供一些答案，但是其中尚有许多语焉不详之处，尚祈各位能够在思想的空白处填写出自己的答案。

2018 年 5 月 31 日匆匆草于南京仙林依云溪谷

原载于《文艺争鸣》2018 年第 11 期

青年作家的未来在哪里

“我们承受青年犹如承受一场重病。这恰恰造成了我们所抛入的时代——一次巨大的堕落和破碎的时代；这个时代通过一切弱者，也通过一切最强者来抗拒青年的精神。不确定性为这个时代所独有；没有什么立足于坚固的基础，也没有什么立足于自身坚定的信仰。人们为明天活着，因为后天已经是非常可疑的。”尼采的这段话应该成为我们认知 21 世纪中国青年作家预言性的座右铭。

最近，我在给何同彬的新著写序言时，看到他对青年作家的许多精彩分析，很是感动，他把我积郁了好几年欲说还休的话几乎都说出来了，针对这十几年来的青年作家创作现象，我们除了“吹捧”和“鼓励”之外，我们的批评家对其深入的学术和学理的批评有多少呢？面对批评的失位与失职，一个青年批评家的指谬则是难能可贵的。

在一切文学审美活动中，除了技术与形式层面的外壳，最重要的就是作家在内容中所表现出的价值观念的高下优劣了。所以，围绕着“青年”、“公共性”和“历史”等三个关键词，何同彬能够“以粗犷的线条和锐利的笔锋勾勒出一个青年批评者‘无知无畏’的精神图景和野蛮生长的批评个性”，充分展示了一个批评家的勇气。

的确，对于当下 80 后、90 后的一批批新锐作家作品的评判，给老一代批评家带来了无边的陌生与困惑，如何在一个公共性的平台上去评价他们的作品，何同彬的批评观念无疑是中肯的、尖锐的，同时也是有效的。

针对“青年”这一代际问题，他的看法是锋芒毕露的：“秩序在收割一切，收割一切可能对秩序造成威胁的各种力量，青年、新人就是这样一种具备某种潜在威胁的虚构性力量，一种正在被秩序改造并重新命名的新的速朽。收割的前提是培育，是拔苗助长，是喷洒农药、清除‘毒草’，是告诉你：快到‘碗’里来。”毋庸置疑，这个无形的“碗”是巨大的，既有体制的召唤，也有商业的诱惑，青年作家面临的被规训、被同质化、被秩序化的问题应该是一个大问题，而这个大问题却是评论的盲区，如果我们看不到这一点，仅仅将它作为一个受着商品化制约的代沟问题来看，而看不到青年作家将失去的是文学的独立性和创造性，那么，我们在扫描一切青年作家作品时就少了一层深刻的批判性。“秩序”，无论是体制的，还是商业的，这部“联合收割机”将会收割一茬一茬青年作家，成为消费文化和意识形态案板上的快餐食品。而且，这些转基因的文学食品对一代又一代青少年而言，都是慢性毒品，虽然，它们会不断更换其商标的名称。

当然，我最激赏的是何同彬提出的青年作家需要警惕的几种行为弊端。

“青年写作者和文学新人的滔滔不绝的赞美、期许，广泛持久的扶持、奖赏是制度的代际焦虑的产物，它们的共同目的是去锻造青年的皮囊如何与苍老、丑陋的灵魂完美融合。”毋庸置疑，文学创作者在整个创作当中都要面对一个“灵与肉”的哲思命题，当下，名与利是这些青年人生观当中最首要的文化核心理念，写作也概莫能外，它往往成为许多青年作家出名谋利的手段，当然，谋生是无可非议的，但将它作为舍弃一切人文伦理的束缚，将其作为向上爬的阶梯，却是可鄙的，它给古今中外一切文学和作家蒙羞。我们不要强调这是商品时代的使然，而应强调坚守人文精神的道德底线，越过了这条底线，一切创作都是速朽的。

我并不反对得奖，所谓奖项，只是某些群体对你的作品的认可，并不代表你的作品就到了登峰造极的地步。诺贝尔文学奖如此，国内的茅盾文学奖、鲁迅文学奖亦如此，在它们评出的作家作品之外，尚有大量的，甚至是严重的遗珠之憾，况且，许多奖项所带有的政治与艺术的偏见，是戕害文学的利剑。但是，大量的青年文学家都不顾廉耻地去钻营此事，这就足以证明时代的创作思潮已经发生了根本的变化。扶持和奖赏就像一个巨大的黑洞，吸纳了一部分青年作家，大部分青年作家就开始有了“焦虑症”，就害怕被甩出这个圈子，成为离心力之外的另类。殊不知，真正的文学创作就是需要离开中心，失去离心力失去的只能是文学外的重，得到的却是文学之重！而谁能理解这个常识性问题呢！

因此，接下来的逻辑问题就是“文学权力与政治权力强烈的同构性，文学权力显著的区域性、机构性集中，导致青年写作、文学新人在被制度命名和生产的过程中，不可避免地遭遇到源源不断的、难以抗拒的吸纳性、诱惑性、抑制性和同质性的挑战”。几十年来的文学国情已经让我们习惯了在权力之下生存的语境，许多事情已经习焉不察了，这不仅仅是青年的问题，而是整个作家队伍的“集体无意识”，能够意识到这个问题，并且为将来的文学所考虑，也是一个不容忽视的问题。我们不断在给一茬一茬青年作家命名，而且是以正统的意识形态的名义，殊不知，一个有独立思考能力和有独特艺术风格的作家，一俟被命名，也就离站在绞索架套上绞索绳不远了。更不用说那些生产性的商业化命名了。它们都是概念化、同质化流水线上的产物。

于是，“新的文学写作者与前辈写作者(尤其那些掌握更多权力的)及相关机构之间有着一种微妙而暧昧的依存关系，其中涉及权力的承传，涉及互相调情的必要性，涉及一场有关宫廷、庙堂的舞台剧中恰当的角色分配”。同样，这个问题的提出也是文坛整体性问题，不过，这在青年作家那里更为突出，如果说那些历经了历史沧桑的作家尚在这一点上还保持着一点矜持的话，那么，某些青年作家的无骨媚态就令人作呕了，其角色处处表现出被阉割后的谄媚和无性。这里必须说明的是，目前，中国作家尚不具备那种“自由之思想，独立之精神”的条件，除了生计问题外，更重要的是，我们与当时苏联作家不同的是：

他们有俄罗斯文学的传承,即使在最严酷的时期,他们也还存在一个知识分子写作的阶层。但是,自近代以来,我们作家的现代性之所以无法完成他的启蒙,当然包括自我启蒙,是因为缺乏阶层的存活性,没有一个作家作品的统一价值标准,缺失的是以赛亚·柏林所说的作家的"心灵"和立场。

无疑,这些都是当下部分青年作家的问题,但是,这却是一个带有普遍性的文学病症,所以,从制度的缺失中来看待青年作家人格的缺失,可谓鞭辟入里,一针见血。何同彬所列举的新世纪以来文坛上所出现的那些林林总总的青年文学和文化人物的怪现象,足以让青年警醒,也更令那些文学史家和年老的批评家去深入思考:时代病了,人也病了!而且这不是世纪末的恐惧症,是未来文学的"黑客攻击征兆"。

这些年来,一个接着一个的"文学事件"和"文化事件"让人目不暇接,这种炒作,无论是意识形态的,还是商业化的,都无疑给文学创作带来了致命的重击,作家们都指望这些"事件"成为自己作品的卖点,即便是负面的影响,也是出名的机会,宁愿留下千古骂名,也要出名的心理,更是青年作家一夜成名的幻想,所以,新闻性的、世俗性的、生产性的"事件",是简单的、消极的文学致幻剂,是作家创作的"摇头丸":"无聊而热闹的文学'事件化'的受益者和受害者,他们在'事件'的旋涡中丢失自己、重塑自己、成为自己。"所谓丢失,是不准确的,因为他们从来就没有"自己"过,所以也谈不上"重塑","成为自己"应更名为"制造自己"、"打扮自己"更为准确一些。

何同彬注意到的另一种青年作家的弊端,也体现出了他的敏锐性和深刻性,而且其批判的力度也是十分犀利的,那就是青年作家渴望成为一个"职业作家",那是进入体制的"红派司","职业性成功已经成为青年写作者们重要的、甚至唯一的梦想"。我们无法在这样的语境下评判这种作家体制的优劣,但我所要表达的观点是:无论你处于一个什么样的体制当中,作家自身的小环境,也就是你的创作心态,你的内心对文学创作的本能冲动尚存在否,这一点是不能变的!唯有如此,你的作品才有生命力。否则,你成天想着的是如何进入正统的作家体制当中去，充分享受体制给你的好处，那么，你的创作生命也就到此为止了。当然，现在各省市的作家协会都在以“签约”的形式，把一些出了名的或正在出名的萌动中的作家纳入自己的旗下，孰好孰坏且不说，就我尚未见到过一个拒绝者而言，包括那些身价已经几千万的所谓“网络作家”，也一个个渴求“签约”，以获得“正名”，这并非是一个青年作家的正常的创作心态。

也正是如此，现在的一些走红的青年作家在媒体时代的追捧下，在数以几十万众的“粉丝”簇拥下，变成了一种文化的代名词，于是乎，一种文坛领袖和霸主的江湖气油然而生，正如何同彬所言：“‘成功’赋予青年人荣耀、权力，也赋予他们某种老气横秋的、世故性的自大。这一自大在写作中体现为某种不加反省的惯性的、重复性的平庸（反正有人赞赏并随时准备予以褒奖），和以信口开河、话语膨胀（如各种断言、命名或自我标榜的热情）为表征的狂妄、自负乃至自恋；在文学交往中则呈现出某种仪式性、仪态化的模仿，模仿那些成功的前辈和大人物（文学大人物则模仿政治大人物、商业大人物）的腔调、姿态、神情，甚至某些不可告人的癖好。”这就是消费文化带来的恶果，是青年毁了文学呢，还是文学坑害了青年？这是一个两难的文化命题，我以为这是一个互动的哲学关系，相辅相成才是他们成长的培养基，如果我们无视这样的一些司空见惯的现象，放弃批判的权力，我们就愧对文学的未来。

因此我才十分同意何同彬的结论：“他们的多数书写几乎不涉及政治、道德、美学、形式和文学本质方面的任何特殊性、独特性。当前，最让人沮丧的是，文学新人之间缺少分野，缺少对立，缺少各种形态的冲突，缺少因审美偏执和立场差异导致的‘大打出手’，这和前辈们曾经有过的某种革命氛围、野蛮风格大相径庭。就已经发生的矛盾和有限的冲突而言，涉及的基本是和话语权、利益有关的诸种晦暗不明的欲望，除此之外，他们在多数情况下是和睦的、友好的、礼尚往来的、秋毫不犯的、在微信朋友圈随时准备点赞的……”在这里，何同彬不仅指出了许多青年作家写作的致命伤——不涉及政治、道德、美学、形式的内涵，漠视文学的特殊性和独特性。思想的缺失是中国作家普遍的历史问题，但是如今已经发展到了一个令人胆寒的地步，却是始料不及的。所以，其写作陷入工厂式的模具化大生产，从流水线上出来的是商业产品，而不是文学作品。

同时，不可忽视的问题是，青年作家与老一代作家的差异性——“革命性”和“野蛮性”。无论如何，这两个中性词，的确可以概括近百年来文学的某些本质特征。但是，我在这里要强调的是，正是在新世纪这个世纪的交汇点上，我们必须看到在这个文学坟场里的许许多多青年作家，并非像鲁迅当年寄予厚望的青年作家那样朝着正确的轨道前行，进化论对于今天的时代青年而言，已经完全不适用了，因为追名逐利的消费时代，鲁迅们是不可预料的。

我们须得叩问的是：我们的青年作家的未来在哪里?!

原载于《文艺争鸣》2017 年第 1 期

启蒙是启蒙者的悲剧

噩耗传来，王富仁先生的形象在我的脑海里却反而更加明晰起来了，作为百年来接过鲁迅启蒙火炬的领跑者之一，他的学术研究和传导的启蒙主义价值观延续了四十年，其一生已经无愧了，他与这个世界的绝决方式是那样的果敢和坚毅，却让我们这些苟活者有了些许警醒，在那些肩扛着闸门的人群中，尚有无新的启蒙者去替补这份重任。如若启蒙队伍里还有前赴后继者，富仁先生在天之灵也会像“鲁迅先生笑了”(郭沫若先生语义反用)那样欣慰的。

近四十年来，作为高举着启蒙大纛的“京派”学者，钱理群先生和王富仁先生无疑是旗帜性人物。尽管这四十年当中我们经历了许许多多的文化风雨，我们经受了各种各样中西观念的冲击，但是始终能够坚持现代启蒙精神，并矢志不渝地坚守鲁迅先生文化批判价值立场者的队伍却是愈来愈稀少了，眼见着许多打着各式各样旗号的“遗老后少”们成了政治与商品宴席上的座上客，他们却坐在铁屋子里的冷板凳上为中国现代文学的学术性和学理性继续勘探着本是无路的荆棘小路。他们滔滔不绝的演讲为无声或喧嚣的中国留下的是一种无痕却是永恒的精神财富，尽管他们的言论在这个时代的回声是微弱的，甚至有些空洞，但是，只要薪火尚在，历史终究会做出公允的评判，他们的学术思想给我们从事中国现代文学研究工作的学人做出了榜样，但是榜样的力量未必就会影响到更多的学者，因为在这个十分复杂的时代背景下，有多少人还在信奉“五四”真正的启蒙真谛呢？这或许就是我们这一代人的悲剧。

其实，我与王富仁先生的交往并不是很多，私交也不是很深，但是，仅仅几次的深谈，就足可引为知己与同道者，这让我对王富仁先生另眼相看。记得1985年文学研究所和《文学评论》编辑部在昌平的“爱智山庄”开办了俗称“黄埔一期”的研修班，作为班长，我有时负责接待讲课的教师，王富仁先生那时还是一个刚刚获得博士学位不久的年轻教师，然而，大家都被他的演讲所折服了，尤其是他的演讲结束语令1985年从事中国现当代文学研究的我们震撼不已，他那带着浓重山东口音的话语三十多年来一直萦绕在我的耳畔，时时敲打着我的学术灵魂：“一个没有悲剧的时代，是一个悲剧的时代；一个没有悲剧的民族，是一个悲哀的民族！”我以为这就是我们心气相通的地方：一个现代知识分子如果连悲剧意识都不具备，你还有什么资格进入批判的价值立场当中去面对惨淡的人生？你对这个时代没有了痛感，也就是没有了文化的触觉，没有了触觉，无疑便是一个被阉割了的人，如此而来，你还有什么批判的能力呢？这于一个知识分子而言，无疑就是一种思想的慢性自杀，抑或就是一种自宫，其苟活的学术意义也就全无了。许多人都说王富仁思想的深刻性来自他的才华，我却不以为然。我认为王富仁的学术思想之所以能够洞穿中国文化的弊端，除了其批判力度外，不外乎两个因素：一是同类文化文学的比照；二是毫不犹豫的价值立场。

首先，王富仁先生的知识结构与绝大多数从事中国现代文学者是不同的，其俄罗斯和苏联文化文学的滋养与知识结构的谱系，就决定了他对中国现代文学研究的深度，因为百年来的中国文学始终是亦步亦趋地跟着它们的足迹走下来的，尤其是苏联文化与文学的“左”倾思潮的深刻影响，对中国文学的造成的后果既是显在的，更是隐在的，关键的问题就在于中国现代文学的许多研究者对此习焉不察，一个缺乏文化和文学参照系的文学现象和文学史，是无法确定坐标的，诚然，我们绝大多数的学者都是以中西文化和文学为参照系来确定坐标的，而这样单一的坐标思维方法一旦成为一种惯性，就会使得我们的学术思维僵化，因为这种有着落差和反差的参照系追求的只是异质性比较，却少了其同构性的比照，因此，王富仁的知识结构和其深厚的俄罗斯文学的修养就使得他的视野与众不同，往往是在源头上找到了其滥觞的因果关系。尤其是他对俄罗斯文学“黄金时代”批评巨擘别林斯基的推崇，就决定了他的治学的批判价值立场的坚定性和独特性，总是与那些时髦和时尚的西方现代和后现代的批评迥异，用冷兵器时代的长矛去戳破当代文化坚硬的壳，看似有点堂吉诃德与风车作战的没落骑士的滑稽可笑，但这正是一个现代知识分子所缺乏的那种鲁迅所倡导的韧性战斗精神。我们不知道这是一个学者的幸还是不幸？而我却认为这个时代还是需要一些堂吉诃德精神的，他起码比那种阿Q精神要清醒执着，因为他在认定一个目标时，是一条道走到黑的，并不理会世人，尤其是聪明人的嘲讽的，我不敢笃定王富仁就是堂吉诃德式的人物，但我却期望自己在这个时代宁愿做一个堂吉诃德式的傻子的。

另一个让王富仁先生的文章更加丰富和深刻的因素就在于他能够清晰地厘定“我们”与“他们”的阵线，记得他在一次中国现代文学研究学会所做过的一个主题报告里，明确地提出了这样的观念。以我浅显的理解，王富仁先生这样的提法就是明确了在十分复杂的文化环境中，一个知识分子所应该秉持的文化价值立场——既不做马克思主义所诟病的某种意识的“传声筒”，也不做商品和消费文化的奴隶，对这种“做稳了奴隶”的所谓现代知识分子的不屑时常隐晦地表达在自己的文章和演讲中，几乎成为王富仁先生的一种思维惯性，也就是钱理群先生最终概括为的那种“精致的利己主义者”导致的中国知识分子群落真正的溃退，所以，仅存的“我们”尚有多少呢？多乎哉，不多也！到处都是倒戈的“他们”，“我们”死在路上，“他们”生在金碧辉煌的后现代的途中，抑或又活在金光大道的旧文化的中兴之中。“我们”不能自已，“他们”春风得意，这是你撒手人寰的理由吗？呜呼哀哉！富仁先生，你是在天堂中彷徨，还是地狱里呐喊?!

王富仁先生对鲁迅的理解有着与众不同的解释,然而最为精辟也是最切近鲁迅思想的本质特征的是“人性的发展是鲁迅终身追求的目标。……这种批评不是依照西方的文化价值观念,宣传西方的某些固定的思想,而是对中国传统文化的一种新的解读、反驳和批判,尤其是对儒家文化的一种批判”。这就是鲁迅“掊物质而张灵明,任个人而排众数”的独特阐释,这就是他认为的“鲁迅的思想一直未被真正的重视”的结果,我以为王富仁先生此话背后的隐语应该是:在鲁迅逝世后的80年来,鲁迅研究从来就没有冷落过,一直是一个热门的研究领域,也成了一种显学,但是,鲁迅先生的文化遗产始终是被当作时尚思想潮流的工具来使用的,鲁迅研究的泛化和庸俗化使得我们在鲁迅研究上的实用主义思潮抬头,凡此种种,让王富仁这样的学者就不得不担心鲁迅研究走上歧途,这种担心恐怕不是没有道理的。王先生认为知识分子有三种价值立场:公民立场、同类立场和老师立场。我以为最适合还是启蒙的传道授业的老师立场为好,当然“教师爷”的头衔却是万万不可以戴上的,那样就违背了现代启蒙的初衷了。

王富仁先生说他是一个“没有文化家乡的人”,他既是“北方文化的叛徒”,又是南方文化曲折隐晦的诟病者,以我的理解,王富仁先生对那种工具性的宏大意识形态叙事是有保留意见的,同时又对那种曲曲弯弯、絮絮叨叨的文本细读却又不能清晰地表达自己观念的研究工作提出了意见。其实,他是一个有文化家乡的人,因为他的文化家乡落在了鲁迅所倡导的人性家乡之中,所以他才是一切反人性文化的叛徒!

王富仁先生以他的那种与世界告别的特别方式谢世,也许是许多人不可理解的地方,但是,我以为这亦是知识分子另一种面对世界的选择,这种选择虽不为大勇者所为,却也表现出了一个智者看破红尘、回归自然的理性。

作为一个启蒙的教师,他也许在那个冷月的夜晚复读了鲁迅的诗歌“两间余一卒,荷戟独彷徨”。在悲观的意绪之中,他便选择了他应该选择的告别方式。

于是,似乎启蒙往往是启蒙者的悲剧。

于是,在一弯冷月里,我们似乎看到了一个时代的悲剧,看到了一个民族的悲哀。

原载于《文艺争鸣》2017 年第 7 期

勘破风云　宠辱不惊

——记百岁钱谷融先生

今年5月1日，钱谷融先生为中央电视台《朗读者》节目录制视频，他选择朗读的是鲁迅先生的文章《生命的路》：

> 生命的路是进步的，总是沿着无限的精神三角形的斜面向上走，什么都阻止他不得。
>
> ……
>
> 什么是路？就是从没路的地方践踏出来的，从只有荆棘的地方开辟出来的。以前早有路了，以后也该永远有路。
>
> 人类总不会寂寞，因为生命是进步的，是乐天的。

一直想完整地写一篇描写钱先生的文章，总觉得无从下手，总是怕在文辞表达不当处冒犯了这位前辈学者，便只是在散文随笔中略略地勾勒几笔他在生活中的行状与面影，即便如此，那片言只语的素描也有人喜欢，我想，读者诸君肯定不是喜欢我的文字，而是十分喜爱和欣赏钱先生“这一个”有着独特性格的人，他率真的未泯童心正是这个人人戴着人格面具时代难以打捞的人性中本质化的精髓，这也许就是钱先生长寿的秘诀。

华东师大中文系为纪念钱先生百岁寿辰，已经是第三次敦促我写点文字了，非我不想写，而是不敢写，照理说，从上世纪80年代中期，我就追随先生编写中国现代文学教材，每一次聚会都是一次人生的大课，华东师大另一位大钱先生四岁的徐中玉先生，也是我编写《大学语文》教材的引领者，而他们俩恰恰都是南京大学前身中央大学的校友，我们又与华东师大中文系的许多教师都是至交的朋友，钱先生的许多弟子也与我过从甚密，尤其是他的开门博士吴俊现在又是我的同事，于情于理我都想写一篇文章为钱先生的百岁寿辰献上一份祝福，但是面对这样一个我最尊敬的前辈学者，生怕自己有半点文笔上的差池而亵渎了钱先生的伟岸形象，因为我也是一个放浪形骸的写者，而我最想写的就是钱先生生活中的点点滴滴，因为那才是人性最真切的一面。

其实，想写钱先生的生活行状已经构思了很久很久，缘由就是钱先生的学问早已是被历史所定格了，自不必多说。而能够把钱先生的性格和内心描写得令人信服而有趣的文章还不多。显然，让我这个“半吊子文人”来描摹一个多面体、立体化的大师级人物，肯定是笔力不逮的，但是我还是想尝试一下。

那时，作为一个初中生，在轰轰烈烈批判各种各样的“反动言论”的时候，我们是影影绰绰地知道上海的巴金和钱谷融的人性论是在批判之列的，理由很简单，“世界上没有无缘无故的爱，也没有无缘无故的恨”，一切爱与恨皆由阶级斗争所致。直到读大学的时候，我们才在“文学理论”课上读到了钱先生的《论文学是“人学”》的长文，针对这个文学的根本问题，我们展开了长时间的讨论。用先生在 1957 年的话来说：“高尔基曾经作过这样的建议：把文学叫做‘人学’。我们在说明文学必须以人为描写的中心，必须创造出生动的典型形象时，也常常引用高尔基的这一意见。但我们的理解也就到此为止——只知道逗留在强调写人的重要一点上，再也不能向前多走一步。其实，这句话的含义是极为深广的。我们简直可以把它当做理解一切文学问题的一把总钥匙，谁要想深入文艺的堂奥，不管他是创作家也好，理论家也好，就非得掌握这把钥匙不可。理论家离开了这把钥匙，就无法解释文艺上的一系列的现象；创作家忘记了这把钥匙，就写不出激动人心的真正的艺术作品来。这句话也并不是高尔基一个人的新发明，过去许许多多的哲人、许许多多的文学大师都曾表示过类似的意见。而过去所有杰出的文学作品，也都充分证明着这一意见的正确。高尔基正是在大量地阅读了过去杰出的文学作品，和广泛地吸收了过去的哲人们、文学大师们关于文学的意见后，才能以这样明确简括的语句，说出了文学的根本特点的。”这在那个缺乏常识的时代里，能够有这样的洞见，已经是不容易了，何况这个常识至今尚有用。钱先生说自己这辈子没有说过后悔的话，则是因为这个话是真理，同时也反证了钱先生追求真理执着的性格。那么，我们如何用这样的一把总钥匙打开钱先生的心灵之窗呢？

其实，一个学者一生当中只要有一个论点被实践证明是有效的，且历经时间的考验而经久不衰，他就是一个有学术贡献的人，钱先生就是这样的一个大学者。

我觉得更值得书写的是钱先生对生活的态度，如果仅仅用热爱生活来概括先生的一生，恐怕过于肤浅了，他应该是那种洞穿人世的仁者，也是那种用物质生活去丰富自己内心与灵魂的大智者。唯有此，我们才能从中找到钱先生对“人学”的最好阐释。

宠辱不惊，闲看庭前花开花落；
去留无意，漫随天外云卷云舒。

这是在陈眉公辑录《小窗幽记》中记录明人洪应明的对联，而洪应明则是《菜根谭》的作者。以此来形容钱先生的生活状态，应该是再合适不过了。

自反右斗争以后，先生沉寂了，投身于世俗生活之中，将变幻莫测的政治文化生活置于脑后，这一段生活的记录，我尚未见到文字记载，我不知道钱先生有无日记的记录，倘若有，当是有着活化石意义的史料。直到上世纪的80年代，我才在一次次的会议上与景仰已久的钱先生交往，一开始我就被他率真坦荡的人格魅力所吸引，原来以为的一脸严肃的学者形象，立马变成了一个鲜活有趣的可爱人物。他头上永远戴着的那顶贝雷帽几乎成为钱先生形象不可或缺的性格象征。活泼、开朗、率性、真诚，而唯独没有的是机心，因为钱先生是一个无机事的人。

那一年在《中国现代文学史》通稿会议上，大家在宜兴常住几日，我们就有了一个较长时间的接触，我们一干年轻人往往在背后调侃揶揄诸位老先生们，尤其是钱先生，包括他的学生，都是把先生的行状与语言模仿得惟妙惟肖。

我们去阳羡茶厂品茶，大家尽管称赞茶好，但没有一人像钱先生那样认真去品茶的，茶过三巡，大家都开始换盏重续，直喝得肚皮胀大，约莫勾留了一个多钟头，便都起身欲回宾馆，而偏偏是钱先生余兴未了，只见他稳如泰山地坐在藤椅上就是不起，不紧不慢道：你们先回吧，我还要再吃两浇。无奈之下，大家也就只能重新落座陪饮。此番喝茶，足见钱先生对茶的钟情，对饮的认真，现在回想起来，这更是先生对生活一丝不苟的态度。

更有趣的是钱先生在宴席上天真烂漫的行状，让我们事后模仿得前仰后合，让无知的我们只看见了人生皮相的一面，却没有体味到人性的“真知味”。那日，宴席上倒是上了几道高档的菜肴，比如一大盘扇贝端上来，中山大学的吴宏聪和金钦俊先生说，这么大的扇贝在广州得一百多元一盘，要知道当时我们的月工资至多也不过如此，说时迟那时快，钱先生端起了盘子一面往自己碗里拨，一面说：这个我喜欢。稍倾，又有清炒大虾仁上桌，先生仍然此法炮制。后来又有螃蟹造型的大紫砂器皿端上来，竟满是蟹黄和蟹肉的蟹粉豆腐，先生再三复之。我们交头接耳，低声附耳传之：他老先生喜欢，我们就不喜欢了吗？这顿饭让我们永远记住了先生的率真与童趣，如今那一干年轻人也都是老人了，可是每每相聚，仍然念念不忘当年的这场宴席，虽然宴席无酒，但是先生的风趣让我们醉了大半辈子！

如果钱先生是一个擅饮者，也许就会给我们留下更多无数有趣的故事，可惜他不喝酒，至多就是抿一小口而已，或者是一点点红酒。我没有问过先生的饮酒史，究竟是不能饮，还是戒过酒？不得而知。也许亦如明季陈继儒在《小窗幽记》中所言：“食中山之酒，一醉千日。今之昏昏逐逐，无一日不醉，无一人不醉，趋名者醉于朝，趋利者醉于野，豪者醉于声色车马，而天下竟为昏迷不醒之天下矣，安得一服清凉散，人人解醒，集醒第一。”我总以为先生是与酒交友者，猜度先生一生当中可能有过痛饮史，因为酒也是能够体现人的真性情的尤物，当然，倘若先生讨厌如刘伶解醒那样无行者也就罢了，似乎先生少饮和不饮，让他的性格中缺少了一点灿烂的色彩。然而，有人一直把先生比作菩萨，我想，也许是佛家思想的参透人生更让先生动心：“酒能乱性，佛家戒之；酒能养气，仙家饮之。余于无酒时学佛，有酒时学仙。”（《小窗幽记》）先生大约是想永远做一个集醒者吧，有酒无酒心中都有一个佛，那个佛就是大写的“人性”！他养的是深藏不露的浩然之气。

前年看到有记者采访钱先生，最后仍然回到他的饮食上，先生说他最爱吃澳龙，因为价格太贵，不得已求其次，才是三文鱼。这立马让我回忆起三十多年前的一幕幕生动的场景。先生尚能鱼虾否，这是先生健康的标志。

去年参加全国作家代表大会，早晨一进大餐厅，一眼就认出了那顶夺目的贝雷帽，立刻上前请安，先生仍然一字一顿地突出两个字：丁、帆。精神矍铄，思维清晰，让我动容，我们就在餐桌前合影。

先生百岁寿辰，总要献上几句祝福的话，我却仍然想用陈继儒的文句来概括先生百年人生，唯有此，先生才能将自己的生命延续到永远。

“澹泊之守，须从秾艳场中试来；镇定之操，还向纷纭境上勘过。”

因为先生用了一百年的时间试勘了“人学”的风云，今后的白云苍狗早已被先生勘破。

2017 年 7 月 4 日于仙林大学城依云溪谷

原载于《文学报》2017 年 8 月 3 日

回顾“新写实”小说思潮的前前后后

题记

对于亲历过以往文学思潮和文学事件的每一个人来说，都有责任和义务对它们进行一次历史的回顾，否则，一切文学史的构成都会有所缺失，同时也会失去它鲜活的生命和斑斓的色彩。

当我们重新回顾“新写实小说”发展的全过程时，站在今天的历史潮头之中，我们欣慰地看到那时候的论述至今还保有的理论生命力。当我们将其主要观点重新呈现在大家面前时，猛然意识到，这或许对文学史的重构有所裨益。

回顾亲历过的有意味的文学史，我们甚至会被自己当初的言论和观点所感动，不枉在文学的泥潭中摸爬滚打过一番。

一

最近，《钟山》杂志为纪念其创刊四十周年，在北京师范大学国际写作中心召开了一个座谈会，会上提到了《钟山》在 20 世纪 80 年代后期组织策划的“新写实主义小说大联展”，考虑到这么多年来人们只是看到了它的结果，而并不知道其发生和发展过程中的许多原委和细节，作为一个曾经与《钟山》编辑部有着许多不解之缘的作者与参与者，从个人的角度来回忆这段“新时期”文学史，也是很有必要的。

《钟山》杂志原来是隶属于江苏人民出版社文学编辑室的一个刊物，记得当时的室主任是 C 君，后来《钟山》杂志并入江苏省作家协会，一部分编辑随杂志到了作协，一部分留在了出版社。

《钟山》杂志有一个老编辑，是与南京大学中文系的许志英先生在 1978 年前后从中国社会科学院文学研究所调回江苏的，他的名字叫徐兆淮，从《钟山》创刊起，就开始了编辑生涯，从出版社到作家协会，他始终与《钟山》同命运，从一般编辑到副主编再到主编，经历了许多风风雨雨，直至退休。我是 1978 年在许志英先生家里聊天时与徐兆淮相识的，那时我们聊到了许多共同关心的文学话题，也是在许志英先生的鼓励和撮合下，我们就成了共同发表文章的搭档，用当时的时髦说法就是所谓“双打选手”。兆淮也一直希望我们两个人成为《钟山》杂志的同事，缘于此，80 年代中后期，江苏省作家协会决定将我调入《钟山》编辑部，那时的党组书记海啸在中山陵疗养院召见我谈话，宣布了党组的决议：调丁帆同志担任《钟山》编辑部主任（当时他又告诉了我另外两个副主任的名单）。然而，由于种种原因，我终于没有进入《钟山》编辑部，而是去了南京大学中文系。但是，这一时期，仍然是我与徐兆淮的“热恋期”，我们共同发表了许多文章，后来结集为《新时期小说读解》。其中涉及对“新现实主义小说”的议题文章就不下 10 篇，源于 80 年代中期“先锋小说”异军突起，我们俩就开始在讨论中国现实主义文学的未来了，因为我们始终认为“先锋文学”在中国这块土壤中是不会长久生存下去的，这样的文本在 20 世纪 30 年代的“海派文学”当中，也是昙花一现的，它们只能作为一种技术性的文本样式存活在中国现代文学史之中，现实主义永远是，也只能是中国现当代文学的主流。然而怎样重新定位 80 年代后期的中国现实主义文学则是一件十分艰难的理论与实践问题，我们讨论过许多次，也酝酿了把全国著名的理论家和评论家请来一起研讨中国现实主义道路的会议，这就是那一次著名的“太湖笔会”。

1978 至 1979 年，我在南京大学中文系做进修教师，指导教师是叶子铭先生和董健先生。叶先生是茅盾研究专家，作为学生，我在熟读茅盾全部作品和文论的时候，尤其是对茅盾前期作品以及前期的自然主义理论主张很有兴趣，于1979年底就动笔写了论文《试论茅盾早期的自然主义主张及其创作实践》与《论茅盾早期短篇小说》(此作是叶先生让我列出《茅盾短篇小说目录》后的副产品)，成稿后，后者很快发表在《南京大学学报》1981年第1期上，而前者投了几个刊物都杳无音信，虽然我在1979年就在《文学评论》上开始发表论文了，但是由于当时“自然主义”还是一个污名词，为其正名还是一个艰难的命题。直到三年后才发表在上海文艺出版社的《文艺论丛》第20辑(也许这是中国“新时期”最早以书代刊的刊物之一吧)。其实，在100年前，茅盾就将“自然主义”、“写实主义”和“现实主义”画上了等号，尤其是他对“自然主义”主张的一再倡导，几乎就是把法国批判现实主义作家作品推向了最高点，这在一个世纪前，不能不说是一次具有理论和实践双重意义的大事，我一直认为这就是“文学研究会”“为人生”主张的先声。茅盾以为：自然主义是真的体现，最讲求的是客观描写与实地观察。因为“中国文学里自来就很少真情流露的作品，热烈的情绪的颤动……中国现代小说的缺点就在于游戏消闲的观念和不忠实的描写”。所以，主张“写实主义”风格，正是最早进入中国的“自然主义”描写形态。茅盾最欣赏的是像左拉的《卢贡-马卡尔家族》、雨果的《悲惨世界》和老巴尔扎克以及福楼拜那样的批判现实主义作家作品。“自然”和“写实”就是作品反映客观世界的一面“镜子”，那种世界观和价值观的植入，只需通过作家“忠实的描写”即可达到艺术的彼岸。鉴于此，我和徐兆淮一直都在讨论中国当代文学究竟有无真正的现实主义这个问题，我们认为：正因为70年代末兴起的“伤痕文学”赋予了中国文学批判现实主义的“自然”和“写实”的权利，所以才能让中国文学走进辉煌的80年代，否则，即便是后来“先锋小说”的技术革命也是不可能发生的。中国不能没有包含着“自然”“写实”的现实主义！关键问题就是如何与被妖魔化了的现实主义进行彻底的决裂。

二

1988年,《钟山》编辑部召集了北京、上海和江苏的评论家和理论家,以及一些报纸杂志的编辑在无锡太湖召开了一个关于现实主义回归的研讨会,会上大家都针对当时的创作思潮进行了梳理与反思,对现实主义的回归,以及如何回归进行了热烈的讨论。其实,这都是为了《钟山》杂志在1989年推出“新现实主义小说大联展”做舆论准备的,当然,后来改为“新写实小说大联展”也是为了标新立异,吸引眼球,具有一定的炒作意味。而我们后来写文章却坚持其学术性和学理性原则,仍然使用“新现实主义”这个名词,殊不知,这“写实主义”就是“现实主义”,虽然加上了一个“新”字,骨子里就是19世纪在欧洲流行的“自然主义”,抑或是批判现实主义的回归,左拉、福楼拜等大师的“自然主义”就是我们所说的“写实主义”,而“自然主义”的特征就是我们给所谓“新写实主义”定位的“那种毛茸茸的、带着质感和原生态生活样态”的作品,同时,我们提出了与“自然主义”相近的文学主张,就是去掉作家的“主观战斗精神”(胡风语),用中性客观的描写方法去体现作品的“人物主体性”(也就是“复调小说”理论),那个时候我的文学思想受两个人的影响极大,一个是充满着悖论的“胡风文艺思想”,尤其是他的创作方法大于世界观的理论深深地植入了我的大脑,所以我又诟病其“主观战斗精神”的凌空虚蹈,认为那是他在大革命失败后赴日接受西方传至日本的二手“无产阶级文化思想”的结果。另外,当时我极其崇拜巴赫金的那个“没有指挥”的“人物主体论”的“复调小说”理论。由此也就力挺“自然主义”式的作品,而“新写实”也正是“自然主义”的延时复制而已。因此,那几年我们所写的文章绝大多数还是坚持“新现实主义”的提法。记得那一年有一个叫丁国强的人找我采访关于“新写实”事件,由于我对“新写实”这个提法有着天然的反感,就推说出差而拒绝了采访。至于后来个别文章采用了“新写实”的说法,皆是妥协了编辑的意见的结果。

据不完全统计，当时，我个人和徐兆淮，以及其他学者一共发表了十几篇与“写实主义”有关的论文与对话，还不算在各种会议上的发言。篇目大致如下：

《论茅盾早期的短篇小说》，《南京大学学报》1981年第1期。

《试论茅盾早期的自然主义主张及其创作实践》，《文艺论丛》1983年6月第20辑。

《现实主义小说创作的命运与前途》，《当代文坛》1988年第6期。

《关于现实主义“回归”的悲剧》，《文艺报》1988年11月25日。

《难以规范的现实主义》，《文学报》1989年1月5日。

《新潮小说与新现实小说评述》（林道立、丁帆），《文学报》1989年7月27日。

《思潮·精神·技法——新写实主义小说初探》（徐兆淮、丁帆），《小说评论》1989年第6期。

《向现代悲剧逼近的新现实主义小说》（丁帆、徐兆淮），《文学自由谈》1989年第6期。

《新现实主义小说的挣扎》（丁帆、徐兆淮），《上海文论》1990年第1期。

《论茅盾早期创作的二元倾向》（与王功亮合作），《中国现代文学研究丛刊》1990年第1期。

《中国现实主义和现代主义小说的交融》，《茅盾研究》第5辑。

《新写实主义小说对西方美学观念和方法的借鉴》（丁帆、徐兆淮），《文艺研究》1993年第2期。

《“新写实”四人谈》（与黄毓璜等合作），《文论报》1993年6月12日第2版。（注：以下行文中的大量引文均引自以上部分文章，恕不再一一注出）

其中影响最大的是发表在《上海文论》上的《新现实主义小说的挣扎》和在《小说评论》上发表的《思潮·精神·技法——新写实主义小说初探》,以及发表在《文艺研究》上的《新写实主义小说对西方美学观念和方法的借鉴》。

记得当时在“太湖笔会”上,大家反复就一种新的现实主义文学的定义做出了不同的解释,并进行了针锋相对的理论研讨。我个人认为,无论怎么定义,它一定是要与旧现实主义,也就是1930年代的苏联社会主义现实主义进行彻底切割,也就是对在中国发展到极致的“两结合”式的现实主义进行告别,老老实实地重走欧洲19世纪批判现实主义的老路,当然,倘若与自然主义联姻也不乏是一件十分有意义的尝试,则更加能够体现出现实主义的“新”意和活力来。

三

新时期“伤痕文学”之初,原有的现实主义创作规范仍笼罩于小说领域,其作品只是在人性和人道主义的内涵上有所重新发现(尽管这种“发现”从今天的角度来看是幼稚的),而形式技巧上毫无突破进展,人们对“现代主义”的名词是那样地陌生和恐惧。直到70年代末和80年代初,由于“朦胧诗”的出现,王蒙“意识流”小说的出现,也由于福斯特的那本小册子《小说面面观》,以及《现代小说技巧初探》的出现,中国的现实主义小说创作才第一次真正地受到了危险的冲击。虽然在那场论战中维护传统的现实主义小说创作规范的人们使用了许多“重磅炸弹”,但终究没能保住在“大一统”庇荫下的现实主义小说创作的“贞洁”之身。至此,“不像小说”的小说和“不是小说”的小说便逐渐成为滥觞,迅速占领了文坛的各个角落。那种一成不变的现实主义小说失却了优势,面临着危机。在这种危机面前,有许多明智的作者开始了对现实主义小说创作方法的修正与改造,由此而出现了一大批优秀的“新现实主义小说”(为叙述方便,暂定这一概念),如陆文夫、高晓声、赵本夫、张弦、张贤亮等人的作品。当新时期文学行进到 80 年代中期时，随着“寻根”文学高潮的迭起，现实主义小说(那种经过重新修正与改造了的“新现实主义”)与变种的“现代派”小说几乎是并驾齐驱地显示着各自光辉。实践再次证明，那种创作方法只要不是教条地运用和机械地模仿，都是具有生命力的，它们是推动中国小说前进的两只轮子。尤其像朱晓平的《桑树坪纪事》那样用传统手法营造的现实主义小说，突破了旧有的规范和角度，便获得了新的效应。直到如今尚是阅读热点的莫言小说亦是在很大程度上保持着传统的现实主义故事情节的规范，只不过在作品中多了一个叙述者“我”的“心理时间”，因而廓大了小说的空间自由度。

在“寻根文学”与理论界的“方法年”和“观念年” 的热点一过，1987 年至 1988 年上半年除了“莫言热”尚未冷却以外，小说界形成了“圈子内文学”，此中备受青睐的是马原、洪峰、扎西达娃、残雪、苏童等所谓“第五代先锋小说家”，这部分作家在纯文学的旗帜下，以新颖的叙事技巧和独特的艺术感觉毫不留情地调侃和蔑视着“新现实主义小说”的创作，于是，“新现实主义小说”无疑处在一个受挑战的位置。加之一批纯文学理论批评家们从语义学、语言学、符号学等纯技巧的批评角度加以褒扬，似乎更掀起一场“先锋派”文学创作的热潮。在这样的重荷之下，有人认为报告文学的兴起则是现实主义精神的“回归”，加之纪实小说的崛起，足以和“实验体”的“先锋派”小说抗衡了。说实话，报告文学和纪实小说的崛起只不过是满足于读者对新闻性的追求，与其说它们具有文学性，还不如说它们更具有新闻的感染力。那么，“新现实主义小说”再度崛起的契机何在呢？……有人认为“这是从‘伪现实主义’中剥离出来的一种新架势”，这种属于生活原型的小说创作在现实主义创作进程中究竟有何发展？它将带来的是什么样的审美视角？它与“先锋派文学”究竟有何异同关系？…… 这一切都有待于我们去探求。

我们提出的这些问题，应该说是切中了当时的文学语境的，因此我们对“新现实主义”界限的规范也就有了新的认识。

我们认为:尽管新时期文艺理论的第一大战役就是为现实主义正名,但也很难再磨洗出那原本的金子般光辉。因而一旦有了一种新的表现形式出现,人们的“期待视野”就马上转换过去。那么,现实主义小说创作是否就走向末路了呢?从一批又一批不断崛起的“新现实主义小说”创作者的实质来看,我们以为其中最为鲜明的特点是:第一,他们以人道主义、人性、人情为旗帜,着力表现人的异化母题。正如刘再复所言:“尽管人道主义的传统内容不很深刻,但是能意识到人道主义在中国的特殊遭遇、特殊命运并把这种遭遇和命运再现出来倒是深刻的。”综观新时期林林总总的现实主义小说创作,我们可以断言,没有一部作品不是在这一母题下产生的。第二,在描写人物性格方面,从表层走向深层,从外向内(即从外部世界走向心理世界),从“英雄”走向“平民”(即所谓“视点下沉”),从“善”到“恶”(即人性异化过程的心理现实)。第三,随着时代的前进,作家们都在不断调整自己的文化视角,改变自己的民族文化心理素质,以增强现代意识。然而那旧有的残存意识时时地围绕着整个一代文化人,于是,在整个社会处在一个向工业化迈进的历史主义与旧有的伦理主义相悖逆的二律背反的现实进程中,现实主义小说创作者们在寻找着人的失落与人的悲剧。第四,在形式技巧上,逐渐在再现的主旋律中融入表现的音符。现实主义小说之所以还有生命力,就是有赖于几代作家不断地吸收和容纳新的表现技巧,它是“新现实主义小说”不断深化和发展的生命催化剂。

就此而言,我们是试图从人性和人性异化的角度来解释“新现实主义”与“旧现实主义”,尤其是与“颂歌”型的“社会主义现实主义”区别开来。回顾其发展变化的全过程,这个判断大致是不错的。我们不能说这样的概括就十分准确,但是,30 年过去了,似乎它的生命力还在。

我们曾经这样比喻当时的文坛状况,以此来看待“新现实主义”的变化:“在这个工业文明又裹挟着后工业文化特征以及农业文明胎记的特殊结构时代里,文学像一只被放倒了的斗牛,脊梁上插着几把带血尖刀,汩汩的血液洒满疆场,虽然如此,它仍然顽强地挣扎着,卓然以其悲壮的亮相博得几声凌乱的掌声。文学的根究竟在何处？恐怕在失却了政治这个拐杖后，文学的前途就变得黯淡了。人文精神的讨论似乎是在寻觅追踪着文学的一种依附，然而，就连知识分子本身都在怀疑这场关于人文精神的讨论是否有意义。在巨大的经济怪兽面前，它又变得如此渺小和微不足道，如果说这是外部的压力，我们装一回阿 Q，倒也有精神的逃路可循。然而，人文精神的讨论带来的却是文学观念更多的分裂。在这世纪末的恐怖中，人，尤其是文学中人，变得浑浑噩噩，无所适从。写什么？怎么写？仍旧是困扰着小说家的现实问题。”

大约近一个世纪以来，小说创作就固定了它的运行轨迹。自梁启超的“小说革命”宣言以来，大凡小说创作就没有离开过这个轨道，它以巨大的惯性，越过了 20 世纪中国小说创作的时空，成为无可否认的创作思潮：这就是小说的写实性。在最初的理解中，它本来就暗含着为政治服务的“群治”含义。尽管 20 世纪出现过与之相抵触的种种思潮和流派，但历史无可辩驳地表明，写实主义，直至发展到以后各个时期不同解释的现实主义，都布满了 20 世纪小说创作的各个时空，“写实”的情结已经成为作家的血脉，它代代相传，亦必须流入 21 世纪。

当时我们说，我们不去回顾现实主义的艰难历程，那种回忆也许太沉重太痛苦，而就这些年来的文坛曲折来观照现实主义的发展，也许会对小说创作的盲目性有所警醒吧。80 年代中期，轰轰烈烈又如火如荼的“新潮”、“实验”、“先锋”小说像大潮一般涌来，当时有人预言，中国小说的黄金时代已经到来，产生巨子的时代已经到来。然而，在空洞的喧嚣之后，“新潮”、“实验”、“先锋”为我们留下了可数的遗世作品，悄然隐退了。当然，作为一个文学运动的过程，我始终认为它在文学史的进程中以其自身的冲击力，为中国小说提供了方法、思维、技巧诸方面的参照系，为中国小说整体创作水平的提升起了不可抹杀的作用。当人们在大浪淘沙的海边踯躅时，并没有去拣拾那耀眼的贝壳的碎片，而是在寻觅往日依稀可辨的足迹。于是，“新写实”的浪潮又成为文坛的一次大踊动。在“新写实”的大纛下，不仅站起了新一代作家，同时，那些往日从事“新潮”、“先锋”、“实验”小说的作者，亦迅速改变自己，向写实靠拢。从中，我们可以清晰地看到写实的诱惑力是恒久的。

无可否认，80年代初清算了小说的政治功利性后，带来了小说的技术革命和观念革命，但这并不意味着“写实”的灭亡。相反，小说义无反顾地向写实（现实）靠拢。“新写实”小说的崛起，其意义并非在于这个运动本身的价值，而在于它显示出了小说无可回避、亦无可摆脱的走向。翻检古今中外的小说名著，可以毫不犹豫地宣布：小说最终关注的是人，是人类的命运。作为一个永远颠扑不破的母题，它在人类社会的角色中，永远扮演着一个与社会保持一段距离的批判者。于是，每一个时代都缺少不了它忠实的“守望者”——对社会现实的写实写真者。“新写实”作为一个并不遥远的写作所在，它起码预示着现实主义生命力的所在。然而，一谈到现实主义，如今的人们都有一种本能的厌恶感，这种厌恶感来自40年代至70年代人们对现实主义创作方法的糟蹋。可是，追溯历史，现实主义最初的含义并不是后来被改造成的那种庸俗的、充满着政治功利色彩的。作为一种写实态度的创作，现实主义的宽泛是可包容更多内容的。早期的左拉式的自然主义，以及那些充满着抒情笔调的浪漫主义倾向的描写，几乎都被纳入现实主义的范畴。亦只有这种宽容的、模糊的、无须严格界定的现实主义概念才使得西方18世纪后的文学璀璨无比；才使得中国20世纪初（“五四”小说）和末（80年代以后）的小说呈现出斑斓的色彩；才使得拉美70年代后进入中国的“小说爆炸”时代。因此，我们不难发现，只要现实主义成为一个“开放体系”的现实，小说必将进入一个新的发展阶段。

我们一直认为，我们在1980年代后期和1990年代前期所撰写的文章观点至今还是检验“现实主义”文学的试金石，是有理论的前瞻性的。我们认为：现实主义亦不是一成不变的，随着时代的发展，它须注入新的内容。纵观从80年代后期兴起的“新写实”到90年代的一批所谓返归现实主义的力作，我们以为，它们只有在注入了新的内涵时，才能获得新的生命。也就是说，现实主义这棵树如果没有新的生长点，它在新时代面前必然会枯萎。“新写实”如果不是采用了新的观念，对现实主义进行大手术的改造（如视点下沉、非典型化、非英雄化等）；如果不是进行了对现实主义小说的技术革命（如局部打破小说的有序格局、吸纳现代派的某些变形手法等），它就不会引起如此广泛深远的影响。“新写实”作为一块丰沃的创作土壤，它培养了一大批写实作家，刘恒、刘震云、方方、池莉……不管他们本人承认不承认，亦不管人们怎么评说，历史告诉我们的是：作为一种写实的现实主义只有在不断更新其内涵的条件下，才能获得自身的发展。如果说，北京、武汉等地作家是在改造现实主义内涵中谋求了自身的发展，确立了自己在文坛和历史上的地位的话，那么，90年代初的“陕军东征”现象亦是文坛引为注目的话题，由此，我们不难发现，贾平凹的《废都》、陈忠实的《白鹿原》等，从根本上回复到了现实主义的写作状态，比起“新写实”小说，他们的笔法对旧现实主义的依恋更为明显些。尽管贾平凹运用了“内心独白”式的写法（如与老牛的对话所形成的整体象征意味），尽管陈忠实亦运用了“内窥”的视点和荒诞的移植，但是整个作品在整体的布局和情感的表达上，仍沿用的是近于自然主义的写实方法，从这个意义上说，回归自然只是作家的一种情绪而已。现实永远在向作家呼唤；现实主义永远无所不在，问题就在于我们如何去踏勘现实主义新的路径。

我们以为现实主义和现代主义小说创作的最显著区别就在于它们之间存在着的形式技巧的差距。因此，有必要将“新现实主义小说”创作的形式技巧的嬗变单独提出来进行阐述。我们亦不能不承认现代主义的形式技巧在20世纪所留下的不可磨灭的功绩，它对表现当时人类生存意识起着举足轻重的作用。但是，我们亦不能不看到，即便是再纯粹的文学技巧，也终究要表达一种人类学意义上的内涵，只不过现代主义是通过更为间接的技巧加以表现罢了，即使是存在主义哲学指导下产生的荒诞作品也同样得有主题的意向。就凭这一点，也可寻觅到它和现实主义可能相交的点。

“但历史的进程告诉我们，现实主义需更新鲜的氧气，而‘新现实主义小说’的创作已或多或少地有机地融入了新的表现技巧，倘使再往回倒车，很可能形成现实主义创作的再度衰败。刘恒的《狗日的粮食》、《伏羲伏羲》、《白涡》在主题的开掘上是惊心动魄的，在勾魂摄魄的内容背后，似乎还缺乏一点‘有意味的形式’的开掘。无疑，刘震云的《塔铺》和《新兵连》同样为我们展示了一个具有悲剧意识的心理世界，但在整个阅读过程中，那种心理时间和空间的自由度似乎受到了陈旧手法的阈限，倘使更换一些表现的技巧，或许整个作品的现代意识的显示则更体现出它的优越性，阅读的效果也就大不一样，人们对于更深一层的作品解读将填补许多艺术的‘空白’，使作品在多元的多义的心理世界中呈现出更有魅力的艺术效果。从现实主义发展的历史中，我们不能不考虑到消化现代派形式技巧会给现实主义带来的无限生机。当然，这种融合并不是生硬的模仿与嵌入，而是要将其有机地溶化在现实主义本体之中，以丰腴自身的血肉。”

我们以为，现实主义和现代主义的文学道路“并非两个永远不可相交的直线运动过程，它们在各自不断延伸的运动中终究会在同一个点上相融合的，这并不意味着最后的‘大一统’。最起码，两者相交后所产生出的应该是一个充满着生命力的‘宁馨儿’，它无疑是小说家族新的一员。就‘新现实主义小说’的创作来看，它们是在逐渐消融着这两者之间的鲜明差距，打破泾渭分明的临界点，使之成为一种崭新的文体，这才是‘新现实主义小说’创作的目标，那种严格意义上的现实主义小说和现代主义小说逐渐会趋于消亡。两者的互渗互补，将构成中国小说创作的新格局”。

原载于《文艺争鸣》2018 年第 8 期

附　录

当“新写实主义小说”火起来以后，许多人认为这是当下中国文坛的创新，为了证伪，我们开始泼水降温，写了这篇《“新写实主义”对西方美学观念和方法的借鉴》一文，意在溯源与探讨其根性所在，需要提醒大家注意的是，这次我们在题目上使用的是“新写实主义”一词，而非以往一直坚持的“新现实主义”一词，其原因就是“新写实”已经在短短的两三年中就被定格为一个约定俗成的文坛专用名词了，出于对《钟山》杂志利害关系的考虑，我们做出了妥协性的理论命名的让步，改用“新写实”的冠名，不过在文章的一开头就做出了说明，文中袭用“新现实主义”电影史和20世纪初日本文坛“新现实主义”的命名，以及诸多的文学史中的思潮时，我们仍然坚持“新现实主义”冠名的学理性和学术性的优势所在：

一

发轫于20世纪80年代中期、勃兴于80年代后期的新写实主义（或称新现实主义）文学运动正在方兴未艾地发展着，同时也吸引着文学创作界、评论界以及广大读者的注意力。

新写实小说创作的发展呼唤着评论界的关注与投入。尽管前一时期关于新写实小说的讨论不无分歧，不无争论，但无论如何，从理论的角度深入研究和阐述正在发展中的新写实主义小说，毕竟已成为亟待解决的问题。

为了从理论上说明新写实小说的渊源和借鉴关系，让我们先来对新现实主义在世界文学运动中的发展状况做一个简单的回顾。

在整个世界文学的发展格局中，每一次美学观念和方法的更易，都必然带来一次文学的更新，这种历史性的运动使得文学在一次次的衰亡过程中获得新鲜血液而走向复苏。尤其是20世纪以来，西方美学观念和方法变幻之莫测和迅猛，真有点使人目不暇接，不能自已。诚然，当每一思潮推出一种流派或文本时，难免裹挟着美学观念和方法的偏激与失误，但无论如何，它必然是激活这一时期文学创作的最活跃的因子。

作为一种美学观念和方法，20世纪20年代出现于德国、美国，后又遍及英法和整个欧洲的“新现实主义摄影”(亦称“新即物主义摄影”)给西方艺术界吹进了一股新鲜空气。它鲜明地反对艺术作品中的虚伪和矫饰，摒弃形式主义抽象化的创作方法，要求表现事物的固有形态、细微部分和表面质感，突出其强烈的视觉效果。因此，它主张取材于日常的社会生活和自然风光，扬弃唯美主义的创作倾向，而趋向于自然主义的美学形态。也许，我们今天可以从这个流派的艺术主张及其运动本身中找出许多弊端，但是，这种美学观念和方法的出现，本身就是一种艺术的进步，它无疑是推动着西方美学和艺术前进的动力。从它对古典主义、浪漫主义、现代唯美主义，甚至现实主义的挑战中，难道不能看出“新现实主义”美学观念所具有的强大生命力吗?

20世纪40年代在葡萄牙兴起了“新现实主义诗歌”运动，“新现实主义”美学观念由诗歌领域而影响到小说领域，形成了强大的冲击力。葡萄牙的“新现实主义”美学观念显然是与20世纪20年代后形成的现代主义诗歌运动相抗衡的，它竭力提倡诗歌反映现实生活，揭露黑暗，关心人民的疾苦，尤其是着重描写下层劳动人民受压迫的生活状态。从这个意义上来说，将艺术搬出象牙之塔，使之回归坚实的大地，是“新现实主义”文学艺术的一个重要标志。

真正在西方社会引起了巨大震动的美学运动，乃至于给世界文学艺术带来了深刻影响的，是在“二战”结束后崛起的意大利“新现实主义”运动，尽管这个美学流派首先起源于电影界，但它后来波及整个文学领域，尤其是使小说领域的创作发生了革命性的变化，这是先前的倡导者们所始料未及的。这次美学观念和方法的更易，实际上标志着意大利的又一次“文艺复兴”。

首先，就“新现实主义电影”来说，它的美学原则(亦即柴伐梯尼提出的“新现实主义创作六原则”)是：“用日常生活事件来代替虚构的故事”；“不给观众提供出路的答案”；“反对编导分家”；“不需要职业演员”；“每个普通人都是英雄”；“采用生活语言”。就此而言，它不仅向传统的好莱坞电影美学提出了挑战，开创了电影发展史上摆脱戏剧化走向电影化的新纪元，而且也给西方美学，乃至世界美学带来了深远的影响。正如温伯托·巴巴罗教授在《新现实主义宣言》中一再强调的“新现实主义”的写实风格那样，“新现实主义”的重要标志之一就是回到生活的原生状态中来，尽管诸多“新现实主义”作家的美学观念不尽相同，但是，在这一点上却是没有歧义的。

作为由“新现实主义电影”而波及整个文学领域的这种美学观念的大迁徙，意大利的“新现实主义”运动一直持续了十几年，其中以小说领域内呈现出的变化成就为最。它一方面汲取了电影界艺术尝试的优长面，另一方面又寻觅着小说的“新现实主义”美学特征。如在追求生活的原生貌，描写小人物时，十分注意小说的“纪实性”和“文献性”特点；采用第一人称叙述手法来强化“真实感”；注重细节描写，采用方言、俚语、口语，以打破文本与阅读者之间的距离；以及对人性悲剧的开掘，都为后来的世界性小说美学的发展提供了不可忽视的理论依据。

当然，作为意大利“新现实主义”美学运动，它亦不可能与其传统和历史完全阻隔，究其源头，它和19世纪末20世纪初的意大利“真实主义”美学运动有着渊源关系，而真实主义又与法国的自然主义有着血缘关系。在客观、忠实地再现生活的原生状上，它们有着惊人的相似之处。

作为世界性的美学运动惯性，再现和表现的艺术美学观始终处在一种对抗性的运动中，两种态势的消长当然是与社会哲学思潮分不开的，两者的此起彼伏构成了美学史的浪形发展线条。20世纪60年代在法国这个现代主义的温床上同样产生了“新现实主义”(亦称“新写实主义”)的造型艺术，当然，值得注意的是，这种“新现实主义”是融进了“现代”表现成分的再现艺术，但是，它在表现生活原生态上却和所有的“新现实主义”者一样持中性客观之立场。正如它的理论创始人雷斯塔尼阐述的那样：“新写实主义是不用任何争论，而忠实地记录社会学的现实；不用表现主义或社会写实主义似的腔调叙述，而是毫无个性地把主题呈现出来。”这种美学观念甚至将其创作方法推向了“再现”的绝境，如以涂满颜料的裸女平躺在画布上蠕动形成的造型，就是这种美学观念走向极致的表现，这究竟是其艺术的进步，还是倒退呢？由此，要特别提出的是，为了对这一艺术流派表示不满，而在上世纪70年代产生的另一个艺术流派“变异现实主义”的美学运动。正是由于它对纯再现或纯表现的艺术表示出反感和厌倦，所以上世纪70年代的“变异现实主义”发展了“新现实主义”的美学原则，以宽容的胸怀吸纳了“现实”和“现代”的美学观念和方法，将两者加以融合，在不违背再现的美学原则下，与现实拉开距离，融汇20世纪以来诸“现代派”的表现成分，如夸张、变形的手法。由此，使我们想到了同时期拉美“爆炸后文学”对于西方文学的借鉴，其要义就在于拉美文学在美学观念和方法上熔传统的再现与现代的表现于一炉，而形成了本民族文学的新特点。这种有机的结合，无疑是给上世纪中国80年代后期的“新现实主义”小说提供了美学观念和方法的抉择依据。

可以毫无疑问地说，在西方，每一次美学观念和方法的更迭和反动，都意味着艺术的进步和腾飞。“新现实主义”作为活跃的艺术因子，无疑是推动着历史前进的巨大美学动力。

二

中国新文学运动的发轫期显然是选择了西方的传统现实主义的美学观念和方法作为创作主体的。然而，作为一代新文学的先驱者，无论是鲁迅，还是茅盾，他们虽然并没有在理论上提出现实主义的新意来，然而在其创作的实践中，却不拘泥现实主义的美学观念和方法，如鲁迅的《狂人日记》、《兄弟》、《野草》等就明显地带有象征主义和现代表现成分。而茅盾早期的《蚀》三部曲和短篇集《野蔷薇》中的表现成分亦甚浓郁。更不必说浪漫主义诗人郭沫若了，他在古典浪漫主义的诗情中融入了“现代派”的表现成分。所有这些，说明了“五四”时期现实主义的规约性在中国的文坛上并没有严格的纲领，许多优秀作品是不能完全用传统的现实主义理论去规范的。

这里须得顺便提及的是几乎和中国新文学运动同时的日本文学中所出现的“新现实主义”思潮，这是 1916 年由“三田派”、“奇迹派”和“新思潮派”所供奉的美学信条，其代表人物是日本现代文学中的著名作家夏目漱石、芥川龙之介、菊池宽、久米正雄等。其美学思想是努力表现现实生活，直面人生，揭露社会矛盾和社会弊端，客观地描写出社会的面貌。其实，这种美学观念基本上是沿袭欧洲批判现实主义的路径，并非与传统的现实主义有本质上的区别，之所以在日本标以“新现实主义”旗号，则是为了表明和“耽美主义”文学及“白桦派”文学的美学观念相径庭。这和中国“五四”时期的许多“人生派”小说是一脉相承的，其美学的渊源明显是批判现实主义。

中国的现实主义理论体系直到 20 世纪 30 年代“左联”成立以后，才由一批理论家从“拉普文学”理论中阈定出一整套规范，但这一规范却难以运用到具体的文学创作中。而随着上世纪 30 年代前后的小说视点的转移和下沉，人们把丁玲创作的小说《水》作为中国现代文学史上的“新现实主义”力作。如果对这一创作现象进行重新审视，我们以为这个提法并不科学。首先，它并未形成一个有倾向的创作群体；其次，亦无创作上的美学纲领；再者，它所运用的美学观念和创作方法完全是旧有的现实主义体系。在中国，无论是哪次现实主义的论争都未能逾越“写什么”的理论范围，所谓“现实主义的深化”也好，“广阔道路”也好，都很少涉及过“怎么写”这个具有美学观念和方法的根本转变的命题。只有到了上世纪 80 年代，中国的理论界才真正触及了这个关键性问题。我们并非说美学观念不包含“写什么”，而是说它更强调“怎么写”。

不必去描述上世纪 80 年代以来的小说技术革命，就 1987 年前后在中国文坛上兴起的“新写实主义”小说创作而言，无疑是凝聚着中国几代作家的深刻思考的艺术结晶。在上世纪80年代的短短十年中，中国的作家和理论家在美学观念和方法的不断更迭中，几乎是跨越了西方一个多世纪的历程。它总结了中国新文学运动七十年来的全部经验，完成了美学史上的一次大的飞跃。

在“新现实主义”小说之前，中国文坛经历了“寻根文学”运动和“新潮文学”运动，这两极美学观念和方法的冲撞所闪耀出的炫目火花，便使得中国的一批小说家在冷静的思考中，攫取了“新现实主义”的美学观念和方法，来更新中国文学，以取得创作的活力，乃至取得与世界文学进行对话的可能。

如果说西方20世纪历次“新现实主义”美学思潮都是在对“现代派”艺术表示出强烈反感和厌倦的背景下展开的对写实美学风格的回归的话，那么在每一次美学流派的运动中对旧现实主义的美学理解却并无实质性的进展。换言之，也就是“新现实主义”中的美学新意并不突出，即便是像意大利的“新现实主义”对世界电影产生过如此巨大的影响，但必须指出的是，它的美学观念主张并没有逾越现实主义（包括批判现实主义）内容的界定，作家们站在人道主义的立场来反映普通人的生活，来揭示社会生活，这些和传统的现实主义并无区别。所不同的是，作家在强调真实性时，更趋向于表现生活的实录和原生状态，所谓“把摄影机扛到大街上去”的口号便是他们走向现实主义另一个极端的表现。而在整个创作方法上，“新现实主义”的各流派基本上是完全拒绝现代主义表现成分侵入的。在这一点上则和中国20世纪80年代后期掀起的“新写实主义”小说创作浪潮截然不同，因为20世纪80年代的中国在经历了现实主义几十年的统治后，又经过了现代主义的洗礼，所表现出的美学态度有极大的宽容性，当然，这也和世界美学发展的潮流有着密切的关系，上世纪40年代的“新现实主义”的倡导者们是绝不可能以高屋建瓴的美学姿态来把握人类美学思潮发展的历史进程的。因此，当20世纪80年代中国的“新写实主义”倡导者们在重新把握这一美学潮流时，便满怀信心地要表现出现实主义的新意和新质来。这种新意和新质就在于他们在其美学观念和方法的选择中，着重于将现实主义和现代主义的美学观念和方法加以重新认识和整合，将两种形态的创作方法融入同一种创作机制中，使之获得一种美学的生命新质。由此可见，采取这种中和、融汇的美学方法本身就成为一种新的美学境界。我们之所以在前文顺便提及了西方（造型艺术的）“变异现实主义”与以往“新现实主义”的美学观念主张的不同点，就是因为它更有生命力，而关键就在于它能以宽容的胸怀融汇两种对立的美学观念和创作方法，使艺术呈现出的新质更合乎美学史发展的潮流。同样，中国的“新写实主义”小说的倡导者和实践者们亦从未拒绝对于被历史和实践证明了的有着强大生命力的现代主义美学的吸纳和借鉴，并没有一味地恢复现实主义（包括批判现实主义）的美学传统。换言之，他们对于现实主义的超越就在于不再是机械地、平面地、片面地沿袭现实主义的传统美学观念和方法，而是对老巴尔扎克以来的所有现实主义美学观念加以改造和修正。倘使没有这个前提，亦就谈不上现实主义的“新”。

首先，在现实主义的真实性上，中国“新写实主义”的倡导者们与一切传统的现实主义者的美学观念有着相异之处。在他们那里，真实性不再掺有更多的主观意念，不再有精心提炼和加工的痕迹，而更多的是对于生活原生状态的直接临摹，带有更多的那种生活中的毛茸茸的粗粝质感。作为艺术作品中的主观意念基本上处于隐匿状态，这是和意大利 20 世纪 40 年代的“新现实主义”的重要区分标志。意大利的“新现实主义”虽然在创作方法上也强调直接表现不事加工雕饰的生活原生状态，但它却有着异常鲜明的主题内涵，作家的主观意念是一目了然的。而中国的“新写实主义”者却在创作实践中尽力使自身进入“情感的零度”。当然，一部作品不露出任何“表情”的痕迹，则是旷世所绝无的。问题的关键就在于怎样隐蔽好创作主体的意念，使之不侵入、不介入小说自身叙述的流畅线条，这是中国“新写实主义”者们努力追求的美学观念和创作方法。这一点，正是恩格斯在 19 世纪就提出的那个现实主义的要义：观点愈隐蔽则对作品愈好。随着时代的发展，人们认识事物的本质就愈迫近真理。对真实性的认识，中国的“新写实主义”者们当然亦不满足对于生活表象真实的临摹。揭示人的心理真实，成为20世纪后期西方社会普遍关注的焦点，现代主义的艺术创作为之打开了这一美学通道。在这里，对于真实的人的描写不再局限于对人的外部描写，而是更注重对于人的内宇宙的开掘，这种对人的心理深层意识的放大性描写不仅是人类文明的一种进步，而且也是美学发展的一种进步。有如刘恒的许多小说就像海明威利用“冰山”理论塑造人物那样，它的意义全在于表现一个完整的人。为此，中国的“新写实主义”者们不仅从人的外部世界的描写中获得普遍的可读性文本效果，同时也选择了对人的内宇宙，包括潜意识世界的深层探索。这样，使其不仅仅在一个层面获得美学的自由，而且使得这种文本更具有立体的美学效果。由此可见，这里的现实主义既有左拉式的自然主义和老巴尔扎克式的批判现实主义的形态，又有乔伊斯式的意识流和马尔克斯式的魔幻色彩和形态。由此，真实性不再成为一成不变的静止固态的理论教条，而呈现出的是具有流动美感的和强大活力的气态现象。你能说哪一种真实更接近艺术的和美学的真实呢？中国的“新写实主义”者们打破的正是真实的教条和教条的真实，从而使真实更加接近于美学的真实。

其次，在对待现实主义的典型说方面，和一切“新现实主义”的流派一样，中国的“新写实主义”亦是持反典型化美学态度的，这一点当然不能不追溯到中国半个世纪来对恩格斯典型说的曲解和实用主义美学观的强加过程。由于对那种虚假的典型人物表示厌倦和反感，像方方和池莉这样的女作家便干脆以一种对典型的藐视和鄙夷的姿态来塑造起庸俗平凡的小人物，这多少包含着作家的一些对典型的亵渎意识。与西方“新现实主义”诸流派亦主张写小人物不同的是，方方们并没有将笔下的小人物作为“普通英雄”来塑造，而是作为具有两重性格的“原型人物”来临摹。这又和批判现实主义者笔下的“畸零人”有所不同，虽然有时他们亦带有“多余人”的色彩，然其并非被社会和作者、读者所抛弃的人物塑造。正因为他们是生活真实的实录，是带着生活中一切真善美和假恶丑的混合态走进创作内部的，所以人物意义完全是呈中性状态的，无所谓贬褒,亦就无所谓"英雄"和"多余人"。从所谓的"新写实主义"的创作中,我们看不到"英雄"存在的任何痕迹,在具体的描写中,一俟人物即将向"英雄"境界升华时,我们就可看到作者往往掉头向人物性格的另一极描写滑动。这种美学观既是中国特有的社会哲学思潮所致,又包孕了中国"新写实主义"小说作家在一个多世纪的美学发展中的必然选择,这种选择的正确与否,在中国美学发展中尚不能做出明确的判断来,但就其创造的文本意义来看,我们以为这种选择起码是打破了现实主义典型一元化的美学格局,从而向多元的人物美学境界进发。

再者,是对现实主义的悲剧美学观念的颠覆。就西方历次的"新现实主义"的美学运动来看,对待现实主义悲剧美学观并无本质上的改变,它们基本上是采用了亚里士多德"引起同情和怜悯"以及朗吉弩斯"崇高"的悲剧美感来渲染作品,使现代读者沉湎于古典悲剧的美感情境的陶冶之中。而中国的"新写实主义"是在 20 世纪 80 年代经历了西方文化哲学思潮的强大冲击后,尤其是在尼采、弗洛伊德、萨特的哲学"血洗"过中国思想界后,面对着退却的思潮,站在即将跨入 21 世纪的现代中国人的心理场上,他们对悲剧的理解试图赋予其现代性,使之呈现出人类对悲剧的新解。对尼采悲剧美学观的采撷,中国"新写实主义"者们基本上是摈弃了尼采悲剧中的"日神精神"而直取"酒神精神"之要义:悲剧让我们相信世界与人生都是"意志在其永远洋溢的快乐中借以自娱的一种审美游戏";酒神的悲剧快感更是以强大的生命意识去拥抱痛苦和灾难,以达到"形而上的慰藉";肯定生命,连同它的痛苦和毁灭的精神内涵,与痛苦相嬉戏,从中获得悲剧的快感。在这样的悲剧美学观念的引导下,刘恒的《伏羲伏羲》、王安忆的《岗上的世纪》、方方的《风景》、池莉的《落日》等作品才显得更有现代悲剧精神,因为这样的悲剧不再使人坠入那种不能自拔的美感情境之中而一味地与悲剧人物共生死,陷入作家规定的审美陷阱之中,而是更具有超越悲剧的艺术特征,作家对悲剧人物的观照不再是倾注无限同情和怜悯的主观意念,"崇高"的英雄悲剧人物在创作中消亡。作家所关注的是人的悲剧生命意识的体验过程，以及在这一过程中咀嚼痛苦时的快感，这就是我们理解《伏羲伏羲》这类悲剧时观察作家“表情”的关键所在。一般来说，在中国“新写实主义”小说创作的文本中，我们看到的是大量的“形而下”的悲剧具象性描写，却很难体味到那种“形而上的慰藉”，这恰恰正是作者们刻意追求的美学效果。从接受美学来看，读者参与可以就其艺术天分的高下而进入各个不同的阅读层面，但这丝毫不影响小说“形而上”悲剧美学能量的释放。

同样，弗洛伊德的心理学给中国“新写实主义”小说的悲剧美学提供了新的通道。对于我们这个“集体无意识”异常强大的民族来说，无疑，潜意识层面的开掘给现代人的心理悲剧带来了最佳的表现契机。而中国的“新写实主义”者们有效地吸收了 20 世纪以来所有现代主义对弗氏理论溶化后的精华，从潜意识的角度去发掘现代人的悲剧生命流程。从这个意义上来说，悲剧心理学的美学观照呈现出的人的悲剧动因则再也不是现实主义悲剧的单一主题解释了，而是呈多义、多解的光怪陆离状态。艺术家并不在悲剧的结局中打上个句号，因此，悲剧美的感受就不能在某一悲剧的疆域里打上个死结。由此来看《伏羲伏羲》和《岗上的世纪》这样的作品，生命的心理悲剧流程就像一道光弧，照亮了“新写实主义”小说的一个描写领域。

当然，像“寻根”和“新潮”小说那样一味取用萨特的哲学观而创作的“荒诞悲剧”作品，在中国“新写实主义”小说这里并没有得到充分的张扬，也许是“新写实主义”小说家们从根本上忽视了这个“存在与虚无”的美学观，在“新写实主义”小说那里，“他人即地狱”，现实是丑恶的、荒诞的，艺术就是要超越现实痛苦的存在主义悲剧观念并不完全适用。虽然“新写实主义”小说亦表现现实中的丑恶和荒诞，但其超越的并非生活现实本身，而是尽情地在和现实生活痛苦的嬉戏之中来完成悲剧精神的超越。回到现实生活的苦难过程之中，成为“新写实主义”小说悲剧创作的宗旨之一。

三

就西方“新现实主义”的创作方法来看，除了上述的20世纪70年代的“变异现实主义”在方法上注重形式美的变异外，其他诸流派在这个领域内均无建树，而创作方法若没有新的突破，现实主义也就难以体现出它的新意和新质来。作为现代主义的美学潮流，它为什么在20世纪呈现出如此强大的生命力，这在闭关锁国的中国确是一个使人难以理解的现象，20世纪80年代初风起云涌的“现代派”创作热潮亦证明了现代主义美学在中国的文学土壤上有着较大的存活力和生命力，一直到“新潮”小说的云起云飞，历史将一次次证明现代主义的美学观念和方法并不是洪水猛兽，它是人类艺术文明的新结晶。同样，作为运动了几个世纪的现实主义也是人类艺术文明的宝贵遗产，倘使抛弃它，也同样是对艺术的亵渎和对文明的摧残。唯此，中国的“新写实主义”小说的倡导者们在具体的创作方法和技巧上采取的是兼容并蓄的艺术策略，也就是说，在现实主义的基本叙述框架中，融汇和吸收了现代主义的诸多表现型的技术成分。这种叙述模式的转换给现实主义的纯再现型技巧注入了新鲜血液，使之更有其生命的活力。这种非驴非马的“杂种”，并非毛泽东提出的艺术“两结合”的美学观念所能简单阐释的，它所呈现出的是艺术技巧的杂多，奏响的是美感的“多声部”，是众多美学方法技巧的精彩乐段的有机组合。这一点就连拉美文学之父豪尔赫·博尔赫斯也清楚地意识到了，他以为现代小说就是要全方位地来观察世界，描绘氛围和网结人事，打破依靠因果、性格的刻画来平面叙述小说故事的模态。如果追根溯源，第一个将现代派小说技巧植入现实主义作品的伟大作家当是陀思妥耶夫斯基，他的小说被巴赫金评论为“复调”小说，这才使现实主义小说有了新意和新质，难怪既有人将他作为现实主义大师，又有人将他认作现代派的鼻祖。由此可见，中国的“新写实主义”小说创作所采取的这种美学方法技巧的转换，于中国的文学艺术发展来说，应是一种进步的表征。

我们曾在《新现实主义的小说的挣扎》一文中强调过中国“新现实主义”小说在叙述模式转换中所采用的结构形式。首先是打破了小说故事的情节链和因果链，也就是说，往常现实主义的那种贯穿小说始终的中心故事情节已被抛弃，代之的是一些散在的琐碎的故事情节的“乱序状态”，但这并不是现实主义的大故事套小故事的艺术匠心所在，亦非那种刻意追求的“散文化”手段，而是作者故意营造的小说叙述氛围，他们像拆散机器零件一样，将一个个情节和细节的单元铺排在读者面前，让你自己去拼合组装成你所需要看到的期待故事，但有一点是可以肯定的，这就是在读者的重新组装下，这些零件仍可作为一个较完形的故事展现在你的面前。虽然它造成了“阅读障碍”，但这绝不是如同现代派的小说那样不具备情节故事的还原功能。当然，有一些“新写实主义”小说走得较远，它们直接破坏了小说时空的“有序格局”，使之呈现出更强烈的不规则“乱序格局”，这种语码的破译和归整显然比一般意义上的“新写实主义”小说更有难度，须得读者细心把握每一个情节和细节，做出较为吃力的判断，方可以还原故事。归根结底，它的美学观念绝不是以世界不可知为哲学基础所可以解析的。

如果说作为叙事文学的叙述模式发展到今天已呈三种态势：(1) 叙述者＞人物(亦称“后视角”或“非聚焦”、“零聚焦”，也就是现实主义的全知全能视角)；(2) 叙述者＝人物(亦称“同视角”或“内聚焦”，也就是所谓“复调小说”的理论基础)；(3) 叙述者＜人物(亦称“外视角”或“外聚焦”，这是采用“局外人”的观察点来消灭叙述者的方式)。那么，中国的“新写实主义”小说基本上是摈弃了第一种叙述模式，而趋向采用第三种模式，这就是为什么许多评论者一再强调“新现实主义”小说所进入叙述的“情感的零度”的缘由。其实，从表面上来看，许多中国的“新写实主义”小说作家都试图用这种叙述模式来达到对那种“有意味的形式”的探索，然而，你从小说的具体叙述语境中却还是能找出那个“隐形的叙述者”来，如在刘震云的《故乡天下黄花》中，你很可以从那种充满着反讽结构的语境中找出一个戴着人格面具的"叙述者"来。由此可见,第三种模式的"外视角"虽然是区别"新写实主义"和旧现实主义创作方法的重要标志,但却不能将其看作"毫无表情"的叙述。我们以为早期的自然主义和现代主义不可能达到的美学目的,在"新写实主义"小说中同样也不能实现,也许这种文学永远不可能产生,因为作者选材的本身就预示着"表情"的诞生。

值得注意的却是,在"新写实主义"小说创作中有少量的作品采取了第二种叙述模式,这种具有"复调" 意义的小说为开掘现代人的心理阈做出了有益的示范。譬如航鹰在写作《老喜丧》时,完全用各个人物的"内心独白"来构成一个完整的外部世界,同时也构成一个完整的情节故事,这种戴着镣铐的尝试,无疑是受了巴赫金"人物主体性"理论的影响,在"有意味的形式"中,使得一部本是彻头彻尾的现实主义小说,变得更有美学的韵味。这不仅仅在于航鹰挣脱了旧我的束缚而走向美学的自由,更重要的是,她所提供的文本,对于"新写实主义"小说的创作具有一定的开创意义。

中国的"新写实主义"小说在继承现实主义对细节的具象描写中,也有机地融进了现代派的诸多表现手法,如象征、隐喻、荒诞、神话、幻觉、通感、意识流等技巧的运用,这就大大丰富了"新写实主义"小说的表现力。这使得许多读者在阅读这类作品时,如果仅以一种尺度去衡量作品,就会发生歧义,如方方的《白雾》发表后,就有两位理论家在《人民文学》上争论不休,一个认为作品是现实主义的,一个以为作品是现代主义的。当然,各种论争并不妨碍对作品的解读,但是,看不到"新写实主义"小说作者们对于两种形态的写作技巧的融汇和糅合,则是对"新写实主义"美学方法的"误读"。和现代派的表现技巧相比较,"新写实主义"小说作家们小心翼翼地排斥了那种狂轰滥炸式的切割、变形和夸张对故事的破坏,有节制地吸收了可以与现实主义"杂交"的现代主义表现因子,遂使现实主义呈现出新意和新质来。罗兰・巴尔特把作品分为"可读的文本"和"可写的文本"两大类,前者是指以传统现实主义手法写成的作品,后者是指用现代手法写成的作品,对它的解读是要求读者共同参与的。如果只选取前者，那么小说就失却了现代美学的韵味；而只取后者，明显地又失却了作为小说本质的可读性。因此，失却任何一方都将是现代小说的悲哀。而“新写实主义”小说的美学选择恰恰弥补了两者之间的缺陷，它能否标示着现代小说进入 21 世纪的美学趋向呢?!

诚然，中国的“新写实主义”小说创作和理论归整仍在不断地继续和完善之中，但我们相信它的艺术生命并不是短暂的，因为它是人类文明发展到 20 世纪末的深层艺术思考和美学抉择。它绝不是带有极大偶然性的只有流派意义的小说创作现象。

四

新写实主义作为一种文学运动，产生于 20 世纪 80 年代中后期对现代文艺思潮的借鉴和融汇的浪潮中，绝非偶然。时至 20 世纪 80 年代中后期，新写实主义小说在借鉴、融汇西方美学观念和方法上，确实已经具备了外部和内部的条件。

首先，它发生于新时期改革开放进一步深化的大背景下，是新时代的读者和历史观对文学重新选择的结果。一个不言而喻的事实是，在改革开放的条件下，西方大量哲学、文学思潮和生活观念的涌入，使得我国的社会生活从政治、经济到人的价值观念、伦理道德观念发生急剧而又深刻的变化。十一届三中全会之后，党的关于改革开放的总政策不仅给我国的政治生活、经济生活带来巨大的变化，促进了政治民主化的进程，使得学术的多样化逐渐成为可能，使一向沉闷、发展缓慢的经济得到了空前发展的活力，而且人们的衣食住行以至穿戴打扮等方面，都打破了单一化、规格化的格局，而呈现它多彩多姿、生动活泼的状况。改革和竞争也打破了惯有的时间概念，大大加快了生活节奏。而随着实际生活发展的变化，随着中西文化的交流融汇，关于人的价值观念、伦理道德观念直至文化观念也相应地发生了迅猛的变化。长期以来，在怎样看待人和人的价值，又怎样对待爱情、婚姻、家庭上，都明显地存在着封建主义和资产阶级的思想影响，在文化的价值取向上，也存在着许多“左”的简单化的政策影响。唯有改革开放的政策，方能像强劲的东风，吹散了长期弥漫在这一领域里的重重的迷雾。

但是，光有社会生活和文化价值的变化，光有种种新思潮的涌入，显然也不能说明新写实主义小说浪潮兴起的内在动因。讨论任何文学思潮的消长变化，都离不开作为创作主体——作家的变化。大家知道，在新时期的作家群体中，最为活跃且最为引人注目的当是一批卓有才华的中青年作家。这批作家在经历上、在学识修养上，与中华人民共和国成立前战争年代涌现的前辈作家们的一个显著不同，便是在改革开放的总背景下，在传统文化的基础上，有更多机会接触西方现代的社会思潮、文化观念、思维方式和艺术表现方法等。这样，便使这些年轻作家在批判地吸收西方现代文学养料方面多了一个参照系统，有更多的机会在借鉴、融汇中完成新的创造。

如果我们对新写实主义小说创作的作家群体稍加考察，便不难发现，站在这面文学旗帜下的作家们大都是一些年龄在四十岁以下，1987 年前后在文坛崭露头角的青年作家。他们当中，固然不乏插过队、当过兵的角色，但更多的却属于更年轻的一代。不管是从现实主义根基上逐渐走向新写实主义的作家（如刘恒、刘震云、方方、池莉、李晓），还是从新潮作家逐渐向新写实靠拢的作家（如苏童、余华、叶兆言），他们都是中国新时期以来最易从西方现代派文学中吸收养料并借鉴、融汇到自己创作中来的作家。运用现代意识，并适当借鉴现代派表现技法，以创作适合目前中国新读者的阅读需要的作品，乃是他们共同追求的目标。这共同追求的目标，正是形成新写实主义文学浪潮的根由之一。

从文化融汇角度看，新写实主义文学浪潮本可说是传统现实主义文学与西方现代主义文学相互借鉴、相互融汇和互补的结果。尽管，在完成这种借鉴和融汇过程中，每个作家成就不一，尽管新写实主义本身也还存在着诸多不足和缺陷,但在如何对待这一新的文学浪潮的问题上,我们愿意摘引鲁迅先生在著名的《文化偏至论》中说过的一段话作为本文的结束语:

> 明哲之士,必洞达世界之大势,权衡较量,去其偏颇,得其神明,施之国中,翕合无间。外之既不后于世界之思潮,内之仍弗失固有之血脉,取今复古,别立新宗,人生意义,致之深邃,则国人自觉至,个性张,沙聚之邦,由是转为人国。

原载于《文艺研究》1993年第2期

我们经历了什么样的“现实主义”

在中国，自“五四”以降，对现实主义的阐释是五花八门、各种各样的，多为改造过的，也有一些是“伪现实主义”，怎样梳理和鉴别，却是一个永远的话题。

在百年文学史中，我们对“现实主义”的理解和汲取往往是随着政治与社会的需求而变化的，可以细分成若干个不同历史阶段进行梳理。大的节点应该有三四。

从1915年《新青年》创刊后不久，陈独秀就提出了“写实文学”和“社会文学”的主张，引导文学“今后当趋向写实主义”。缘于此，中国文学主潮就开始了“为人生而文学”的道路，遂产生了20世纪20年代中国文学的“黄金年代”，如果说鲁迅的小说创作是践行19世纪批判现实主义而开创了中国现代小说的现实主义文学的先河，深刻的批判性和悲剧性弥漫在他的小说和散文创作中，这就是所谓的“鲁迅风”——批判现实主义的精髓所在。那么集聚在他旗帜下的众多作家和理论家们，都是围绕着“批判”社会和现实的路数前行的，他们效仿的作家作品基本上都是勃兰兑斯在《十九世纪文学主流》中分析到的名人名著，这里就不能不提及“文学研究会”的中坚人物茅盾了，因为他在“五四”前后写了许多理论文章来支撑中国的现实主义文学，呼唤着“国内文坛的大转变时期”的来临，诟病了“唯美主义”和“颓废浪漫倾向的文学”，倡导“附着于现实人生的、以促进眼前的人生为目的”的“现代的活文学”。他还付诸创作实践，在1927年大革命失败之时，激愤而悲观地写下了长篇小说《蚀》三部曲和短篇小说集《野蔷薇》，这些即时性作品既是思想的“混合物”，同时又是“悲观倾向的现代的活文学”。

总而言之，“五四新文学”第一个十年，中国文学无论是在理论上还是创作上，都是基本遵循着欧美十九世纪批判现实主义创作法则的。而真正的“大转变”则是三十年代初“左联”的成立，引进了苏联的“社会主义现实主义创作方法”。也是由于茅盾先生自 1928 年 7 月为政治避难东渡日本后，接受了日本无产阶级理论家从苏俄“二次倒手”而来的无产阶级文艺理论，于三十年代初归国后，在共产党领袖人物瞿秋白参与构思下，写下了著名的长篇小说《子夜》，从此，中国的现实主义才真正来了一个大转弯。当然，我们对《子夜》也不能一概地否定，我个人认为这部作品仍然有着十九世纪批判现实主义的创作元素，许多现实生活的场景都是“现代的活文学”，其批判现实的锋芒依然犀利。但是那种要求作家必须从革命发展的需求来描写现实的创作法则，大大地减弱了作品反映生活的准确性和客观性，所谓“艺术描写的真实性和历史的具体性必用社会主义精神从思想上改造和教育劳动人民的任务结合起来”的规约，就把自己锁死在狭隘的现实主义囚笼之中了。这在《子夜》的创作过程中表现得就十分明显：原本茅盾是想写中国民族资产阶级在买办资产阶级的压迫下溃灭的主题，试图塑造一个失败了的民族资本家吴荪甫的悲剧英雄人物形象，但为了实行上述创作方法的原则，他就只能遵从一切剥削阶级都有贪婪本质的命题，把吴荪甫的另一面性格特征夸张放大后进行表现，这在某种程度上反而削弱了主题的时代性和深刻性。尽管《子夜》是先于苏联 1934 年钦定的“社会主义现实主义”条例出版，但是，共产国际的声音早就传达于中国“左联”之中了，让这部巨著变成了另一副模样。

这个问题不仅仅纠结了几代作家和理论家的创作思维和理论思维，让现实主义在革命和现实的两难选择中滑进了对文学客观描写和主观阐释的混乱逻辑之中，历经八十年都爬不出这个泥潭。这就使我想起了亲历过这样痛苦抉择的胡风文艺思想，多少年来，我一直纠结在他的“主观战斗精神”和“创作方法大于世界观”的现实主义理论中不能自拔。其实，这种逻辑上的矛盾现象，正是包括胡风在内的每一个作家都无法解决的创作价值理念与客观现实之间所形成的对抗因子。一方面要执行革命家的“主观战斗精神”，另一方面又要尊崇现实主义的创作规律，按照事件和人物本来应该行走的路径前进。我想，任何一个高明的作家也不可能在这种自相矛盾的逻辑中抵达创作的彼岸。这在“胡风集团”中坚人物路翎的长篇小说《财主底儿女们》的创作中表现得尤为突出，作者也无法跳出其领军人物自设的魔圈。

在共和国文学的长河当中，我们可以看到许许多多为现实主义献身的现实主义作家和理论家，我们也可以在现实主义几经沉浮的历史命运中，寻觅出它受难的缘由，但是，现实主义尽管走过那么多弯道，我们却不能因为他踏入过历史的误区，就像对待一个弃儿一样拒绝它的存在。曾几何时，秦兆阳的《现实主义——广阔的道路》、周勃的《论现实主义及其在社会主义时代的发展》和钱谷融的《论文学是人学》，把现实主义抬上了历史的高位，但是 1960 年代对他们的批判，遂使现实主义步入了雷区。连邵荃麟和赵树理的“现实主义深化论”和“中间人物论”都成了被批判的靶子。带有理想主义的“两结合”创作方法替代现实主义的真正原因就在于现实主义往往是带有批判的元素，是带刺的玫瑰，它往往不尊崇为政治服务的规训。

随着思想解放运动的兴起，“伤痕文学”异军突起，标志着十九世纪批判现实主义在 1980 年代的又一次回潮。人们怀念 80 年代并不是说那时的作品怎么好，而是认为那个时代批判现实主义创作方法被激活，是给中国的写实主义风格作品开辟了一个从思想到艺术层面的新路径；是给启蒙主义思潮打开了一个缺口，让思想的潮流和艺术方法都有了一个新的宣泄载体。

而随着对于旧现实主义创作方法的弊端的不满，20 世纪 80 年代相继出现过诸如“现代现实主义”和借鉴拉美爆炸后文学的“魔幻现实主义”、“心理现实主义”和“结构现实主义”创作思潮。到后来由于对现代主义与后现代主义“先锋小说”创作思潮的抗拒心理，导致了“新现实主义”和“新写实”的崛起，这些正是对社会主义现实主义的一次次修正与篡改，是重新对那种毛茸茸的“活的文学”的肯定和倡扬。作为“新写实”事件的策划者和亲历者之一，我们在二十年前就试图从人性和人性异化的角度来解释“新现实主义”与“旧现实主义”，尤其是与“颂歌”型的“社会主义现实主义”区别开来。回顾其发展变化的全过程，这个判断大致是不错的。我们不能说这样的概括就十分准确，但是，直到今天似乎它的生命力还在。我们不能说“新写实”是一个完美的现实主义的延续，但是，作为一种创作方法的反动，它在文学史上是有意义的。

再后来，“现实主义三驾马车”的兴起和新世纪的“底层文学”的勃起，现实主义似乎又回到了“五四”的起跑点。然而，在现实主义的道路上，我们的文学似乎还是缺少了一个重要的元素，这恐怕就是“批判”（哲学意义上的）的内涵和价值立场。

历史的经验告诉我们：创作方法只有回到初始设定的框架之中，才能凸显出其作品的生命力。尤其是长篇小说。

原载于《长篇小说选刊》2018 年 9 月

动荡年代里知识分子的“文化休克”

——从新文学史重构的视角重读《废都》

为了写这篇文章，我反反复复在思考的问题是：世界文学史自启蒙时代以来遴选作家作品的标准是什么？综观世界上林林总总的长篇名著，许多巨制的产生都是瞄准了其国家和民族命运关键的历史转折的时代节点作为创作大架构的构思契合点，不要说托尔斯泰的《战争与和平》和司汤达的《红与黑》那样的鸿篇巨制，即便是伏尼契那样反映动荡年代里人物命运的小制作《牛虻》也不放弃对那个革命年代背景的刻画，更不要说雨果的《九三年》直接以革命年代为题，通过两个主人公的命运激越地表达了对法国大革命的判断，凸显了一个有良知的作家对人性高于一切的创作理念的膜拜，这才是一个有正义感的大作家对人类灵魂救赎的伟大贡献。2013 年，恰恰是距离“法国大革命狂风暴雨时期”1793 年整 220 周年纪念年，同时也是《废都》出版 20 周年，从这个历史时间的偶然巧合当中，我似乎看到了一种“历史的必然”（马克思语）——在某一个历史的节点上，一个作家如果能够迅速地对这个国家和民族的人性动荡和异化做出深刻的剖析，那他必然是抢占了文学创作的制高点。当然，如果与当时的历史拉开一段距离，也许就能够站在一个更清醒的高度来描写他笔下的人物，像雨果那样，在几十年后的临终前去写《九三年》，或许比《悲惨世界》更成熟，更能达至人性哲理的高度升华。但是，与亲身经历一场动荡的社会巨变不同的是，对处于极度亢奋的当事者而言，那种写作的创作灵感与冲动是任何外部力量都不可能阻挡与遏制的。从这个意义上来说，1992 年乃是中国社会转型的历史重要关口，也是作者个人生活转折的年代，在这个历史的节点上，贾平凹以一个作家敏锐的艺术感觉，嗅到了人性巨变与畸变的时代气息，作为一个历史生活的亲历者与忠实“记录员”，他为文学史打造的，是从动荡历史时光隧道中各色人等，尤其是知识分子灵魂中抽绎出来的一块“心灵活化石”。今天，我们能否从中发现一些新的文化与文学的思想价值和艺术元素呢?

一

经过 20 世纪 80 年代改革的暴风骤雨的洗礼后，中国的农耕文明和游牧文明在 90 年代初的二次改革大潮中发生根本性的颠覆，随着农村人口涌入城市的大迁徙“移民运动”，延续了几千年的宗法式的乡土社会“差序格局”[①]第一次被真正地撼动和颠覆，而且异常激烈。此时也正是中国文学从思想向技巧魔方“向内转”的关键时期。

在这种文化语境下，我想到的是被称为“一代人的冷峻良知”的英国作家乔治·奥威尔于 1945 年写下的一篇《好的坏书》中批评那种逃避现实的文学作品的文章。虽然有些作家在艺术技巧上是一流的，但他们的作品却是不能长留于文学史显著位置的:“我担保《汤姆叔叔的小屋》将比弗吉尼亚·伍尔夫或者乔治·莫尔的全部作品流传得更久远，尽管我不知道，从严格的文学标准判断，《汤姆叔叔的小屋》到底好在哪里。”[②]这才是一个作家兼批评家独特的眼光，历史已证实了其价值判断:无论哪种艺术，如果抽掉了思想的元素，艺术的表达则是无解和空洞的。从这个角度来说，《废都》的思想性是大于艺术性的。

① 这是费孝通在《乡土中国》中最著名的论点，几十年来一直被学者们公认为是概括和阐释中国乡土社会本质特征的学术贡献。

② [英] 乔治·奥威尔:《政治与文学》，李存捧译，周宪主编“名家文学讲坛”，译林出版社 2011 年版。

西京作为一个历史悠久的农业文明的文化帝都的象征，在现代商品文化大潮席卷而来之时，必然会在礼崩乐坏的过程中呈现出其各种各样的文化断裂现象，其中，必定是知识分子首先感觉到了它的阵痛。作为一个敏感的作家，贾平凹从本能意识出发，选择了一拨他最熟悉的旧京里的文人士子作为描写对象，不管贾平凹承认与否，我都坚信《废都》是一部作者将本人形象和心态融入其中的带有自传性的作品。就像曹雪芹写《红楼梦》那样，你能说我们处处看不到作家的面影吗？我以为，文学史多次证明了这样一种创作规律：凡是大构思的划时代作品，都是将作家自身的心路历程倾注在某个主人公身上的，这种灵魂附体的创作现象，只能说明一个道理，那就是情感介入越深，作家消耗的心血就越多，心血消耗得越多，作品就更加真切地呈现出作者记录那个时代文化的深刻印记和最为珍贵的原始经验。

作为世纪性的阵痛，改革给中国人，尤其是知识分子心灵带来了巨大的精神的炫惑，然而历史又必然伴随着这些眩惑与痛苦同行。就此而言，在人欲横流的社会里，人性的扭曲已是马克思多次提到的原始资本积累过程中不可或缺的精神副产品。在这心灵世界的异化中，首先觉醒的应该是知识分子。但是，知识分子的自我启蒙从20世纪早期的"五四"运动到80年代的"二次启蒙"都宣告了它的失败，那种"五四"先驱者们强烈的社会改造意识在20世纪末已化作一声声长长的悲叹而灰飞烟灭，其根本原因就在于知识分子的自我启蒙始终不能完成。从这个意义上说，贾平凹《废都》中的知识分子自我批判意识就显得更为突出了。可以说，贾平凹是在描绘当时社会文人在变革大潮中一片心灵废墟的"悲惨世界"，是中国式的《九三年》，因为作者与雨果的共同特征就是把人性放在动荡年代里的革命（或改革）的烈火上炙烤，那种对知识分子心灵无情的曝光就足以构成了人们对历史的批判性审视，尽管作者往往饱含着无限同情和怜悯的情感去抒写其笔下的西京文人。倘使以此为阅读视角，《废都》似乎就有了"新儒林外史"的意味。但是，就整个小说呈现出的西京社会文化景观来看，它的描写触角已然涉及社会的各个阶层，尤其是官场、文场、商界、学界……它描写人物的数量和力度虽不及《红楼梦》那样宏阔与深刻，然而，就主要人物，尤其是对庄之蝶的心灵世界的展示，却更具“历史的必然性”和性格的立体感。就单个人物来说，对庄之蝶的描写和对贾宝玉的描写相比照，前者心灵世界的复杂性强于后者。如果说《红楼梦》是以多个艺术典型勾勒出那个时代上层贵族生活的全貌，那么《废都》则是着重描写一个从农耕文明向工业文明转型时的旧知识分子心灵世界的“彷徨”与“呐喊”，主旨在于以放大变形的手法来镌刻出那个时代的人性异化的本质特征。亦如维多克·雨果在《九三年》结尾中所说的那样：“于是后者的黑暗融于前者的光明之中，这两个悲壮的姊妹灵魂一同飞上了天。”[①]雨果是以两个人物——革命者戈万和反革命者西穆尔丹肉体的同时死亡表达了他们同时向伟大的人性投降和皈依的主题；而贾平凹却是在一个主人公庄之蝶身上投射出人性异化、在那个动荡年代里黑暗与光明搏战无果的“文化休克”主题。

作者在《废都》的扉页上写上了“唯有心灵真实，任人笑骂评说”。这“心灵真实”隐喻当时文化人的心灵悲剧，是通过对人物行为和心理的变形和夸张来加以实证的。问题就在于许多人看不到这心灵悲剧后面隐匿着的作者真情表达。我以为，这部著作，是平凹经过了十多年的艺术准备，用血和泪写成的自我心灵史，这并不比曹雪芹对他所处那个时代的哲学体悟和艺术感觉差在哪里。当时有一些批评家批评《废都》思想混乱和艺术上的不成熟，殊不知，一个时代有一个时代的文学，一个时代亦有一个时代的批评标准，其美学意义并非是一成不变的。然而，一个最重要的标准被他们所忽略了，那就是人性的裸露和叩问才是决定一部作品在文学史上地位的关键所在，因为人性元素的表达是文学的永恒主题，从这个意义上来说，《废都》作为贾平凹全部创作历程中的一个里程碑意义的作品，它是“前无旧作”的；而作为一部耗尽了作者全部创作心血和艺术体验的杰作，或许也是“后无来者”的——这就是我在历次贾平凹

---

① [法]维克多·雨果：《九三年》，桂裕芳译，译林出版社1998年版，第1页。

新作讨论会上始终坚持其后来的所有长篇没有能够超越《废都》的理由。

贾平凹所说的“心灵真实”就是用自己充盈着血和泪的情感完成了他对当时中国知识分子内心世界暴风骤雨式的情感历程的忠实描摹。历史的进程要求中国旧文人在那世纪末短短的十几年之中，把西方近三百年的文化情感历程的演化压缩成一个团块结构，在很短的时间内加速吸收消化和鉴别摈弃，这的确是十分困难的。“五四新文化运动”并没完成人文主义启蒙的任务，相反，由于它的不彻底，或是为较为浮躁浅薄而急于求成的文化心理所驱使，造成的中国人的惰性力却是不可估量的。20 世纪 80 年代至 90 年代初，由于经济变革所带来的文化开放局面，使得这段文化心路历程显得比“五四”时期来得更加突然与复杂、宏阔悲壮而深沉低徊。被誉为 30 年代“长篇小说年”的《子夜》原先的构思是“城乡立交型”地去表现那个动荡革命年代的力作，却把重心最后移到了大都市上海，它的全景式描写虽然宏大，但其并非完全是知识分子题材作品，而更多的是关注世界资本主义经济危机给中国社会带来的动荡。在 20 世纪的中国，能像《废都》在那样一种时间的节点上波澜壮阔地表现出知识分子悲剧心灵历程的杰作并不多见。鲁迅的《伤逝》哀婉地表达了“出走的娜拉”回到生活原点的哲思主题，深刻地抨击了知识分子的懦弱性，但毕竟受着篇幅的局限而显得不够宏大；钱锺书《围城》的揶揄、幽默、调侃，甚至形成整体的反讽结构，都为活画出知识分子心灵世界的惰性做了极精妙的诠释，堪称 20 世纪的经典之作。钱锺书的描写视角似乎是站在“局外人”立场上冷峻俯视其笔下的知识分子，堪称大手笔。但从某种意义上来看，由于风格的不同，由于时代赋予作家的使命不同，也与钱锺书本身就是一个有着贵族气质的学者不同，对于从乡土社会走进大都市、脚踩两种文化的贾平凹来说，《废都》是他蘸着乡村知识分子之血泪，写出的那个动荡时代中有着深厚传统文化历史积淀的旧都知识分子最具悲剧性苦难历程的心灵记录，它虽没有小托尔斯泰《苦难历程》的时间跨度之大，亦没有老托尔斯泰《战争与和平》的空间跨度之阔，但作者在一个没落的文化故都短短几年的社会变迁中，就抒写出了使人觉得灵魂出窍的心灵悲剧实属不易，亦如当年茅盾写《蚀》三部曲那样有着即时性的原生态感觉。或许，我们能从中隐约谛听到远处传来的《悲惨世界》、《忏悔录》、《红与黑》、《老人与海》、《喧哗与骚动》、《百年孤独》等作品的旋律。但我们更能清晰地听到犹如萦绕在整个“废都”之上驱之不散的埙声，这埙声象征着一种对人性错位的哀悯，一种心灵死灭的悲怆，象征着对一个旧时代终结的哀婉，象征着对传统观念逝去的叹息，象征着对一个不能由人主宰的世界降临的恐惧……这种世纪末的孤独很能使人联想起狄更斯在《双城记》中所说的那句名言：“那是最好的时代，也是愚蠢的时代；那是信仰的时代，也是怀疑的时代；那是光明的时季，也是黑暗的时季；那是希望的春天，也是绝望的冬天；我们的前途有着一切，我们的前途什么也没有；我们大家在一起走向天堂，我们大家在一起走向地狱。”①

《废都》中西京四大名人死的死、疯的疯、瞎的瞎，这无疑是隐喻知识分子人性异化的悲剧。虽然他们并不像《子夜》中的吴老太爷那样一进入灯红酒绿、声色犬马的花花世界就像一具僵尸一样迅速“风化”了，但他们却在这时代动荡中走完了人生心灵骤变的悲剧历程，正如茅盾《蚀》三部曲中史循、章秋柳、孙舞阳等人物的悲剧命运一样，真正的悲剧不是肉体的消亡，而是精神的死灭。我总以为《废都》的结局太仓促了些，四大名人的精神逃路勾勒得并不十分清晰。当然，从艺术效果上来说，它很有些《红楼梦》之遗韵，问题是《红楼梦》的悲剧结局毕竟是“狗尾续貂”，它的悲剧效应并非人们预想的那样悲烈，更何况当今的悲剧美学观已发生了根本的变化，光是一个“色空”是难以说清楚当今知识分子悲剧的本质特征的。

历史和伦理形成的二律背反，将一代知识分子推到了尴尬的窘境，西京四大名人的不同悲剧结局尤数庄之蝶更具典型意义。“庄生晓梦迷蝴蝶”，何为庄生？何为蝴蝶？这正是一代知识分子的精神迷惘，“自我”的失落，寻找精神

---

① ［英］狄更斯：《双城记》，克健译，台湾大众书局1971年版。

家园而不得的痛苦与不愿做“垮了的一代”的挣扎，形成了小说形而上的哲学意蕴，成为小说心灵悲剧的主旋律；也许，从另一个视角来观察，小说恰恰呈现出的是形而下的直觉泛滥。然而，就作品的底蕴来说，它表现的是不是叔本华的悲剧理论呢：“当看到悲剧结尾的那一刹那，我们必更明晰地醒悟和确信：‘人生原来是这么一场悲惨的梦！’在这一点来说，悲剧的效果，似是一种崇高的力量，此两者都能使我们超脱意志及其利害，而使感情产生变化。悲剧的事件不论采取任何形式来表现，为了使我们的情绪高扬，都会赋予特殊的跳跃。悲剧中所以带有这种性质，是因为它产生‘世界和人生并不真能使我们满足，也没有让我们沉迷的价值’的认识。悲剧的精神在于此，也由于如此，而引导我们走向‘绝望’。”[①]也许贾平凹发现自己也像庄之蝶一样跋涉在精神文化的沙漠之中，生命的个体在腐朽、衰亡、虚假、堕落的泥沼中不能自拔，而寻觅不到精神的家园。正如尼采在《悲剧的诞生》中阐释的那样：“在每一个被抛入现时代的真正艺术家的生活道路上，充满着危险和失望。”[②]尼采所呼唤的“成为你自己！”的时代强音并不能拯救世纪末中国知识分子的灵魂。我想，贾平凹亦不可能不深刻地体悟到这点的，因为在《废都》对人物心灵悲剧的描绘中，所流露出的主人公对传统和现代文化的选择上的尴尬，以及对生命形式的选择，都表现出一种无归和迷失的情绪。庄之蝶就是在这种文化的迷狂中不能自拔而导致最终的“中风”。毫无疑问，这种“文化休克”现象正是一代知识分子心理极度萎缩的外化形式。我以为《废都》的全部悲剧意义就在于作者写出了庄之蝶们在这个时代精神逃路被堵塞后的“文化休克”，或许，这种休克是暂时的。然而，这一母题的呼唤正恰恰承续了“五四”时代哲人们的“呐喊”——救救中国文化！包括救救被异化了的文人骚客。《废都》喊出的正是意大利作家皮兰·德娄在现代文明包围中阐释的那种现代人的直觉：“我是谁？我有什么

① ［德］叔本华：《文学的美学》，陈晓南译，《生存空虚说》，作家出版社1987年版，第204页。

② ［德］尼采：《悲剧的诞生：尼采美学文选》，周国平译，生活·读书·新知三联书店1986年版，第116页。

证据来证明，我是我自己，而不是我的肉体的延续？”[①]作为一次心灵的震颤，现代儒生们的内心分裂和精神崩溃正隐喻着一种新的文化心理机制转换将是历史的必然。

《废都》的思想特征是否与“新小说”派有着内在联系呢？不管作家是否意识到，不管人们肯不肯承认，有两种客观事实摆在我们面前：一方面作者是以人为本，写尽了人欲横流的世界的可怖；另一方面，作者又不得不认同人受着物质世界的根本制约，“物本主义”致使人处于无能为力的地位。与“新小说派”理论的交合点就在于：“他们还认为，人只是生活在时间长河中的一瞬间，作家也仅能描写转瞬即逝的现在；生活现象循环不息，周而复始，无始无终；在生活中，现实、幻想、回忆、想象、梦境，往往混杂交错或相互重叠，并不能截然分清。”[②]所不同的是，贾平凹的这种“天人合一”的写法中渗透着中国佛和道的色彩，这佛和道的精髓与西方“新小说派”的创作精神又有着何等的默契。在那个新旧文化交替的世纪，在那个文化思想裂变的时代，《废都》并不能埋葬古都的一切旧有的传统文化，使它成为一个真正的文化废墟；更不能把庄之蝶们送上精神的断头台，让他们的精神灰飞烟灭，而重新“蝉蜕”的“新蝶”难保不带有旧的文化基因。庄之蝶能否获得“涅槃”和“新生”呢？蜕变以后的“蝴蝶”又会是一个怎样的情状呢？《废都》却是难以诉说的，也是不可诉说的，同时也是作者不可能企及的。庄之蝶是无路可逃的，他不可能像贾宝玉那样“出走”，其阿Q式的精神逃路也被堵死了。那么，他只能逃离“都市”而返回“乡土”，而“乡土”也已并非“净土”，它同样受到了现代文明的冲击和污染，在没有“净土”的无奈中，作家只能安排庄之蝶暂时规避文化的烦扰，用“文化休克”的方式让他去进行精神疗治——从本质上揭示出当今中国儒生们在文化裂变中的那种尴尬和窘迫、自嘲和自虐。如果说都市是充满着肮脏、贪欲、罪恶的渊薮，那么

① ［美］E.弗洛姆：《逃避自由》，北方文艺出版社1987年版，第130页。

② 龚国杰等：《文学》，四川人民出版社1988年版，第86页。

大自然的乡土还能给现代儒生以安宁的精神栖居吗？庄之蝶亦如尼采那样厌弃城市，“回到美丽的大自然中去”吗？“我爱森林。城市里是不良于生活的；在那里，肉欲者太多了。”贾平凹之所以没有让庄之蝶返归大自然，而让其精神无归，暂时“文化休克”，并非是因为尼采的这种审美观所引导的普泛艺术归属，恰恰相反，都市的肉欲正象征着作者对这种重归“自然人”的认同，对“自然人”失落的一种悲鸣。在他看来，性欲背后潜藏着的是人的生命本体的觉醒，是生命蓬勃的复生，只可惜这种欲求却成为稍纵即逝的生命流星。

“性爱，它是其他形式爱的创生典型(generative type)。在爱中，而且是透过爱，我们寻求自身的永存之道：我们之所以能够永存于世界之上，就只有当我们死亡，当我们把自己的生命托交给他人”，“我们与他人结合，但是那就是分裂自己；最亲密的拥抱即是最亲密的扯离，本质上，肉体爱的喜悦，创生的痉挛，就是一种复活的感觉，一种在别人身上更新自身生命的感觉。因为，只有在别人身上，我们才得以更新自身的生命，进而得以永存”①。那我们又能从《废都》的性爱描写中寻觅到什么样的况味呢？又能从中窥视到作者的何种创作动机呢？

二

当我们阅读《废都》时，首先遇到的障碍就是性的难题。即便是20年后的今天，性，仍然是我们这个古老东方民族最具有禁忌诱惑力的一个文化焦点命题。我们不能否认《废都》的性描写是它当时轰动文坛的一个重要因素，但是如何看待这一敏感的话题却有不同的观念。20年前有一些评论家对此就颇有微词，为其正统与清白的传统批评观念正名。其实，就中国文学史而言，小说表现这一内容自明末清初开始(唐传奇小说，甚至唐以前的文学作品中的性描

① ［西］乌纳穆诺：《生命的悲剧意识》，北方文艺出版社1987年版，第85—86页。

写，多为"房术"，姑且不论）就进入了高潮期，虽晚于《十日谈》，然先于《查泰莱夫人的情人》。那为什么一直被打入"另册"呢？尤其像《金瓶梅》和诸多的明清"艳情小说"这些至今尚难以评说的林林总总之作，虽学术界近年来对这些作品学术性评价日渐上升，但作为传播媒介是绝不能公开褒扬的。尽管有人论述《金瓶梅》主人公西门庆的性攻击带有资本主义原始积累的印痕，从而推演出中国在明朝就出现了资本主义萌芽状态的社会心理，这似乎与《查泰莱夫人的情人》之主题有异曲同工之妙。但无论如何，中国小说中的性欲描写都未能达到西方经典小说中那种主题的凸显——返璞归真，通过性欲描写来体现人的生命潜能；来呈现出美的形态；来揭示性欲后面深层的文化内涵；来表现人的潜意识活动的复杂性；来表现重塑"自我"的生命体验。

"五四新文学运动"以来，一代宗师们在自己的小说中都敢于涉及性欲描写，无论是"创造社"的大师郭沫若、郁达夫、张资平；还是"文学研究会"的中坚茅盾，都有意无意、或明或暗地涉足于此。但哪怕到 80 年代张贤亮的《绿化树》、《男人的一半是女人》，以及王安忆的"三恋"和《岗上的世纪》等作品为止，恐怕尚没有一部小说敢像《废都》这样大胆直面人性之"丑恶"而酣畅淋漓地表现性欲的。有人以为这是一种"广告效应"，然而，即便是广告效应，也应看到它背后的国民文化心态。有人认为《废都》是一枚"病果"，并不足为取，只要一涉及性，就不会产生审美效应，就不会是好作品："所以我们不能不说中国文学内的性欲描写是自始就走进了恶魔道，使中国没有正当的性欲描写的文学。我们要知道性欲描写的目的在表现病的性欲——这是一种社会的心理的病，是值得研究的。"①虽然茅盾将《金瓶梅》一类的小说与莫泊桑的《俊友》、《一生》相比较，得出了两者之间的优劣区别就在于性欲描写的"实写"和"虚写"的不同，因而，"淫"和"非淫"的区别也在于此了。我想当时茅盾尚未见到劳伦斯的《查泰莱夫人的情人》一书，如果见到，则又是怎样的评说呢？从"五四新文学"

① 茅盾：《中国文论二集》，《茅盾全集·第十九卷》，人民文学出版社 1991 年版，第 127 页。

的主体精神来看，高扬“人”的主体性是它的一面旗帜，但是由于传统文化伦理道德的压迫力，有时也会使得作家们只想跨出半步，这对作家本人而言，其内心世界人格分裂往往就会外化成为小说中人物性格的两重性。就在茅盾发表这篇《中国文学内的性欲描写》后的一个月，作者就开始穿着“性欲”外衣创作了被人说成是自然主义的长、短篇小说，这就是当时震动文坛的《蚀》三部曲和《野蔷薇》（包括《创造》、《自杀》、《一个女性》、《诗与散文》、《昙》等）。作者是努力通过性欲描写来宣泄自己悲观失望的胸中块垒。而“五四”的另外一位宿将林语堂在读到了《查泰莱夫人的情人》以后曾有一段著名的论断，他以为：“《金瓶梅》描写性交只当性交，劳伦斯描写性交却是另一回事，把人的心灵全解剖了，灵与肉复合为一。劳伦斯可说是一返俗高僧、吃鸡和尚吧”；“《金瓶梅》是客观的写法，劳伦斯是主观的写法”；“在于劳伦斯，性交是含蓄一种主义的”；“当查泰莱夫人裸体给麦洛斯簪花于下身之时，他们正在谈人生骂英人吗？劳伦斯此书是骂英人，骂工业社会，骂机器文明，骂黄金主义，骂理智的。他要人归返于自然的、艺术的、情感的生活。劳伦斯此书是看见欧战以后人类颓唐失了生气，所以发愤而做的”。[①] 总之，无论是茅盾，还是林语堂，都在《金瓶梅》和《查泰莱夫人的情人》的比照中得出一个结论，就是：在性描写的背后，必须有“主义”（意即文化内涵，亦意即“性”只不过是外衣而已）；必须表现一种社会心理；必须用主观而非纯客观的态度来写性。就此而言，《废都》是完全达到这一目标的。不仅达到了，而且颇具艺术性。因为劳伦斯的《查泰莱夫人的情人》所采用的是“散点透视”的象征手法；而《废都》在性描写上是采用的整体象征手法。尽管每次描写都有给人雷同的感觉，前者在性的描写中往往采用直接明喻的方法，而后者表面上酷似单纯在描写性，似带有自然主义的纯客观色彩，但是在各段描写的综合交叠提炼中，我们从形下的视知觉中抽象出的是形上的理念。也就是说，即使如《金瓶梅》式的客观描写，只要显示出了其背后巨

① 林语堂：《谈劳伦斯》，《人间世》第19期，1935年1月5日，第33—36页。

大而清晰的社会意义，便不能归于纯感官刺激的“黄色作品”之列。无疑，《废都》的社会属性是大于其动物属性的，我以为黄色文学与严肃文学的区分度关键就在于此。

在这20年的授课中，我常常在解析《废都》时用书中的4个女性来阐释庄之蝶当时所处的文化困境，以及作者贾平凹创作时的文化心态：其原配夫人牛月清是代表着传统文化，在那个传统文化已经全面溃退的时代，庄之蝶们显然已经不再满足沉浸于旧文化的窠臼之中，他们必须突围，在形而下的描写中，庄之蝶只要与牛月清性交，就会阳痿，这种生理状态实际上是文化上的“精神阳痿”，所以与牛月清的离婚是“历史的必然”结果，它象征着庄之蝶们，也包括作者本人正在向传统文化告别。唐婉儿则象喻着文化交替转型期新旧文化观念融为一体的女性，既开放而又有传统的美德，正契合像庄之蝶那样西京文人的口味，“阳痿”了的庄之蝶因此在唐婉儿之流身上寻找到了自我的“力比多”，复活出蓬勃的生命力。而当这种非正当途径的宣泄口最后也被堵死后——唐婉儿的失踪，导致了庄之蝶必然“中风”，也就只能暂时处于“文化休克”状态，唐婉儿的出走隐喻的主题是庄之蝶在告别旧文化时，又对洪水猛兽式的消费文化产生了极度的不适应症，一旦试图在两种文化夹缝中求生存的路径被阻塞，庄之蝶们只能被贾平凹处理成“文化休克”，这是整篇作品绝妙精彩的“文眼”，倘若是另外的两种莎士比亚式的结局“是生还是死”，就会完全消解了作品所留下的巨大历史和艺术的想象空间，不仅堵塞了不可预料的历史发展通道，而且也同时阻遏了人物性格未来的走向路径。柳月却是代表着商业文化与消费文化新女性的形象，她最后被交易的过程就充分说明了这一点，她基本上就是满足庄之蝶那样的男人感官刺激的性宣泄“玩偶”，时代赋予她的是畸形消费文化的烙印，是这个时代的“恶之花”。另一个就是往往被读者所忽略了的一个女性形象阿灿，这个人物是庄之蝶，甚至是贾平凹幻化出来的一个具有传统美德的理想主义人物，她代表着那一个逝去的传统文化中的美好影像，带着浓郁的古典浪漫主义的色彩，没有任何功利性的爱欲建立在对文化崇拜的基础之上，这个人物的再次复活是在贾平凹近期长篇力作《带灯》里的女主人公身上，从这个意义上来说，古典的浪漫主义情怀始终像一个幽灵一样萦绕在贾平凹的创作天空。

总之，牛月清也好，唐婉儿也好，柳月也好，阿灿也好，这些人物只不过是一种文化符号的象征，它所蕴含的文化内涵难道没有政治、经济、社会、心理诸方面的深刻因素吗?！显然，看到这一点并非难事，只有那种受着根深蒂固的传统封建思想长期禁锢而不能自拔的人，才难以看得清这其中的奥妙，通常来说，解析这样的语码并不难，尽管《废都》有着玄学的色彩，但正如林语堂所言，只要掌握了用主观心灵去解剖的方法就不难了："劳伦斯有此玄学的意味，写来自然不同，他描写妇人怀孕，描写性交的感觉，是同样带玄学色彩的，是同大地回春，阴阳交泰，花放蕊，兽交尾一样的。而且从西人小说在别方面的描写一样，是主观、用心灵解剖的方法。"[①]我以为，如果将《废都》中的性描写孤立起来看，将人物心理冲突、人格分裂与动荡的社会文化背景割裂开来，将它游离于恰似“好了歌”似的“民谣”之外，当然只能看到赤裸裸的性交，只见其动物属性而不见其社会属性了。

从传统的道德观念出发，性在中国一向被视为一种最具神秘色彩的个人性私密活动，被视为一种丑恶的人性裸露，这与西方，尤其是与古希腊流传下来的性观念相反。这种被固有伦理道德规范了的约定俗成文化观念，是制约文学作品中的性描写进入艺术审美层次的屏障，这种愉悦快感只有在被异化了的“人”的潜意识中才能得以充分宣泄，这可能就是东方人“含蓄”的性描写表现与西方文学中的性描写再现的区别之处吧。只有当老弗洛伊德的幽灵再次在中国大地徘徊时，一些青年作家才又开始重新把“性”作为载体，让它进入更深的审美层次。但是“以丑为美”，这一美学范畴其实并不囊括性描写艺术，这在中国确实是个审美的“误区”。虽然弗洛伊德夸张了“力比多”是文学艺术

---

① 林语堂：《谈劳伦斯》，《人间世》第19期，1935年1月5日，第33—36页。

至关重要的本源这一说法，但性力对于一个艺术家而言，它有可能成为一种强烈艺术创造的冲动，而导致艺术审美进入一个更高层面。或许，老弗洛伊德将美欲美感都源于爱的本能和性力冲动的理论，有偏颇之处，但我们又不能否认其合理的一面：“美学所要探讨的是在什么情况下事物才被人们感觉为美；但是，它不能解释美的本质和根源，而且，正像时常出现的情况一样，这种失败被夸张而空洞的浩瀚辞藻所掩盖。不幸的是，精神分析几乎没有谈论到美。唯一可以肯定的便是美是性感情领域（sexual feeling）的派生物，对美的热爱是目的，受到控制的冲动的最好的例子。‘美’和‘吸引’最初都是性对象的特征。”①如果我们将性活动作为人类必须进行的活动，将它只作为不带任何功利色彩的人欲的需求，这种性描写进入视知觉仍不能成为艺术的审美。问题就在于，首先要完成的审美转换是：性活动不仅是人类繁衍的生殖行为；更重要的是它象征着一种蓬勃的生命驱力，这种驱力促使人奋发；同时也驱动着艺术家的创造能力。弗洛伊德认为美根于性感，根于性的对象的鲜美，同时也包括那种“变异”了的性对象。由此看来，性的张力不仅仅止于它所涵盖的社会文化内涵，同时，它的美亦存在于对一种生命本体的认同。作为一个艺术家，当他要表现这种美的形态时，他就必须遵循这一“二度循环”的法则：“艺术家原来是这样的人，他离开现实，因为他无法做到放弃最初形成的本能满足。在想象的生活中，则允许他充分地施展性欲和野心。但是，他找到了一种方式，可以从幻想的世界，回到现实中来，他用自己特殊的天赋把幻想塑造成新型的现象，人们承认他们是对现实生活的有价值的反应。”②在贾平凹的《废都》中，我们碰到了这样一个悖论：一方面，作为性欲描写，它的整体象征的多义性和多层面的文化内涵，尤其是对人的病态异化心理的显示，扩张了小说的社会意义的功能性，性欲描写并不是孤立的存在物，它具有强烈的社会属性。另一方

① ［奥］弗洛伊德：《文明及其缺憾》，傅雅芳、郝冬瑾译，安徽文艺出版社1987年版，第23页。

② ［奥］弗洛伊德：《论心理机能的两条原则(1911)》，约翰·里克曼选编《弗洛伊德著作选》，贺明明译，四川人民出版社1986年版，第54—55页。

面，作为一种作家的人生体验的宣泄，作为一种美的形态的感官知觉呈现，性力的冲动确实将作家导入一个“忘我”的艺术情境，关键所在是《废都》并没有完全遵循弗洛伊德的本我的快乐原则，这一美的快感对贾平凹是不适用的。正如作者在《废都》“后记”中所说：“我便在未作全书最后一项润色工作前写下这篇短文，目的是让我记住这本书带给我的无法向人说清的苦难，记住在生命的苦难中又唯一能安妥我破碎了的灵魂的这本书。”的确，贾平凹是在“现实”与“幻想”中来回跳跃：“我知道，一走近书桌，书里的庄之蝶、唐婉儿、柳月在纠缠我；一离开书桌躺在床上，又是现实生活中纷乱的人世在困扰我。为了摆脱现实生活中人世的困扰，我只有面对了庄之蝶和庄之蝶的女人，我也就常常处于一种现实与幻想混在一起无法分清的境界里。这本书的写作，实在是上帝给我太大的安慰和太大的惩罚，明明是一朵光亮美艳的火焰，给了我这只黑暗中的飞蛾兴奋和追求，但诱我近去了却把我烧毁。”作为艺术家的贾平凹，他试图以“白日梦”来重新塑造现实，但这现实世界却并非是弗洛伊德所形容的那种“非永恒的美感”以及以快乐原则为核心的性欲快感，恰恰相反的是，贾平凹将此转换成一种苦难的悲剧生命美感：“爱的最深处包含着最深沉的永恒的绝望，而从其中跃现出希望和慰解。因为，从这种肉欲的，原始的爱，从这种夹杂多种感觉的全幅肉体的爱——这是人类社会的动物性根源，从这一种爱的喜欲(lovefondness)中，产生了精神的与悲苦的爱。”①可以说庄之蝶这一人物是倾注了作家全部心血的现实重塑，作者把一种苦难的悲剧快感寄寓人物的遭际之中。那种在苦难中获得的悲剧快感，似乎更有一种现代审美特质。我以为贾平凹的《废都》的悲剧快感既不来自亚里士多德以来的古典悲剧怜悯和恐惧的原则；又不来自于悲壮的人格升华，却更多地来自苦难所造成的美感。那种尼采以为的“把痛苦当作欢乐”来咀嚼的美学转换与升华。作者的良苦用心，我们只能通过对庄之蝶心灵悲剧每一个旋律的谛听才能体悟得到，就像那

① [西]乌纳穆诺：《生命的悲剧意识》，北方文艺出版社1987年版，第87页。

悲哀婉转的古埙声一样，它激活了一种玄思和遐想，使人进入了特定的悲苦情境而获得快感。这不由得使我想起了弗洛伊德那篇100年前发表的被称为“私生子”的著名论文《米开朗基罗的摩西》。作者对于艺术作品的独特见解似乎更贴近生活和艺术的美感真理，那种对艺术精辟的理解令人叹为观止：“艺术家在反映他的主人公的痛苦的意外之事时，出自其内心动机，偏离了《圣经》本文”；“这样，他给摩西塑像增添了某种新的、更富人情的东西。于是，有着极大物质力量的巨像只是具体表现了人所能达到的最高精神境界——为了他所献身的事业，同内心感情成功地斗争”；“这是对死去教皇的责备，也是自己内心的反省。艺术家也由此自我批评升华了自己的人格”。[①] 以此来解析贾平凹与《废都》之间的内在联系，似乎更切合其艺术规范，这种审美经验并不是艺术家每次都可以获得的，只有当把他深深的苦难融进了自身的艺术描写之中，倾注其全部的审美能量，才能换来作品的辉煌。所有这些创作经验是与他当时的生活境况和心灵创痛分不开的。正如弗洛伊德所言：“心理小说的独特性在很大程度上大概要归功于现代诗人的倾向，即诗人的自我由于自引监督而分裂成部分的自我，其结果是诗人心灵生活中的冲突之流在无数的主人公身上被拟人化了。”[②]从这个意义上来说，《废都》的自传体的特征就隐隐约约地呈现在读者的面前，可惜的是许多人未必就能够读得懂。

三

在艺术形式上的深刻解析，我至今仍然信服马克思那句经典性的概括：

---

① ［奥］弗洛伊德：《米开朗基罗的摩西》，《弗洛伊德论创造力与无意识》，孙恺祥译，中国展望出版社1986年版，第33—35页。

② ［奥］弗洛伊德：《诗人与幻想》，刘小枫译，收入中国社会科学院哲学研究所美学研究室编《美学译文》第三辑，中国社会科学出版社1984年版。

“形式是没有价值的，除非它是内容的形式。”[①]一切艺术只要离开了内容的表达，都将是没有灵魂的行尸走肉。

1993年有一些评论者就认为贾平凹的《废都》又一次显示了现实主义创作方法的艺术魅力。我不想就现实主义的概念和内涵再做一番阐释，这在韦勒克的《文学理论》那本书里已经做出了最为详尽的解释。但我以为《废都》乃现实主义形式的胜利之说则是一种误读。不要以为大家都能读懂的东西就是现实主义的，这也太损现实主义了，问题是，现代小说在于读者在阅读过程中究竟读懂了多少？读到了哪一个层次？作为一部典范性的现代心理小说，贾平凹的《废都》外在形式是雅俗共赏的，但如果脱离了心理小说“拟人化”的原则，只用客观写实的方法看待它，就会造成对阅读更深层次的阻隔。现代心理小说所构成的艺术技巧要素就在于整体的心理对应和象征——人物是作家心灵冲突的替代物，他可能是部分“自我”的隐身，也可能是全部“自我”的替代。当然不能断言《废都》就是像海明威那样的自传体现代心理小说，但我们可以将此作品平实流畅的叙述外衣褪去，从心理视角来进行观察，它却是一部有着强烈现代“表现”成分的具有“意识流”意味的小说，也许这样的结论过于夸张，但是从作家在描写庄之蝶常常在现实与幻觉中来回跳跃的描写中，我们可以看到作者在一种无可名状的焦灼中力图挣破现实描写之网的努力。也有人认为《废都》的理念外露成分太强，可能就是指作者用“奶牛”的视角来观察西京世界的那些冗长的议论描写。不可否认，“奶牛”反复出现时的“话语”，乃至于和主人公的“对话”，共同形成“作家→主人公→阅读者”有序的评判循环，当然也不妨将它看作作家的“内心独白”，或许这种方法显得太笨拙和雕琢，但就多视点转换来说，它却是更有效地揭示了文化的荒诞性内涵：将一片文化废墟上的种种畸变的人生行状进行放大、夸张、变形，从而上升到理性的层面，作者意在

---

① 帕劳尔：《卡尔·马克思与世界文学》，第291页。转引自［英］特里·伊格尔顿：《审美意识形态》，傅德根、麦永雄译，广西师范大学出版社2001年版，第206页。

表达作为“局外人”的奶牛对人性异化的俯视性藐视、反讽、同情与怜悯。这如果仅仅是以现实主义的批评标准去衡量它，显然是风马牛不相及的事情。在现代小说中即便有大段的理性议论插入也并非会破坏阅读审美情趣。恰恰相反，接受者不管同意与否，议论反而会刺激阅读者的再创造思维情绪，现代小说重要的因素在于阅读者的参与和创造。

《废都》虽不能说是旷世奇书，但它确是一部可入史册的杰作。尤其是小说结尾写得很精彩。庄之蝶到肉店里买猪苦胆吃，就连苦胆都买不到，于是就恍恍惚惚进入了幻境，值得注意的是，这幻境基本上是取消了“指示代词”和转换标记的。那种恶作剧的报复行为，究竟是真是幻，作者的叙述是故意将此模糊而达到一种心理的真实：“这一个整夜的折腾，天泛明的时候，庄之蝶仍是分不清与景雪荫的结婚和离婚是一种幻觉还是真实的经历”。这种手段作为对旧小说创作方法（追求真实的典型环境）的一种反动，它的全部意义就在于力图触及现代人的更深更复杂的文化心理。

荒诞，不仅是现代人生探求的一大课题，同时也是现代小说艺术技巧追求的目标之一。在描写人性异化时光具有荒诞感是不行的，它还需要一个荒诞的外在形式作为载体。《废都》所采用的荒诞手法当然亦和中国古典小说中的怪诞、玄学相通，但就本质来说，这种荒诞除了加强主题的深化外，更重要的是它是一种社会心理共性的提炼和折射，是一种世纪末病态人生的艺术表现，这种荒诞的表现手法使其达到更接近人物现实内心世界的真实。“奶牛”用哲学家的眼光来抨击古都、抨击人类：“城市是一堆水泥嘛”；“人也是野兽的一种”；“人的美的标准实在是导致了一种退化”；“可现在，人已没有了佛心，又丢弃了那猴气、猪气、马气，人还能干什么呢？！”……这反反复复出现的牛的“内心独白”，形成了整部作品不可或缺的人性呼唤旋律，使《废都》在这荒诞变异的人类谶语中得以形成小说的“复调”意味。

荒诞的世界必须用荒诞的形式来表现，作品借庄之蝶岳母——那位 80 多岁的半疯老太太之口，不断地预卜未来的凶吉，而且每卜必准，每梦必应。作者在描写中有时有意打破时空的临界，以造成一种扑朔迷离的亦真亦幻的艺术距离感，但是，有许多地方由于作者用过多的表述性"指示代词"加以诠释，使人一眼就看出老太太的"幻觉"是精神分裂的表现，这不仅弱化了表现形式的多变性和艺术美感，而且也部分消解了作品向更深文化内涵突进的可能性。本来疯老太太的卜辞、咒语在作家的艺术整合下，很可能形成强烈的魔幻色彩，然而这条路径被作者自行消除了。当然，最具有荒诞魔幻色彩的还是作品的结尾部分，在古都这块文化废墟上出现的千奇百怪的人和事，充分展现了一个异化世界的全部真实性。畸零人、奇闻事、魑魅魍魉、群魔乱舞，真可谓"鬼魅狰狞，上帝无言"。正因为作者把庄之蝶精神世界的变异放在现实世界中来拷问，使两者之间的反差增大，才产生了幻觉与真实的错位。如果整部作品能在这种不断的艺术调试中获得新鲜的美感，《废都》将更有其现代心理小说的魅力。

荒诞还有一个重要标识就是使小说形成"黑色幽默"的氛围。黑色幽默"是一种绝望的幽默在文学上的反映，它试图引出人们的笑声，作为人类对生活中显而易见的无意义和荒诞的巨大反响"，是"得以超越那种似乎恰好是他要否定的东西"。[①]《废都》中的黑色幽默不仅表现在畜类（奶牛）对人的诅咒和讨伐：诸如牛族们渴望逃离喧嚣的肮脏的城市，返归乡土，返归森林，返归大自然；而且也表现在人的怪异行为上：诸如孟云房迷恋气功，最后算瞎了自己的一只眼，那呼风唤雨的造神运动，只有经历过"文革"的人才能深味其中之奥妙。作为贯穿于整部作品中的"民谣"，恰似一支支奇异的乐曲，奏出了这个世界的荒诞之歌。这种黑色幽默只属于我们的民族，那种已经凝固了的民族文化心理在这"民谣"的歌哭中得以最深刻的显示。况且，作者高明之处就在于他是通过一个似疯而实不疯的收破烂的老人之口唱出就更有韵味，或许，这老头不可能作为这一古都废墟的"清道夫"，这"破烂"是收不完的（当然连同那些

① 《中国百科大辞典》第3卷，中国大百科全书出版社1999年版，第2179页。

值钱的“古董”在内)。但对于这个即将被废弃了的古都,他无疑是一个最好的见证人。尽管这“黑色幽默”中隐匿着悲哀的血和泪、苦和难,但它却是全书的点睛之笔。

奶牛的“内心独白”、疯老太婆的咒语(和死鬼的对话)以及“民谣”作为小说结构的自然生成,不仅具荒诞意味,且在整个作品的结构上形成了隐形的“结构现实主义”技巧特征。作为每一章节(无序音乐)的楔子,它们的不断插入,显现了主题多义的斑斓色彩,和贾平凹80年代中期的《商州》比较,《废都》采用的是隐形的、不对称的、不规则的“结构现实主义”技巧手法,而《商州》则是明显地采用显形的、有规则的、对称的“结构现实主义”技巧方法,两者之高下很难比较,因为《废都》是一部无序的、不分音节的长篇,它只能采用这种间接插入的技巧。

20年过去了,正因为《废都》的形式高度契合了它的内容,才使得它具有较恒久的艺术魅力。反观这20年贾平凹的长篇小说之创作,《废都》所留下的那个时代的巨大文化空洞,尽管作者在以后的长篇小说中不断地填补着,但是这个世纪末的文化难题始终没有完满的答案,从《怀念狼》中主人公舅舅生理上的阳痿而所要表达的人的“精神阳痿”的疗救主题;到《高老庄》中城乡人的精神领地的互换而去寻找清净的传统自然生活;再到《秦腔》中从乡土民俗中去寻觅精神的归宿;直到《带灯》中从一个底层政治社会里去寻觅文化断裂层中的人性的最后的乌托邦——那个出污泥而不染的女子形象的塑造,等等,这一切都是贾平凹在苦苦追寻《废都》里创造的那个人类无法解决的文化困境的空洞。因为这个空洞的存在,才有了《废都》标示文学史里程的充分理由,作品本身已经为历史提供了20世纪末人性描写的活化石。《废都》虽不是20世纪长篇小说的“绝唱”,但其文学史意义不容忽视。

附：贾平凹《读丁帆文》

这是我第一次读未发表的评论稿。读得很快，停不下，手一直在抖，我读得激动。我觉得写得好，一是他站得高，以一个文学史家的眼光，从中外古今的文学中来展开论述，立意高，故有极强的说服力。二是文章的本身，充满激情，无枯滞和硬写之痕迹，很有雄辩味道。三是其中许多观点是 20 年来评论《废都》的文章中未出现的，独到深刻。此文虽是评我的《废都》，我读出了对我的诸多启示。感谢丁帆！也认识了他这样一个大评论家、文学专家的真正厉害。

平凹

2013 年 12 月 12 日

原载于《文学评论》2014 年第 3 期

《白鹿原》评论的自我批判与修正

——当代文学的“史诗性”问题的重释

> 我们的时代主要是历史的时代。我们的一切思想、一切问题和对于问题的答复，我们的一切活动，都是从历史土壤中，在历史土壤上发展起来的。人类早已经历过坚信无疑的时代；也许，人类会进入比他们以前经历过的更加坚信不疑的时代；可是，我们的时代，是认识、哲学精神、思考、“反省”的时代。问题——这便是我们时代最主要的东西。
>
> ——别林斯基

衡量一部作品是否有“史诗”的价值和意义，历史的内涵固然十分重要，然而，作品所辐射出来的当下现实意义也是其“史诗性”意义的一项重要的指标。

在文学史的长河之中，有许多作品在它们刚刚问世的时候，并没有受到足够的重视，其原因是各种各样的，有些是缘于时代思潮的局限；有些是缘于历史审美的局限；有些则是缘于不可测的政治因素的制约。然而，一俟作品与时间拉开了距离，当我们再去回眸这些作品时，那种惊鸿一瞥的感觉便油然而生。《白鹿原》就是属于这样的作品，如今，拭去历史的尘埃，我们重新审视它的时候，许多新的发现就会彻底颠覆我们从前的价值判断和审美判断。

毋庸置疑，直到今天，对长篇小说《白鹿原》的评价仍然是贬褒不一的，但是，就我个人对其二十多年的阅读史而言，无论从哪个角度来看，《白鹿原》都是可以称为史诗性的著作的。任何一个时代如果没有史诗性的长篇小说产生，它就不能说拥有伟大的作品，那么，这个时代则是一个文学的悲哀时代。而更加悲哀的是，我们的文学评论家和文学史家（尤其是像我当年这样草率判断的评论者）都忽略了一部完全可以彪炳史册的巨著《白鹿原》，或者说是低估了它在文学史上的地位，这种轻忽当然就是对优秀作品的亵渎，同时也是造成文学史失重的滥觞。像《白鹿原》这样的作品一定是要在共和国文学史上立专章来评析的，因为它的分量远远超越了当代许许多多的作家作品，成了 20 世纪末长篇小说的一座里程碑，只因当时如我之辈，身在此山中，不识庐山真面目。

尤其值得我反思的是，从 20 世纪 80 年代起，我便开始试图对“五四”以来的中国乡土小说进行全面的梳理，并总结出乡土小说的“三画”（风俗画、风景画和风情画）特征。但是随着 20 世纪 90 年代《白鹿原》的出版，许多评论家以此为契机，呼唤着中国文学的“史诗性”作品的诞生。但是，因为当时我受着现代主义思潮的影响，悲观地认为：随着商品文化时代的到来，一切“流派”和“史诗”都将消亡，这是不以人们的意志为转移的。如今，当我在观看电视剧《白鹿原》时，将原著找来重读，觉得自己二十多年前的论断无疑是阻碍了文学史发展进程的妄言，重新发现《白鹿原》的“史诗性”价值，应该提到文学史的议题上来——它必须建立在严酷的自我否定、自我批判和自我反省的基础之上。殊不知，作家作品解析只有在文学史的河流里不断地被重识、重释、修正和重构，才能获得更有深度的历史真实与美学价值。像《白鹿原》这样可以被不断重识和重释的作品，才有可能成为具有恒久生命力的入史作品。

二十四年前我在《文学评论》杂志上发表了一篇《乡土小说的多元与无序格局》，试图从文学史的角度来分析一些作品寻觅“史诗”情结的破灭，其中举证最多的作品就是《白鹿原》，自以为：“在现代文学史中，我们的作家、批评家、文学史家力图在乡土小说这一创作领域内寻觅恢宏壮丽‘史诗’的希冀已经成为泡影。在二十世纪的最后几年里，中国文学里的‘史诗’和‘大家’意识无疑正在被创作的多元与困惑所消解和替代，而创作的多元与困惑却推动着小说艺术的发展。因而，本文试图通过这种多元与困惑的描述来窥探乡土小说创作的走势，以期发现中国从农业社会向工业社会乃至后工业社会转型时的小说艺术变化。”①也许，那时下此结论时，被20世纪90年代汹涌澎湃的消费文化思潮表象所迷惑，认为随着农耕文明的崩溃，多元社会的格局，尤其是后现代文明的提前到来，必将彻底扫荡一切濒死的农耕文明，千百年来的封建文化没有在“五四新文化运动”的讨伐中灭亡，却会在后现代商品文化的“铁皮鼓”中消亡。它成为我后来提出“前现代、现代和后现代同时并置在中国文化的地理版图上”②重要理论的依据之一，预言中国文化将走进一个充满着悖论的历史阶段，暗自庆幸“史诗性”作品的历史性坠落。

二十多年过去了，中国乡土社会在经济和政治的双重挤压下，其物质景观层面上已经使得农耕文明分崩离析、面目全非、溃不成军，农业社会走进了现代文明与后现代文明的交会处。但是，回望改革开放几十年来的中国农村乡土社会，其隐在的乡土文明并没有消逝，甚至走进了城市。单就乡村统治秩序来说，我们还能望见那种熟悉的封建乡土宗法社会的思想面影，即便是处于一种即将消亡的状态之中，我们也可以在这个死而不僵的百足之虫扭曲的身躯中看到现实世界的倒影，令人叹为观止。从这个意义上来说，《白鹿原》就是一面历史的镜子，烛照反射出了当代社会的种种文化幻象。历史学家的客观陈述，却不能替代文学家把这一历史景观留在形象的画面当中，让历史告诉现在，同时也指向未来——农耕文明作为一种意识形态将伴随着现代文明和后现代文明悄声无息地植入我们的文化生活之中。所以，从这个意义上来说，《白鹿原》作为一部具有史诗意义的文学教科书是有其特殊的文学和文化意义的。

谁也没有想到，二十多年后，当《白鹿原》被拍成电视剧后，竟然会风靡全国，人们从旧时代的乡土生活影像画面中找到的是一种对远去的传统文明的

① 丁帆:《乡土小说的多元与无序格局》,《文学评论》1994年第3期。

② 丁帆:《“现代性”与“后现代性”同步渗透中的文学》,《文学评论》2001年第3期。

“深刻眷恋”，还是一种对消费文化的逆反的精神慰藉呢？抑或是那种对超越阶级的传统乡绅文化的政治怀想，而成为当下对传统儒学的另一种文化阐释与宣泄？这都或许成为触发我们思考当下面临解体的乡土社会以及认识乡土文学的一簇思想火花。

正如蒋永济先生所言：“众所周知，《白鹿原》被誉为揭示了‘一个民族的秘史’的经典，是一部史诗般的小说。然而，它为什么能被称为‘史诗’性经典？就在于它除了大容量、长时段地再现一个时期家国、民族、个体的政治经济和社会生活外，还能秉持一种史家臧否历史的价值中立的立场。比如说，在对待乡族组织和传统儒家文化态度上，我们看到小说《白鹿原》既有对传统乡族儒家价值观念（仁义）的坚持，也有通过朱先生变通、开明的言行对封建的、僵化的教条和愚昧行为进行批判；在党派信仰和革命问题上，小说既有对党派政治积极方面的肯定，也有对党派极端做法的否定和批判；在民族主义立场上，小说既有对民族反抗侵略的民族大义的坚守，又有对像朱先生那样草率赴前线的举动和虚假宣扬鹿兆海作为民族英雄的否定与批判。然而，如前面分析的，由于价值立场的改变，电视剧《白鹿原》从根本上改变了原小说的价值观念和意义性质，因此，与小说《白鹿原》相比，电视剧《白鹿原》已是在同一个‘白鹿原’名称下的另一种不同性质的文本了。加上一些细节和重要的情节、人物命运的改动，使得电视剧《白鹿原》与小说《白鹿原》各自以不同的趣味和表现方式呈现在世人面前。”[①]我同意蒋先生的观点，但正是这种看似中性的价值判断，深刻地反映出作者对传统文化两面性的哲思，也就是既对旧有的封建文化抱着批判和取精用宏的价值分解，也是对百年来“五四”新文化传统，尤其是百年革命进行批判和梳理的“反动性”。这就是辩证唯物主义历史观的胜利，它让小说有了更大的历史内容含量，同时也充分打开了艺术审美的空间。无疑，这是作家意识到了的“历史的必然”，尽管许多地方陈忠实还处在一种朦胧的

① 蒋永济：《如何从小说与电视剧比较角度看〈白鹿原〉的改编》，《长江丛刊》2017年11月。

觉悟之中，但是，对于一个文学家来说，能够捕捉到这样一种处于历史悖论之中的潜意识，并且能够艺术地呈现传达给读者，就是最大的历史和审美价值的贡献。当然，仅仅依靠现实主义的创作方法再现历史生活还是远远不够的，仅仅用胡风宣扬的现实主义的创作方法大于世界观的理论也是无法全面解释的现象。

由此，反观当年我的那种即时性的文学史判断，重新审视《白鹿原》的历史意义和现实意义，应该成为我个人文学自我批判和反省的起点。可以肯定，自己在世纪之交吊诡的历史语境中所下的论断显然是缺乏历史检验的谵语，甚而有些论断是误读误判的浅薄之论。因为那时人们信奉的是克罗齐的“一切历史都是当代史”的教条，而忽略的却是马克思主义的“历史的必然”的批判性论述，同时也忽略了“历史有惊人的相似之处”的真谛。也许，只有如陈忠实这样一辈的作家站在黄土地的高原上幸运地走过了民国末年和共和国的“十七年”、“文革”与“改革开放三十年”的悲壮历程，并且得以醍醐灌顶地大彻大悟，才能有资格书写“史诗性”的鸿篇巨制，才能有幸获得哲学层面的顿悟和升华（尽管绝大多数作家一生当中都不一定能够获得这样的历史阅历，以及这种被称为灵感的哲学顿悟），才能在整体构思中艺术地剪裁情节和细节，以及人性地塑造笔下的人物，让作品得到思想的完全解放。

一

首先，值得反思的是，二十四年前我对整个乡土文学的走向带有一种天然的偏见。出于那个时代被压抑的政治热情，我当时所看到的乡土小说的走向是“走出田园风景线，寻觅失落的政治问题”：“谁都不会忘记文艺为政治服务给作家创作留下的消极影响，新时期文学的腾飞亦正是在摆脱了这种影响的前提下取得的。新时期之初，当汪曾祺第一次把四十年前那个田园旧梦送给读者时，人们似乎从这田园风景线的描摹中找到了一种与政治主题剥离的新方法，从中发现了小说所具有的美感功能，虽然这种美感尚带有古典主义的风范，但它足以令人陶醉。”[①]从表面上来看，这个判断似乎是准确的，因为当时的乡土小说走向的确是在汪曾祺那种田园牧歌式的创作模式下发生了本质性的转变，尤其是“回到文学的本体”的“纯艺术”主张占据了创作的潮头，“去政治化”成为人们摆脱以往文学羁绊惯性的大纛。而《白鹿原》却是在重新回到政治性判断的语境中给我们带来了一些震撼，但我只是看到了问题的表层，鼓吹的是作品对乡土文学中乡绅形象的颠覆，却没有看到其重塑的意义所在，忽略了从本质上重新认识中国乡土宗法社会中剥削与被剥削阶级均有的两面性问题。孰料，从大格局的历史框架中来看，陈忠实要表达的思想内容是更加繁复和驳杂的历史图像——乡缙文化贯穿的不仅仅是清末到民国的百年衰亡过程，它应该还继续会以一种变异的方式在今后的历史进程中得到意识形态变异的发展。虽然《白鹿原》的煞尾是止于民国终结前后，但陈忠实在《白鹿原》里留下的思考“黑洞”足以让这部作品留在文学史的长河中不断被重识和重释。也许，作家本人并没有意识到这种“历史的必然”，但是对历史重新审视的深度和广度，让作家在文学创作的无意识层面中发掘出了中国历史发展的必然延续性，这就是《白鹿原》成为当代文学史“史诗性”巨著的重要理由之一。

所以，在那篇文章里，我对史诗情结的否定显然是有失偏颇的，这是我对乡土小说丰富的思想和博大的历史内涵认识不足所致，只是沉湎于作品悲剧性的艺术追求分析，而忽略了小说所释放出的更深层次的历史内容，这就造成了对《白鹿原》史诗性内在巨大的“历史的必然”的盲视。针对当时我对乡土小说走向的四点分析而言，值得批判和反省的地方甚多，尤其是对“史诗性”作品在文学史上的地位认识不足，被所谓的“超悲剧”的理论所迷惑，被那种田园牧歌式的乡土叙事表象所迷惑，对尼采的“酒神精神”和“日神精神”的过度沉迷，使我闭上了那双内在审美的眼睛，以致对《白鹿原》这样具有宏大历史意义的

① 丁帆:《乡土小说的多元与无序格局》,《文学评论》1994 年第 3 期。

乡土文学恢宏巨著评估失衡，这显然是对文学史叙述肤浅认识的表现。因此，重估《白鹿原》的“史诗性”，应该成为当代文学史，也是百年文学史的一件重要的学术问题。

当年我认为：“当中国作家们对所谓‘全景式结构’的‘史诗性’作品发生怀疑时，几乎在整个20世纪80年代里就已淡化了长篇小说的‘史诗情结’，像《芙蓉镇》那样的结构方式已成为新时期的历史。甚至，人们对‘史诗’的审美价值亦发生了根本性的怀疑和动摇，即便是《战争与和平》式的巨著也不一定适合如今的审美需求。然而，当我们仔细厘定近年来长篇乡土小说创作时，就不难发现作家们似乎又重新对大跨度的历史时间发生了兴趣。随意拈出几部长篇便可见端倪：……尤其是《白鹿原》已被许多评论家定性为‘史诗性’的作品……且不说这些作品空间跨度是极其有限的，不再合乎旧有的‘史诗性’巨著的概念，就其作家创作的本意来看，时间和空间在小说中只不过是表现人、社会、历史、文化的一种外在形式，是一种叙述方式的需要而已。”①显然，这种所谓的时间和空间的跨度，是受了托尔斯泰和巴尔扎克长篇小说结构的影响，也同时受了《红旗谱》的影响。所以我不以为像《创业史》那样的作品是“史诗性”的作品，因为其时间的跨度甚短，不足以构成文学表述的历史长度，以我自己暗想的标准应该是具备两个条件：一是起码要有两个时代的更迭；二是最好满足三代人物的塑造，也就是百年的时间跨度。以此标准来衡量，其实《白鹿原》是基本符合这两个条件的作品。只有把人物置于动荡年代里进行塑造，才能够凸显出人物性格的个性特征和差异特征；才能够把惊心动魄的历史事件作为人物的背景，将人物与故事糅合成有机的整体，显示出其内容与艺术结构的美学价值来。这就是马恩文艺学的经典论断中的“典型环境中的典型性格”的真谛所在。

---

① 丁帆：《乡土小说的多元与无序格局》，《文学评论》1994年第3期。

二

无疑,一般来说,悲剧美学效应是构成“史诗性”鸿篇巨制的重要元素。当年我过分强调了所谓新的悲剧审美观的作用,而忽略了其作品中人物构造的精心设计的良苦用心,显然是忽略了小说中巨大的人文内涵的浅见所致:“小说家究竟要在这里表现什么?大而言之,艺术家们都似乎有一种回眸的艺术本能,他们试图在民族文化心灵历程中寻觅到一种苍凉感,找到一种暂栖灵魂驿站的慰藉,由此而寻求一种新的现代悲剧美感精神。‘史诗’的外在结构形式在这里已不重要,它已经成为一种小说的‘道具’而已。就其对‘史诗性’的‘悲剧英雄’内容来看,如今的小说家几乎都成了旧有美学判断的叛逆者。诚然,《白鹿原》是描写宗族的历史文化变迁,但作家的视点并非停滞在时间性的历史事件的更迭上,一个个人物的故事都聚焦在人物心灵的变化过程中,虽然这个‘过程’尚留有许多‘飞白’之处,甚至被割断了因果链条呈反性格逻辑的‘二律背反’状态,然而,整个作品并不注重于时间跨度(改朝换代)给主人公心灵带来的性格骤变;也不在意空间跨度(场面转换)会给主人公心理带来的变化契机。而是把整个支撑点放置于这个‘近乎人格神’的悲剧性审美描写上,从而揭示出传统政治文化强大的生命力。人物的性格是凝固的,它不受外界因素的制约,却以强大的‘自我’人格力量去辐射周围,虽然这种传统的人格包孕着真善美和假恶丑的两极内涵。从中我们可以发现这样一个事实:作家既不是在追求‘史诗’的审美效应(这种审美效应或许在视觉艺术中还能造就一种动态的美感而博得观众的喝彩,但在小说审美领域内,最主要的还是靠‘内在的眼睛’来寻觅静止中的动态之美的),亦不是在追求对悲剧人物的英雄行为的礼赞,这是一个没有英雄的时代。因而,那些古典主义的悲剧观念已不再适用于这类悲剧人物,悲剧的崇高美学价值判断已被完全消解了。每一个人物都包孕着道德伦理的两极和文化性格的分裂,因而在这种人格的背反下,尽管作家并没有意识到其悲剧所具有的'存在'意义，但它毕竟超越了欲达理想而又不能达到的历史的必然性的悲剧陈规。陈忠实说：'当我第一次系统审视近一个世纪以来这块土地上发生的一系列重大事件时，又促进起初那种思索，进一步深化而且渐入理想境界，甚至连反右、'文革'都不觉得是某一个人的偶然判断的失误或是失误的举措了，所以悲剧的发生都不是偶然的。都是这个民族从衰败走向复兴复壮过程中的必然。这是一个生活演变的过程，也是历史演进的过程。'也许，作者的原意是想通过'历史演进的过程'来折射人物的民族文化心态的冥顽性，道出'历史的必然'的悲剧性。但是，它再也不能通过人们的视知觉把'崇高'或'同情与怜悯'送入悲剧审美的历史轨迹。悲剧，它在当代人的审美视域中，那种死亡的诗意不再是理想和崇高的组合，不再是引起同情和怜悯的激情，它的那种普泛的人性和人道主义力量还存在吗？从某种程度上来说，现代悲剧精神正在走向消亡悲剧与喜剧临界点的审美极端。虽然人们尚未从目前的创作现象中概括出定性的悲喜剧相混合的理论意义来，但从种种的创作发展趋势来看，我们很难不从米兰·昆德拉那里得到启迪：'悲剧把对人的伟大的美好幻想奉献给我们，带给我们安慰，喜剧则更为残酷：它粗暴地将一切的无意义揭示给我们，我觉得人类所有的事情都包含着它的喜剧性的一面，它们在有些情况下，被承认、接受、开发；而在另外的情况下，则被遮羞。真正的喜剧天才并不是那些让我们笑得最多的人，而是那些揭示出一个不被人知的喜剧的区域的人。历史始终被看作一个只能严肃的领地，然而，历史不被人知的喜剧性是存在的。有如性的喜剧性（难于被人接受）之存在。'尼采所说的'悲剧的安慰'显然亦不适用了。"[①]我之所以大段地引入了当年对《白鹿原》分析的论断，就是让大家回到那个曾经熟悉的理论话语语境之中，从而清晰地看出我们这一代人曾经走过的一些曲折迂回的批评弯路。

毋庸讳言，那时由于我对悲剧美学的变异过于迷恋，试图用一种自设的审

① 丁帆：《乡土小说的多元与无序格局》，《文学评论》1994 年第 3 期。

美理论去套住那时的许多流行的乡土小说，所以造成了对“史诗性”悲剧作品的不屑与诟病。虽然其中的一些悲剧理论仍然尚可解释《白鹿原》中的许多情节和人物，让其有历史的深度和广度，但是，对解构“史诗性”的理论，显然是对文学史，尤其是中国当代文学史宏大叙事和艺术范式的历史性作用估计不足，尤其是对长篇小说在文学史上的重要作用估计不足。今天重读《白鹿原》，当然也包括对电视剧的改编，在历史镜头的回眸之中，我们如果忽略了它“超历史”文本的时间和空间的有效性，就会愧对这部史诗性的杰作，就会愧对文学史因我们的缺失而造成的遗憾。

当然，最重要的是那时候对流行的文学现代派的时尚观念在潜意识之中左右着许多评论家，而一些较老的作家则显得比较清醒，陈忠实就是一例。他认为：“我尽管不想成为完全的现代派，却总想着可以借鉴某些乃至一两点艺术手法。卡朋铁尔的宣言让我明白一点，现代派文学不可能适合所有作家。”[①]当拉美爆炸文学在那时风靡全国文坛的时候，陈忠实就从拉美文学借鉴百年西方文学以后形成自己民族特色的经验教训中做出了适合自己创作的价值判断。就此而言，作为一个成熟的作家，最重要的艺术品格就是要守住自己的价值观与艺术风格，即便是“拿来”，也是要挑选契合于自己艺术观念与技法的“武器”，否则只能食洋不化，把自己的作品搞得不伦不类。回眸当年一浪高过一浪的“现代派”仿写热潮，我们的批评家，包括我这样的评论工作者，真的一点不汗颜吗？你可以说，历史的过程总是带着初始时的幼稚，但是，我们从陈忠实的冷静选择当中，看到了一个成熟作家清醒的认识，这也许就是作者在投射《白鹿原》创作时的思想光芒所在。

三

构成史诗的要素如果是用马克思主义的“典型环境中的典型性格”理论来

---

① 《陈忠实答李星》，《小说评论》1993年第3期。

作为衡量一部好作品的重要尺度的话，那么，作品的经线应该是“典型环境”，而“纬线”就是人物的“典型性格”。而《白鹿原》所选取的“典型环境”就是截取了 20 世纪各个时段中具有典型意义的革命历史事件作为“经线”，连缀出了那些波澜壮阔的历史背景图画，所谓“典型环境”就是作家根据自己的结构、人物和审美要求来截取所需要的典型背景材料，只有把环境营造好了，其人物的性格才能鲜活起来，其悲剧的氛围才能烘托出巨大的历史美学内蕴，才能让人物的典型性格在悲剧中诞生。所以，“经线”和“纬线”有机艺术地交织才能编织出最有生命活力的史诗性的鸿篇巨制来。

从陈忠实选取的几个大的历史事件来看，它足以满足人物典型性格发展的需求，它的时间的长度和空间的进深为人物性格的塑造提供了舞台景深。换言之，作者最终目的是为了把具有典型性格的人物置于文学史的长廊之中，因此，我们看到了那个只有在“典型环境”中才保有的一个个鲜活生命的、标有陈氏描写印记的、迥异于其他作家笔下人物形象的、具有时代历史意义的“这一个”“典型性格”。

从作品的“纬线”创意角度来看，我们之所以说白嘉轩是陈忠实经过多少年酝酿打磨出来的一个非同其他现代文学史中的人物形象，就是因为这个生长在那块特有土地上和那个特殊的历史交会时代中的特殊人物，才能在陈忠实独特的精心锻造下，产生出来的“这一个”历史的风云人物和悲剧人物。作为一个乡绅文化的典型人物，他在起伏跌宕的历史事件中所形成的双重性格，正是其内心人性中真善美与假恶丑冲突的结果，与另一个戴上了假恶丑人格面具的鹿子霖恰恰形成了外在的形象落差和性格反差。表面上看来，白鹿两家只是宗族之间的冲突，殊不知，这种在中国几千年封建温床上培育出的一株特殊苞芽的奇葩，正是我们现代文学史上罕见的、全新的艺术形象塑造，陈忠实将他的特异性格放大后，其历史的意义就明显高于同类的人物塑造，使其具有了更加值得玩味的历史内涵和现实意义。从一开始就描写他连剋七个女人的蓬勃性欲来看，作者让其“典型性格”在原始的繁衍图腾中升腾，预示着其强大的乡土政治生命力对传统的封建文化秩序的媾和与赓续作用。面对在大革命中崛起的那种对乡约文化有着强大破坏力的“痞子运动”，其提出的命题恰恰就是对“五四”新文化的反思。而新生代的农民革命力量的底层阶级代表人物黑娃之所以成为白嘉轩的天敌，正是作者用一种新的尺度来重新衡量中国革命两面性的价值理念的外显。其实，作家的意图并不是将二者塑造成为性格的死敌，而是为了表现在历史的律动当中，二人在大是大非的历史事件中凸显出来的人性反差与落差，谁更顺应人性发展的历史要求，谁就是历史的主人和英雄。不言而喻，人物在典型环境中的性格突现，超越了政治的诉求，沿着人性发展的路径向前推进，真善美与假恶丑在人物性格的走向中高下立判。这样的描写是许多作家所不能企及的那种对“历史的必然”的理解与阐释，正是在这一点上，陈忠实超越了他的同时代作家，同时也超越了文学史陈陈相因的人物内涵的建构。

也正是白嘉轩对乡缙文化的百般回护，他的一举一动亦正是与“五四”新文化运动形成了对位性的抵牾。他重修祠堂，重立乡约民规，这种仪式感十分强烈的行为，代表着另一种负面的对“五四”新文化运动的反思与对抗，与鹿兆鹏思想观念的分分合合，以及对幼稚盲动的白灵的思想禁锢，归根结底都是作者做出的文化反思。这些足以构成的“史诗性”作品的要素，正是以往文学史中那些所谓“史诗性”作品所没有能够达到的深度——作者深入人物的骨髓中去反躬自省的思想高度，成就了这部作品伟大的史诗意义——那种超越党派政治与阶级性的人性意识才是一部史诗最重要的元素。就此而言，《白鹿原》的“史诗性”正是体现在作家意识到了的“历史的必然”和尚处于意识并不十分清晰的无意识冲动当中的下意识选择。所以，在这个人物身上，作家也有意无意地暴露出了白嘉轩在一味地回护旧有的封建乡绅文化的时候，无意间对人性的压抑和戕害，比如他对田小娥的青眼相加（无疑，是他的思想观念，不，更准确地说是他用封建的乡绅文化思想促使鹿三杀死了田小娥，杀死了这个生长在封建沃土里的乡间“新女性”），比如他对黑娃的仇恨，比如他对自己大儿子白孝文决绝的态度，都是在维护着他的那一块乡约碑文，虽然那块碑文被新文化象征性地打碎过，但是，二次修补的碑文，也正是体现出了白嘉轩(同时也是陈忠实)那种对传统文化秩序的深刻眷恋。反之，黑娃和白孝文那种叛逆式的反抗，始终是打着"革命"和"新文化"的旗帜，似乎是那个封建乡约的牺牲品，殊不知，作者让他们走向了反派人物，却是由于他们在革命运动中丧失了基本的人性所致。

无疑，20 世纪的 90 年代是"陕军东征"的年代，从路遥的《人生》、《平凡的世界》开始，到贾平凹的《废都》，再到陈忠实的《白鹿原》和高建群的《最后一个匈奴》，陕西作家的鸿篇巨制红遍了整个创作界。今天，当我们将这些作品放置在文学史的天平上来进行重新衡量(当然，我也承认许多作家作品是没有可比性的)的时候，显然是低估了《白鹿原》更高一筹的历史地位，就其历史的含量和其表现出的史诗性的艺术构架，足以让它在我们重新审视的目光中重放光芒、熠熠生辉。

我将《白鹿原》作者的意图定位在："就其作家创作的本意来看，时间和空间在小说中只不过是表现人、社会、历史、文化的一种外在形式，是一种叙述方式的需要而已。"①显然这是一种主观介入的结果，曲解了创作者的本意，用陈忠实的话来说："封建文化封建文明与皇族贵妃们的胭脂水洗脸水一起排泄到宫墙外的土地上，这块土地既接受文明也容纳污浊。缓慢的历史演进中，封建思想封建文化封建道德衍化成为乡约族规家法民俗，渗透到每一个乡社每一个村庄每一个家族，渗透进一代又一代平民的血液，形成一方地域上的人的特有的文化心理结构。"②所以，当我们只将目光聚焦在人物描写上的时候，往往就会忽略了作家在意识(无论是有意后注意还是无意后注意)深处所要表达的那种"历史的必然"，像一切文学大师如狄更斯、左拉、巴尔扎克、雨果、托尔斯泰、陀思妥耶夫斯基那样在充满着矛盾与悖论的价值理念中去描写历史走向

---

① 丁帆：《乡土小说的多元与无序格局》，《文学评论》1994 年第 3 期。

② 陈忠实：《寻找属于自己的句子——〈白鹿原〉创作手记》，刊于 2007 年《江南》。

中的人与故事并超越人物的局限，同时也超越自我的世界观的局限：一个作家只有在意识到了大的历史走向时，无论他笔下写的是喜剧还是悲剧，他都能够写出这样的“一曲无尽的挽歌”来，于是，他笔下的人物才能鲜活起来，故事才能生动起来。这就是马克思曾高度赞扬处于上升时期的现代英国资产阶级革命中的一批文学家的理由所在：“他们在自己的卓越的、描写生动的书籍中向世界揭示的政治和社会真理，比一切职业政客、政论家和道学家加在一起所揭示的还要多。他们对资产阶级的各个阶层，从‘最高尚的’食利者和认为从事任何工作都是庸俗不堪的资本家到小商贩和律师事务所的小职员，都进行了剖析。”[①]亦如恩格斯在《致玛·哈克奈斯》中对巴尔扎克的评价也如此之高一样，阐明的是文学家在书写历史时所采用的那种特殊的处理方法是远远大于其他社会学家的贡献的：“围绕着这幅中心图画，他汇集了法国社会的全部历史，我从这里，甚至在经济细节方面（诸如革命以后动产和不动产的重新分配）所学到的东西，也要比从当时所有职业的史学家、经济学家和统计学家那里学到的全部东西还要多。不错，巴尔扎克在政治上是一个正统派；他的伟大作品是对上流社会无可阻挡的崩溃的一曲无尽的挽歌；他对注定要灭亡的那个阶级寄予了全部的同情。”[②]因此，当我们今天来评价《白鹿原》这部作品的时候，千万别站在阶级的立场上去猜度作家的创作企图，共产党和国民党、地主与雇农的阶级差异性并不代表作者表达的目的，人物的表述是沿着自己的性格路线走下去的。因为现实主义的创作方法克服了世界观的不足，它致使作品中的人物朝着人性的方向毫不犹豫地发展下去，是不由读者，甚至也不由作者的意志为转移的。

无疑，中国封建社会的乡绅文化是中国乡土社会赖以生存延续的根基所在，记得一位俄国革命领导人曾经说过“农民文化就是地主文化”的断语，我们

---

① 马克思：《英国资产阶级》，《马克思恩格斯全集》第 10 卷，人民出版社 1962 年版，第 686 页。

② 恩格斯：《恩格斯致玛·哈克奈斯》，《马克思恩格斯全集》第 37 卷，人民出版社 1971 年版，第 40—42 页。

从俄罗斯作家冈察洛夫的《奥勃洛摩夫》中就可见一斑。中国共产党的领袖毛泽东也说过:“中国历来只是地主有文化,农民没有文化。可是地主的文化是由农民造成的,因为造成地主文化的东西,不是别的,正是从农民身上掠取的血汗。”[①]虽然这里强调的是阶级性,但是其前提是肯定了地主文化的存在,而地主文化其本质也就是乡绅文化。其实,农民与地主之间并不只有阶级性,陈忠实笔下的农民和地主却是那种消弭了阶级性的典型人物,作者就是采用了恩格斯所说的那种现实主义创作方法大于世界观的理念来塑造白嘉轩和鹿三这一对位性人物的,他们的意义远远超越了文学史的意义,借用马克思的说法,陈忠实的贡献是超越许多政治家、经济学家和社会学家所做出的历史贡献。

全书是以宗法情感维系那种乡绅文化的人际关系,地主白嘉轩与长工鹿三的关系,便是对几十年来乡村社会占主导地位的阶级阶层理论定性的重释。生产关系和人际关系的文化支撑全是赖以封建的儒学加以固定,儒家的道统才是深入人心的道德力量,亦如作者慨叹的那样:“‘白鹿原上最好的一个长工去世了!’这话似乎不是出于我心我口,分明是我看见听见白嘉轩仰天慨叹时发出的声音。”[②]人性的兄弟情义第一次在百年文学史中超越了阶级情谊,这是江湖的胜利,还是乡绅文化的胜利呢?我们在这个大大的问号之下变得无所适从了吗?如果是这样,那无疑是陈忠实的伟大胜利!

当然,在无法消解这种乡绅文化在阶级斗争理论中溃灭的终结效应的时候,作家只有选择另一条路径让白嘉轩苟活下来,这就是让白嘉轩听从先知先觉的朱先生的教诲“辞掉长工自耕自食”,使其在即将到来的土改运动中免于被划为地主成分。无疑,消灭了地主文化,就是消灭了农村乡间的绅士文化。

毋庸置疑,从整部作品来看,作家是在两种价值观念的相互纠缠和相互排

---

① 毛泽东:《湖南农民运动考察报告》1927 年 3 月,《毛泽东选集》(第一卷),人民出版社、解放军出版社 1991 年版,第 12—44 页。

② 陈忠实:《寻找属于自己的句子——〈白鹿原〉创作手记》,刊于 2007 年《江南》。

斥的混战中行进着的：一方面是对“五四”新文化的向往，另一方面却是对封建的乡绅文化的深刻眷恋。这构成了陈忠实在两种价值观中的彷徨与徘徊，以致小说更有了一种价值的“漂移”状态，让不同的读者有了合乎于自身的合理解释。更为吊诡的是，小说中的人物却更有了立体感和多重性，打破了人物性格描写的一元状态，我们似乎在田小娥的“呐喊”声中谛听到了作者对乡绅文化唱出的那“一曲无尽的挽歌”，也在黑娃的不归路上看到革命的后果，同时也在鹿兆鹏身上看到了人性在阶级性中的溃败，更看到了一个最鲜活的“新女性”白灵在血与火的革命斗争的缝隙中的毁灭……凡此种种，作者所谱写的人物图谱长廊便有别于其他大作家们了。

如果我们抛开了中国乡绅文化在理性思辨的种种理论性建构的合理性和不合理性，只从文学艺术作品中的人物塑造来看，《白鹿原》的复杂而多重组合的人性特征，无疑是开启了 20 世纪 90 年代以降新一轮人物描写的“史诗性”立体建构。也许我们可以把它归结为“陕军东征”中作家普遍的描写特征，那就是贾平凹所说的“把好人写坏，把坏人写好”人物描写的技巧，殊不知，这种福斯特在《小说面面观》里提出的“复调”理论一旦成为中国作家当时突破几十年对人物描写的单向度、平面化瓶颈的抓手，意义就非同小可了。也许作家并不需要将它上升到理性和哲思的形而上层面进行思考，但是，对历史的直觉理解就让他们充分展示出无尽的艺术想象的才华。让每一个人物鲜活起来，使其顺应着“历史的必然”的走向行动，同时更加接近在“典型环境下的典型性格”的裸现，这才是作者创作的初衷。也许《白鹿原》比其他作品在这一点上更胜一筹。

无疑，《白鹿原》的爱情描写也是带有超验悲剧性质的，但是，它们所蕴含的历史内涵却是其他同类作品无法比拟的。与以往的爱情描写相比较，其历史的深度是有目共睹的，悲剧的恋歌强化了作品对人性的深度发掘。

陈忠实说：“在严过刑法繁似鬃毛的乡约族规家法的桎梏之下，岂容哪个敢于肆无忌惮地呼哥唤妹倾吐爱死爱活的情爱呢？即使有某个情种冒天下之大不韪而唱出一首赤裸裸的恋歌，不得流传便会被掐死；何况禁锢了的心灵，怕是极难产生那种如远山僻壤的赤裸裸的情歌的。这应该是我正在写作《白鹿原》时的最真实的思绪的袒露。”[①]所以，田小娥在那个黄土地上开天辟地的爱情绝响，是对宗法制度戕害人性的呐喊。这个人物是文学史上的全新尝试，她很有可能形成不同读者之间的价值观碰撞，在人性与道德的天平上，她的光彩呈现出多面体的折射，这样的典型性格人物描写恰恰就是在不同的语境中产生了不同的社会与美学的内涵，她是一个丰满的“复调”人物形象。这个由作者从县志“烈女传”里挖掘出来的女人，走出了历史的囚笼，活生生地屹立于中国百年文学史的长廊之中，其意义超越了“五四”以来多少“新女性”的塑造，这才是陈忠实最得意的典型性格人物塑造。正是由于作者将她进行了人性的灌浆和美学的涂饰，她才能“美得如此精美”，或是“丑得如此精美”！所有这些都是作家对历史进行重构的结果，甚至是逆反性的重构——人物塑造的双重性格，是对历史的重释与重识：“一部二十多卷的县志，竟然有四五个卷本，用来记录本县有文字记载以来的贞妇烈女的事迹或名字，不仅令我惊讶，更意识到贞节的崇高和沉重。……我在那一瞬间有了一种逆反的心理举动，重新把‘贞妇烈女’卷搬到面前，一页一页翻开，读响每一个守贞节女人的复姓名氏——丈夫姓前本人姓后排成××氏，为她们行一个注目礼，或者说是挽歌，如果她们灵息尚存，当会感知一位作家在许多许多年后替她们叹惋。我在密密麻麻的姓氏的阅览过程里头昏眼花，竟然产生了一种完全相背乃至恶毒的意念！”[②]田小娥就是在这样的背景下诞生的，如果没有陈忠实这样的人性发掘，我们看到的将是死在封建棺椁中的一个僵尸，一个没有血肉的木乃伊，是作者的人性观念让这个女人复活了，作者不仅恢复了她那丰满的胴体肉身，更是塑造了她那屹立在黄土高原卓然独特的典型性格。这个人物的塑造，无疑是中国现代文学长廊里罕见的女性形象的翘楚之作。

不但如此，在《白鹿原》的所有人物描写中，陈忠实都倾注了很多心血：“我

---

① 陈忠实：《寻找属于自己的句子——〈白鹿原〉创作手记》，刊于 2007 年《江南》。

② 陈忠实：《寻找属于自己的句子——〈白鹿原〉创作手记》，刊于 2007 年《江南》。

的白嘉轩、朱先生、鹿子霖、田小娥、黑娃以及白孝文等人物，就生活在这样一块土地上，得意着或又失意了，欢笑了旋即又痛不欲生了，刚站起来快活地走过几步又闪跌下去了……”①这些看似中性描写的立体人物，其实表达的是作者对“历史的必然性”的认同，也是对中国宗法秩序下乡绅文化两面性的深刻揭示。巨大的人性自觉与意识到的历史和人物的悲剧性促成了作者对《白鹿原》原始素材的处理。亦如陈忠实所说：“当《白鹿原》中的那些人物在两年多的孕育过程中已经成形，已经丰满，已经呼之欲出，已经按捺不住要从脑底蹦跃到稿纸上的时候，人物间横向和纵向以及斜插歪穿的关系，如何清晰而又合理地展示出来，不仅让未来的读者阅读畅达，更重要的是影响和致命着每一个人物的展现，把我业已意识到的他（她）们心灵世界最隐蔽的角落里的东西也能得以显示出来，又不想在情节发展和人物随着裂变的过程中留下人为的别扭的败笔，关键就在于一个合理的结构框架了。我也清醒地意识到，这个结构不是我有意安排给人物的，而是人物的生命轨迹决定着这个结构的框架。我的着力着重点，在于找到他或她以及他们互相影响互相制约互相牵扯着的关系，在亦步亦趋过程中的一个合理的轨迹。”②所谓人物的命运，那是一定需要作者具有主观意识的把控的，这个主观意识一定是每一个作家在文学作品中隐蔽着的人性的力量，也就是作者所说的“人物的生命轨迹决定着这个结构的框架”。这就是“影响和致命着每一个人物的展现”的主脑。从另一个角度来说，那种似乎中性客观的人物轨迹行进图表，则是飘浮在作品表层的外在审美形式，在他（她）们的性格的发展过程中，其制约性格走向的仍然是作者所释放出的主观的人性驱动力。

总之，可以肯定的是，随着距离作品发表的时间愈长，就愈能够看清楚这部作品的历史地位的重要性。它也为我们重写文学史提供了一个最有示范效应的文本。

---

① 陈忠实：《寻找属于自己的句子——〈白鹿原〉创作手记》，刊于2007年《江南》。

② 陈忠实：《寻找属于自己的句子——〈白鹿原〉创作手记》，刊于2007年《江南》。

附　记

刚刚写完此文，便看到了周燕芬女士才发表的论文《〈白鹿原〉：文学经典及其“未完成性”》[《西北大学学报（社科版）》2018年第1期]，大有觅到知音的感觉。其中有些观点正好是与我的“作家作品只有在不断地重识和重释过程中才能不断完善文学史”的观点相近。她也认为“文学史已经证明，伟大作品的‘未完成’为我们持续不断地再阅读创造了可能，无论是历史意义上的、思想意义上的，还是审美意义上的，再阅读同时也是文学再生产和再创造的过程，是面对‘未完成’而努力走向完成的过程。文学经典属于过去和当下，也属于无限伸展的未来，文学经典的终极价值取决于一部作品到底能走多远，这使得经典的评判永远关系着我们对文学的理想期待，所以，‘未完成’或是经典的存在方式，也是经典的魅力之源”。显而易见，周教授所指的“未完成”主要是指作家文本方面，我本文的指向主要是批评家对以往的文本阐释做出不断的修正。显然，这两者都是对一部伟大的“可写的文本”进入文学史的不可或缺的阐释通道。正如周教授所说的那样：“法国文学评论家罗兰·巴特认为，创作有‘可读的文本’和‘可写的文本’两种，‘可读的’指封闭自足的文本，满足短期的阅读性消费，而‘可写的’则指那些具有动态性和开放性的艺术佳构，它召唤着读者和研究者不断进入‘重读’，并完成思想艺术的再生产、再创造。如果我们以‘可写性’亦即‘可重读性’来衡量一部作品是否有经典价值，那么《白鹿原》迄今为止的阅读史，或许只是一个开端，换句话说，由读者参与创造的《白鹿原》，还远远没有完成。”是的，这部可以无穷解读下去的作品将会大大地丰富我们文学史的内容。

周燕芬教授在这篇文章中对《白鹿原》的反思是深刻的，她说：“一部《白鹿原》，从始至终回响着一个沉重的叩问，儒家文化能否真的成为我们民族精神的定海神针？在恪守儒家文化传统的朱先生和白嘉轩身上，蕴含着陈忠实既有认同也不乏质疑的深刻思考，作家用文学的笔墨尽了修复的全力，然而并没有获取完全的文化自信，一部《白鹿原》，是一个巨大的矛盾体，留给读者的是新旧文化惨烈撞击后的一片狼藉。《白鹿原》创作的发生得益于时代变革的机缘，也必然难以逃避文化价值分裂的历史宿命。而值得我们深思的是，这种文化无解的背后，隐藏着中国当代文学迄今为止的思想高度，在通往未完成和未抵达的文学道路上，中国作家倘若不跨过这一‘文化死穴’，就无法建立起真正有理想价值和美学意义的文学家园。”我十分赞同“文化死穴”的说法！从《白鹿原》中能够得到这样的反思的确是要有思想的洞察力和穿透力的：在“文化无解的背后”，当下的中国作家能够从《白鹿原》这个戴着镣铐跳舞的史诗性作品中汲取到什么样的经验教训呢？这才是我们所需要反反复复思考的真问题。

此文写就，略感遗憾的是，我没有能够在陈忠实生前让他看到我的自我批判和自我反省，当然，我也懂得一个批评家和文学史工作者的言论和观点并不需要得到作家认可的道理。然而，面对一部巨著被轻忽，这是我个人批评史上所犯下的错误，如今将这份历史性的错误进行反躬自问，应该是一个批评家应有的勇气和责任。

谨以此文祭奠我们这一代优秀的作家陈忠实先生！

2017 年 4 月春天初稿于南京至北京的旅途中
2018 年元月至 2 月 28 日于南京依云溪谷小区
原载于《文艺争鸣》2018 年第 3 期

在“神实主义”与“荒诞批判现实主义”之间

前几年在读《受活》时，我就开始写一篇关于阎连科创作手法发生本质变化的文章，结果只写了一个二千多字的开头就搁置下来了，那时，我对《受活》表达的内容是十分推崇的，而对其荒诞主义的技法表达是持怀疑态度的。后来陆陆续续读了《丁庄梦》、《风雅颂》、《日光流年》，又读了《四书》，则感到一种冷飕飕的震惊，一直想写一篇评论文字，再后来看到阎连科举起了“神实主义”的创作大旗，就觉得这个新的提法似乎与《四书》的创作主题与表现方法并不能够吻合，但是，经历了这几年观察阎连科的创作路向，便理解了作者的这种提法的艰难与苦衷，尤其是这次在杜克大学东亚系召开的“阎连科‘神实主义’创作研讨会”上，作者自己在解释“神实主义”的内涵时，特别强调他在一系列作品创作时对“真实”的理解，这给了我启迪——他认为最高的真实来自创作中迸发出来的那种情不自禁的“内真实”的表达。而卡洛斯·罗鹏教授却用三种不同“真实”观，即“超现实主义”、“超现实的主义”和“超主义的现实”来表达三种不同类型的“真实”，也的确有助于我们对阎连科一系列作品的解读。无疑，我更加赞同的是《四书》具有“超主义的现实”的韵味。我十分能够理解一个中国作家为了规避某种不必要的干扰，无奈地选择一种只有在貌似戏谑、变形的喜剧形式中，作者才能曲折地表达出其所要倾诉的思想，因为在中国现实与思想的直接裸露是一种扼杀自己作品的行为，所以这种主张明显带有某种规避批判锋芒的意图，但是，作品所呈现出来的那种荒诞的批判，要比直接性的批判表达还要深刻得多。作为一个作品的解读者，我以为“神实主义”是阎连科为了表达那种无法言喻的“内真实”时所寻找出来的理论概括的词语，然而，一旦用“主义”来表达就会引来不同意见的攻击。我本人完全能够理解作者此时此刻的创作心境，但是，作为一个作品的阅读者和批评者，我仍然认为“神实主义”还是不能完全和准确地表达出《四书》的内容与形式所呈现出来的全部内涵。虽然作者所阈定的“神实主义”概念已经被许多评论家所认可，但是，我仍然坚持用“荒诞批判现实主义”这个名词来概括这部颇有争议的作品。

就我个人的阅读经验而言，我将这部书定性于“荒诞批判现实主义”，其理由如下：从其内容上来看，作品要表达是那个荒诞疯狂年代里真真实实发生过的历史事件，无疑，它的主题指向是控诉那个被历史所遮蔽的旷世荒诞政举下对人性摧残的恶行，从这个角度来看，它从头至尾都漫溢着浓浓的批判现实主义的气息和元素，就像十九世纪许多批判现实主义作品痛斥资本主义在原始积累中的种种丑恶一样，作者的意图旨在批判那个专制时代将人变为“神”鬼的史实；而从另一个角度来看，它在许多情节与细节的描写中穿插了超越现实的夸张、变形、幻想和幻觉的创作技法，致使它又饱含着非现实主义的元素与荒诞主义氛围。这两组水火不容的写作元素掺合在一起，既不是马尔克斯的“魔幻现实主义”路数，也非博尔赫斯的“心理现实主义”剖析，更不是略萨“结构现实主义”的机巧，而是由确确实实的真实历史事件作为写作蓝本的超现实创作，它的全部价值就在于用变形的艺术法为遗忘历史的中国人提供一个正确认识那段历史的价值取向。

用阎连科的说法就是“神实主义绝不排斥现实主义，但它努力创造现实和超越现实主义”[①]。更确切地说，作者的逻辑理路是这样的：

> 神实主义，大约应该有个简单的说法。即在创作中摒弃固有真实生

① 阎连科：《中国今天的现实，阎连科：“神实主义”——我的现实，我的主义》，《中华读书报》2013年11月23日。

> 活的表面逻辑关系，去探求一种“不存在”的真实，看不见的真实，被真实掩盖的真实。神实主义疏远于通行的现实主义。它与现实的联系不是生活的直接因果，而更多的是仰仗于人的灵魂、精神（现实的精神和事物内部关系与人的联系）和创作者在现实基础上的特殊臆思。有一说一，不是它抵达真实和现实的桥梁。在日常生活与社会现实土壤上的想象、寓言、神话、传说、梦境、幻想、魔变、移植等，都是神实主义通向真实和现实的手法与渠道。[①]

按照阎连科对“神实主义”的解释，它应该具备的几个元素是：一、追求一种“不存在”、看不见的真实和被一种虚假真实掩盖了的真实；二、疏于当代通行的现实主义，仰仗于作者对人的灵魂与精神的“特殊臆思”（这个“臆思”很有意思，应该是超现实哲思的表现，也就是“神赋予的现实”，这恐怕就是所谓的“神实”）；三、不同于“有一说一”的现实主义创作方法，而是融入了“在日常生活与社会现实土壤上的想象、寓言、神话、传说、梦境、幻想、魔变、移植等等，都是神实主义通向真实和现实的手法与渠道”。[②] 这就是在艺术方法上所攫取的魔幻主义手法。所以，就个人的阅读经验而言，我并不完全同意作者对此书的理论概括。如果要我进行定义的话，我觉得定位在“荒诞批判现实主义”的理论方法上似乎更加贴切适合《四书》的再现与表现内涵。因为从二十世纪四十年代诞生时，荒诞主义的表现方法主要特征就在于它在关注现实世界时采取的是用各种各样变形的“哈哈镜”来照射事物与人的。有人将它概括为以下几种特征，虽然有些不够准确，但是，我以为它给我们当代许多阅读《四书》的人提供了一种可资的借鉴：“按照存在主义的观点，‘荒诞’是上帝‘死’后现代人

---

① 阎连科：《中国今天的现实，阎连科：“神实主义”——我的现实，我的主义》，《中华读书报》2013年11月23日。

② 阎连科：《中国今天的现实，阎连科：“神实主义”——我的现实，我的主义》，《中华读书报》2013年11月23日。

的基本处境。在萨特那里，表现为人的生存的无意义，在加缪那里，表现在西西福斯式的悲剧，在卡夫卡那里，表现为异化、孤独、徒劳和负罪……总结起来有以下七大特征”[①]——对照这些新批评家所归纳出来的七条标准，我认为《四书》既有与之吻合之处，又有背离之处：一、荒诞主义主张自己“是现实主义的承继者和突破者”。而《四书》就是为了更加接近被历史所遮蔽和掩盖着的真实，取其无奈的、具有宗教色彩的“神实主义”正是对以往的现实主义的“继承与突破”，其所谓继承，既不是继承社会主义现实主义，也不是八十年代后期的“新写实主义”，更不是什么所谓的“现实主义冲击波”式的花头经，而是继承了欧洲十九世纪批判现实主义的衣钵。二、面对现实，《四书》在中国当下文学当中算得上是最具人性哲学思考的作品，“对于人类社会的关注和表达更具有普遍性、整体性、精神性和前瞻性”。从这个意义上来说，全书漫溢着的哲学思考不仅仅是通过人物的言行和故事的情节细节表现出来，而且时时通过潜在的语言和情境描写的画外音呈现出来，这无疑是《四书》的亮点。三、“为了全方位地表达人生与世事的荒诞，文学的手段也是荒诞的。”这一点特别适合论证《四书》中的许多荒诞时代荒诞故事情节与细节的表达，而且作者往往采用的就是荒诞主义那种变形夸张的艺术手法，它无疑是最准确地把握了对那个荒诞年代本质的揭示。四、“整体荒诞而细节真实。艺术手段上的夸张变形是极端化主题的需要，通过‘陌生化’的手段抵达更本质的真实。正因为作品整体情节是荒诞的，细节真实才更要步步为营，每个人物都必须严守与自己的现实身份相符的生活逻辑，只有这样才能揭示出生活本质的悖论情境。”与这样的荒诞主义相比较，《四书》是与之相悖的，恰恰相反，整体的历史真实（前文所说的那种超越虚假真实的真实）的表现是作品的主旨，而这部作品最有创意之处，就是在于对细节真实的超越，诸如用人血灌溉玉米谷穗，使其生长成硕大无朋的良种，这种绝无可能的细节恰恰是对“大跃进”时代荒唐的亩产十万

① 参见《文艺争鸣》2008年第10期邵燕君文中关于批评阎连科几部长篇小说时对荒诞现实主义的定义。

斤的“科学结论”的极大讽刺，它使人们深思：谁是那只看不见的荒诞的魔幻之手呢？夸张变形的细节看来是违反生活逻辑的，但是只有具备中国历史经验的作者，才能如此深刻地表达出这种超越荒诞的荒诞细节，因为它符合的是中国当代历史的细节，这一点是西方作家无从获得的最宝贵的历史素材。所以，这种体验恰恰是与西方的荒诞主义主张背道而驰的。五、“在一部荒诞性作品中，象征情境与故事情境必须是严格对应的，绝对不能为象征主人公随便安排一个背景环境。在对荒诞派文学的理解上，有一点是容易被人忽视的（尤其容易被中国作家忽视——笔者注），就是在其令人战栗的绝望背后的价值关怀。”是的，《四书》之所以不被年轻的一代理解，主要是在于它的“象征情境”的营造上，而与之对应的一切充满着精神病态的“罪人”的“故事情境”，是高度吻合了其“天”和“故道”的“象征情境”的。它终极指向的确“就是在其令人战栗的绝望背后的价值关怀”。——而我认为，正是在这一点上，作家的批判现实主义的锋芒就在荒诞主义的描写中呈现出来了。六、荒诞主义讲究的是“在荒诞作品一团漆黑的世界背后，总能看到一个反抗绝望的英雄，或者一个痛苦挣扎的灵魂”。而《四书》塑造出的却是一个个虚假的英雄、失败的英雄、被洗脑的英雄，他们也“反抗绝望”，但不是在“绝望中诞生”，而是在“绝望中灭亡”。所以，在荒诞时代产生的荒诞英雄其实都是一群挣扎在精神死亡线上尔虞我诈的野兽而已。所以我们只能看到后者——一个个“痛苦挣扎的灵魂”！七、荒诞主义的一个特征还表现在“荒诞的图景愈是荒诞绝伦愈是蕴含着一种理想主义的痛心疾首，一种天真而锐利的失望”。用这个观点来解析《四书》只能是说对了一半，作品的确充满着荒诞绝伦的图景，但是它并非表达的是一种理想主义的东西，如果硬要说“理想主义”，那就作者试图用宗教式的“神实”来完成对人性的书写。其实，包括那个党的化身的“孩子”都是充满着理想主义的牺牲者和被祭奠者，而作者试图站在一个人类学的高度来书写这些被时代所遗弃的“英雄”们，虽然他们每一个人都在人性的生死考验中暴露出了恶的一面，但是最后还是回归了大写的人性之中。作品更想表达的可能还是这场由闹剧演化为民族悲剧的史实，会给我们的民族性格打上什么样的历史烙印。从这个角度来说，阎连科所思考的形而上的问题要比其他同年龄段的作家要深刻得多。

孙郁对“神实主义”的解释是：“阅读他的作品，故事与人物多为变形的存在，追求的是神似而非形似的境界，内觉的复杂超过了形体的复杂。在向着人的内宇宙挺进的时候，神异的色彩诞生了。一切都非安详的样子，总在惊恐、黑暗、无奈里漂移，是极地似的天气，寒冷无所不在地袭扰着四周。这令人想起陀思妥耶夫斯基和卡夫卡的文字，但在经验上又如此的带着中土意味。失败感与恐怖感连带着死亡气息在四处流溢。这种感受不都是世纪末式的存在，其文字里总能让人读出出离死灭的渴念，以及与恶搏击的力量。对象世界的晦气与叙述者的不屈的挣扎的毅力，在反差里给小说的空间带来了不断开合的漩涡效应。”[①]显然，他也感受到了阎连科对真实世界的变形描写是一种反抗性的写作。

王尧显然是有限度地同意“神实主义”的提法，因此提出：“如果说，《受活》、《丁庄梦》、《风雅颂》等是颠覆了‘现实’的‘真实性’，那么《四书》则是重构了‘历史’的‘真实性’，阎连科笔下的‘当代中国’因此完整。我愿意把《四书》视为阎连科‘神实主义’的代表作。”[②]无疑，这种解释的理论仍然是建立在对现实世界荒诞性的批判基础之上的，也就是肯定了作品的批判性的形式与内容的表现与表达。

“当我们参照阎连科‘神实主义’的主张，便不会把阎连科这些年在小说文体上的探索与创新简单地归为形式和技术问题。在《炸裂志》中，‘阎连科’在小说中的出现，自然可以在叙事学的层面上做出种种技术分析。但我想放弃这一驾轻就熟的思路，将自己作为小说中的人物从八十年代中期开始到现在，是许多小说家的手法。阎连科如此使用‘阎连科’并不只是一个纯粹的技术问题，显然与他自己创造的‘神实主义’理论有关，只有如此，阎连科才在他的精神、灵魂与现实之间找到关联点。而它用‘方志’这一形式作为小说的结构，显

---

① 孙郁：《写作的叛徒》，《读书》2012 年第 5 期。

② 王尧：《作为世界观和方法论的“神实主义”——〈发现小说〉与阎连科的小说创作》，《当代作家评论》2013 年第 6 期。

然是因为‘方志’是记载历史的最典型的形式。在这之前的《四书》在结构和形式上同样是一种世界观和方法论的体现。一个忏悔的知识分子分别写作了《罪人录》和《故道》;一个不知姓名的孩子口述了《天的孩子》,一个无名氏整理了《天的孩子》;一个学者写了半部书稿《新西绪弗神话》。——这样的分工与布局,其实正是阎连科对‘历史’的一种理解,他不仅分别了历史中不同人物的命运,而且也在这四部书的组合中还原了历史进程中的矛盾结构以及作为体现了历史‘真实性’的细节和情节。因而,小说的形式在这里已非单一的技巧。同样的情形也存在于《日光流年》和《受活》之中。正是这种方法论的实践,阎连科才获得了不断创新的动力以及他想象‘当代中国’的方式。”①他的这种回答是对近几年来误解、曲解和诋毁阎连科作品内容与形式的一种纠正,显然,近几年那种把内容与形式割裂开来,只注重阎连科创作形式主义变化,却忽略了形式是服膺于思想表达的重要手段的作家意图,则是十分可惜的批评分析。殊不知,形式是与内容分不开的,形式是服务于内容的理念应该是小说创作的一个真谛,尤其是在中国这样一个国度里,纯粹玩形式主义理论和玩形式主义文本分析是不适宜的。

我并不以为十九世纪盛行的批判现实主义在中国的制度下不适用了,而是你的文学根本不允许你抵达这个方法的彼岸。一九五〇年代胡风的所谓“创作方法大于世界观”、邵荃麟的“现实主义深化论”等,就试图走这条道路,却很快被批判了,于是,几十年来,让中国当代作家代代相传的遗传基因却是如何规避风险,这是作家们为文学作品买下的最大一笔保险。这一点阎连科也很清楚:“久而久之的写作习性,每个作家的内心,无论你承认与否,其实都有了一道自我与深层现实隔离的屏障,在写作中点点滴滴地养成了自我的写作管理和本能的写作审查。一边是丰富、复杂的社会现实和人心世界,另一边是阻拦作家抵达这种丰富、复杂的社会屏障和作家写作的本能约束。我相信,

① 王尧:《作为世界观和方法论的“神实主义”——〈发现小说〉与阎连科的小说创作》,《当代作家评论》2013年第6期。

每个作家都在这种矛盾和犹豫中写作。都明白，当代文学创作中描摹现实的现实主义无法抵达我们渴望的现实主义的深度和广度。现实主义只停留在一部分可以感知的世界上，而那些无法感知的存在的荒谬与奇异，现实主义则无法深求与探知。而作家努力冲破这种束缚屏障的挣扎，已经成为当代文学中最大的疲劳和不安。”[①]这就是《四书》只有用变形的方法来间接表述自己作品意念的缘由。但是，它所遭遇到的是中国大多数读者的“误读”，尤其是年轻人的“戏读”，这就是中国人屏蔽历史、忘却历史的悲哀，如果文学都无法担当起这样一个揭露那个荒诞年代历史真相的书写能力，让下一代人把它当作儿戏与游戏来看，我们的国民劣根性将是被一群披着博士和教授外衣的所谓“精致的知识分子”进一步发扬光大，让一个民族的精神创口流脓淌血，还锣鼓喧天地庆祝。

与上个世纪八十年代模仿“拉美爆炸后文学”所不同的是，《四书》在现实与超现实两种不可能融合的写作方法与技巧的重新编码中，完成了这个长篇的缝合，这首先是要感谢那个时代，它为作家提供了一个充满着丰富荒诞历史内容的表达场域，其次，才要感谢作家善于发现和表现了这样一个少人问津的原始素材，将它雕琢成一件层层镂空的具有立体感的艺术品。因为在中国许多人未必就能够看懂这样的作品，有的只能看表层，有的可能只能看出其背后的寓意，只有少数人才能抵达这部作品的内核之中，去体味许多难以言表而意味深长的哲思内容。而作为一个“写作的叛徒”，阎连科在其自由挥洒中能否达到那个“自由皇帝”的境界呢？这是一个值得探讨的问题。

我十分理解阎连科提出的“内真实原则”的提法，他把这个作为二十世纪小说新的发现：“内真实是人的灵魂与意识的真实”；“人物的真实，早已超越了世相的真实，进入了生命真实和灵魂的真实”，[②]他要表达的是“内真实”才是真

---

① 阎连科：《中国今天的现实，阎连科：“神实主义”——我的现实，我的主义》，《中华读书报》2013年11月23日。

② 阎连科：《发现小说》，南开大学出版社2011年版，第152—153页。

实的极致这一“神实主义”的原则，也是他走向“深层现实主义”的哲学思考。但是你却不能不说这个名词的创造已然成为阎连科文学创作理论的一种界定。然而，我以为在《四书》的写作过程中，他仍然被荒诞主义和批判现实主义的手法所包围。

综上所述，我以为所有这些问题都牵涉关于“中国经验”与“历史断裂”的一个重要的问题。为什么有那么多所谓先锋的批评家对《四书》等作品采取的是否定的态度呢？这是一个值得思考的问题。十分遗憾的是，一些年轻的学者站在历史的反面曲解了阎连科的作品，他们只看见作家许多细节“不真实”的描写，而看不见作家为了抵达“内真实”而忽略不计许多细节的不真实，甚至看不到作家对真实的变形与夸张。这种阅读的隔阂，则是对历史的不同理解所造成的。

《四书》源自《天的孩子》、《故道》、《罪人录》和《新西绪弗神话》四本书组合而成，并非“四书五经”之义，这就将题目与内容的断裂性提供给了读者，引起了突如其来的第一层困惑。我阅读了几十篇评论文章，能够读懂《四书》者并不多见，尤其是那些自诩或被称作“新生代批评家”的“精致主义的知识分子”，自以为读过一点国外支离破碎的理论，就可以颐指气使地评点中国作家作品了。殊不知，他们对本国的历史知识与常识是严重缺乏的，尤其是对近百年来的中国历史既无知识性和常识性的认识，又无对那个过往世界的感性认知。他们甚至还搞不清楚“大跃进”、“反右”与“文革”之间的历史区别与关联性，所以狂妄无知到沉湎于“查查字典小学生都能理解”“大跃进”的历史谵语中，因为他们所受的教育是被扭曲的，对纸面背后的历史是盲视的，其价值观往往是带着极“左”的偏执，像这样奇葩式的评论新星的诞生，只能说是中国评论界的悲哀。

我不以为《四书》就是一个什么顶级的好作品，但是，它在中国近三十年的文学作品中却有历史性的地位：一是因为它在重新回到历史现场时，还原的不是平面的历史说教，而是开启了一个认知那个荒谬时代本质特征的窗口；二是因为它在摹写历史、描写人性时，在批判现实主义的基础上采用了艺术的变形手法，使不可能发生的事情更加逼真地呈现在读者的眼前，直达人们心理世界最隐蔽的暗隅，拓展了人们对历史的深度思考。这是艺术的魔棒给文学描写插上的翅膀。

不错，从题材来看，在它之前，《夹边沟记事》占了先，但是，那是纪实性很强的小说创作，是在大量社会调查基础上，用极强的写实主义（自然主义）手法写出来的作品，的确给人以震撼，这可能就是阎连科认为的一种“外真实”创作方法。然而，反映历史的真实性也可以有另一种更加“骇人”程度的夸张描写，它抵达的是对历史真相“内真实”的艺术发现。当然，我并非是否定《夹边沟记事》的艺术成就，作为一个个真实场景的裸露，《夹边沟记事》带给我们的震撼力无疑是巨大的，但是，一部艺术作品更巨大的能量就在于它不仅仅是惨烈宏阔的场景再现，它促发人们思考的程度往往是需要艺术再造空间的。作为“中国的古拉格群岛”的描写，我以为两者是各有千秋的，他们从不同的取景角度有力地印证了那个荒谬时代的荒诞性。而前者是写实性的“再现”型作品，后者却是写实与超现实相融合的“表现”型作品。我也承认生活本身往往比作家的想象更加丰富广阔，生活远远大于艺术的真谛，但是，怎么样更好地利用好手中的素材，使其发挥出更具震撼力的艺术效果来，才是一个作家需要认真考虑的事情，作为一个使用夸张变形手法将那段荒诞的历史呈现出来的作者，阎连科的这部作品无疑会给远离那个年代已经半个多世纪的许多青年读者带来困惑性的阅读障碍，其根本原因是我们在教科书中找不到这些历史的踪迹，所以才给受着遮蔽教育而根本不了解这段历史的人们带来了阅读的障碍。他们的不屑一顾，那是因为他们不了解历史的真相，如果仅仅是这样，也情有可原，但倘若是站在一个反人性、反历史的价值立场说话，我就无语了。我常常发现，如今的许多青年评论家根本就不是在进行文学研究的探讨，其功利性就决定了他们对作家作品的选择与好恶，戴上一个“二皮脸”的人格面具，满嘴跑马，却能够获得满堂喝彩。这无疑是当下评论的病症之一。

“全书涉及的诸如毁树毁物大炼钢铁、虚报田亩产量并将口粮当成公粮上缴的浮夸风，乃至随后大饥荒饿死人乃至吃草皮吃人肉等等据说是重磅炸药般的历史书写，就我的阅读观感而言，充其量，还不如百度百科‘大跃进’条目来得深入细致，更勿论和内地正式出版过的相关题材的诸多书籍相比了。仔细查考一下就会知道，‘大跃进’在当下中国其实并非绝对禁区，任何一个小学毕业的读者，只要有心，他不用去看任何禁书，单从正规图书和被允许的网络渠道，就能够对“大跃进”这段历史的真相有一个简单明了的认识，与之相比，《四书》提供给了我们什么样的新的无人敢公布的历史发现了吗？它揭开了什么样的天大的不曾被人述说的秘密真相了吗？”[①]看了这一段文字，我感到十分悲哀与怜悯，这是因为我们的下一代所受的当代历史教育是严重扭曲的，他们所知道的“历史真相”，往往是变形的，“单从正规图书和被允许的网络渠道，就能够对‘大跃进’这段历史的真相有一个简单明了的认识”这种荒谬的论点，稍有一点社会常识的人都不会说这种昏话，他既无历史知识的常识和义理，又无对那个时代的感性认知。

这样的批评新星之所以给出这种违反常识的结论，其最终的答案无非就是“老调重弹”，这一点我们一点都不陌生：“而阎连科的目标读者，也不完全是中国人，更包括对中国有猎奇心理的海外读者。唯有无知，才有猎奇；唯有猎奇者的存在，才滋生挂羊头卖狗肉的招摇者。”[②]这样的话语我们在某一场批判运动中已经耳熟能详了，评论新星用这样的话语来解构作品，似乎有一种不可告人的目的。

对文体认知的表达错乱，导致了他把纪实与虚构完全画上了等号：“完稿于二〇一〇年的《四书》以题材得意，但早在二〇〇〇年《上海文学》杂志就开始连载杨显惠的《夹边沟记事》，同样一段历史时间，同样的封闭式农场的地点，同样以一群右派改造知识分子作为描述对象，同样的题材，《四书》比《夹边

① 张定浩：《皇帝的新衣——读阎连科的〈四书〉》，《上海文化》2012年第3期。

② 张定浩：《皇帝的新衣——读阎连科的〈四书〉》，《上海文化》2012年第3期。

沟记事》可以说晚了十年，虽然一是小说一是纪实，但既然作为小说的《四书》以书写历史真相来标榜，那么它就不能再以虚构之名来回避与纪实的《夹边沟记事》之间的比照，而就题材所碰触的历史真相和人性深渊而言，《四书》远远不及《夹边沟记事》骇人。我不知道《四书》作者还有什么可以为题材得意的地方。我怀疑，《四书》无法在内地出版，最重要的原因根本不是什么题材禁区，而只是因为阎连科写得太没有新意和诚意。"①恰恰可以证明的一点就是，《四书》不能在内地出版的原因就是我们不能容忍这样的历史重现。

我并不认为《四书》的语言就十分精致，甚至我还认为，有些带有宗教色彩的语言，就我个人的阅读审美经验而言，则是不太喜欢的，但是这并不妨害他的语言的创造力和审美的张力，我了解到有些读者十分迷恋这样的语言风格。所以，新星批评家的这段结语使我坠入了云里雾里："我觉得阎连科至少搞错了一个问题，即便胡扯八道与信口雌黄可以导致词语和叙述的自由与解放，这种自由与解放也和写作能够达到的品质并无直接逻辑关系，严格来讲，每个非文盲都能做到想怎么写就怎么写，每个非文盲都能做到'不为出版而胡写'，但仅此而已，这种写作的自由并不能预支作品的伟大。就像一个皇帝，他有穿上任何新装的自由，但这件衣服的品质究竟如何，却很遗憾与这种自由无关。"②即使是像《朗读者》里的女主人公那样，站在一个文盲的角度去"听"作品，恐怕也不会产生这种奇妙的联想吧？阎连科还不至于糊涂到像有些作家那样"为出版而胡写"吧，倒是某些评论家是想通过胡乱的批判而达到某种政治功利的目的吧，这可能也是诸如我们这些文盲读者可以一眼识别的"皇帝的新衣"。

《四书》算不得什么伟大的作品，其语言也不是处处熠熠生辉的，但它是作家内心表达的一种自由的飞翔，的确，"导致词语和叙述的自由与解放"是《四书》的一种语言的审美追求，虽然有些地方过于雕琢，但是，绝不是穿上了皇帝

① 张定浩：《皇帝的新衣——读阎连科的〈四书〉》，《上海文化》2012年第3期。
② 张定浩：《皇帝的新衣——读阎连科的〈四书〉》，《上海文化》2012年第3期。

的新装，而“这种自由与解放也和写作能够达到的品质并无直接逻辑关系”[①]的简单判断，倒像是一个文学文盲说出的话。

说实话，如何对待“中国经验”的把控的确是当下中国作家和批评家对历史价值评判的关键问题。但是令人失望的是，看了这样年轻一代新星批评家对《四书》的评论，内心着实很悲哀，因为他们连“反右”、“大跃进”和“大饥荒”的历史时序都搞不清楚，所以造成了对作品分析的许多误读，我想，他们还是请教一下他们的父辈与祖辈吧，或许他们会从中得到一些历史的真相。他们往往挂在嘴边的一个词是“中国经验”，而他们忽略的恰恰是这个“中国经验”中最宝贵的东西——那是西方社会生活中绝无仅有的、具有中国特色的历次政治运动带给人的心理创伤的巨大历史内容——它本应该是中国作家创作的无尽的宝藏，但这个富矿一直没有被真正地深入开采过，作为一个写作的禁区，许多作家没有勇气面对这样的题材创作，即使在作品中偶有旁敲侧击，也会小心翼翼，因为他们在遵循着另一种“中国经验”的一个潜规则。

我想告诉中国广大青年读者一个常识性的谜底：《四书》是写一群被打成右派（或是被误判右派，顶替而来）的知识分子在黄河故道的无人区里的严密的管控中怎样进行“大跃进”来赎罪，又怎样以巨大的死亡来渡过“大饥荒”那条历史的河流的故事。其素材与《夹边沟记事》是相同的。但是，其创作方法却是迥异的。有无知者断言，这个题材不新鲜了，所举实例只有《夹边沟记事》，在一九四九年以后中国文学的“颂歌”与“战歌”声中，请问还有哪些同类深入探索历史的作品出现吗？即使有少量的作品存在，它们所呈现出来的价值理念有像这样两个作品深刻而犀利的吗？只有熟知文学史的人才有资格来对当下作品做出评判，否则他永远在平面评论的井底呜哇乱叫。

原载于《当代作家评论》2016年第1期

① 张定浩：《皇帝的新衣——读阎连科的〈四书〉》，《上海文化》2012年第3期。

未完稿的自我修正与续写：在苦难现实与贵族形式之间
——三种文明冲突中的乡土描写转型(之三)

题记

这是我十四年前写下的那个“三种文明冲突中的乡土描写转型”系列论文的第三篇，旨在批判阎连科们在中国乡土叙事之中注入了大量的现代和后现代的描写元素，用一种近于魔幻的形式主义消解了中国乡土文学的固有的写实主义和浪漫主义的规约性，更是在乡土的苦难现实中关闭了大众阅读的可能性，用近乎“后现代”的贵族式的描写方法阻遏了原本可能达到的现实主义文学的深度表达。文章刚刚开头，才写了三千六百字就突然中止了，那就是我发现了自己的观点出现了一个重大的偏颇——显然，我忽略了作者当时的写作背景和生存语境，认为一个成熟的乡土文学作家不应该一味地追求时髦的形式主义的创作方法，那样是对好的文学素材的一种浪费和亵渎。虽然我后来在评论阎连科其他一些文学作品的文章中纠正了自己的这种无端指责的论点，但是，今天我愿意重新续写这篇文章，以修正自己偏颇的观点。

从尘封了十四年的电脑里调出这篇已经死去了的文章开头，心中五味杂陈，但是，如果我不对自己的错误判断进行反省，我就不是一个有资格进行评论工作的真正批评者，也对不起自己的批评良知，因为，批评家面对的不仅仅是你的批评对象，还要敢于面对自我，面对内心的恐惧。面对别人的批评容易，而面对自我却是一个十分艰难的命题，这是批评家的致命弱点，更是人性的弱点！只有当更多的批评者敢于直面惨淡的人生，直面自我人性的弱点，我们的文学批评才能获得复苏。

【原文断章】

在苦难现实与贵族形式之间

——三种文明冲突中的乡土描写转型(之三)

对21世纪中国文学的走向是没有一个预言家可以把握的，因为三种文化模式就决定了文学在多元共存中不会定于一尊，正如一批搞外国文论的专家们指出欧美文学发展趋势那样："现实主义、现代主义和后现代主义文学之间的关系并不是一种链式的交替，而是一种共存。……当代美国文学有两条平行发展的路线：一方面反现实主义的文学表达依然活跃，吸引着众多学者和批评家的目光。但与此同时，也出现了现实主义文学回归的明显迹象。这两种文学主张和表达模式，在21世纪初期形成了对峙，并在一段时间内可能保持平衡发展的态势。""后现代主义是对现实的批判，反对逻各斯中心论。德里达解构二元对立，认为任何中心都有边缘，都是一方对另一方的压迫，是倾斜的，是主流意识形态倡导的。现实主义、现代主义和后现代主义三者之间并不是一种淘汰而是一种积累。"那么，在21世纪的中国文学语境，尤其是小说创作的语境中，有一股不顾自身的生活经验和社会文化环境，而悄然进行着现代主义和后现代主义文体试验的思潮，对于形式技巧的探索在有些作家的笔下已经到了痴迷的地步。我们不能说这种探索是错误的，但是，我们却可以说，它被历史证明是短命的，虽然作家具备了那种形而上层面的精神理念，但是当这种理念一旦植入形而下的形式技巧的文本之中，却成为一种不伦不类的文体，它没有受众，只能成为文艺理论实验室里的一个文学标本。作为乡土小说创作的中坚，像阎连科、李锐、孙惠芬那样的作家都开始了文体的转型。如果仅仅就是实验也无可厚非，但是如果将此作为创作努力的方向和思潮加以倡扬与推广，那可能就是一场文学的悲剧。①

一、牺牲"母亲"的现实

无疑，随着小说传统叙事手法的变革，也随着小说读者群体口味的变化，必要的形式主义和技巧的融入是有益于中国乡土小说成长的举措。然而，一味地沉湎于那种对小说贵族式的形式主义的把玩，从而消解了小说所要表达的本意，那样的后果是可怕的，也是可悲的。如果小说只剩下了形式的外壳，而读者搞不清内涵的所指，这可能就是小说的末路。

其实，自80年代开始，乡土小说作家就开始了对乡土小说的形式与技巧的探索。从对现代派的艺术技巧的借鉴，到"寻根文学"对"拉美爆炸后文学"的模仿，再到"先锋试验小说"纯粹的语言形式"叙述迷宫"。可以说一些乡土小说作家一直是迷恋着在乡土小说领域里进行形式主义试验的。从莫言的《透明的红萝卜》开始，到刘震云的《故乡天下黄花》，再到"新写实"的诸多乡土小说作家的"魔幻现实主义"、"心理现实主义"、"结构现实主义"的乡土小说形式主义的"大串联"，就连最保守的贾平凹也在《商州》中借用了"结构现实主义"的手法而在以后的创作中一发而不可收。这些都表明了乡土小说作家在内容与形式、题材和文体的选择中，没有忽略形式的探索，甚而更注重形式的创新，更注重华丽的文体外衣的装饰效果。那么，90年代像韩少功的《马桥词典》那样形式文体的探索就更是走远了。它在文学史上留下的却只是一个文学事件而已，脱掉那个华丽的形式的外衣，它还能留给读者什么呢？回过头来再看这20年来的文学，尤其是乡土小说的创作历程，一些模仿欧美现代主义和后现代主义的作品在文学史上所留下的痕迹是有限的，它们更多的只是给

---

① 张建华、李德恩：《西方文论，终止于大师身后？——20世纪外国文学理论的前沿问题》，《社会科学报》2005年4月21日。

人一种“摹写”的印象而已。在这里，我并没有否定现代主义和后现代主义文本的意思，而是认为一种文体的出现必然是和它所生存的文化土壤和语境紧密联系的，是自然而然出生的，它必须考虑接受体的存在，它并不是来自市场的规律，而更多的是来自中国式的审美惯性。适当地在工具层面局部借鉴一些现代主义和后现代主义的形式技巧，而不妨害文学主题的表达，应该是无可非议的，但是一味地将形式作为小说创作的本体，那就意味着对小说的彻底背叛！

而最近对阎连科的“超现实主义”的乡土长篇小说《受活》的评论所表现出的两种截然不同的价值评判，足可见人们对于乡土小说的形式主义探索的关注。那么，乡土小说究竟应该不应该进行形式主义的创新和探索以及如何探索，可能是我们目前需要亟待解决的乡土小说创作的难题。

《受活》问世以来就有两种截然不同的评价，当这部所谓“狂想现实主义”[①]的乡土长篇小说还没有面世的时候，出版商就试图要为这部作品进行商业化的包装了，也不知是出自哪一位批评家的手笔，其封底语的概括就是定位在“结构形式”这个“卖点”上的：“小说在结构形式上的大胆探索和创新，在时间轴线上对东方古老观念的吸纳，在语言上对地域方言的大胆开掘与驾驭，在写作方式上对‘狂想现实主义’的创立与运用，使整部作品真实与虚构并置，当下与历史交融，现实与梦魇交织，构建了一个奇诡陆离、亦真亦幻的艺术天地，从而使其在文本上具有了某种经典价值。”“这部充满政治梦魇的小说无疑是迄今为止阎连科最具探险，也是其最成功的作品，更是中国当代长篇小说中最有理想冲击力和深广艺术内涵的一部惊世之作。”[②]且不追究这段广告语表达的夸张和不准确，其中心词“狂想现实主义”的定位就值得怀疑，不能因为小说中的政治人物有狂想的癖好，就将小说的形式表达定格为“狂想现实主义”。还是作者自己的表述道出了其中之奥秘：

---

① 《受活·封底语》：春风文艺出版社 2004 年版。

② 《受活·封底语》：春风文艺出版社 2004 年版。

真的，请不要相信什么“现实”、“真实”、“艺术来源于生活”、“生活是创作的惟一源泉”等那样的高谈阔论。事实上，并没有什么真实的生活摆在你的面前。每一样真实，每一次真实，被作家过滤之后，都已经成为虚假。当真实的血液，流过写作者的笔端，都已经成为了水浆。真实并不存在于生活之中，更不在火热的现实之中。真实只存在于某些作家的内心。来自内心的、灵魂的一切，都是真实的、强大的、现实主义的。哪怕从内心生出的一棵人世本不存在的小草，也是真实的灵芝。这就是写作中的现实，是超越主义的现实。如果硬要现实主义这杆大旗，那它，才是真实的现实主义，超越主义的现实主义。

现实主义，与生活无关，与社会无关，与它的灵魂——“真实”，也无多大干系，它只与作家的内心和灵魂有关。真实不存在于生活，只存在于写作者的内心。现实主义，不存在于生活与社会之中，只存在于作家的内心世界。现实主义，不会来源于生活，只会来源于一些人的内心。内心的丰饶，是创作的唯一源泉。而生活，仅仅是滋养一个优秀作家的内心的养分。我们总是被现行的，有一定来源和去向，目前在视野的街上游来荡去的所谓的现实主义，弄得眼花缭乱，迷失方向所以，当我们偶尔清醒的时候，会被所有的人看作是头晕脑涨、神经错乱的时候。既然这样，那就这样去吧。既然要摆脱妓女，就必须牺牲母亲，那就牺牲母亲好了。至多，母亲会给我们一记耳光，那就让我们把左脸和右脸都迎着耳光罢了。因为文学的成长，总是以摆脱现实主义而获求另外的现实为前提，那么，我们为什么不这样一试呢？

也许，现实主义是文学真正的鲜花。

也许，现实主义是文学真正的墓地。①

---

① 阎连科：《寻求超越主义的现实（代后记）》，《受活》，春风文艺出版社2004年版。

当然，我能理解阎连科们那种对现实主义的极端的看法，因为从“五四”以后的三十年代开始，我们的文学就在病态的、异化的现实主义漩涡中徜徉，正如阎连科所说的那样，是政治，是那种刻意追求的“生活”“强奸了文学，强奸了读者，强奸了曾经是那样伟大而神圣的现实主义”①。殊不知，现实主义在 20 世纪中国的文学史上只不过是昙花一现而已，而真正属于批判现实主义的作品更是凤毛麟角。所以，对那种病态的现实主义，尤其是 20 世纪后半叶异化了的现实主义的本能反感是有其深刻的历史原因的。可是，真正的现实主义，包括批判现实主义却是文学永远可以依傍的创作方法和形式技巧，可惜它并没有如日月星辰那样出现在中国文学的天空。而这一大批喝着新时期文学乳汁成长起来的青年作家并没有意识到“现实主义的写作原则在 50—70 年代的当代文学中已发生极度的变异僵化，‘新时期’文学的复苏正是从现实主义向欧俄经典传统和‘五四’传统回归开始的，但回归的路并没有走多久，就被汹涌而来的革新浪潮打断，加上继之而来的商业化冲击，可以说，‘新时期’以来，现实主义文学一直没有能很好地发展壮大，它的状态绝非阎连科所说的‘粗壮到不可动摇，根深叶茂到已成为参天大树’，而是枯瘦孱弱，以至于众多靠其滋养长大的作家都对其功能、前途缺乏信心”②。问题的症结就在于我们割断了现实主义在中国发展和演化的历史环链，孤立地去看待那种已经不是现实主义原旨的异化物，当然就会产生对现实主义的偏激情绪。

我不想对现实主义进行长篇大论的理论边界的清理，而是就《受活》和一批超越现实主义的乡土小说进行分析，

---

① 阎连科：《寻求超越主义的现实(代后记)》，《受活》，春风文艺出版社 2004 年版。

② 邵燕君：《与大地上的苦难擦肩而过——由阎连科〈受活〉看当代乡土文学现实主义传统的失落》，《文艺理论与批评》2004 年第 6 期。

【修正与续写】

毫无疑问，原文最后一句还没有写完就在逗号中戛然而止了，那是因为我突然在听到某一个消息后，顿悟到了时代背景所提供给我们的描写空间是有限的，作家往往只能用变形的形式来表达内心的真实情境。因为我当时并不知道阎连科所遇到的写作瓶颈是因为某一种来自外部的压力，所以躲进了卡夫卡式的“甲壳虫”的躯壳之中，那是一种“曲笔”的形式主义的无奈。固然，这种形式主义的表达所造成的“阅读障碍”大大降低了它的受众面，同时也部分消解了小说现实主义所应该抵达的“历史的必然”语境，以及应该达到的审美效果。但是，倘若反转过来仔细思考，这种“狂想现实主义”给作品带来的更大的空间，是可以让读者自行去填充的，当然，不同阅历和不同观念的读者可能会读出千差万别的内涵来，这种“误读”既喜亦悲，一部作品在接受过程中不断被重新“再创作”，是它不断被完善的过程，然而，一俟离开了小说所指定的特殊文化历史背景和语境，那就会被作品的离心力摔出小说原初的轨迹，驶向一个无边的时空轨迹之外，成为一种外星人的语汇符码。我后来在评论阎连科的《四书》时，对其“神实主义”的写作方法进行了修正，就是因为太多的描写让后几代人在“误读”小说时竟然离开了历史的真相，误将一些伪历史资料当成了教科书式的真理。因此，当作家在无奈之中不得已选择一种创作方法的时候，那柄悬在作家头上的达摩克利斯(Damocles)之剑让他采取了另一种无奈的形式表达，我们是没有理由去进行无端的指责的，如果我们只沉浸在西方形式主义理论的窠臼之中，而忽略了中国作家面临的真实写作语境的话，我们是无权裁判一部作品在主题立意和审美层面的高下的。虽然作品失去了更多的读者，但是，我相信，经过历史的磨洗，它是可以从斑驳的躯壳表层看到内里刀锋的光芒的。所以，我的论断从表面上来看似乎有些道理，但却是背离了作家作品创作时的实际情境的：“在 21 世纪的中国文学语境，尤其是小说创作的语境中，有一股不顾自身的生活经验和社会文化环境，而悄然进行着现代主义和后现代主义文体试验的思潮，对于形式技巧的探索在有些作家的笔下已经到了痴迷的地步。我们不能说这种探索是错误的，但是，我们却可以说，它被历史证明是短命的，虽然作家具备了那种形而上层面的精神理念，但是当这种理念一旦植入形而下的形式技巧的文本之中，却成为一种不伦不类的文体，它没有受众，只能成为文艺理论实验室里的一个文学标本。作为乡土小说创作的中坚，像阎连科、李锐、孙惠芬那样的作家都开始了文体的转型。如果仅仅就是实验也无可厚非，但是如果将此作为创作努力的方向和思潮加以倡扬与推广，那可能就是一场文学的悲剧。”但是，从这些年的文学发展历程中来看，显然是我过高地估计了直线型的中国乡土文学悲剧审美表达的畅通性，真正的悲剧不是文体的形式主义的束缚，而是作家创作时自由心灵的被捆绑，不能按照自己所喜爱的创作形式去自由地书写，而只能用一种隐晦的“曲笔”来间接地表达自我的主题哲思。

因此这样的立论也是很有问题的：“而最近对阎连科的‘超现实主义’的乡土长篇小说《受活》的评论所表现出的两种截然不同的价值评判，足可见人们对于乡土小说的形式主义探索的关注。那么，乡土小说究竟应该不应该进行形式主义的创新和探索以及如何探索，可能是我们目前需要亟待解决的乡土小说创作的难题。”

《受活》问世以来就有两种截然不同的评价，当这部所谓“狂想现实主义”的乡土长篇小说还没有面世的时候，出版商就试图要为这部作品进行商业化的包装了，也不知是出自哪一位批评家的手笔，其封底语的概括就是定位在“结构形式”这个“卖点”上的：“小说在结构形式上的大胆探索和创新，在时间轴线上对东方古老观念的吸纳，在语言上对地域方言的大胆开掘与驾驭，在写作方式上对‘狂想现实主义’的创立与运用，使整部作品真实与虚构并置，当下与历史交融，现实与梦魇交织，构建了一个奇诡陆离、亦真亦幻的艺术天地，从而使其在文本上具有了某种经典价值。”“这部充满政治梦魇的小说无疑是迄今为止阎连科最具探险，也是其最成功的作品，更是中国当代长篇小说中最有理想冲击力和深广艺术内涵的一部惊世之作。”

至今来看，有些对作品肯定性的评价的确是有其合理性的，而我当时表达的观点为什么如此决绝，一定要与这些观点拧巴着来呢？除了对某些评论家的全称性价值判断不满外，还对那些充满了商业广告情调的宣传语有着本能的反感，觉得很不舒服。当然这是感性层面的直觉而已，并不能构成对文本的直接颠覆。那么理性的层面的观念则是我对其文本创作方法反感的直接原因，因为当时我仍然在坚守着这样的乡土文学的美学原则：乡土文学既然是产生在前现代的农耕文明和游牧文明的土壤之上，它是落后于现代文明和后现代文明的历史抛弃物，其配套的美学方法应该是规训于自然主义（甚至是原始主义）、写实主义和浪漫主义的范畴，创作方法往往是与题材的文明梯次相对应的。况且，在中国现代文学的历史长河之中，我们根本就没有很多真正的自然、写实和浪漫主义的文学样本和典范呈现，更谈不上什么流派了。文明的等级造成了创作方法的时代特征。那一个阶段，我正在撰写三种文明共生于中国从东到西的文化与文学版图上的论文，我并不赞扬东部沿海先进的后现代的文化理念渗透于文学的创作之中，因为，文学的表达与文化观念的表达往往是呈悖反状态的，越是经济发达地区的地域，反而离文学更远，离审美的语境和距离也就更加遥远。这个常识往往是和人们的旅游观念是一致的，读者要看到的是异域的风景、风情和风俗，还有这些画面中的人物命运。所以，“超现实主义”和“狂想现实主义”这些包孕着“现代”和“后现代”描写元素的方法，是隔离和阻遏读者清晰看见现实世界真相的过滤镜。而恰恰是西方在20世纪六七十年代推崇的“照相现实主义”（它的艺术回声似乎在半个世纪后的中国才得到响应，尤其是近年来冷军的油画则是对这种照相现实主义的又一次模仿和实践），可惜它晚来了半个世纪，而八十年代在文学上的“新写实”却又是只向前迈出了半步，便被“一地鸡毛”给消解掉了，它并没有真正抵达“自然主义”和“原始主义”的目的地，因此，我无法给这种超越农耕文明形态下的乡土文学新的形式主义和创作方法打上赞美的火印。

但是，十四年后重新来看文学地理分布，让我深深地意识到了这样一个十分严峻的问题：事实上，文学地理的分布并没有以经济和大文化的“差序格局”而改变许多，大一统的文学理念一步步让文学的审美单一化，而创作方法也并不是像我当年预设的那样形成了从东到西的创作方法的等级梯次，有时甚至是形成了恰恰相反的效应，即越是经济落后的地区，倒是出现了创作方法的“后现代”与“现代性”元素，越是东部发达的地区，倒是追求那种原始主义和自然主义的创作方法。这些都是我们今天值得思考探究的问题。

由此，我想到了一个批评家的批评权力和批评守则问题——在评判一个作家作品的时候，你是否了解作家当时的创作背景和创作语境，这一点是与作品的创作目的有很大关联性。而我们现在的许多批评家，尤其是“学院派”的青年批评家，他们把躺在书斋里设计毕业论文的方法运用在当代作家作品评论之中，让鲜活的、带着生命体温的作品置于手术台上，亦如用冷冰冰的伽马刀去解剖切割一具僵尸一样，对照教科书，指出每一个器官部位和功能，这是文学评论和文学批评吗？当文学评论和文学批评走到这种地步的时候，这不仅仅是文学批评的悲哀，同时也是文学走进坟墓的表征。

所以，我从过往的十四年文学发展的走向中悟出了一条真谛：无论作家使用什么样的创作方法，这是作家创作的权利，批评家是可以进行各种各样的评论和批评的；但是，作家的守则应该是，在选择创作方法时，一定要契合作品的素材，且对此创作方法运用娴熟，并非是为了赶时髦。而批评家的守则却是，你对作家为什么要运用这样的创作方法应该有所了解，尤其是对作家当时的生存背景和写作背景应该有足够的了解，而不是用“现代”和“后现代”的现成理论去“套评”这样的作家作品，尤其用并不适合于中国文学创作背景的西方文论作为批评论文的构架，填充式地把一个个有着鲜活生命力的作家作品硬塞进“理论的集装箱”里去。

由此而反观中国这近二十年来的文学批评和文学评论，真正的批评和评论还在吗？当我们认识到自己做的都是无效批评和评论的时候，我们还能再说些什么呢?!

从实验室和手术台上走下来的一代代“职业批评家”和“职业评论家”们会给中国未来的批评和评论带来什么样的后果呢?!

照着这样的路径走下去,我们的批评和评论还有希望吗?!

我们不能看到我们的批评和评论“死在路上”。

2019 年 1 月 30 日初稿完成于南京依云溪谷

2019 年 2 月 1 日完稿于依云溪谷小区

原载于《东吴学术》2019 年第 2 期

“世界中”的中国现当代文学史编写观念

——王德威《“世界中”的中国文学》读札

作为一直从事中国现当代文学与文学史研究的海外学者，王德威应该是第三代的领军者，他几十年来打通了中国现当代文学学科的壁垒，将百年以降的所有文学史思潮现象和作家作品（哪怕是一个有文学史意义的不起眼的小作家）都纳入自己研究的视域中，这是我们大陆学者所难以企及的学术态度，如今他竟然将中国现当代文学史的上限拓展至明末，如此大胆的举措让我震惊，有理无理另当别论，但是在学术上的刻苦追求令人尊敬。更重要的是，他的视野十分开阔，知识储备丰厚，古今中外的文学作品和思潮，文史哲各门类的方法与观念，无所不涉，无所不用，这也是一般学者望尘莫及的。就我多年来对他的观察，其学术性格基本上是持重稳健、客观公允的，尽管我不赞成书中收入的与全书价值判断相左的极少篇文章，有些观点也看似激烈，那是因为所处的文化语境的殊异，乃至于因为意识形态的差异性而形成了反差和落差：你以为是站在政治正确的立场上去批判他的观念，他却是以为自己是站在学理的客观立场上进行“历史的考古”，视其为一种严谨的学风，相比一些大批判文风的文章，谁的观念更具有学理性和学术性，学界同仁心照不宣，不言自明。在我与王德威接触的过程中，我反倒以为他的性格在谦和之中少了一些刚烈，甚至有点懦弱。

前年去美国，又见王德威，在他的办公室兼书房里，得知他正在主编一套卷帙浩繁的中国现当代文学史，没有想到的是，这部千页之巨的皇皇大著的英文版如今已然问世了，据悉中文版不久也将面世。从德威先生的这篇导言当中，我们可以清晰地看到此书的编写宗旨和体例规范，更重要的是，这种具有把中国现当代文学代入“世界中”的意识，试图让中国现当代文学进入正常的世界文化和文学语境的雄心，却是我们国内学者缺少的视界和魄力。我尚未读到全书的中文版内容，但是，就此阐发的观念而言，就让我们这些专治中国现当代文学史的国内学者汗颜，因为我们长期只在狭小的中国文化地理版图中打圈，走不出自我设定的陈腐史学观念之囚笼，也就让我们的中国现当代文学史在近七十年之中只是在修修补补当中戴着镣铐跳舞，往往囿于形式上的些微变化而沾沾自喜。读了王德威先生这篇文章，我觉得有必要将他的文学史观与我们的文学史观进行一次对照，旨在进一步深化中国大陆中国现当代文学界同仁的问题意识，让中国文学走出国门，让中国现当代文学研究走向世界。

“哈佛大学出版公司《新编中国现代文学史》是近年英语学界‘重写中国文学史’风潮的又一尝试。这本文学史集合美、欧、亚洲，大陆、台港地区一百四十三位学者作家，以一百六十一篇文章构成一部体例独特，长达千页的叙述。全书采取编年顺序，个别篇章则聚焦特定历史时刻、事件、人物及命题，由此衍生、串联出现代文学的复杂面貌。”显而易见，在进入“重写文学史”的序列中，王德威先生在国内诸多文学史的比对之中，是想进行一次大的“外科手术”的，撰写者是一个“联合国集团军”，各自带着自己的文化基因和密码进入了对中国现当代文学的考察，诚然，这无疑加大了此书的世界性视域，这种编写人员的世界性元素，可能是当下任何一部中国现当代文学史撰写队伍都不可能达到的组合境界。所以说它“构成了一部体例独特”的著作，我担心的也正是在它无比多声部的优势当中，会不会在“众声喧哗”中呈现出偏离主旨、各自为政的体例和风格的散乱呢？这要有待于读了全书后才能做出判断。

但是，从这四个维度来看王德威先生文学史编写观念，我们就会知其良苦用心了：“《新编中国现代文学史》借以下四个主题，进一步描述‘世界中’的中国文学:时空的‘互缘共构’;文化的‘穿流交错’;‘文’与媒介衍生;文学与地理版图想象。”我想就其中的几个问题谈一点浅见。

采用编年来结撰文学史的方法似乎并不鲜见,但是,将特定的作家和人物“聚焦特定历史时刻、事件、人物及命题,由此衍生、串联出现代文学的复杂面貌”却是一种独特的视角和方法,把历史的细节真实客观地提纯并放大在“历史时刻”的显微镜下进行分析,由此而显现出历史的斑驳的复杂性,这也许更能够让我们厘清作家作品的原意所在。“作为中国现代文学公认‘开端’的1919年五四那一天,又到底发生了什么?贺麦晓教授(Michel Hockx)告诉我们,新文学之父鲁迅当天并未立即感受到‘历史性’意义,反而是鸳鸯蝴蝶派作家率先作出反应。而在官方文学史里鸳蝴派被认为是不登大雅之堂的。文学史的时间满载共时性的‘厚度’,1935年即为一例。那一年漫画家张乐平(1910—1992)的漫画《三毛流浪记》大受欢迎;曾为共产党领袖的瞿秋白(1899—1935)在福建被捕,临刑前留下耐人寻味的《多余的话》;电影明星阮玲玉(1910—1935)自杀,成为媒体的焦点;而河北定县的农民首次演出《过渡》、《龙王渠》等实验戏剧。文学史的时间包容了考古学式的后见之明。1971年美国加州《天使岛诗歌》首次公之于世,重现19世纪来美华工的悲惨遭遇;1997年耶鲁大学孙康宜教授终于理解五十年前父母深陷国民党白色恐怖之谜。文学史的时间也可以揭示命运的神秘轮回。1927年王国维(1877—1927)投湖自尽,陈寅恪(1890—1969)撰写碑文:‘独立之精神,自由之思想。’四十二年后,陈寅恪在‘文革’中凄然离世,他为王国维所撰碑文成为自己的挽歌。最后,文学史的时间投向未来。”这些在“历史时刻”中人的特定行为的表现,往往是被我们的文学史所忽略的东西,恰恰就是它们构成了文学史最复杂,同时也是最深刻和最精彩的组成要素。一切本质性的东西往往就是在历史时刻的细节之中凸显出它的意义和作用。而这样的耙梳也许只有王德威想到了,同时,也只有他才有条件完成这样的学术性探究。

顺便需要指出的是,从目录中我们可以看出,《新编中国现代文学史》内在逻辑虽然是按照编年史的方法进行的,但是在目录次序上却是无次序状态的,或许这就是“大兵团作战”留下的遗憾,抑或就是作者考虑如何按照问题意识进行文学史的组元方法所致,这就需要读者自行从问题出发,重新在大脑中梳理出一条清晰的编年史的脉络来,这对于一般读者来说是比较困难的。尽管如此,这种将许多杂乱无章的历史碎片拼贴起来的文学史叙述,的确给了我们许多启迪。

毋庸置疑,我们首先关注的焦点就是王德威先生们在文学史的断代与分期中的创新观点。近四十年来,国内对中国现当代文学史的断代方法已经十分多了,但总是在意识形态之争当中盘桓,而王氏切分法虽然诡异大胆,却也让我们看出他跳出五行举止背后的深意来了。“《新编中国现代文学史》的读者很难不注意书中两种历史书写形式的融合与冲突。一方面,本书按时间顺序编年,介绍现代中国文学的重要人物、作品、论述和运动。另一方面,它也介绍一系列相对却未必重要的时间、作品、作者,作为‘大叙述’的参照。借着时空线索的多重组合,本书叩问文学/史是因果关系的串联,或是必然与偶然的交集?是再现真相的努力,还是后见之明的诠释?以此,本书期待读者观察和想象现代性的复杂多维,以及现代中国文学史的动态发展。”基于这样一种治史理念,王德威对中国现当代文学史的断代便有了自己的考量。显然,以明末作为中国现代文学开端的切分法具有很大的风险性,肯定会招致中国大陆学界的许多诟病,不仅中国现当代文学史的学人不会同意,而且那些专攻中国古代文学史的学者们也会反对,因为中国现代文学史上溯至晚清,就有了二三十年的论争了,何况上溯到明末?记得 20 世纪 90 年代中国大陆史学界在一片“现代性”的鼓噪下,就论证了中国明朝政治和经济的巨大现代性元素,文学界跟进,指出生活在明代中叶的西门庆这个人物身上体现出的现代性元素。我担心这种诟病会不会出现在这本书的评价体系当中。然而,王德威先生们的理论依据是从何而来呢?

“《新编中国现代文学史》起自 1635 年晚明文人杨廷筠、耶稣会教士艾儒略(Giulio Aleni)等的'文学'新诠,止于当代作家韩松所幻想的 2066 年'火星照耀美国'。在这'漫长的现代'过程里,中国文学经历剧烈文化及政教变动,发展出极为丰富的内容与形式。借此,我们期望向(英语)世界读者呈现中国文学现代性之一端,同时反思目前文学史书写、阅读、教学的局限与可能。"就此,我们便可以看出此书作者如此开端的缘由了。之所以上溯至 1635 年的明末,是因为被称为中国天主教"三大柱石"的杨廷筠(此时杨廷筠已经去世八年)与那个重新绘制利玛窦的万国全图的意大利传教士艾儒略对文学的重新定义,与封建正统的文学观念相左,融入了欧洲文艺复兴以后以人为本的文学理念。显然,这种追溯的真正目的则是作者将中国现代文学的开端建立在世界格局的大框架中进行考察辨析。将华语文学作为世界文化与文学发展的一盘棋中,才是王德威先生的最终的企图,因为在许多章节当中,他念念不忘的就是华语文学创作在海外的传播与研究,当然这也是为了突出现代性文化在中国的传播是始于明末。

也许这是受到了黄仁宇的《万历十五年》思维和方法的影响,王德威的历史分期虽然在中国大陆学者眼里有些标新立异,但是细细考察,这种分期法是有一定的内在学理性的,因为在马克思看来"世界贸易和世界市场在十六世纪揭开了资本的近代生活史"(《资本论》第 1 卷)。欧洲资本主义的影响通过利玛窦和艾儒略这样一批传教士将资本主义的文化思想传播到中国大陆本土,正好与明代中后期许多试图突破封建思想藩篱的"异端邪说",如李贽与明末东林党人的一些新思想的传播相契合,形成了尔后史学界将中国最初的启蒙运动归于明末的新观念,其最有影响的当属侯外庐先生《中国思想通史》中的论断:"中国启蒙思想开始于十六、十七世纪之间,这正是'天崩地解'的时代。思想家们在这个时代富有'别开生面'的批判思想。"我不知道王德威先生是否也受了这种观念的影响?但是,无论如何,持这种观念的学者之所以如此,一是能够从历史文化制度的缝隙中发现资本主义文化的启蒙元素,这本身就具有历史新发现的学术价值;二是基于学术研究的世界性视野与格局,将处于并不成熟的、萌芽状态下的启蒙运动也纳入中国现代文化的学术研究范畴内，其思想和方法都有先锋性的一面。我以为，王德威先生主要的考量是落在后者的。因为将中国现代文学的发生置于与世界文明进程的同步之中，应该是王德威先生的良苦用心，以文化启蒙为新旧文学变迁与划界的理论依据是有道理的，沿着这样的理路去破解这样的观念，我们就不难理解这种分期的大胆和怪异了。不过我还是要有所建议，倘若王德威先生是将这种萌动孕育中的启蒙元素，放在整个文学史的“绪论”当中作为“序曲”来处理，是不是更能让人理解和接受呢？

而将中国现当代文学史的下限止于科幻小说的虚拟时间的维度之上的做法，我自己却是不能苟同的：“止于当代作家韩松所幻想的2066年‘火星照耀美国’。”因为未来不是过去，它不能构成历史，这是一个常识性的问题，科幻作品中描写的场景即使在将来兑现，它也不能成为当下已经过往的“历史的时刻”。

但是，这些瑕疵无碍大局，王德威先生这些年一直标举的“世界中”的“华语语系”的主旨就是：“华语语系观点的介入是扩大中国现代文学范畴的尝试。华语语系所投射的地图空间不必与现存以国家地理为基础的‘中国’相抵牾，而是力求增益它的丰富性和‘世界’性。……‘中国’文学地图如此庞大，不能仅以流放和离散概括其坐标点。因此‘华语语系文学’论述代表又一次的理论尝试。华语语系文学泛指大陆以外，中国台湾、港澳‘大中华’地区，南洋马来西亚、新加坡等国的华人社群，以及更广义的世界各地华裔或华语使用者的言说、书写总和。以往‘海外中国文学’一词暗含内外主从之别，而‘世界华文文学’又过于空疏笼统，并且两者都不免中央收编边陲、境外的影射。有鉴于此，华语语系文学力图从语言出发，探讨华语写作与中国主流话语合纵连横的庞杂体系。汉语是中国人的主要语言，也是华语语系文学的公分母。然而，中国文学里也包括非汉语的表述；汉语也不能排除其中的方言口语、因时因地制宜的现象。”

“更重要的是,有鉴于本书所横跨的时空领域,我提出华语语系文学的概念作为比较的视野。此处所定义的‘华语语系’不限于中国大陆之外的华文文学,也不必与以国家定位的中国文学抵牾,而是可成为两者之外的另一介面。本书作者来自中国大陆、中国台湾、中国香港、日本、新加坡、马来西亚、澳洲、美国、加拿大、英国、德国、荷兰、瑞典等地,华裔与非华裔的跨族群身份间接说明了众声喧‘华’的特色。我所要强调的是,过去两个世纪华人经验的复杂性和互动性是如此丰富,不应该为单一的政治地理所局限。有容乃大:唯有在更包容的格局里看待现代华语语系文学的源起和发展,才能以更广阔的视野对中国文学的现代性多所体会。”上述观点,我们可以看出,王德威先生是一个十分推崇大中华文学的倡导者,在他的血脉里流淌着的是对中华文化的热爱,反观一些人将他作为右翼学者的靶来抨击,委实是冤枉了一个正直的学者对中华文化和文学有着拳拳之心的善意,因为王德威既不是左派,也不是一个右派,他只是一个秉持着客观公允态度,并且有着中华情结的历史叙述者,为再造中国文学而贡献一生的学人,仅此而已。用他自己的话来说,就是:“中国现代文学是全球现代性论述和实践的一部分,对全球现代性我们可以持不同批判立场,但必须正视其来龙去脉,这是《新编中国现代文学史》的编撰立论基础。首先,文学现代性的流动是通过旅行实现。所谓‘旅行’指的不仅是时空中主体的移动迁徙,也是概念、情感和技术的传递嬗变。本书超过一半的篇幅都直接间接触及旅行和跨国、跨文化现象,阐释‘世界中’的中国文学不同层次的意义。”这样的学术态度恰恰又是与当前中国“一带一路”的发展策略是一致的,那我们是不是又得批判王德威先生是政治投机呢?

将现代性切为近代、现代与当代三个时段的史观来对四百年的中国文学的现代性进行重构,其意义何在?我想这是作者试图把整个现代性进程的历史路径展示给我们看,尤其是在其萌动期的状态是如何呈现的,由此而在历史的环链中找到作家作品的位置,这当然是值得注意的历史问题。而我们更关心的却是现代性产生过程中的许许多多至今尚不能解决的问题和症结所在,这种困惑才是我们共同急切关心的真问题，所以，王德威的诘问才有了更加深刻的现实意义：“《新编中国现代文学史》企图讨论如下问题：在现代中国的语境里，现代性是如何表现的？现代性是一个外来的概念和经验，因而仅仅是跨文化和翻译交汇的产物，还是本土因应内里和外来刺激而生的自我更新的能量？西方现代性的定义往往与‘原创’、‘时新’、‘反传统’、‘突破’这些概念挂钩，但在中国语境里，这样的定义可否因应‘脱胎换骨’、‘托古改制’等固有观念，而发展出不同的诠释维度？最后，我们也必须思考中国现代经验在何种程度上，促进或改变了全球现代性的传播？”

毋庸讳言，由于王德威先生对中国文化，尤其是共和国文学情势的熟谙，对几十年来的各种思潮对文学史的干扰了如指掌，他想还原历史的真貌，所以，为了让中国现当代文学史进入正常的学术研究轨道，还是中肯地提出了自己的看法：“近几十年我们越来越明白如下的悖论：许多言必称‘现代’的作家，不论左右，未必真那么具有现代意识，而貌似‘保守’作家却往往把握了前卫或摩登的要义，做出与众不同的发明。张爱玲（1920—1995）在上个世纪末进入经典，不仅说明‘上海摩登’卷土重来，也指出后现代、后社会主义颓废美学竟然早有轨迹可寻。陈寅恪曾被誉为现代中国最有才华的史学家，晚年却转向文学，以《论再生缘》和《柳如是别传》构建了一套庞大暗码系统，留予后世解读。论极‘左’政治所逼出的‘隐微写作’（esoteric writing），陈寅恪其人其文可为滥觞之一。就此我们乃知，当‘现代’甚至‘当代’已经渐行渐远，成为历史分期的一部分，所谓传统不能再被视为时空切割的对立面；相反的，传统是时空绵延涌动的过程，总已包含无数创新、反创新和不创新的现象及其结果。”好一个“卷土重来”，好一个“隐微写作”，以我之浅见，王德威所要表达的观点则是：无须用左右去划分作家，只有现代性才是衡量一个作家价值观的标准，他们与文学史的构成关系是靠着自己的才华和现代性价值理念发生，以此为文学创作的资本而融入“世界中”的。张爱玲的“上海摩登”自不必说，而陈寅恪《柳如是别传》的“隐微写作”却是叩开了那扇文学如何影射通往现实世界的大门，让我们望见了陈寅恪"软性"创作彼岸的风景所在。

王德威先生一直强调这部文学史的"文",用我们通常的理解,那就是"文体",讲究多文体介入文学史,当然可以大大地丰富文学史的内涵,这种做法在大陆有些中国现当代文学史当中亦有呈现,但是像他们这样大规模、集成化的植入,却是不多见的。"目前中国现代文学的文类范畴多集中小说、诗歌、戏剧、散文、报道文学等。《新编中国现代文学史》尊重这些文类的历史定位,但也力图打开格局,思考各种'文'的尝试,为文学现代性带来特色。因此,除了传统文类,本书也涉及'文'在广义人文领域的呈现,如书信、随笔、日记、政论、演讲、教科书、民间戏剧、传统戏曲、少数民族歌谣、电影、流行歌曲,甚至有连环漫画、音乐歌舞剧等。本书末尾部分更触及网络漫画和文学。"其"文"的考量则是"为文学现代性带来特色",这一点我倒是觉得有点牵强,如果说是进一步丰富和拓展了更有趣味性的文类,增加了全书的生动性,还是说得过去的。但是,任何文体都可以有现代性元素与符码的文本可供选择,比如一幅照片、一个器物,都有可能带有那个时代的先锋性和现代性,如此一来,这部著作在数量上的叠加便会十分可观,变成了一个无穷无尽的无边的现代性了。

"其次,本书对'文学'的定义不再根据制式说法,所包罗的多样文本和现象也可能引人侧目。各篇文章对文类、题材、媒介的处理更是五花八门,从晚清画报到当代网上游戏,从革命启蒙到鸳鸯蝴蝶,从伟人讲话到狱中书简,从红色经典到离散叙事,不一而足。不仅如此,撰文者的风格也各有特色。按照编辑体例,每篇文字都从特定时间、文本、器物、事件展开,然后'自行其是'。夹议夹叙者有之,现身说法者有之,甚至虚构情景者亦有之。这与我们所熟悉的制式文学史叙述大相径庭。"如果我的理解不错的话,那么王德威先生所说的"制式"便是"体例",也就是说主编放权给各个章节的撰写者,充分发挥他们在阐释文学史时的想象,将自由叙述的空间放大至极致,这一点是我们的文学史绝对做不到的,因为我还没有看到中文版的《新编中国现代文学史》,我无法想象的是"夹叙夹议叙述者有之,现身说法者有之,甚至虚构情景者有之"是一种什么样的文学史书写样态。如果说夹叙夹议我们还能理解;那么“现身说法者”必定是参与过文学史进程的作者自己的故事,如此一来,这就带有了“散文随笔”的文体的色彩了;最让人讶异的是“虚构情景者”,此乃小说笔法,我实难想象这样的文体样态的嵌入,会对文学史的构成起着什么样的意义与作用。毫无疑问,这种大胆的尝试,也许会给读者带来极大的阅读兴趣,像《万历十五年》那样引人注目,但它是否能够成为一部信史,可能尚需历史的检验,一切尚有待于中文版中的表述,那时也许会让我们的治史观得到颠覆性的改变。因为王德威先生对此的解释的确是让我怦然心动的:“众所周知,一般文学史不论立场,行文率皆以史笔自居。本书无意突出这一典范的重要性——它的存在诚为这本新编《文学史》的基石。但我以为除此之外,也不妨考虑‘文学’史之所以异于其他学科历史的特色。我们应该重新彰显文学史内蕴的‘文学性’:文学史书写应该像所关注的文学作品一样,具有文本的自觉。但我所谓的‘文学性’不必局限于审美形式而已;什么是文学、什么不是文学的判断或欣赏,本身就是历史的产物,必须不断被凸显和检视。唯此,《新编中国现代文学史》的作者们以不同风格处理文本内外现象,力求实践‘文学性’,就是一种意识的‘书写’历史姿态。”文学史的撰写也强调其“文学性”的“书写”,这样的理念打破了大陆文学史干巴巴的、程式化的编写模式,用生动的语言进行“再创作”,跳出枯燥灰色抽象的理论思维的藩篱,用鲜活生动形象的感性思维去叩响文学史那扇沉重的审美大门,固然是十分有意味的形式探索,然而它能否获得人们的认同呢?尤其是许多学者的赞许,可能尚得经过多次历史的验证,我也说不准它的生命力会有几何。但是,我却坚信文学史的写作不能墨守成规,用鲜活的文学语言去阐释学术问题,应该成为文学史书写的题中之义。

无疑,王德威先生主编的这部文学史是有着许许多多的亮点的,最重要的是对我们大陆的已有的几千部中国现当代文学史构成了一种挑战,从思想到内容,都有许多值得我们参照和深思之处,从中我们肯定会大有受益的,因为他的编写思路的开阔和另辟蹊径，是让我们在反思大陆几十年来编写中国现当代文学史时有着很大启迪的，因为我们缺乏的正是一切尽在让中国现当代文学史回到"世界中"的跨文化传播的视野："因此《新编中国现代文学史》不刻意敷衍民族国家叙事线索，反而强调清末到当代种种跨国族、文化、政治和语言的交流网络。本书超过半数以上文章都触及域外经验，自有其论述动机。从翻译到旅行，从留学到流亡，现当代中国作家不断在跨界的过程中汲取他者刺激，反思一己定位。基于同样理由，我们对中国境内少数民族以汉语或非汉语创作的成果也给予相当关注。"

当然，王德威先生所提出的许多尖锐问题也是值得我们思考的，在我们的编写史中有着禁忌的话题，我们不能说出，但是，作为海外学者，他们有发言的权力，作为学术的讨论，我们也不妨作为一种参照："《新编中国现代文学史》也希望对现代中国'文学史'作为人文学科的建制，做出反思……牢牢守住了'文'(以载道)的传统。新中国持续深化'文'的概念不仅得见于日常生活中、也得见于社会、国家运动中。因此产生的论述和实践就不再仅视文学为世界的虚构重现，而视其为国家大业的有机连锁。文学无所不在。"显然，这里所指的"文"就不是文体形式的问题了，而是指意识形态的问题，如果我们闭目塞听，永远绕开这个话题，那我们的文学史就永远是残缺的，也是经不住历史的检验的。总而言之，一部当代文学史是难以与意识形态脱钩的，如果一味地回避，就会像安泰那样拔着自己的头发上天一样荒唐。

尽管王德威先生的有些文学史理念我们早就意识到了，但是我们不一定就能够实施，也只能眼巴巴地看着王德威在他自己的文学史著作中体现了："归根结底，本书最关心的是如何将中国传统'文'和'史'——或狭义的'诗史'——的对话关系重新呈现。通过重点题材的配置和弹性风格的处理，我希望所展现的中国文学现象犹如星罗棋布，一方面闪烁着特别的历史时刻和文学奇才，一方面又形成可以识别的星象坐标，从而让文学、历史的关联性彰显出来。"这将是一部什么样的文学史鸿篇巨制呢？我们拭目以待！

文章本应该打住了，但是，还有一个不得不说的学术问题需要赘述几句，因为王德威在他的这篇文章中也谈及了在中国现代文学界流传甚广的夏志清的现代文学史著述：“《中国现代小说史》出版于1961年，迄今为止仍然是英语世界最有影响力的现代中国文学史专书。尽管该书遭受左派阵营批评，谓之提倡冷战思维、西方自由派人道主义以及新批评，因而成为反面教材，但它‘濯去旧见，以来新意’的作用却是不能忽略的事实。将近一甲子后的今天，夏志清对‘执迷中国’的批判依然铿锵有声，但其含意已有改变，引人深思。在大陆，作家和读者将他们的‘执迷’转化成复杂动机，对中国从狂热到讥诮，从梦想到冷漠，不一而足。而在台湾，憎恶一切和中国有关的事物成为一种流行，仿佛不如此就成为时代落伍者——却因此吊诡的，重演‘执迷中国’的原始症候群。”无疑，从20世纪80年代开始，当此书尚在坊间地下运营的时候，我们就从复印本中汲取了它的学术营养，它为几代从事中国现代文学史研究的学人打开了一扇看世界的窗户，尽管它有着这样和那样的缺点，但是，它至今仍然不失为一部严谨的学术著述，你尽可以从学术和学理层面去进行商榷，甚至批判，但千万不可再借助意识形态的棍子将他置于死地，我们欢迎那种指出此著中许多硬伤的做法，那是提倡学术严谨的好事情，比如指出史实上的错讹，甚至用词造句上的错误，这都是正常的学术批评范畴内的指谬。然而，若是用意识形态的标准来衡量学术著作和学术观点，就脱离了正常的学术批评的轨道。正如王德威先生所言，夏志清这样一批海外学者的“中国情结”还是十分重的，他们对中国文化与文学的传播，皆是为中国现代文学进入“世界中”不懈努力的结果，我们千万不可做那种亲者痛的事情。让这些“执迷中国”学者的学术思想在大陆本土的传播也占有一席之地吧！

就在前几天，王德威先生在中国人民大学的演讲词最后还呼吁：“扩充我们对华语世界的憧憬！”这个憧憬只能靠一批从事华语语系的汉学家来完成吗？那么大陆本土的学者的位置在哪里呢？如果我们自己都不做这样的工作，还要去诟病“闯入者”的他者的学术努力，我们还能对得起中国现当代文学史的研究吗？我们自己可以禁锢自己的治学，我们有什么理由和权力去阻止一批人热衷于从事对中国大陆与海外华语语系文学的研究呢？

学术是开放的，即使我们不可百家争鸣，也应该宽容他者的学术自由。

让历史作出最终的评判和裁决吧。

原载于《南方文坛》2017 年第 5 期

新世纪中国文学应该如何表现“风景”

一、“风景”在文学描写中已成为一个吊诡的文化难题

新世纪文学中的“风景描写”为什么在一天天地消失？也许我们可以在温迪·J.达比的《风景与认同——英国民族与阶级地理》一书中对自然“风景”和文学“风景”所作的有效文化阐释里找到些许答案。毋庸置疑，其中有许多经验性的文化理论是值得我们借鉴的。当然，其中也有许多并不适应中国国情的社会文化理论，或者是与文学的“风景描写”相去甚远的文化学和人类学理论，这些没有太多的借鉴意义，也是我们完全可以忽略不计的，但是其中许多与文学相关的论述却是对我们当下的中国文学创作有着不可忽视的裨益作用。此文旨在对照其理论，针对新世纪的中国文学对“风景描写”的状况作出分析，试图引起文学创作界的注意。

笔者之所以要将“风景”一词打上引号，就是要凸显其深刻的文化内涵和不可忽视的文学描写的美学价值。正是因为我们对“风景”背后的文化内涵认知的模糊，逐渐淡化和降低了“风景”描写在文学中的地位，所以，才有必要把这个亟待解决的文学和文化的命题提上议事日程。

从上个世纪初至今，对文学中“风景画”的描写持一种什么样的价值立场，是中国现代文学自启蒙运动以来一直没有理清楚的一个充满吊诡的悖论：一

方面，对农业文明的一种深刻的眷恋和对工业文明的无限抗拒与仇恨，使得像沈从文那样的作家成为中国现代文学中一面反现代文化和反现代文明的“风景描写”风格旗帜。人们误以为回到原始、回到自然就是最高的浪漫主义和理想主义文学境界。这种价值理念一直延伸至今，遂又与后现代的生态主义文学理念汇合，成为文艺理论的一种时尚；另一方面，工业文明和后工业文明胎生出来的消费文化的种种致命诱惑，又给人们的价值观带来精神的炫惑和审美的疲惫。城市的摩天大楼和钢筋水泥覆盖和遮蔽了广袤无垠的美丽田野和农庄，甚至覆盖和遮蔽了写满原始诗意的蓝天和白云。这些冲击着农耕文明与游牧文明给这个社会遗留下来的物质的和非物质的文化风俗遗产，使一个生活在视野狭小的、没有文化传统承传的空间之中的现代人充满着怀旧的“乡愁”。城市和都市里只有机械的时间在流动，只有人工构筑的死寂和物质空间的压迫，这是一个被温迪·J.达比称作没有“风景”的“地方”。因此，人在“风景”里的文化构图也就随之消逝，因为“人”也是“风景”的一个组成部分，而且是一个更重要的画面组成部分。那么，人们不禁就要叩问：工业文明与后工业文明给人带来的仅仅是物质上的丰盈吗？它一定须得人类付出昂贵的代价——消弭大自然赐予人类的美丽自然“风景”，消弭民族历史记忆中的文化“风景线”吗？所有这些，谁又能给出一个清晰的答案呢？用达比的观点来说就是：“吊诡的是，启蒙运动的进步主义却把进步的对立面鲜明引入知识分子视线：未改善的、落后的、离奇的——这些都是所有古董家、民俗学者、如画风景追随者备感兴趣的东西。启蒙运动所信奉的进化模式也许是思想的决定性模式，但是任何模式由实体与虚体构成，二者相互依存。就风景和农业实践而论，在启蒙计划者看来需要予以改进和现代化的东西，正是另一种人眼里的共同体的堡垒和活文化宝库。中心移向北部山区——英格兰湖区，标志着对进步的英格兰的另一层反抗产生了，美学和情感联合确定了本地风景的连续性和传统。具有家长作风和仁慈之心的土地主精神和道德价值观，与进步的、倡导改良的土地主和农民形成对比。圈地运动与驱逐行为打破了农业共同体历史悠久的互惠关系。当然,这种互惠的纽带以前已被破坏过许多次,也许在16世纪全国范围的圈地运动中,这种破坏格外显著。”①毫无疑问,人类文明进步是需要付出代价的。但是,这种代价能否降低到最低程度,却是取决于人们保护“自然风景”和保存这种民族文化记忆中“风景线”的力度。所以,达比引用了特林佩纳的说法:“对杨格而言,爱尔兰是新未来的显现之地。在民族主义者看来,爱尔兰是杨格尚能瞥见过去的轮廓的地方;透过现代人眼中所见的表象,依然能够感受到隐匿于风景里的历史传统和情感。这类表象堪称一个民族不断增生的年鉴,负载许多世纪以来人类持续在场的种种印记……当口传和书写的传统遭到强制性的遏止时,民族的风景就变得非常重要,成为另一个选择,它不像历史记录那么容易被毁弃。农业改革会抹去乡村的表象特征,造出一种经济和政治的白板,从而威胁到文化记忆的留存。”②虽然达比忽略了“人”对“自然风景”的保护,而只强调农业文明中“风景”的历史记忆,但这一点也是值得重视的。

从这个角度而言,民族的文化记忆和文学的本土经验是“风景”描写植根在有特色的中国文学之中的最佳助推器。因此,温迪·J.达比所描绘的虽然是18世纪英格兰的“风景”状况,但是,这样的“风景”如果消逝在21世纪的中国文学描写之中,无疑也是中国作家的失职。然而恰恰不幸的是,这样的事实已经发生和正在发生于新世纪的中国文学创作潮流之中,作家们普遍忽视了“风景”这一描写元素在文学场域中的巨大作用。

如何确立正确的“风景”描写的价值观念,已经成为新世纪中国文学创作中一个本不应成为问题的艰难命题。因此,在当下中国遭遇到欧美在现代化过程中同样遭遇的文化和文学难题时,我们将作出怎样的价值选择与审美选

---

① [美]温迪·J.达比:《风景与认同——英国民族与阶级地理》,张箭飞、赵红英译,译林出版社2011年版,第80页。

② [美]温迪·J.达比:《风景与认同——英国民族与阶级地理》,张箭飞、赵红英译,译林出版社2011年版,第80—81页。

择，的确是需要深入思考的民族文化记忆的文学命题，也更是每一个人文知识分子都应该重视的文化命题。

二、"风景"的历史沿革与概念论域的重新界定

显然，在欧洲人文学者的眼里，所有的"风景"都是社会、政治、文化积累与和谐的自然景观互动之下形成的人类关系的总和。因此，温迪·J.达比才把"风景"定位在这样几种元素之中："风景中古旧或衰老的成分(可能是人物也可能是建筑物)，田间颓塌的纪念碑、珍奇之物如古树或'灵石'，以及言语、穿着和举止的传统，逐渐加入这种世界观的生成。"①从这个角度来说，我们可以将它理解为："风景"的美学内涵除了区别于"它地"(也即所谓"异域情调")所引发的审美冲动以外，还有一个更重要的元素就是它对已经逝去的"风景"的民族历史记忆。除去自然景观外，欧洲的学者更强调的是人文内涵和人文意识赋予自然景观的物象呈现。而将言语习俗和行为举止上升至人的世界观的认知高度，则是对"风景"嵌入人文内涵的深刻见解，更重要的是，他们试图将"风景"的阐释上升到哲学命题的高度。所有这些显然都是与欧洲"风景如画风格"画派阐释"风景"的审美观念相一致的："Picturesque style(风景如画风格)，18世纪后期、19世纪初期以英国为主的一种建筑风尚，是仿哥特式风格的先驱。18世纪初，有一种在形式上拘泥于科学和数学的精确性的倾向，风景如画的风格就是为反对这种倾向而兴起的。讲求比例和柱式的基本建筑原则被推翻，而强调自然感和多样化，反对千篇一律。T.沃特利所著《现代园艺漫谈》(1770)是阐述风景如画风格的早期著作。这种风格通过英国园林设计获得发展。园林，或更一般地说即环境，对风景如画风格的应用起着主要作用。这一时期最引人注目的结果之一是作为环境一部分的建筑，也受到该风格的

① [美]温迪·J.达比：《风景与认同——英国民族与阶级地理》，张箭飞、赵红英译，译林出版社2011年版，第81页。

影响，如英国杰出的建筑师和城市设计家J.纳什（1752—1835）后来创造了第一个‘花园城’和一些极典型的作品。他在萨洛普的阿查姆设计了假山（1802），其非对称的轮廓足以说明风景如画风格酷似不规则变化。纳什设计的布莱斯村庄（1811）是新式屋顶‘村舍’采用不规则群体布局的样板。J.伦威克在华盛顿（哥伦比亚特区）设计的史密森学会，四周景色优美如画，是风景如画风格的又一典范。”[①]就“风景如画风格派”而言，强调在自然风景中注入人文元素，则是一个不可忽视的审美标准。“作为一种绘画流派，风景画经历了巨大的转变。起初，它以恢宏的景象激发观看宗教性或准宗教性的体验，后来则转化为更具世俗意味的古典化的田园牧歌。”[②]由此可见，欧洲油画派所奠定的美学风范和价值理念深深地影响到了后来的诸多文学创作，已然成为欧洲文学艺术约定俗成的共同规范和守则。

与西方人对“风景”的认知有所区别的是，中国的传统学者往往将“风景”看成与“风俗”、“风情”对举的一种并列的逻辑关系，而非种属关系，也就是将其划分得更为细致，然而却没有一个更加形而上的宏观的认知。一般来说，中国人往往是把“风景”当作一种纯自然的景观，与人文景观对应，是不将两者合一的：“风景：风光，景色。《世说新语·言语》：‘过江诸人，每至美日，辄相邀新亭，藉卉饮宴。周侯中坐而叹曰：风景不殊，正自有山河之异。’王勃《滕王阁序》：‘俨骖騑于上路，访风景于崇阿。’”[③]所以，在中国人的“风景”观念中，自然景观与人文景观是两种不同的理念与模式，在中国人的审美世界里，“风景”就是自然风光之谓，至多是王维式的“画中有诗，诗中有画”的“道法自然”意境。

“五四新文学运动”以后，即使将“风景”和人文内涵相呼应，也仅仅是在文学为政治服务的狭隘层面进行勾连而已，而非与大文化以及整个民族文化记

---

① 《不列颠百科全书》第13卷，中国大百科全书出版社1999年版，第273页。

② ［美］温迪·J.达比：《风景与认同——英国民族与阶级地理》，张箭飞、赵红英译，译林出版社2011年版，第14页。

③ 《辞海》（下），上海辞书出版社1979年版，第3500页。

忆相契合，更谈不上在“人”的哲学层面做深入思考了。从这个角度来说，“五四”启蒙者们没有深刻地认识到“风景”在文化和文学中更深远宏大的人文意义。也许，没有更深文化根基的美国学者的观念更加能够应和我们对乡土文学中“风景”的理解：“显然，艺术的地方色彩是文学的生命力的源泉，是文学一向独具的特点。地方色彩可以比作一个人无穷地、不断地涌现出来的魅力。我们首先对差别发生兴趣，雷同从来不能吸引我们，不能像差别那样有刺激性，那样令人鼓舞。如果文学只是或主要是雷同，文学就要毁灭了。”[①]强调地域色彩的“风景”美感往往成为后来大家对“风景描写”主要元素的参照。从文学局部审美，尤其是对乡土文学题材作品而言，这固然不错，但是，只是强调地方色彩的审美差异性，而忽略对“自然风景”的敬畏之心，忽略它在民族文化记忆中的抵抗物质压迫的人文元素，尤其是无视它必须上升到哲学层面的表达内涵，这样的“风景描写”也只能是一种平面化的“风景”书写。

当然，“五四”时期的先驱者当中也有人注意到了欧洲学者对“风景”的理解：“风土与住民有密切的关系，大家都是知道的：所以各国文学各有特色，就是一国之中也可以因不同地域显出一种不同的风格。譬如法国的南方普洛凡斯的人文作品，与北法兰西便有不同。在中国这样广大的国土中当然更是如此。”[②]在这里，周作人十分强调不同地区文化的差异性和“异域情调”，并要求作家“自由地发表那从土里滋长出来的个性”，“我们所希望的，便是摆脱了一切的束缚，任情地歌唱，……只要是遗传、环境所融合而成的我的真的心搏，……这样的作品，自然的具有他应具的特征，便是国民性、地方性与个性，也即是他的生命”[③]。至少，在强调地域性的同时，周作人注意到了“风土”、“国

---

① ［美］赫姆林·加兰：《破碎的偶像》，《美国作家论文学》，刘保端等译，生活·读书·新知三联书店1984年版，第84—85页。

② 周作人：《地方与文艺》，《谈龙集》（周作人自编文集），河北教育出版社2001年版，第10—12页。

③ 周作人：《地方与文艺》，《谈龙集》（周作人自编文集），河北教育出版社2001年版，第10—12页。

民性”、“个性”等更大的人文元素与内涵。也正如周作人在1921年8月翻译英国作家劳斯(W.H.D.Rouee)《希腊岛小说集》的译序中所阐述的:“本国的民俗研究也是必要,这虽然是人类学范围内的学问,却与文学有极重要的关系。”将民俗,也就是人类学融入文学表现之中,显然是扩大了“风景”的内涵,但是,这样的理论在中国的启蒙时代没有得到彰显,而是进入了另一种阐释空间之中。

茅盾早期对“风景”的定义也只是与美国学者加兰的观念趋同,他在与李达、李大白所编写的《文学小辞典》中加上了“地方色”的词条:“地方色就是地方底特色。一处的习惯风俗不相同,就一处有一处底特色,一处有一处底性格,即个性。”①

以此来定位乡土文学中的“风景”,为日后许多现代作家对“风景”的理解提供了一条较为狭窄的审美通道。我们知道,茅盾最后也将“风景”定位在世界观上,但是,他的定位是一种政治性的诉求:“关于‘乡土文学’,我以为单有了特殊的风土人情的描写,只不过像看一幅异域图画,虽能引起我们的惊异,然而给我们的,只是好奇心的餍足。因此在特殊的风土人情而外,应当还有普遍性的与我们共同的对于命运的挣扎。一个只具有游历家的眼光的作者,往往只能给我们以前者;必须是一个具有一定的世界观与人生观的作者方能把后者作为主要的一点而给与了我们。”②显然,这一时期的文艺理论家茅盾已经是1930年代“左翼文学”的实践者和理论家。他所说的“世界观与人生观”和社会学家温迪·J.达比所说的“世界观”是不尽相同的,一个是定位在“文学为政治服务”的功能上,一个却是定位在“民族的历史记忆”的文化阐释功能上。层次不同,也就显示出文学的审美观念的差异和对待“风景描写”的文化视界的落差。显然,茅盾“修正”了自己前期对“风景”的定义,对其中“风土人情”和“异域情调”的美学“餍足”进行了遮蔽与降格,而强调的是“命运的挣扎”。当

---

① 《民国日报》副刊《觉悟》,1921年5月31日。

② 茅盾:《关于乡土文学》,《茅盾论中国现代作家作品》,北京大学出版社1980年版,第241页。

然，对于这种革命现实主义理念的张扬，在当时是无可厚非的，也是有一定审美意义的。文学界也不应该忘记他对“社会剖析派”乡土小说“风景描写”审美理论的贡献。但是将此作为横贯20世纪，乃至于渗透于21世纪的为即时政治服务的金科玉律却是不足为取的。显然，当“风景描写”在不同的历史条件的时空之中，其描写的对象已经物是人非时，旧有的狭隘的“风景描写”和“为政治服务”的“风景描写”就远远不能适应时代的审美需求了。比如在今天，当“风景”的长镜头对准底层生活时，则会出现一个千变万化的民族历史记忆描写场景了，就会出现许许多多吊诡的现象，这是狭隘的理论无法解释的文学现象和审美现象。

因此，当中国社会进入了一个转型时期时，我们既不能再延用旧有的理论观念去解释我们文化和文学中的“风景”，却又不得不汲取旧有理论中合理的方法。否则，我们就无法面对我们的民族文化的历史记忆，当然更加愧对大自然恩赐给人类的这份“风景”的遗产。

无疑，在欧洲知识分子和艺术家那里的“风景画”概念定义显然是和我们的理念界定有区别的。源于绘画艺术的“风景”在一切文学艺术表现领域内都应该遵循的法则，就是融自然属性的“风景画”与人文属性的“风俗画”为一炉的理念：“genre painting(风俗画)自日常生活取材、一般用写实手法描绘普通人工作或娱乐的图画。风俗画与风景画、肖像画、静物画、宗教题材画、历史事件画或者任何传统上理想化题材的画均不相同。风俗画的主题几乎一成不变地是日常生活中习见情景。它排除想象的因素和理想的事物，而把注意力集中于对类型、服饰和背景的机敏观察。这一术语起源于18世纪的法国，指专门画一类题材(如花卉、动物或中产阶级生活)的画家，被用作贬义。到19世纪下半叶，当批评家J.伯克哈德所著《荷兰的风俗画》(1874)一书出版后，这一名词增加了褒义，也限定在当前流行的意义上。人们仍然极普遍地使用此词，用来描述17世纪一些荷兰和弗兰德斯画家的作品。后来的风俗画大师则包括多方面的艺术家。"[①]显然,在欧洲文学艺术家那里,"风景"和"风俗"是融合在一个统一的画面之中的,是一个不可分割的整体性审美经验的结晶。因此,才会由此而形成特殊的文学流派:"costumbrismo(风俗主义),西班牙文学作品的一类,着重描写某一特定地点的人民的日常生活和习俗。虽然风俗主义的根源可以追溯到 16 和 17 世纪的'黄金时代',然而却是在 19 世纪上半叶才发展为一股主要力量的。最初在诗歌然后在叫做'风俗画'的散文素描中,强调对地区性典型人物和社会行为作细节的描写,往往带有讽刺的或哲学的旨趣。M.J.德·拉腊、R.德·梅索内罗·罗马诺斯、P.A.德·阿拉尔孔均为风俗主义作家,他们对西班牙和拉丁美洲的地方派作家有一定影响。"[②]可见,"风俗画"只是"风景画"中的一个重要元素,是"风景画"种概念下的一个属概念。于是,强调"风景画"中的风俗描写,就是对人文元素的张扬,上升至哲学思考,则是文学艺术大家的手笔,成为欧洲文学艺术家共同追求的"风景描写"的最高境界。

虽然中国 20 世纪后半叶也强调"风景画"的描写,但是将其功能限制在狭隘的为政治服务的领域内。自 20 世纪 30 年代的"左翼文学"至今的"风景描写"之中,一切的"风景"除了服务于狭隘的政治需求外,至多就是止于对人物心境的呼应而已,绝无大视野哲学内涵的思考。就此而言,当下整个"风景描写"的退潮期不仅仅是止于恢复"风景描写",更为艰巨的使命在于将"风景描写"提升到与欧洲文学艺术家对待"风景描写"的同样高度与深度来认知这个问题。只有这样才能将中国文学发展到一个新的历史高度上,否则,文学将会在"风景"的消逝中更加堕落下去。

在中国文学史上,"风景描写"一直被认为是纯技术性的方法和形式,并没有将它上升到与整个作品的人文、主题、格调,乃至于民族文化记忆的层面来认知,这无疑是降低了作品的艺术品位和主题内涵。殊不知,最好的文学作品

---

① 《不列颠百科全书》第 7 卷,中国大百科全书出版社 1999 年版,第 61 页。

② 《不列颠百科全书》第 7 卷,中国大百科全书出版社 1999 年版,第 512 页。

应该是将“风景”和主题表达结合得天衣无缝、水乳交融的佳构，这样的作品才有可能成为最好的审美选择。从世界文学史的范畴来看，许多著名作家的名著都出现了这样的特征，像托尔斯泰、屠格涅夫、莫泊桑、哈代、海明威……这样的作家作品所透露出来的“风景描写”就为今天的中国新世纪的作家作品提供了最好的典范。因为他们作品的艺术生命力之所以永恒，其中最重要的元素就在于他们对“风景”的定格有着不同凡响的见地。

三、在浪漫与现实之间:“风景”的双重选择

一般说来，“风景”描写都是与浪漫主义相连，但其绝非是平面的“风景”描写，它往往被定义为一种反现代文化与文学的思潮。用温迪·J.达比引用威廉斯的理论就是:“一种浪漫的情感结构得以产生：提倡自然、反对工业，提倡诗歌、反对贸易；人类与共同体隔绝进入文化理念之中，反对时代现实的社会压力。我们可以确切地从布莱克、华兹华斯及雪莱的诗歌中听见其反响(威廉斯，1973：79)。”[①]反文化制约，缓解和释放现代文明社会的现实压力，成为文学艺术家们青睐“风景描写”的最本质的目的。

“乡村或田园诗歌和雕版风景画确认了如画风景美学，而如画风景又影响了湖畔诗人的早期作品。在被称为‘国内人类学’(贝维尔，1989)的诗歌中，华兹华斯使我们看见湖区到处都是边缘化的人们:瘸腿的士兵、瞎眼的乞丐、隐居者、疯癫的妇女、吉卜赛人、流浪汉。换言之，到处都是被早期农业和工业革命抛弃的流离失所的苦命人。”[②]就此而言，自“五四”以来，尤其是1949年以后，我们的一部分作家和理论家们对“风景描写”也有着较深的曲解，认为“风

---

① ［美］温迪·J.达比：《风景与认同——英国民族与阶级地理》，张箭飞、赵红英译，译林出版社2011年版，第87页。

② ［美］温迪·J.达比：《风景与认同——英国民族与阶级地理》，张箭飞、赵红英译，译林出版社2011年版，第89页。

景”就是纯粹的自然风光的描摹，其画面就是排人物性的，就是“借景抒情”式“风景谈”。从1940年代开始的茅盾的“白杨礼赞”式的散文创作模式，一直蔓延至1960年代的“雪浪花”抒情模式，几乎是影响了中国几代作家对“风景描写”的认知。当1990年代商品化大潮袭来之时，在文学渐渐脱离了为政治服务的羁绊时，遮蔽“风景”和去除“风景”成为文学作品的潜规则。在文学描写的范畴里，就连那种以往止于与人物心境相对应的明朗或灰暗色调的“风景”暗示描写也不复存在了。而在这个关键问题上，达比借着华兹华斯的笔墨阐释出了一个浪漫主义也不可逾越的真谛：那种与“风景”看似毫不相干的“风景”中的人物，同样是构成“风景画面”不可或缺的重要元素！

说实话，我对达比作为一个社会学家喋喋不休地唠叨什么湖区改造等社会学内容毫无兴趣。而对他发现知识分子的价值观的位移却更有兴味：“一种新型的、史无前例的价值观汇聚到这一空间，其价值由于知识分子和艺术精英的阐发而不断升值，就因为它不同于资本的新集中（在城市）。”[①]同样，在中国文学界，也存在着知识分子对“风景中的人”的价值观错位：一方面就是像“五四”一大批乡土小说作家那样，用亚里士多德式的自上而下的“同情和怜悯”悲剧美学观来描写“底层小人物”，而根本忽略了人物所依傍的“风景”。在这一点上，鲁迅先生却与大多数乡土小说作家不同，他注意到了“风景”在小说中所起着的重要作用，即便是“安特莱夫式的阴冷”，也是透着一份哲学深度的表达，这才是鲁迅小说与众多乡土题材作家的殊异之处——不忽视“风景”在整个作品中所起的对人物、情节和主题的定调作用。

另一方面则是近乎浪漫主义唯美风格的作家所主张的沉潜于纯自然的“风景”之中，铸造一个童话般美丽的“世外桃源”。从废名到沈从文，再到孙犁的“荷花淀派”，再到1980年代汪曾祺的“散文化”小说创作，以及张承志早期的“草原风景”小说和叶蔚林等人的“风景画”描写，即便是模仿抄袭了俄罗斯

① ［美］温迪·J.达比：《风景与认同——英国民族与阶级地理》，张箭飞、赵红英译，译林出版社2011年版，第92页。

作家，但是其唯美的风格却是大家所公认的上品之作。这种被大家称作“散文化”的纯美写作，几乎是建构了1980年代以后中国本土书写经验中的强大“风景线”，构成了中国式“风景”的固定认知理念。但是，人们却忽略了一个重要的“风景描写”原则——“风景”之中的“人物”才是一切作品，尤其是小说作品中的主体性建构，其对应的“自然风景”并非只是浪漫主义元素的附加物，而是与人物血肉相连、不可分割的作品灵魂的一部分，它们之间是魂与魄的关系。

针对浪漫与现实、形上与形下的选择，“风景”在不同的作家和不同的理论家那里，被改造为不同的世界观来进行适合自己审美口味的理论阐释，却从来没有将它们作为一个作品的整体系统来考虑过。其实，无论浪漫主义还是现实主义的创作方法，都不应该离开对“风景”的惠顾。更为重要的是，无论你的作品涉及“风景描写”的多与少，都不能忽略“风景描写”之中、之下或之上的哲学内涵的表达。无论你的表达是浅是深，是直露还是隐晦，是豪放还是婉约，都不该悖离“风景描写”的深度表达。

四、“风景描写”的分布地图及其地域特征

随着中国城市化的进程加快，20世纪以前的那种大一统的文学“风景描写”观念和方法已经开始发生了巨大的分化。很明显，代表着农业文明形态的“风景描写”逐步被挤向边缘，集中在沿海城市的作家成为中国作家队伍的主流。他们在快节奏的工业文明和后工业文明形态的城市生活中扮演着百年前反映工业文明将人异化为机器的默片《摩登时代》里卓别林的角色。他们根本无暇顾及和浏览身边的“风景”，而把描写的焦点集中在情节制造的流水线上，关注在人物命运的构筑上。更有甚者，则是将描写的力点放在活动场面的摹写上，或是热衷于对人物的精神世界进行无止境的重复和杂乱的絮叨。当然，这些都是某种小说合理性的操作方式，但是，对“风景”的屏蔽，最终带来的却是文学失却其最具美学价值的元素。因此，我们应该特别提醒生活在沿海城

市和大城市的中国作家，不能只见水泥森林式的摩天大厦，而不见蓝天白云、江河湖海和山川草木，不能放弃人物对大自然的本能亲近的渴望。否则，不仅他笔下的人物是僵死的，就连他自己也会成为一个被现代文明所异化了的“死魂灵”。正如温迪·J.达比引用阿普尔顿所说的那样：“我们渴望文明的舒适和便利，但是如果这意味着彻底摈弃与我们依旧归属的栖居地的视觉象征的联系，那么我们可能变得像笼中狮子一样……只能沦为在笼子里神经质地踱步，以为东西根本错了(阿普尔顿，1986：119—122)。”①

无疑，在中国辽阔的西部地区，由于现代化的发展进程较为缓慢，其农业文明和游牧文明的文化生态保存得相对较好。所以那里的作家面对的是广袤无垠的大自然和慢节奏的农耕文明生活方式，一时还很难一下子融入现代文化语境之中。亦如1980年代许多中国作家很难理解和接受西方快节奏下的“文学描写”形式那样，西部的作家基本上还沉迷在“大漠孤烟直，长河落日圆”的古典美学的“风景”意境之中。毫无疑问，这些古典主义的浪漫诗境给远离自然、陷入现代和后现代生活困境中的人带来的是具有“风景描写”的高氧负离子的呼吸快感。它不仅具有“异域情调”的古典美学吸引，而且还有时代的距离之美。因为高速的资本发展被重重大山和汩汩的河流所阻隔。静态的，甚至是原始的“风景”既成为作家作品描写的资源和资本，同时也成为人类面对自然进行和谐对话与抒情的桥梁。但是，这种只利用自然资源去直接表达对自然“风景”的礼赞和膜拜却是远远不够的。没有注入作家对“风景”的人文思考，或更深的哲学思索，是很难将作品引领到一个更高的审美境界的。所以，面对大量的“风景描写”的丰富资源，我们的西部作家需要的是如何提升自身的人文素养和哲理意识，将静止的“风景”注入活跃的人文因子。这样才有可能使中国的传统“风景”走出古典的斜阳，彻底改变旧有的“风景”美学风范，为中国的新世纪文学闯出一片新的描写领域。“对大自然的美学反应的转变

① [美]温迪·J.达比：《风景与认同——英国民族与阶级地理》，张箭飞、赵红英译，译林出版社2011年版，第220页。

并不是在真空中发生的，崇古主义者对凯尔特的赞颂也非空穴来风。”[①]正因为现代和后现代社会给人们的精神世界带来了机器时代的视觉审美疲劳，与大自然的“风景”形成了巨大的视觉反差和落差，所以，亲近“风景”成为一种精神的奢侈享受，一种回归原始的美学追求。

但是，另一种悖论就是人们也同时离不开现代城市和都市给予的种种诱惑。这个悖论就是“从19世纪20年代起中产阶级‘视宁静的农田为民族身份的代名词’（海明威，1992：298）的观点开始出现。这一观点是对日益汹涌的分裂潜流和范围深广的社会动荡的各种表现的反拨。风景再现转向东南地区良田平阔村舍俨然的低地风景。低地风景与如画风景或山区和废墟构成的浪漫高地风景形成鲜明的对照，这里尚在乡村黄金时代：各种社会秩序和谐共存，人们怡然自得。乡村英格兰的神话在于一种双重感：乡村是和谐之地，英格兰依然是一个乡村之国——苍翠愉悦之地”。“怀旧之情对非城市化过去的记忆进行过滤，留下一种与农业劳动者严酷的现实严重不符的神话。在神话制造的过程中，农业资本主义的非道德/道德经济的深层的政治特性被遗忘或者遮蔽掉了，而城市化也被完全过滤掉了。”“是中产阶级趋合有教养的乡绅价值观的一种尝试，而这一尝试本身就是一种深深弃绝城市的工业文明、希望逃回到更为单纯的恩庇社会的症状（坎宁安，1980：120）。”[②]

就“风景描写”的文学地理分布来看，最值得我们回味的是中国文学版图中的中原地带。那里的作家作品基本上还沉湎在农业文明与工业文明、后工业文明交叉冲突的夹缝之中。无疑，我们看到的是这样一种“风景”——一方面是在工业文明、后工业文明破坏下颓败的农业文明留下的波动状态，给作家提供了巨大的描写空间，那里的“风景”独异，足以能使那里的“风景”成为文学

① ［美］温迪·J.达比：《风景与认同——英国民族与阶级地理》，张箭飞、赵红英译，译林出版社2011年版，第98页注释。

② ［美］温迪·J.达比：《风景与认同——英国民族与阶级地理》，张箭飞、赵红英译，译林出版社2011年版，第128—129页。

和文化的“活化石”。如果这样的“自然风景”被吞噬的过程没有在20世纪的80年代和90年代被沿海的作家们记录下来的话,那么,在新世纪的前二三十年中,作家对这样的“风景”有着不可推卸的描写责任。

另一方面,已经被工业文明所覆盖的中原文化地带,呈现出的是追求工业文明和后工业文明的机械“风景线”。屏蔽“自然风景”,屏蔽了作家内心世界对“风景”的哲学性认知,在处理“风景”的时空关系上,没有一种自觉的文化意识,才是这部分作家最大的心理障碍:“风景中表示时间流逝的元素对如画风景非常重要。废墟和青苔或者常春藤覆盖的建筑是令人忧郁的光阴似箭的提示。山区讲述了一个(新近发现的)久远地质年表,对比之下,人类的生命周期就显得微不足道。黎明和落日(即使透过一片玻璃看过去,它们也显得如此绚丽)包含了个人能够测量出来的时间流逝,而任何一处废墟、任何一座爬满青苔的桥梁、任何一个风烛残年的人、任何一条山脉都会激发人们的想象和感受。往日浮现,追忆过去,这就需要特定的、高度本地化废墟、桥梁、人物和山脉。注意力转向仔细观察风景(默多克,1986),视觉艺术里与描写的特定地方的诗歌同步发生。这类诗歌是个人的地方记忆,是对个人内心疏离或异化的认知,诗人试图通过确定自己在风景中的位置寻求庇护。定位的特性使人对暂时性的感受更加痛切,而这种定位记忆的痛切感说明记忆战胜了时间。”[①]怎样留住广袤中原地带的“文化风景”(因为它涵盖着自然、人文、地域等领域内的诸多民族的、本土的文学记忆和文化记忆)。“风景”既是文学描写的庇护,同时也是作家心灵的庇护,更是人类具有宗教般哲学信仰的共同家园的庇护所。因此,怎样更有深度和广度地描摹出这种“风景”的变化过程,已经是中国作家,尤其是中原地带作家应该认识到的危机感。

---

① [美]温迪·J.达比:《风景与认同——英国民族与阶级地理》,张箭飞、赵红英译,译林出版社2011年版,第86页。

五、“风景描写”的价值选择与前景展望

毫无疑问，随着中国社会的急剧转型，工业化和后工业化的程度越来越高，农业文明形态下的风景逐渐远离现代人的视野，越来越成为一种渐行渐远的历史记忆。从文化的角度来说，保护这种原生态的风景线，使之成为博物馆性质的“地方”，应该是政府的责任；而在中国文学创作领域，作家们在文学转型过程中迎合消费文化的需求而主动放弃“风景描写”的行为，却是值得反思的问题。对于本土化的写作，“风景描写”是乡土经验最好的表现视角。但是，从上个世纪初至今，对文学中“风景画”的描写持一种什么样的价值立场，却是中国现代文学史一直没有理清楚的一个充满吊诡的悖论：对农业文明的一种深刻的眷恋和对工业文明的无限抗拒与仇恨，使得像沈从文那样的作家成为中国现代文学一面“风景描写”的风格旗帜，人们误以为回到原始、回到自然就是文学的最高的浪漫主义境界；而另一种价值观念则更是激进，以为在中国城市化的进程中，旧日的“田园牧歌”式的农业文明“风景线”都应该排斥在外，现代和后现代的“风景画”风格就是鳞次栉比的高楼大厦和各种物质的再现。它是以删除人类原始文明、游牧文明和农业文明的历史“风景”记忆为前提和代价的价值体系。“在农业革命和工业革命带来的英格兰空间重构的影响下，湖区一直是没有得到利用的空间或作用消极的空间，在下面的章节中被当作是未曾得到考证的资本主义动态的表现。”“尽管一种趋同的英国民族身份的说法围绕湖区展开，将其作为‘一种国家财产’，但吊诡的是，竞争随介入风景而起，引起了阶级的文化分化。”①我不想从阶级意识的层面来看待这个问题，但就审美选择的角度来看，“风景描写”已然成为人类文明遗产和文学遗产的一个重要的组成部分。舍弃其在文学描写领域中的有效审美力，肯定是一种错

---

① ［美］温迪·J.达比：《风景与认同——英国民族与阶级地理》，张箭飞、赵红英译，译林出版社2011年版，第92页。

误的行为。

温迪·J.达比在其“导论”部分的《展望/再想象风景》中引用赫斯科的话说:“人们在重要而富有象征意义的风景区休闲,以此建构自己的身份——这是人类学中很少涉猎的话题,即使这类活动在西欧、亚洲和美国等富裕国家许多个人的生活中起着日益重要的作用。总体而言,风景问题一直未引起人们的关注(赫斯科,1995)。”[①]可见,这个“风景”的问题是一个世界性的文化命题,同时也是涉及人类诸多精神领域的命题。尽管温迪·J.达比是从人类学的角度提出风景对于人类精神需求的重要性的,但是,它对当代文学领域也同样有着不可忽视的审美启迪和借鉴作用。

手头正好有一部对伦勃朗风景画的评论著作,作者论述了一个大艺术家对“风景”的追求,其中便可以见出许多带有哲理性的高论:

> 你所在的地方是水乡,土地湿润。
>
> 你需要画出从没有见过的山脉。
>
> 对城市之外的乡村不如城市那么了解。但是有些时候,你会走遍乡村,观察那里的光影变化。这些地方的面貌促使你创作出了风景画。
>
> 你从没有画过自己街区的房子,没画过砖砌的墙,精心搭建的山墙和高高的窗户。
>
> 但你画了一座暴风雨中的小石拱桥,你画了在强烈阳光下闪闪发光的树丛,还有来势汹汹的乌云之下摇摇欲倒的农庄。一个小小的人影,一个农民,因为扛着重重的长镰刀而弯着腰,他正准备通过一座阳光为其镶边的小桥。另一个几乎隐藏在阴影中的人好像要走过去和他碰面。不久,他们将会在桥的中央。他们会打招呼吗?他们会认出彼此吗?或者,他们会一直这样保持互不相干、彼此陌生的状态?

---

① [美]温迪·J.达比:《风景与认同——英国民族与阶级地理》,张箭飞、赵红英译,译林出版社2011年版,第1页。

桥洞下面，停着一只船。但，在靠我们更近的地方，一只船刚刚过桥洞，船上有两个人正在弯腰划桨。①

显然，追求“风景画”的意境过程中，伦勃朗对人物的处理是紧紧地与“风景”相勾连的，使其产生无限想象的艺术空间，才是一部伟大作品的精妙之处。由此可见，艺术家的审美情趣和造诣在很大程度上是取决于作家自身对“风景”的有效而机智的选取上。展望21世纪的中国文学，我们似乎没有理由拒绝“风景”的再现和表现。因为“当风景与民族、本土、自然相联系，这个词也就具有了‘隐喻的意识形态的效力’，这种效力是由于‘一个民族文化本质或性格与其栖居地区的本质或性格之间，发展出了一种更恒久的维系’（奥维格，1993：310—312）。表达这种永恒的维系的方式之一就是本土语言或母语——这与natus-nasci的内涵呼应。涉及18世纪凯尔特边界，这种风景/语言的联系对于游吟诗民族主义至关重要。到了18世纪末期，风景是‘自然的书写，人置身其中最大程度地体验自己在此地此时，而且成为……转向主观时间意识的一个关键概念’（索尔维森，1965：14）。”②三个世纪过去了，“风景”对于人类的精神世界而言，并不是过时了，恰恰相反，随着现代和后现代文明对人的精神世界压迫的加重，将会越来越凸显其重要性。同样，在其文学描写的领域内，“风景”也将会越来越显示出其审美的重要性。“风景”不仅仅是农业文明社会文学对自然和原始的亲近，同时也是现代和后现代社会人对自然和原始的一种本能的怀想和审美追求。

同样，在“风景”的文学研究领域内，这也是一个不能绕开的话题，正如温迪·J.达比引用本德尔的话作为章节题序那样：“在历史与政治，社会关系与文

① ［瑞士］弗朗索瓦·德布吕埃：《风景》，《对话伦勃朗》，麻艳萍译，南京大学出版社2010年版，第144页。

② ［美］温迪·J.达比：《风景与认同——英国民族与阶级地理》，张箭飞、赵红英译，译林出版社2011年版，第85页。

化感知的交合处发挥作用,风景必然成为……一个摧毁传统的学科疆界的研究领域。”①

但是,我们不得不注意这样一个十分重要的现象——当“风景”一旦从文学层面上升到文化层面以后,我们就可以看到多种文明冲突在这个焦点上的歧义。对现代主义浓烈的怀旧“乡愁”情绪,“列维纳认为,作为一种向同的强迫性回归,乡愁代表了一种对异的拒绝——拒绝将异作为真正的异来看待。这种逃避与其说是一种怯懦,不如说是一种需要——强化人们的自我同一的需要。这种需要的背后是感到现在缺少合适的家。已经失落的和正在失落的,是一个完全的、永远有用的、永远可以回来的家。在列维纳看来,如果乡愁代表了一种向同一的回归,这种回归就是向作为自我的出发地的家的回归。同样,如果自我仅仅是自我同一的自我,是排斥异的自我,那么,乡愁往好了说是人类经验的一种被界定的和正在界定的形式,往坏了说则是一种邪恶、利己的倒退”②。显然,后现代主义对现代主义那种“归家”的怀旧情绪是不满的,将此归咎为一种历史的倒退也不是全无道理的。列维纳们是站在人类发展的角度来进行哲学性思考的,人类只有在“异”的追求过程中才能取得进步。然而,我要强调的是,人类的进步历程并不排斥保留对自然风光和已经失去的人文“风景”的观照。因为只有这两个参照系存在,我们人类才能真正看清楚自我的面目真相和精神的本质,从这个角度来说,我是赞同“人类中心主义”的,因为只有人类才能完成对一切自然和自我文化遗产的保护。

但是,自 17、18 世纪就产生的“自然文学”的三个核心元素,首先就是其“土地伦理”:“放弃以人类为中心的理念,强调人与自然的平等地位,呼唤人们关爱土地并从荒野中寻求精神价值。”③这种同样产生于美国的文学流派,从情

---

① [美]温迪·J.达比:《风景与认同——英国民族与阶级地理》,张箭飞、赵红英译,译林出版社 2011 年版,第 11 页。

② 王治河:《后现代主义辞典》,中央编译出版社 2004 年版,第 652 页。

③ 赵一凡、张中载、李德恩:《西方文论关键词》,外语教学与研究出版社 2006 年版,第 901 页。

感和审美的角度，我十分喜爱“以大自然为画布”的艺术主张，以及托马斯·科尔的《论美国风景的散文》和爱默生的《论自然》中的观念，更喜爱梭罗的《瓦尔登湖》那样令人陶醉的崇拜自然的优美文字。“总之，在19世纪，爱默生的《论自然》和科尔的《论美国风景的散文》，率先为美国自然文学的思想和内涵奠定了基础。梭罗和惠特曼以其充满旷野气息的文学作品，显示了美国文学评论家马西森所说的‘真实的辉煌’。与此同时，科尔所创办的哈德逊河画派，则以画面的形式再现了爱默生、梭罗和惠特曼等人用文字所表达的思想。‘以大自然为画布’的画家和‘旷野作家’携手展示出一道迷人的自然与心灵的风景，形成了一种从旷野出发创新大陆文化的独特时尚和氛围。这种时尚与氛围便是如今盛行于美国文坛的自然文学生长的土壤。”①这是一种多么诱人的文学啊，但是，他们的“土地伦理”和“旷野精神”是建立在消灭“文学是人学”的理论基础之上的。文学艺术的中心位置要移位给自然，作为主人公的人的意识必须淡化，这种理论行得通吗？即使如梭罗的《瓦尔登湖》这样的所谓纯粹歌颂自然的美文，不仍然时时有着一个作家自我影像在出没吗？作为在旷野中呼号的主体不依然是那个惠特曼的身影吗？不管任何作家和理论家如何叫嚣人与自然的分离，以及人类让位于自然的理论，包括“生态革命”后这种理论的扩张，我们都无法排除人类在整个文明世界中的主导地位。“科尔在作品中得出的结论是，美国的联系不是着眼于过去而是现在与未来；如果说欧洲代表着文化，那么美国则代表着自然；生长在自然之国的美国人，应当从自然中寻求文化艺术的源泉。”②也难怪，毕竟美国的文化和文明，乃至于文学的历史还不长，和欧罗巴文明、文化和文学相比，缺少了一些厚重感。因此，对“人”在整个世界的地位的反叛心理，完全是由一种扭曲的资本主义的帝国文化心理所造成。殊不知，一旦人类的中心位置被消除，世界的文明、文化和文学也就同时消失了。当然，我倒是很欣赏“自然文学”在其文学形式和审美描写上的艺术贡献。

---

① 赵一凡、张中载、李德恩：《西方文论关键词》，外语教学与研究出版社2006年版，第904页。

② 赵一凡、张中载、李德恩：《西方文论关键词》，外语教学与研究出版社2006年版，第903页。

他们将镜头对准自然界时候的那份执着和天真，帮助他们完成了对“风景”的最本真，也是最本质的描写，这些都是值得我们借鉴的。

综上所述，笔者以为，启蒙主义给予人类巨大的进步，同时也在现代主义的积累过程中，给人类带来了新的精神疾病。如何选择先进的价值观来统摄我们的文学，则是一个非常重要的问题。用后现代主义理论去批判现代主义的怀旧的“乡愁”情绪，往往会陷入片面的“求异”中，而忽略了对自然风光和人文“风景”的关注，这是一种文化和文学的虚无主义的表现；而过分强调自然的主体性，忽视人在世界中的地位，甚至消除人在自然界的主体地位，则更是有文学审美诱惑力的理论。但是，这种含有毒素的罂粟花必须去其理论的糟粕，只能留下其美学的外壳和描写“风景”的技术，以及它们对工业文明带来的大自然被破坏弊端的批判。否则，一旦坠入这个“美丽的陷阱”，其价值观就会彻底失衡与颠覆。这就是我们所面临着的两难选择，怎样选择自己的“风景描写”，不仅是作家们所面临的选择，同时也是理论批评家们应该关注的命题。因此，本文的论述倘若能够引起批评家们对“风景描写”的关注，也就算是对中国新世纪文学的一点小小的贡献吧。

原载于《徐州师范大学学报（哲学社会科学版）》2012 年第 3 期

风景：人文与艺术的战争

自然风景的文学和绘画的描写，历来就被不同的艺术理论家分为两种不同的解释：一种是坚持风景在人的眼睛中呈现出的意识形态内涵；一种是坚持其风景的原始感官视觉的享受，亦即人文与自然的审美冲突。这的确是个艺术的生与死的两难选择的悖论问题。然而，这些显然是一个陈旧的美学命题，如 W.J.T.米切尔所言："风景研究在本世纪已经经历了两次大的转变：第一次（与现代主义有关）试图主要以风景绘画的历史为基础阅读风景的历史，并把该历史描述成一次走向视觉领域净化的循序渐进的运动；第二次（与后现代主义有关）倾向于把绘画和纯粹的'形式视觉性'的作用去中心化，转向一种符号学和阐释学的办法，把风景看成是心理或者意识形态主题的一个寓言。"米切尔强调的是，所谓第二次与后现代有关的理论是后殖民主义浪潮中的美学理论，并非是对旧日有关风景的形式主义理论的回归，它同样也带有更强烈的意识形态话语色彩。

"把'风景'从名词变为动词。"当 W.J.T.米切尔在《风景与权力》的"导论"里写下这第一句话的时候，我就意识到他论述风景的基本价值立场了："自然的景物，比如树木、石头、水、动物，以及栖居地，都可以被看成是宗教、心理，或者政治比喻中的符号；典型的结构和形态（拔高或封闭的景色、一天之中不同的时段、观者的定位、人物形象的类型）都可以同各种类属和叙述类型联系起来，比如牧歌、田园、异域、崇高，以及如画。"也就是说，任何自然的风景背后，都离不开那个“观者”的“内在的眼睛”的解读，这就是为什么人类总喜欢将寺庙与教堂放在紧邻风景区的缘故吧？在这里，米切尔强调的是一切“如画”的风景，在每一个人的眼睛里所折射出来的自然风景都是自身意识形态的显现。

无疑，风景本是与人类的美学感知相对应的不变的自然画面，往往是带着原始浪漫色彩图景的显现，于是，游牧文明和农业文明中自然景观与人文景观融为一体的诗情画意，就成了文学艺术追逐的对象，且不说唐诗宋词里的山水画派成为中国诗歌的正宗，就是宋元山水画也成为中国画正统的流派，就足以见农耕文明在“见山是山，见山不是山，见山还是山”的审美循环中所倡导的是自然与人文相结合须得天衣无缝、不露痕迹的最高审美境界。因此，米切尔在《帝国的风景》这一章里就写道：“中国风景画是史前的，早于‘因其本身而被欣赏’的自然的出现。‘另一方面，在中国，风景画的发展与对自然力量的神秘崇拜结合在一起。’”大约这就是米切尔在此书当中对中国风景画的唯一的一次，也是最高的评价吧，因为米切尔最强调审美理论就是把风景融入包括宗教在内的意识形态之中来进行符号学和文化学的阐释。

而西方的风景画派的崛起，造就了一批主张意识形态的风景画派理论家，他们明显讲求画家在表现自然景物的时候必须注入自身人文意识形态。米切尔引述的肯尼思·克拉克在1949年发表的《风景进入艺术》一文中的一段精彩的话语，对我们理解自然与艺术之间的人文关系提供了一把钥匙：“我们置身于事物中——它们不是我们的创造，有着不同于我们的生命和结构：树木、花朵、青草、河流、山丘和云朵。几个世纪以来，它们一直激发着我们的好奇和敬畏。它们是愉悦的对象。我们在想象再造它们来反映我们的情绪。我们渐渐认为，是它们促成了我们所称的‘自然’观念的形成。风景画记录了我们认识自然的阶段。自中世纪以来，人类一次次试图与环境建立和谐关系，风景画的兴起和发展则成为其中一环。”无疑，这样的理论尚未走向意识形态的极端，因为他强调的是人与自然的和谐，亦即感官与意识两者之间相辅相成的共生关系。

为什么欧洲文艺复兴时期会诞生风景画派，其重要的元素就在于：在强调大写的人的同时，启蒙主义更注意用自然的风景来表达人的理念，据说第一幅风景画就是达·芬奇所创。但是，随着资本主义时代的到来，17 世纪所出现的职业风景画家，就充分体现出了将带有现代文明气息的人文建筑物融入对大自然背景的描摹之中，荷兰风景画的早期代表作家扬·凡·戈延的《河上要塞》、《埃延附近的莱茵河》就是把景和物融为一体的范本，而并非米切尔们那样在过度阐释后的单一的意识形态呈现。倒是维米尔的《台夫特的风景》作为 17 世纪风景画的代表作品，突出的却是苍穹下鳞次栉比的建筑物，人文意识还是占据了画面中心的。也许，像鲁本斯那具有划时代意义的作品《有彩虹的风景》应该是风景画的一个高峰，但是，你仔细观察，就会发现人物、动物、桥梁、房屋，究竟是作为自然的映衬，还是作为自然的主宰，抑或是互为和谐的存在呢？也许，这在不同的人眼里看出的是不同的答案，也非米切尔们所简单归纳的那种纯粹的意识形态的表达。

当然，在米切尔的这本集子里，我们也能听到两种并不相同的声音。

克拉克以为："在所有的历史书中，彼特拉克都以第一个现代人的身份出现……从都市的骚乱中逃离到乡村的平静里，而这正是风景画赖以生存的情感。"因此，米切尔就会认为："欣赏风景是在'现代意识'之后才出现。彼特拉克追随田园风而逃离都市，不只是为了享受乡村的舒适；他找出自然的不适之处。'众所周知，他是第一个出于对大山的兴趣而去爬山的人，并且在山顶享受了美景。'"也许，当我们正沉浸在彼特拉克一览众山小的"如画"风景审美情境中的时候，克拉克已然转向了另一个极端，但是，更有甚者的是持"后马"观念的安·伯明翰则更加强调了意识形态的主导性，虽然他们的观点从表面上看是对立的。

因为克拉克的论断"从不思考这事的人们，倾向于假定欣赏自然美和绘画风景是一种普通而持久的人类精神活动。但事实上，在人类精神最光芒四射的时代，因为风景本身而作画的举动似乎并不存在，而且不可想象"，才有了米切尔的断言:“马克思主义的艺术史家将这一‘真相’复制到了英国风景美学这一更为狭窄的领域中,以意识形态观替代了克拉克的‘精神活动’。”所以,安·伯明翰提出:“存在一种风景的意识形态。在18世纪到19世纪,风景的阶级观念体现了一套由社会,并最终由经济决定的价值。画出来的图像对此赋予了文化性的表达。”窃以为,任何现代绘画都不是一种艺术对现实生活的简单“摹仿”,它是一定要赋予文化和人文内涵的,意识形态无疑是风景表达的一个不可或缺的重要元素,但是,它也绝不是那种单一的或者是简单的阶级性的意识形态表达。显然,在克拉克与伯明翰之间的论争中,米切尔所采取的价值立场则是:“伯明翰把风景看成一种有意识形态的‘阶级的观看’,而‘画出的图像’为它赋予‘文化的表达’。克拉克说,‘欣赏自然美和风景画是一种历史上独一无二的现象’。这两位作者忽略了‘看’与‘画’、感觉与表达之间的区别——伯明翰把绘画看成是一种‘观看’的‘表达’,而克拉克则靠单数‘is’将自然与用绘画再现自然混为一体。”从表面上来看,米切尔似乎是站在客观公允的辩证唯物主义的立场上来同时指出两种不同的观点的局限性,然而,他自己却也同样陷入了一个“二律背反”的困境之中:“作为一个被崇拜的商品,风景是马克思所说的‘社会的象形文字’,是它所隐匿的社会关系的象征。在支配了特殊价格的同时,风景自己又‘超越价格’,表现为一种纯粹的、无尽的精神价值的源泉。爱默生说,‘风景没有所有者’,纯粹的观景被经济考虑毁掉了:‘如果劳动者在附近艰难地挖地,你无法自在地欣赏到崇高的景色。’雷蒙·威廉斯说:‘一个劳作的乡村几乎从来就不是风景。’”所以才有人把英国那些隐藏在风景后面的劳动者看作风景画的“黑暗面”。

我们并不否认风景中可以阅读出来的“社会的象形文字”里的阶级性的意识形态内涵,但这仅仅是一部分“内在的眼睛”在看风景时的感受而已,而不能替代其他人的眼睛中折射出来的另一种艺术的表达。亦如鲁迅先生所言:“一部《红楼梦》,道学家看到了淫,经学家看到了易,才子佳人看到了缠绵,革命家看到了排满,流言家看到了宫闱秘事。”显然,作为艺术家那种自上而下的“同情与怜悯”（亚里士多德的悲剧审美观）有可能渗透在自己的画面中，也有可能绘画的当时压根就没有意识到这样的意识形态问题。而一切看风景的人都会在这原本是一幅大自然的“如画”风景中陶醉，当然，由于农人辛劳的场景破坏了看者的审美的心境，就引发了艺术家的人道主义同情心，从而放弃了对艺术的进一步描摹和再现的欲望，似乎是风景描写者难以自圆其说的借口。由此我想到的是列宾的那幅传世之作《伏尔加河的纤夫》，同样也是风景画，列宾既描写了民族河流苍茫美的风景，同时又表达出对劳动者的礼赞，那背纤者的每一块肌肉的抒写都是与自然风景相对应的力之美的表现，这样的美学道理其实并不复杂，但是后殖民理论家们过度的符号学和阐释学的解析，反而让我们坠入了云里雾里。所谓的“去黑暗面”，并非是风景画（无论是文学还是艺术）的归途。我不同意把风景作为一种帝国主义的文化符号，后殖民主义的文化理论，包括它的美学观念，在很大程度上并非马克思主义的唯物辩证法，它在夸大“帝国的风景”时，忽略的却是艺术审美的本质特征。这个历史的经验教训在我国 40 多年前的“文革”、“样板戏”和“样板画”中就演绎过。

40 多年前，我在农村插队的时候，的确亲自体味到了农人在艰苦劳作时无暇看风景和无视风景的经验。但是，这并不代表我在闲暇时就没有欣赏风景的能力，因为即便是一个文化程度很低的农人，他在美丽的自然风景面前，也没有闭上那双欣赏风景的“内在的眼睛”。这就是鲁迅先生所说的一要温饱，二要发展的道理。

席勒说过：“当人仅仅是感受自然时，他是自然的奴隶。”当然，我知道席勒这里所说的“自然”主要是在哲学层面上特指人的动物性，但是我宁愿将它借用在物理的“自然”论述层面，用反粘连的修辞手法补充一句：“当人仅仅是感受文化时，他是文化的奴隶。”

在米切尔所编撰的这本书里，我最感兴趣的是安·简森·亚当斯所写的第二章《“欧洲大沼泽”中的竞争共同体：身份认同与 17 世纪荷兰风景画》。无疑，17 世纪的荷兰风景画已经被艺术史定格在“自然主义风景画”的框架之中,但是,亚当斯却执意要改变它的本质特征。对于17世纪荷兰风景画的研究者的两点评论:"第一,荷兰画家描绘那些可辨识的建筑古迹时,会随意地把它们移至自己的家乡附近,有时甚至加以改造,或者将几个合并成一个虚构的建筑。""第二,荷兰画家常常夸大古迹所在的地形。"我实在是弄不明白,他们为什么要追求风景画建筑的真实性呢? 移植和虚构是艺术的本能,包括自然主义也不例外。但是,亚当斯是一面认同这种评论,又一面说出了另一个看起来特立独行的观点:"然而,通常人们欣赏那些看上去如实地再现了荷兰风景形构,却并没有明显的文学和文本所指的风景画,仅仅只是为了视觉愉悦,一种由画者演绎给观者的视觉愉悦。用艺术理论家杰拉德·德·雷瑞斯的话说,17世纪的观者欣赏风景画无疑是为了'消遣和愉悦眼睛'。"殊不知,视觉艺术只有首先通过感官的第一冲击力之后,才能产生丰富的联想波动,而亚当斯过于强调画面形构的人文性和宗教性,以及对艺术直觉的否定,显然是欠妥当的,尤其是对自然主义风景画中的"意象回应和'归化'"这一集体认同的疑义,是令人失望的。我们不能因为"在1651年的一场暴风雨中,霍特维尔市的圣安东尼斯堤坝决口事件。谢林克斯、罗夫曼、诺尔普、科林、埃塞伦斯和扬·范·戈延等画家纷纷对这一事件做了描绘",就判定一个画家在主题先行的预设中就可以达到对风景画描绘的艺术高峰,恰恰相反,他们的这次集体绘画行为倒真的是一次行为艺术,因为这个重大题材的创作均不是他们的代表作。当亚当斯在分析荷兰风景画大师扬·范·戈延《河景与乌特勒支的贝勒库森门,以及哥特式唱诗班圣坛》时,认为"范·戈延在这部作品中更想评论的恰是当时颇具争议的教堂与国家之间的关系问题,一个在17世纪40年代的紧张时期显得太为迫切的主题"。退一万步来说,即便作家有这样的意图,但是一旦画作面世,每一个看者都有权力用自己"内在的眼睛"去解读画面,绝不能定于一尊。所以,亚当斯自己对这一点也是没有底气的:"本文的假设是,观察一个形象(这里是一处风景),能够通过它所引发的各种联系给观者创造一种与他者相联或相异的感觉,一种与各种共同持有的身份相关的个体身份。就像本身为动态并且在许多层面同时演化的社会关系，荷兰风景画同时演绎了多重价值和主题。除非能幸运地找到日记与书信，否则我们永远无法知晓这些主题对任何一位个体的观者意味着什么。更重要的是，这些荷兰风景画揭示了一些社会地点和社会问题，围绕着它们，身份认同得以建立。”我丝毫没有贬低画家和评论家们所要表达的社会问题的动机，问题就在于艺术作品，尤其是风景画的描摹，首先必须是用技术层面的视觉冲击力和艺术感染力去吸引观者的眼球，从而激发起感官的共鸣，尔后才能进一步去完成对其人文性的解读。否则，一味地强调主题先行的阐释，则是对艺术作品的戕害。

因此，我在观赏17世纪荷兰风景画的时候，首先是被画家表现自然的艺术力量所征服，尔后才能从自然风景线中，找到那个时代的人文密码和意识形态内涵。也许，在每一个不同的看者“内在的眼睛”中读出的却是并不相同的人文内涵，这恰恰就是每一个读者的再创造功能，好的艺术是需要留给人思考的空间的。

原载于《文艺报》2016年9月30日

我的自白：文学批评最难的是什么

批评的标准似乎是一个十分复杂的文艺理论问题，但是梳理一下中外文学史，其实就是一个非常简单的答题，这一命题从中国新文学早期“创造社”和“文学研究会”的“为艺术而艺术”与“为人生而艺术”的争论中，就显现出了两种创作方法各有的片面性，如果将两者合二为一，恐怕才是全面准确的答案。可是，近百年来，我们的创作和批评就是不能跳出这个各自设定的魔圈，沉湎于一己的创作世界和批评世界之中。

倒是在中国新文学历史的长河中，我们在某一个历史时段中实现过两者的统一，即“政治标准第一，艺术标准第二”的时代立马让这两种观点实行了自我阉割，让位于“文艺为政治服务”的大一统本位，无疑，政治正确才是创作与批评的铁律，也是文学批评的唯一标准，以至于在上个世纪八十年代的“拨乱反正”“向内转”时，人们则羞于谈作品的主题思想。其实，“为人生的艺术”是被自上个世纪三十年代“左翼文学”进行了过度的理论阐释后，才异化了的，以至于在后来仿苏联的文艺理论体系时愈来愈被妖魔化。其实，真正好的文学作品一定是在思想层面和艺术层面高度统一的，而这个“人生”并不是为某种政治服务的摹写，它一定是驻足停留在“人性”的层面上的，不管是“将人生的有价值的东西毁灭给人看”也好，还是“将那无价值的撕破给人看”也好，离开了“人性”，纵然你的技巧玩得再娴熟，那也只是一种匠艺而已。浏览所有的世界名著，无一不是建立在“人性”基石上的灿烂之花。

近来看到同事毕飞宇一篇《想象力的背后是才华，理解力的背后是情怀》的讲话稿，其中谈及自身创作体会的顿悟时说："人到中年之后，情怀比才华重要得多。""情怀不是一句空话，它涵盖了你对人的态度，你对生活和世界的态度，更涵盖了你的价值观。……我们不缺才华，但我们缺少情怀。"毋庸置疑，当一个作家悟出了创作中不可或缺的重要元素——把才华上升到哲思的高度，他才是一个成熟的作家，他才是一个完整的人，一个大写的人。从形而下升华到形而上，将艺术和人生融为一体，让其折射出穿越时空的光芒，那才是一个大作家的手笔。

同理，一个从事抽象思维的批评家只有在拥有独立和自由的思想空间的时候，你才能面对自己的批评环境和对象，从而面对自己的人性和良知。我们的批评不缺少诸多的理论，也不缺少林林总总的方法，但是，我们缺少的是批评家的品格，缺少独立的思想和自由的精神，批评家往往成为理论的"搬运工"，成为作家作品的附庸，成为"官"与"商"的使用工具。

百年来新文学的批评让我们看到的却是更多的"瞒和骗"的批评。当然，也包括我自己在内的文学批评，也往往会不由自主、情不自禁地走进这样的魔圈之中。在"捧"和"棒"之间，我们必须在忏悔中反思，目的是让文学批评真正走上正途。我也深知，这个简单的推理，说起来容易，做起来却是难于上青天。当然，文坛上也不缺一些少数"真的猛士"，但是"真的猛士"却又往往带着个人的恩怨与情绪，也同样有损于文学批评的形象。

无疑，文学批评面临的首先就是你所处的时代语境，一个批评家只有站得比你的时代更高，站得比作家作品更高，你才能占据文学批评的制高点，否则，你只能钻在时代大幕的背后喃喃自语地说出那种不痛不痒的话，这样的批评很快就会被时代的变化所吞没与诟病，这样前车之鉴的历史教训虽然很多，但是，"应声虫"式的批评家仍然层出不穷，其繁殖力是愈加强大，这种历史的惯性一方面固然是外部环境的影响，另一方面则是批评家自身人格操守的失位。在一个满是利益诱惑的丰饶土壤里，有几个批评家能够保持住自己的操守和人格呢？亦如鲁迅先生在几十年前概括“京派”与“海派”时说的那样——“从官”与“从商”正是当下批评家们的不二选择。诚然，我们没有办法选择自己所处的时代，但是，我们能不能尽量在一个不适合于独立批评的时代里少说一些违心的话，或者面对趋之若鹜的违心“赞歌”评论保持沉默呢？

其实，批评家最难面对的是自己所熟悉的批评对象，一个独立自由的批评家最好的选择就是千万别与作家交朋友，尤其是名作家，否则你就是在自己的脖子上套上了一副枷锁。但是，在中国文坛百年来作家与批评家的关系中，我们寻觅到更多的是亲密关系，鲜有毫无瓜葛关系者，像傅雷当年批评张爱玲作品那样，只顺从自己内心世界好恶，率性而为的批评，早在七八十年前就消逝了。当然，当代也不乏职业的“骂派”批评家，但这毕竟是少数，且往往也被边缘化了。尤其的这几十年来，“捧”者众，“棒”者少。中国的“人情债”表现在文坛上尤甚，一个名作家屁股后面跟着一大群“御用批评家”的情形已然漫漶于批评界，这种几近商业炒作的现象，其实谁都心知肚明，却仍然成为一种批评的常态，这是批评落寞的悲剧。其中的推手，既有作家的意愿，又有批评家的迎合，更有媒体的疯狂蛊惑。所谓批评的乱象由此而构成的一道文坛“阴霾”风景线，让上上下下当作一道绚丽的彩虹，却是批评堕落的悲哀。

杜绝与作家交朋友，这在中国的批评界是难以做到的事情，更难的则是我们不敢直面自己作家朋友作品的缺陷，不敢讲出自己对作家朋友作品的不满之处，更是批评的另一种悲哀。我们缺乏的就是那种真正敢于面对自己良知的大批评家的胸怀和勇气，像别林斯基那样对自己捧出来的大作家果戈理违反作家良知的行径的猛烈抨击，在我们的文坛中似乎从来就没有出现过，即便是在中国百年文学史的所谓“黄金时代”，当然，鲁迅先生的批评是有这种风格的，但那多是在文化范畴之列。

反思自己的批评生涯，我当然知道自己为了“挣工分”做过不少无端和无聊吹捧自己作家朋友的不齿评论，当我意识到这种批评行为近于无耻时，也至多只能做到认为作家朋友不好的作品就缄默无语，不发言论，甚至拒绝一切约稿。但是，我没有勇气去对自己认为不好的作品进行批判性的批评，成了鲁迅“林中响箭”声中的退却者，成了别林斯基皮袍下的萎靡小人。我也试着拿自己最亲密的作家朋友开刀，于是我就把苏童的《河岸》和毕飞宇的《推拿》作为批评的对象，论及长篇小说存在的一种潜在的危机，虽然是一孔之见，不见得就正确，仅供参考罢了。我想，他们不至于会当真承受不了吧。果然，作家本人倒无所谓，却是作家的另一些朋友们就不能理解了，他们质询我的作家朋友是否最近与我有什么矛盾和过节了。这就是中国文坛作家和批评家关系的真实状况：一俟动了真格的批评，那一定是人际关系发生了变化，这也是许多评论家和批评家不愿说出真话的重要本质原因之一，尽管某些批评家在私底下聊天的时候也承认他为之称颂的作品并不好，但是耽于人情，也只能如此这般了。也有的批评家会用另一种方法为之解脱：我的文章最后不是也说了一两点作品的不足之处了吗？但是，这种不痛不痒的“蛇足”文字，似乎就是在作家的新衣上掸一掸灰尘，与真正的批评相距甚远。

批评家是作家的“擦鞋匠”吗？抑或就是站在犀牛背上的“寄生鸟”？

一个真正的批评家应该是首先面对自己的内心良知，确立了独立自由的批评心态以后，你才能获得心灵的解放；只有在解脱了外部环境的压力之后，确立了自我认知的价值理念，你才能坦然面对一切批评对象，敢于说出真正的“人话”来；只有把“为艺术”和“为人生”有机地融合在你的批评坐标上，无论你是赞颂作家作品，还是批评贬斥作家作品，才能获得自由状态下的真批评。而这种权力的获得首先得从自己的内心做起，不能总是抱怨客观环境的恶劣而放弃了一个批评家应有的品格。

最后，我还是要引用毕飞宇的一段话来作结：“作家的创作永远应该听自己内心的话，不能听别人的话，哪怕作品被很多人批评也无妨，因为听别人话的作家永远没出息，不具备一个小说家的基本力量。”

同理，一个真正的批评家也应该听从自己内心的呼唤，既不能被作家绑架，又不能被一切来自“官”与“商”的力量所挟持，哪怕是被千夫所指，也不改变批评的原则,这才是一个批评家的基本品格!

虽然我也难以能够完全遵循这样的批评操守,但是我心向往之,努力为之奋斗,我坚信,倘使每一个评论家和批评家都能够稍稍向前迈出一步,我们的批评也会大有进步的。

原载于《文学报》2019 年 2 月 28 日

我走过的四十年的文学道路（上）

引　子

回顾历史，正视历史，是为了更好地面对未来。我写下的只是我个人四十年来所经历过的文坛风雨，既有理性的思考，也有感性的认识，我所代入的价值观始终是秉持着这样三个元素：马克思主义理论中的精华——批判哲学精神（马克思主义理论本身无一不是对现实世界的批判）；人道主义的立场（这对于文学和文学批评至关重要）；审美主义的态度（不仅仅是对文学作品的鉴赏，同时也是对文学批评、文学评论和文学史构成的基本要求）。

我不想写下应景时宜的文字，仅凭自己内心的良知，用春秋笔法书写这四十年来所经历过的个人文学史，让我内心的历史真相定格凝聚在笔端，倘若这些文字尚能给这个世界留下些许有益的历史借鉴作用，让后来者发现我们这一代人中还有着这样一种心迹之痕，也就十分满足了，因为四十年在历史的长河中只是一瞬间，但是在个人的生存历史中已经是一个漫长的岁月历程了，即便是一朵小小的浪花，我也想竭尽全力让它绽放出来，试图不让自己的人性坠入黑暗之中，因为我不想做“影的告别”！

于是，我写下了这篇符合自己内心理性与情感的文字，祭奠那些和我一起走过这段历史的天堂中人，就教于活着的同龄人和后来者。

一、从“伤痕文学”到“二次启蒙”思潮

其实,“第二次思想解放运动”这个名词在20世纪的历史进程中是有歧义的,如果是站在改革开放四十年历史的角度来看,那是属于“第一次思想解放运动”,倘若从我们这一代人所经历的“在场”思想史,以及我们所接受的历史与政治的教育来看,无疑,当时我们都是将这次运动与“五四新文化运动”对应而视的,把它看作中国民主自由思想的恢复与延续,所以我们一直将它称之为“第二次思想解放运动”。所谓解放,就是从被禁锢的思想桎梏中解脱出来,倘若没有禁锢,何以来的解放?所以,当时“要让思想冲破牢笼”,则是一个莎士比亚笔下的哈姆雷特“是生,还是死”式的哲学命题。

而我却始终认为,促发这次思想解放运动呈燎原之火的火种却是文坛上出现的“伤痕文学”,作为对19世纪批判现实主义思潮的模仿与赓续,正是应验了周扬那句名言:“文艺是政治的晴雨表。”

至今我还清楚地记得1977年11月的那一天,当我拿到订阅的《人民文学》杂志的时候,眼前不觉一亮,一口气读完了《班主任》,从中我似乎看到了春雷来临前的一道闪电,不,更准确地说是看到了中国政治文化的春潮即将到来的讯息。随之而出现的大量“伤痕文学”,并没有让人们陷入苦难的悲剧之中,而是沉浸在挣脱思想囚笼的无比亢奋之中,因为我们在漫长死寂的冬天里经受过了太多的精神磨难。卢新华的《伤痕》甫一问世,人们就毫不犹豫地用它来命名这一大批汹涌喷薄而出的作家作品,其根本原因就是被积压了多年的思想禁锢得到了空前的释放。《在小河那边》、《枫》、《本次列车终点》、《灵与肉》、《爬满青藤的木屋》、《被爱情遗忘的角落》、《我是谁》、《大墙下的红玉兰》、《乡场上》、《将军吟》、《芙蓉镇》、《许茂和他的女儿们》……当然还包括了许多话剧影视剧本作品,比如当年的《于无声处》、《在社会档案里》、《女贼》、《假如我是真的》,等等,其中反响最大的就是话剧《于无声处》,想当年,全国上下,几

乎每一个有条件的单位都自发组织起自己的临时剧组,演出这场戏。说实话,从艺术上来说,这些作品的美学价值并不是上乘的,艺术性也不是精湛的,甚至有些还是很粗糙的,它们之所以能够激发起全民热爱文学的激情,更多的是因为人们期望通过文学来宣泄多年来的积怨与愤懑,以此来诉求政治上的改革。

这持续了几年之久的舔舐伤痕的文学作品,带来的是重复19世纪西方文学作品中的批判现实主义元素,从那个时代的角度来说,人们都普遍把它们与"五四启蒙主义思潮"衔接,作为20世纪中国思想史上的"二次启蒙"看待,就是期望回到一种文化语境的常态当中去。其实,时过境迁后,冷静地反思这样的启蒙运动,我们不得不考虑其热情澎湃的感性背后究竟有多少理性成分,其实它在历史的进程中屡遭溃败的事实是显而易见的,其根本的原因在哪里,则是一个始终没有深入的话题,这个萦绕在我脑际的两难命题久久不能消停,直到新世纪来临,当中国面临着几种文化形态并置的情形后,我才有所顿悟:正因为"五四新文化"的"启蒙"是浮游在"智识人"层面的一种学术行为艺术,它始终被"革命"的口号与光环所笼罩和遮蔽,成为一群自诩为现代知识分子的小资产阶级学者试图"自上而下"地改造"国民性"的自言自语,最终只能以失败而告终,一切都恢复庸常,阿Q们依然是那个没有灵魂的附体,亦如行尸走肉。所以,我在21世纪初就提出了改革开放后的"二次启蒙"(也就是自20世纪以来的"第三次启蒙"),其核心要素便是:只有知识分子首先完成自我启蒙以后,才能完成启蒙的普及,虽然我们的高等教育已经达到了相当的普及程度,但是,我们的人文主义的启蒙还是低水平的,甚至在有些领域和地区是归零的。这就是我从"第二次思想解放运动"得到的对"五四新文化运动"的认识(当然,我认为"五四"是一个充满着悖论的文化运动,也就是说,在对"五四"的认知上,往往有两个不同走向的"五四"文化革命运动,即"启蒙的五四"和"革命的五四"。而最后的结果是:革了封建主义的命,却不彻底,甚至是走了一个圆;革了文化的命,则丢失了人性的价值)。

我对现代启蒙运动之所以溃败原因的寻找，尽管用了二十多年的时光，但也是值得的。以此来观察中国作家作品近四十年来的脉象，我们将它们进行归类，也就会清晰地看出一条革命 /启蒙/ 消费三者分离与重叠的运动曲线。

但是，文坛也绝对不会是“这里黎明静悄悄”的风景，随之而来的一场场思想搏击便徐徐地拉开了序幕。

二、在“实践是检验真理的唯一标准”思想运动的河流中

我不知道这个命题是否在哲学范畴内为绝对真理，但是，那一年胡福明先生最初草稿设计的题目则是《实践是检验真理的标准》，它的全部意义不是解决哲学领域里的“哥德巴赫猜想”，而是解决整个文化思想领域里的“收”与“放”的问题，解决的是“中国向何处去”的政治路线问题，这个问题的触发媒介应该归功于当时文学思潮的崛起。

正是“伤痕文学”漫溢之时，有一天，南京大学哲学系的胡福明先生来到中文系现代文学教研室（西南大楼的一间大教室），将这篇文章的初稿给董健先生看，并在一起讨论这篇被有些人认为是“砍旗”的文章究竟向何处去的问题，那一刻我正坐在对面的办公桌上写东西，时而停下笔来侧耳窃听，时而装作在书写，待胡福明先生走后，董老师向我叙述了详情，方知其中还有外人一直都无从知晓的骇人内情。

事实上，我并不认为这篇文章写得多么好，而是这篇文章一出来就在中国的思想界引发了核爆炸，“两个凡是”约束了思想解放运动，中国向何处去的困扰始终是每一个知识分子认识那个时代的死穴，此文就是一颗政治转向的信号弹，其点燃的导火索显然是文学火种，却又反过来大大触动了文学的神经末梢，让文学在八十年代成为引导社会思潮的火炬手。2008 年，南京大学召开纪念《实践是检验真理的唯一标准》发表三十周年讨论会，我就说了一句并不十分讨喜的话：这个命题其实就是一个哲学的普通常识，而将它作为一个高端的

学术问题来研究和探讨，这本身就是我们这个国家和民族在那个时代的一个悲剧，好在我们把这一幕悲剧当成了一场扭转乾坤的喜剧，也算是推动了历史突变的进程。

当然，这个喜剧最先得益者应该还是文学界，其首先引发的就是“新时期文学”的开端，所谓“新”就是建立在破除“旧”的基础上的立，破旧才能立新，所谓“新时期”，就是想与那个旧时代进行切割，与那个时代的思想“断奶”，所以它表现在文学领域内就显得更加敏感，也更加迫切。

1999年，我和我的博士生朱丽丽为《南方文坛》撰写了题为《新时期文学》的“关键词”，追溯其来源时是这样描述的：“‘新时期文学’是当代文学批评中使用频率最高的语汇之一，自‘新时期文学’概念出现以来，它的内涵便自动地随着当下文学的进展而不断延伸。当代文学概念尤其是文学史分期概念往往是紧跟政治语境的变迁而变迁的，‘新时期文学’作为一个伴随我们约20年的熠熠生辉的文学概念，它的浮出海面，从整体上来说也是得力于‘文革’后国家政治语境的剧烈变动。发表于1978年5月11日《光明日报》上的著名的《实践是检验真理的唯一标准》一文最早正式提出了政治意义上的‘新时期’概念。……就文学而言，进入新时期之后理论上的拨乱反正和由此引发的讨论主要有三次。首先是关于文艺与政治关系的讨论。70年代末，中国文学界在思想解放运动的背景下开始对文艺从属于政治的观点重新加以审视。《文艺报》编辑部1979年3月召开文艺理论批评工作座谈会，率先对此命题进行了大胆的质疑与冲击。会议认为：‘文艺不是一种可以受政治任意摆布的简单工具，也不应该把文艺简单化地仅仅当作阶级斗争的工具。’随后，《上海文学》于1979年4月发表了评论员文章《为文艺正名——驳‘文艺是阶级斗争的工具’》，对文艺从属于政治的命题再度提出质疑。到第四次全国文代会上，邓小平代表中央在《祝辞》中明确指出：‘党对文艺工作的领导，不是发号施令，不是要求文学艺术从属于临时的、具体的、直接的政治任务。’周扬也在报告中提出：文艺从属于政治、文艺为政治服务的口号，容易导致政治对文艺的粗暴干涉。1980年7月26日,《人民日报》发表社论,正式提出以‘文艺为人民服务,为社会主义服务’取代‘文艺为政治服务’的口号。这一口号的提出,使长期附庸于政治阴影之下的文学大大解放出来,进入更为自由更具活力的新天地。其次,新时期发轫之初,还进行了关于‘写真实’和‘歌颂与暴露’问题的争论。文学创作如何处理歌颂与暴露的问题是几十年间一直没有得到很好解决的一个问题。在争论中文学界进一步确认:文学固然可以歌功颂德,但它决不能美化现实、粉饰生活、掩盖矛盾,更不应该回避严重存在的社会问题,不闻不问人民的疾苦。争论在理论上进一步确立了现实主义文学的主流地位,进一步否定了‘文革’时期的‘假大空’文艺。同时文学界对真实性问题也作了严肃的探讨。真实性问题是现实主义的基本原则和理论核心。文学首先应该说真话、抒真情、真实地反映社会生活、真实地表达人民的心声,‘艺术的生命在于真实’,真实性成为这个时期文学的最重要的价值标准。再次,是关于文学与人性、人道主义的讨论。在以往,人性和人道主义问题是创作和研究中的一个禁区。随着新的时代的到来,文学界普遍接受了如下观点:人性既有阶级性的一面,又有共同性的一面,共同人性是在人的自然属性基础上形成的社会属性与阶级属性的辩证统一体;人道主义并不只是资产阶级的意识形态,社会主义的文学也应该有它的一席之地。人们认识到马克思始终是把共产主义与人的价值、人的尊严、人的解放和人的自由等问题联系在一起的,马克思主义实际上是包含了人道主义的;社会主义社会也同样存在着异化现象。这一系列的讨论虽然难以取得统一的认识,但讨论本身却极有力地推动了人们的思考。经过这一系列的讨论,文学走上了一个新的高度。这些讨论拓展了新时期文学发展的道路。正是在这样一个背景上,形成了新时期文学的启蒙潮流。”

毋庸置疑,在整个人文领域内,思想最为活跃的、创作力最为旺盛的就是文学领域内的作家和批评家。难怪如今许许多多的人都还在“怀念八十年代”,这并非是“过去的总是美丽”的逻辑可以阐释的社会学命题,而是这种被“解放”了的自由感觉,是那时饱受了几十年思想禁锢的人们“最宝贵的”精神层面的东西，犹如法国人怀想大革命已经成为一种民族的“集体无意识”那样，那种激情是作为一种精神基因承传下去的。

然而，好戏才刚刚拉开序幕，冬天的严寒又袭面而来。

1979 年《河北文艺》第 6 期发表了李剑的一篇题为《歌德与缺德》的文章，立刻在文学界引起了轩然大波。

这篇文章充满着戾气，弥漫着浓浓的火药味：“如果人民的作家不为人民大‘歌’其‘德’，那么，要这些人又有何用？在创作队伍中，有些人用阴暗的心理看待人民的伟大事业，对别人满腔热情歌颂‘四化’的创作行为大吹冷风，开口闭口‘你是歌德派’。这里，你不为人民‘歌德’。要为谁‘歌德’？须知，我们的文学，是无产阶级文学，它的党性原则和阶级特色仍然存在。鼓吹文学艺术没有阶级性和党性的人，只应到历史垃圾堆上的修正主义大师们的腐尸中充当虫蛆。……有些人不愿这样做，那是他自己的事，我们也不强求他非这样做不可，阶级感情不一样嘛！向阳的花木展开娉婷的容姿献给金色的太阳，而善于在阴湿的血污中闻腥的动物则只能诅咒红日。那种不‘歌德’的人，倒是有点‘缺德’。”

无疑，这是几十年来把文学只圈定在“颂歌”和“战歌”范围中的观念再现，在那个思想大解放的“二次启蒙”文化大潮流的语境中，当然就会遭遇到普遍的质疑和批评，很快在全国激起了声讨，7 月 16 日的《人民日报》发表了阎钢的批评文章：“以为中央重申四项基本原则就是文艺界反右的信号，因而又操起棍子准备打人了。”7 月 20 日，《光明日报》刊登了《春天里的一股冷风》一文：“只许歌德不许暴露的法则实际上是扼杀文艺创作……”接着，上海文联举行有 50 多位著名文艺界人士参加的座谈会，巴金抱病出席。《文艺报》、《文学评论》两刊联合召开座谈会。全国各地许多文艺刊物，如《星火》、《山花》、《延河》、《四川文学》、《思想战线》、《湘江文艺》、《当代》、《诗刊》、《边疆文艺》、《福建文艺》、《安徽文学》、《戏剧界》、《雨花》、《作品》、《上海文学》、《北方文学》、《奔流》、《鸭绿江》、《长江文艺》等都载文参与对这篇文章的批判。当然，支持李剑的文章也不断出现，为“歌德派”助威壮色，大声疾呼把“歌德”进行到底。直到8月底，河北省委宣传部召集各地市文联主席、宣传部部长共60余人开会，省委宣传部领导讲话，要求河北文艺界认真补好“实践是检验真理的唯一标准”这一课，继续批“四人帮”的极“左”思潮，消除阻力，繁荣文艺创作。这才算是平息了这场文坛风波。

三、从为“十七年文学”作品翻案到“中国乡土小说史论”的构建

1978年至1979年是我生命中最重要的年份，那时我在南京大学中文系做进修教师，整整365个日日夜夜，我像大禹治水一样，路过家门而不入，我家虽然离南京大学并不远，但是我准备大干一场，干脆不回家住，就在现代文学史教研室里搭上一个铺，每天三点一线，教研室→图书馆、资料室→食堂，工作十四五个小时。那时董健先生除了公务外，也整天和我一样泡在教研室里读书写作。我时常是作为他的助手，帮他干活，比如校勘《中国当代文学史初稿》，比如在录取戏剧专业研究生时阅读大量的创作手稿(包括李龙云的《有这样一个小院》)，并写出初读意见。时而还有一些作家请人来代为阅读的书稿，记得那时有凌力的《星星草》、竹林的《生活的路》等。那是一个百废待兴、思想大解放的时代，文学先行了，然而我们更渴望有那种思想的火炬引导我们前行。

恰恰就在那个时候，南京大学的胡福明先生事先就给我们点燃了火把，就像上文所述，胡福明先生与董健先生的私下谈话，给了我巨大的勇气，让我试图为被“文革”否定的作品做翻案文章。

也就是从1978年开始，我是在思想解放“先破后立”的大潮中，从事了文学评论的工作。当然，也有另外一个因素促使我放弃了文学创作，主攻文学评论了，那就是一个短篇小说《英子》已经给了我用稿通知，最后还是被主编终审枪毙了。因此我便开始了为在“文革”时期被打入冷宫的“十七年文学”作品甄别翻案工作，让自己的文学评论成为破除禁忌的一个突破口，于是，我便撰写

了《峻青短篇小说的艺术风格》一文，在编辑杨世伟老师的建议修改后，发表在《文学评论》1979 年第 5 期上，首篇评论文章就能够在中国文学最高学术刊物上发表，那样的心情是无法形容的。接着又写了《中国工人阶级的悲壮史诗——重评〈火种〉》一文，在汤淑敏先生的指教下发表在《钟山》评论集刊上。同时在我的指导老师叶子铭先生的教诲下进行茅盾早期的文学作品和文学理论研究，尤其是对自然主义的思潮的探索。到了 1979 年底和 80 年代初，我便开始了学术转型，起缘则是《文学评论》编辑部准备介入当代作家作品的评论工作，他们遴选了一个长长的老中青作家名单，让我选择一两个作家进行跟踪研究。考虑到我有六年插队的农村生活经历，并结合我选定的中国乡土小说研究领域，我毫不犹豫地选择了贾平凹，所以在 1980 年的《文学评论》第 2 期上发表了《论贾平凹短篇小说的描写艺术》，从此，开始介入了当下作家作品的前沿评论工作，同时着手于《中国乡土小说史稿》的酝酿与建构，那时的想法十分简单：一个从事人文学科研究的学者，倘若对一个有着千年完形的农耕文明社会没有一个清醒的感性和理性的认识，在这个领域里进行空洞的理论研究，亦如盲人骑瞎马，是一个社会的盲视者，自以为一个从事文学工作的人，倘对中国社会、政治、文化没有深刻的认识，是不可能对文学有着更本质的认识和研究的。鉴于此，我这四十年来的学术眼光便始终没有离开过这一视域。

那个时候，我开始对中国乡土小说进行史的梳理，在庞杂纷乱的作家作品的阅读中，我试图将它们归纳成几种类型，提取出有规律性的理论框架来，无疑，这是一件十分艰难的工作，但是，我想努力去做，除了大量撰写一些作家作品评论外，我开始在朦朦胧胧中提取乡土小说中一些带有普遍规律的审美特征的文章，为写一部中国乡土小说史论做准备，尤其是想摆脱文学评论依附于政治进行书写的常态，试图从审美的角度突进至中国乡土小说作品的内部，以“三画”，即“风俗画、风景画、风情画”来概括农耕文明、游牧文明的自然生存状态。比如撰写了《风俗画小说谈片》(《钟山》，1983 年第 2 期)、《新时期风俗画小说纵横谈》(《文学评论》1984 年第 6 期)、《论当代中国乡土文学的现状与趋势——兼与日本学者山口守先生对话》(1986年《新苑》第1期)、《新时期乡土小说的递嬗和演进》(《文学评论》1986年第5期)、《新时期乡土小说与市井小说:民族文化心理结构的解构期》(《小说评论》1988年第2期)等。

正因为有了这样零零碎碎的思考和破碎记忆集合,才使我有了一种整合史论的欲望,于是,在1989年的一个风和日丽的秋日,当时南大中文系现代文学教研室主任胡若定先生在中文系的小楼(赛珍珠故居)的坡道前让我报一个国家社科基金青年项目,说实话,那个时候没有人对这些东西感兴趣,也不知道它的"重要性",项目很快就批下来了,万万没有想到的是还有4000元的科研经费,那个时代4000元可是一笔不小的数目,1992年我就用它出版了我的第一部论著《中国乡土小说史论》,也就是在80年代后期,我的乡土小说"三画论"(风俗画、风景画、风情画)开始酝酿成熟,对史论的论述才有了一些底气。所以我在1991年就敢于写《乡土小说概念的界定》(《文论月刊》1991年第2期,《新华文摘》第6期)和《中国乡土小说新解》(《江海学刊》1991年第6期)这样的文章。这都是我在不断整合理论概念过程中的一些尚不成熟的思考。

1991年至1993年间,我集中发表了十几篇乡土小说的系列论文,这是重点整合梳理中国现代文学史上从"五四"前后到1949年间乡土小说的理论、思潮、现象、流派和作家作品的过程,其中一些文章是我80年代后期就早已写就的文字,也是我收集在1992年出版的第一部专著《中国乡土小说史论》中的一些章节雏形。当然,这一时期,我一面梳理中国现代文学,即"五四"前后至1949年间的中国乡土小说的样貌;一面着力于对当下作家作品和思潮的追踪评论。除了对贾平凹的作品进行跟踪评论外,我还对一些一线作家,尤其是写"新乡土小说"的青年作家进行了特别的关注。比如《论李杭育的小说创作》(《中国》1985年第6期),《人性思索的深层意识》(《钟山》1986年第1期),《铁凝和她未来的歌——评铁凝小说创作兼谈批评方法的多元化》(《钟山》1986年第5期,与杨世伟合作),《论〈黄泥小屋〉的总体象征》(《当代文艺探索》1987年第1期),《突破眩惑:创造新的心理世界——读〈眩惑〉断想》(《当代作家评论》

1987年第1期），《叶兆言小说的生命意义》（《文学自由谈》1988年第5期），《亵渎的神话：〈红蝗〉的意义》（《文学评论》1989年第1期）……另外，我还在80年代中期“方法论”的蛊惑下，试图从理论层面来解析这些方法对文学及文学批评的重要作用，同时还试图用新方法来撰写作家作品评论，一共写了几十篇文章，其中有十几篇文章是与我的合伙人徐兆淮共同讨论和撰写的。

四、编辑《茅盾全集》的前前后后

“为他人作嫁衣”的活是一般学者所不情愿的工作，但是，如果一个学者有了这样一种经历，那他的学术生涯就会比较完满了，那种从字缝里抠出来的琢与磨，会让你感受到语言的魅力，同时也会让你认识到思想表达时遣词造句的重要性，更重要的是，它让你体悟到对文字的尊重和敬畏，让你时时对笔下流淌的文字保持一种严谨的书写风格。我虽然心向往之，但是并不能够完全做到，在人民文学出版社的那些日子里却让我觉悟了许多。

1984年冬至1985年夏，我作为叶子铭先生的助手，前往人民文学出版社参加《茅盾全集》的编纂工作，走进了朝内大街166号大院的人民文学出版社那栋显得有些陈旧的楼房，那时各个编辑部就挤在进门右手的那栋在80年代尚且不太破旧的大楼里，但那时人文社的人气还是很旺的，往来无白丁，行走的都是有来头的文学家。在二楼的“茅编室”往下看，每一个出入人文社的人都可尽收眼底，我的办公桌就在窗前，头一伸便可看见院子里的一切，于是这里就成为我观看人文社风景的一个窗口。

组建的“茅编室”是由叶子铭担任编辑部主任，早期加入的几位茅盾研究专家和学者是孙中田、邵伯周、查国华、吴福辉、王中忱，后来又调了内蒙古包头师专的丁尔刚。社里后来又调进了张小鼎和瞿勃（瞿秋白侄儿）参与《茅盾全集》的工作，当时还有两个临时帮忙的年轻人，他们专管跑资料，后来因调进了牛汉的女儿史佳和刚从武汉大学中文系毕业的刘拙松，就把跑资料的年轻人给调走了。

那时我们正年轻，也能吃苦，整天没日没夜地看稿，一点不觉得辛苦，记得那天才放下行李，就让我突击编辑校勘《走上岗位》，拿到手的稿子是茅公用毛笔写在毛边纸上的手稿，我几乎是三天三夜没有睡觉，在兴奋中完成了校勘与编辑的，因为我的兴奋点都集中在那种无穷的窥探欲之中，就是透过台灯的灯光来琢磨、推敲、甄别、判断手稿所书写的原来的文字，这也成为我校勘所有十卷文论时的癖好，几个版本不同时期的修改，真是可写一部学术专著了，可惜的是，那些校勘稿我没有留下备份，几年后想操刀著述，却无从下笔了。我想，大约所有做编辑工作的人都会有同样的嗜好吧，当年王中忱也是如此做法，就连刚刚踏上工作岗位的刘拙松也常常就着灯光翻来覆去地勘验，大家也就会心一笑了。

我在“茅编室”把文论十卷本校完编好就离京回原单位工作了，吴福辉去了中国现代文学馆，王中忱调往丁玲主编的《中国》杂志社，孙中田和邵伯周先生基本上不驻京，而叶子铭先生则是半年驻在人文社，半年在南大工作，而常驻在人文社的是查国华与丁尔刚两位先生，随着《茅盾全集》逐步完成，非社人员逐渐退出，最后退出者大概是丁尔刚先生吧，他最后去了山东省社科院，刘拙松后来也回了湖南老家，供职于湖南文艺出版社，其“茅编室”日常工作和扫尾工作均由张小鼎先生担任，直至“茅编室”撤销。

当时社里抓“茅编”工作的领导是张伯海总编，他是山东大学中文系毕业的，为人厚道，工作勤勉，那时的组织观念甚强，我虽为编外的编辑人员，进社工作时张伯海先生还是找我谈了一次话，大意无非就是这个工作的重要性和勉励年轻人的一些话，直到大半年后我要离开人文社的时候，他又找我谈了一次话，也无非是感谢、表扬、鼓励之类的话，但是给我留下最深刻印象的是，他从书柜里拿出了一套罗曼・罗兰的《约翰・克里斯多夫》和另外几部社里出版的世界名著赠送给我，留作纪念，我便匆匆结束了谈话，兴奋地遛出了办公室翻书去了。后来他调离了人文社，去创办了中国第一个出版印刷的大专院校。

在我一生当中，最害怕接触的就是那种不苟言笑的前辈，起初我见叶子铭老师时也是战战兢兢的，因为他是一个十分严肃的人，一般人是难以亲近的，但是经过长久的交往，你才能感觉出他人格的热度。而王仰晨先生也是我最敬重的资深老编辑，但是他在我的心目中总是有一种距离感，虽然他的勤勉与严谨赢得了人文社上上下下、里里外外的交口称赞，然而，我对他还是有一种莫名的畏惧感。当时他兼顾着三部全集的编纂工作，一是未了的《鲁迅全集》，二是正在编纂中的《巴金全集》，三是上马不久的《茅盾全集》，其精力投入之大是可想而知的，但是他默默地扛下来了，毫无怨言。我每每向他交稿时，心中都很忐忑惴惴，生怕出错，他不多言，我也很少与他交谈，偶尔他也下楼来嘱咐几句，总是极简约的三言两语，指出勘误亦似乎是漫不经心，但你仔细回看却会时时惊出一身冷汗，这就是那种不着一句就让你一世谨记的人格力量吧。直到我离开人文社时，他也没有找我谈过一次话，却给我递上了一封信，虽然也是一些表扬勉励的话，但是由于形式的不同，其留在我的脑海里的印象深度也就有所不同。离开人文社以后也就断了音信，但是 1991 年 6 月 29 日他给我来过一封信，主要内容竟然是请我帮助查一下南京师院《文教资料简报》第 49 期是 1976 年哪月出版的，接信后我就立即查阅回复了他，我仍然像他的一个下属那样尽量快速圆满地完成任务。我永远记得他在信中写的最后一句话："年轻多么好！愿你永远年轻！"当前些年听到他逝世的噩耗时，想起了他的这句话，不禁热泪长流，是的，一个人在年轻的时候对青春的消费是毫无感觉的，只有他进入暮年时才会体味到年轻的可贵。当我今天走向暮年时，我才能体味到王仰晨先生这句话的分量，我只能祝愿我敬重的前辈们在天堂里青春永驻。

"茅编室"遇到的最大一次危机则是人文社的《新文学史料》发表胡风回忆录时将茅公在 1928 年脱党后，也就是写完《蚀》三部曲和短篇集《野蔷薇》后坐轮船去日本，在船上与胡风遭遇的情景描写公布于众了。那时最紧张的是叶子铭老师和茅盾之子韦韬，记得是一个有着月光的春夜，在水银泻地的人文社小院里，他俩影影绰绰的身影时隐时现在墙角的拐弯处闪现，一直谈到下半夜。其实，今天看来，那段在“革命加恋爱”的史实当中，正是我们解读茅盾许多作品的钥匙，那“混合物”的创作之所以能够成为左翼文学的开山巨制，谁说不是和这丰富而具有时代特征的文化心理紧密相连呢？而那时却是伟人之讳，今天看来是可笑之事，在那个乍暖还寒的岁月里，人们的道德是没有想象的翅膀的。

那时，我们办公室兼宿舍的对门住着一对小夫妻，男的是一个高大微胖的年轻人，他是一名校对员，我去校对室看了他们的校对工作，陡然就对这种真正的校对产生了无比的敬佩，他们把纸稿折叠成条，一行行地上翻，捕捉每一个错误，速度之快，眼力之锐，堪称绝活。这让我想到一个真谛，从这种枯燥的工作中找到一种技艺的乐趣可能是支撑他们不辞疲惫的动力罢，当然，严谨和认真的工作态度也是很重要的。可惜这样的工作在如今的编辑流程中失去了它的敬业精神。这也是我在人文社受到的一种人生启迪。

五、“清污”与“反对资产阶级自由化”运动

由于对于思想解放的进程过快不适应，1983 年下半年爆发了对周扬、王若水等人关于人道主义和异化理论的批判，开始了“清除精神污染”运动，但是，党中央及时制止了这场不到一个月的政治运动，这让广大知识分子的的确确感到了春天般的温暖，尤其是稳定了文学的大局。

“清除精神污染”运动，目的是抵制人道主义和异化艺术美学的自由主义倾向，所以 1983 年就爆发了对周扬、王若水关于人道主义和异化论的批判。由于一些领导同志认为“清污运动”有扩大化的倾向，这场“清污运动”只维持了 28 天就不得不停止了。

在这两场思想界的清理运动中，南京大学中文系当然也受到了较大的冲击，那时候，我们现代文学专业的许志英老师，由于发表了关于探讨“五四运

动”领导权的学术文章，受到了当时意识形态的有关领导的批判，一时间，中文系的政治空气十分紧张，大有回到“文革”政治文化语境的势头，因为其时报纸杂志上已经出现了多篇批判许志英先生的文章，中文系也不得不开批判会。但是，不管是真心批判，还是做出不得已的表态，其热烈的程度显然是不能与“文革”时期同日而语了，经过“文革”洗礼的人们，对批判运动已经厌恶。

那时，我在许志英家里谈论这场运动对他个人的后果时，他说出了很悲观的预测，大不了被开除公职，解甲归田，回老家种田去。然而，南京大学党委本着“治病救人”的政治初衷，只让许志英写了一份检查。可见人心所向。

多少年后，我专门写了一篇为其补充材料的互证文章刊登在《当代作家评论》上。

不过在那次运动中也看出了一些所谓知识分子的嘴脸，如果仅仅是为了“过关”而不得已写批判文章，倒也罢了，毕竟都是经历过许许多多运动的“老运动员”了，谁是真心，谁是应景，一眼便知晓。可是你架不住那些投机钻营者的可恶行径喷你一身的粪水，许志英先生生前反反复复说：我原谅一切批判我的人，但是到死都不能原谅那一个人！那个人当然也是六七十年代的工作单位的，在许志英先生调回南京后才去文学所的后起名人。虽然许志英先生已经作古十余年了，他的这句话却成为窥探一个知识分子良知的标尺：大难临头之时，最能看出一个人的原形。

2018 年 5 月初稿于南京大学文学院 317 室

2018 年 12 月 18 日于南京至沈阳航班上

2018 年 12 月 19 日凌晨修改于辽宁大厦

原载于《文艺争鸣》2019 年第 1 期

图书在版编目(CIP)数据

从“五四”再出发 / 丁帆著. —南京：南京大学出版社，2020.12

(教育部人文社会科学重点研究基地南京大学中国新文学研究中心学术文库 / 丁帆主编)

ISBN 978-7-305-23895-6

Ⅰ. ①从… Ⅱ. ①丁… Ⅲ. ①新文学(五四)—文学研究 Ⅳ. ①I206.6

中国版本图书馆 CIP 数据核字(2020)第 259276 号

出版发行 南京大学出版社
社　　址 南京市汉口路 22 号　　　邮　编 210093
出 版 人 金鑫荣

丛 书 名 教育部人文社会科学重点研究基地南京大学中国新文学研究中心学术文库
书　　名 从“五四”再出发
著　　者 丁　帆
责任编辑 施　敏

照　　排 南京紫藤制版印务中心
印　　刷 南京爱德印刷有限公司
开　　本 718×1000　1/16　印张 18.5　字数 254 千
版　　次 2020 年 12 月第 1 版　2020 年 12 月第 1 次印刷
ISBN 978-7-305-23895-6
定　　价 88.00 元

网址：http://www.njupco.com
官方微博：http://weibo.com/njupco
官方微信号：njupress
销售咨询热线：025-83594756